Sherlock Holmes und das leere Haus

Textauswahl: Sherlockology
Herausgeber: Steve Emecz

Aus dem Englischen von

Nadine Alexander
Susanne Bader
Carrie Carlson
Simone Jakob
Anne Kästner
Irina Kraft
Christine Atira Pauly
Corinna Roßnick
Stephanie Schnabel
Claudia Stieble

Taschenbuch ISBN 978-1-78092-368-0
ePub ISBN 978-1-78092-369-7
PDF ISBN 978-1-78092-370-3

Im Vereinigten Königreich erschienen bei MX Publishing
335 Princess Park Manor, Royal Drive,
London, N11 3GX

www.mxpublishing.com
Covergestaltung: www.sherlockology.com

Jeff Decker

Die übersetzten Versionen dieses Buches wurden über Kickstarter finanziert. Wir bedanken uns herzlich bei allen Sponsoren.

Silbersponsoren werden am Ende des Buches aufgelistet, Informationen zum Platinsponsor, Shadowcat, finden sich nachstehend:

Shadowcat Systems ist ein in Großbritannien ansässiges Unternehmen für Open-Source-Software-Entwicklung und -Beratung, das von Mark Keating und Matt S. Trout gegründet wurde.

Wir bieten bewährte Fachkompetenz in der Entwicklung vernetzter Systeme, automatisieren zuverlässig manuelle Prozesse von Arbeitsabläufen bis hin zu Netzwerken und Netzwerkmanagement für einen weltweiten Kundenkreis. Shadowcat verwendet Open-Source-Technologie und ist auf die Arbeit mit Open-Source-Software, offenen Standards und Protokollen spezialisiert. Shadowcat stellt der Netzgemeinde zudem Patches, Skripts und gelegentlich Komplettlösungen zur Verfügung.

Shadowcat ist stolz, *Sherlock Holmes und das leere Haus* und Save Undershaw zu unterstützen.

Webseite:	www.shadow.cat
Facebook:	www.facebook.com/ShadowcatSystems
E-Mail:	info@shadowcat.co.uk

Inhalt

Über dieses Buch

Als wir Sherlockology ins Leben riefen, ging es erst einmal nur um unsere persönliche Leidenschaft für die bis dahin dreiteilige BBC-Serie, welche die unglaublich talentierten Autoren Steven Moffat und Mark Gatiss geschaffen hatten. Jedes Mitglied unseres Teams hatte sich bereits zuvor für den größten fiktiven Detektiv aller Zeiten interessiert und brachte unterschiedliches Vorwissen über frühere Verkörperungen und die Geschichten, auf denen alles basierte, mit. Im Laufe der Zeit wagten wir uns jedoch alle wie Alice im Wunderland tiefer hinunter in den Kaninchenbau, d. h. in die Welt von Sir Arthur Conan Doyle und Sherlock Holmes.

Wir entdeckten auf dieser Reise, dass Sherlock Holmes ein einzigartiger Charakter ist. Er lebt nicht nur in den Seiten eines Buches und wird auch nicht allein durch die vielen verschiedenen Schauspieler zum Leben erweckt. Er ist vielmehr eine lebende, atmende Person aus Fleisch und Blut, die mit jedem Moment, den wir uns mit ihr beschäftigen, realer und bedeutsamer für die Welt um uns herum wird, unabhängig davon, in welcher Epoche wir selbst leben. Sherlock Holmes, Dr. John Watson, Mrs. Hudson, Mycroft Holmes und die anderen Figuren von Sir Arthur Conan Doyle wurden zu viel mehr als nur den Erfindungen eines talentierten Autors. Sie sind für uns, wie bereits für viele andere zuvor, zu lebenslangen Freunden geworden und werden dies bestimmt auch für viele Menschen nach uns sein.

Hätte Sir Arthur Conan Doyle uns nicht mit Sherlock Holmes bekannt gemacht, so wären sowohl die Literaturgeschichte als auch unsere Fantasie um vieles ärmer. Er gab uns einen einzigartigen Helden, an den wir glauben konnten, und das Mindeste, was wir im Gegenzug dafür tun können, ist sicherzustellen, dass das Erbe des Schöpfers dieser Figur bestehen bleibt und weiteren Generationen zugänglich gemacht werden kann. So wie wir werden sie entdecken, welche Freude es ist, Sherlock Holmes kennen zu lernen.

Dieses Erbe lebt nicht nur in den Geschichten, sondern auch in den Ziegeln und dem Mörtel von Undershaw weiter. Dies ist das Gebäude, das von Sir Arthur Conan Doyle entworfen und erbaut wurde, in dessen Mauern er befreundete Autoren empfangen hat und – was am wichtigsten ist – in dem er viele von Sherlock Holmes' Fällen niedergeschrieben hat. Dieses Haus zu verlieren wäre ein unvorstellbarer Skandal und dieses Buch soll helfen, für den Erhalt des Hauses zu kämpfen. All jene, die die Seiten dieses Buches gefüllt haben, kämpfen; mehrere hundert Autoren, die ihre Geschichten eingereicht haben, kämpfen. Am Wichtigsten aber sind Sie, die Käufer dieses Buches, die mit uns kämpfen.

Wir möchten ein großes Dankeschön an alle aussprechen, die dieses Buch erst ermöglicht haben. Dank für seinen unermüdlichen Einsatz geht an Roger Johnson, der während der kurzen Zeitspanne, die wir hatten, um dieses Buch zusammenzustellen, ein unerschütterlicher Fels in der Brandung war. Dank geht an Michael Cox und Sue Vertue, Produzenten zweier sehr unterschiedlicher, aber gleichermaßen brillanter Sherlock-Holmes-Serien, für ihre Hilfe und Unterstützung. Dank geht an Nicholas Briggs, Douglas Wilmer, David Stuart Davies, Roger Llewellyn, Gyles Brandreth, Jeff Decker, Alistair Duncan, Stephen Fry und Mark Gatiss (Schirmherr des UPT) für ihre Mitwirkung an diesem Buch und dafür, dass sie uns ihre Gedanken mitteilten, warum es so wichtig ist, Undershaw zu retten. Dank geht schließlich auch an den Undershaw Preservation Trust, Lynn Gale und Jacquelynn Morris, die alles an die Öffentlichkeit brachten, und an MX Publishing für die Veröffentlichung dieses Buches.

Sherlockology
www.sherlockology.com

4

Der Undershaw Preservation Trust

Gegen Ende 2008 hatte ich einen sehr lebhaften Traum über die Mitglieder einer viktorianischen Familie, deren Gesichter mir bekannt vorkamen, wie sie vor dem Eingang eines großen Hauses standen. Es schien so, als ob ich hinter einer altmodischen Kamera stand und fotografierte. Nach dem Aufwachen versuchte ich verzweifelt, die Menschen aus meinem Traum mit Personen zu verbinden, die ich kannte. Nichts bereitete mich auf den Schock vor, den ich verspürte, als ich Monate später ein Buch von Sir Arthur öffnete und auf ein Bild stieß, welches seine zweite Familie zeigte, genau wie ich sie in meinem Traum gesehen hatte.

Am Anfang des folgenden Jahres fuhr ich, eine Kamera auf dem Rücksitz, mit meinem Auto ziellos durch die Gegend. Das „Zu Verkaufen"-Schild am Eingang von Undershaw, an dem ich in der Vergangenheit schon sehr häufig vorbeigefahren war, ohne es groß zu beachten, sprang mich förmlich an: Ein mehr als deutlicher Hinweis, dass ich meine Kamera in die Hand nehmen sollte, um die Geschichte des Hauses einzufangen. Die Fotos des zerfallenden Gebäudes, die ich an diesem Tag machte, waren ein Teil dessen, was mich zu einer Kampagne bewegte, die im Laufe der Jahre die Aufmerksamkeit vieler Menschen aus allen Schichten und aus allen Ecken der Welt auf sich gezogen hat.

Ich hatte keine Vorstellung, was mich hinter den vielen hoch gewachsenen Bäumen erwarten würde, als ich langsam die kurvige Auffahrt entlang wanderte, die bis zu dem roten Backsteingebäude führte. Als Teenager war ich häufig hier gewesen und irgendwie fühlte es sich an, als liefe ich in der Zeit zurück. Geschichte schien aus den alten Wänden zu sickern, als ich denselben Weg beschritt, den so viele andere Menschen über ein Jahrhundert zuvor ebenfalls eingeschlagen hatten. Dort in Surrey erhob sich verborgen hinter einem hohen Gerüst und unter einem schützenden Dach das ehemalige Zuhause des Erfinders von Sherlock Holmes, Sir Arthur Conan Doyle, einem in der unmittelbaren Nachbarschaft damals äußerst respektierten Gentleman und einem der größten Autoren aller Zeiten.

Ich war erschüttert über den verfallenen Zustand des Gebäudes. Offensichtlich war es bereits jahrelang verlassen und den Naturgewalten

5

ausgesetzt gewesen. Im gleichen Moment fühlte ich den starken Drang, es zu retten und ihm seinen ursprünglichen Charme, seinen Charakter und seine Eleganz wiederzugeben.

Es retten? Wie soll man ein solch verrücktes Unterfangen bewerkstelligen? War ich vielleicht nur eine irrationale, über jedes normale Maß hinaus begeisterte Frau, die das Unmögliche erreichen wollte? Doch der Drang war so stark, dass ich einfach handeln musste: Wenn man etwas wirklich will, dann kann man es auch immer erreichen.

Meine sehnlichste Hoffnung für Undershaw ist, dass es ebenso wie Sherlock Holmes wieder zum Leben erweckt wird und dass es wie Sherlock Holmes vielen kommenden Generationen erhalten bleibt.

Lynn Gale

Undershaw war immer ein Ort der Gastfreundschaft ... Arthur Conan Doyle war der Erste, der Familie, Freunde und literarische Koryphäen in dem Haus begrüßte, das für ihn eine Inspirationsquelle war ... Für viele Jahrzehnte danach war Undershaw ein Hotel mit einer herzlichen und warmen Atmosphäre, in dem die Gäste die Geselligkeit und die gute Küche genießen konnten und so manche Mahlzeit in dem Baumhaus im Garten einnahmen. Unter den vielen Werten Doyles war sein Streben nach Gerechtigkeit von höchster Bedeutung und diese Gerechtigkeit muss erneut siegen, um Undershaw aus den Klauen des Vandalismus zu befreien und es zu restaurieren, damit es wieder zu einem Treffpunkt für Gleichgesinnte werden kann, die dieselben Interessen, Sehnsüchte und Hoffnungen miteinander teilen.

Sue Meadows

**Mitbegründerin des
Undershaw Preservation
Trust
www.saveundershaw.com**

EX LIBRIS

John Michael Gibson

Wappen des
Stiftungsvorsitzenden
John Gibson,
entworfen von Sue
Scullard.

Undershaw – Eine kurze Geschichte

Für alle, die es noch nicht wissen: „Undershaw" ist der Name, den Sir Arthur Conan Doyle seinem ehemaligen Wohnsitz in Hindhead, Surrey, gab. Dort lebte er von Oktober 1897 bis September 1907, als er seine zweite Frau Jean Leckie heiratete und nach Crowborough, Sussex, umzog.

Undershaw ist einzigartig unter Conan Doyles ehemaligen Wohnsitzen, da er der einzige ist, zu dessen Bauentwurf der Autor persönlich beigetragen hat. Vieles dort wurde spezifisch für Louise Conan Doyle entworfen. Sie litt seit dem Ende des Jahres 1893 unter Tuberkulose und zu den Dingen, die für sie eingebaut wurden, zählen große Fenster, niedrige Treppen und Türen, die in beide Richtungen geöffnet werden konnten. Leider wurde Undershaw auch der Schauplatz ihres Todes, denn im Juli 1906 erlag sie hier ihrer Krankheit.

In diesem Haus entstanden – entweder vollständig oder zum Teil – viele von Conan Doyles bedeutendsten Werken. Für die Leser dieses Buches sind die bekanntesten Werke aus dieser Zeit wohl *Der Hund der Baskervilles* und *Die Rückkehr des Sherlock Holmes*. Es kann also mit Fug und Recht behauptet werden, dass Undershaw der Ort von Sherlock Holmes' Wiederauferstehung ist. Natürlich war das für seine zahlreichen zeitgenössischen Fans damals ein Grund zum Feiern und auch heute noch sind Sherlock-Holmes-Fans dankbar für diese Wendung.

Nachdem Conan Doyle das Haus im Jahre 1907 verließ, wurde es kurzzeitig vermietet. Man vermutet, dass er das Haus ursprünglich seinem Sohn Kingsley schenken wollte. Doch als Kingsley tragischerweise kurz vorm Ende des Ersten Weltkrieges starb, entschied sich Conan Doyle, das Haus zu einem Spottpreis zu verkaufen. Kurz darauf wurde es zu einem Hotel umfunktioniert.

Als die Nutzung als Hotel im Jahre 2004 ihr Ende fand, wurde das Haus in der Absicht gekauft, es komplett umzustrukturieren. Bei der Kommunalverwaltung wurde ein Antrag eingereicht (und genehmigt), das als „Bauwerk von nationaler Bedeutung und speziellem Interesse" eingestufte Haus zu einer Ansammlung von Wohnungen und

Reihenhäusern umzubauen und dazu weitere Gebäude auf dem Grundstück zu errichten.

Dies sind die Pläne, die der Undershaw Preservation Trust und seine Unterstützer (einschließlich Ihnen, lieber Leser) bekämpfen wollen. Dieser Kampf muss nicht nur für Undershaw, sondern auch für alle anderen historisch bedeutsamen Orte weltweit geführt werden. Den Verantwortlichen muss klar gemacht werden, dass wir nicht widerspruchslos beiseitetreten werden, während sie versuchen, uns unserer Kulturgeschichte zu berauben.

Alistair Duncan, 2012

Autor von *An Entirely New Country – Arthur Conan Doyle, Undershaw and the Resurrection of Sherlock Holmes*

Es bleibt unser Ruhm

Text und Musik von Caitlin Obom

Dies Zimmer hält dich nicht mehr, wie ich es tat
und doch hör ich deine Schritte im Gang
die Tapete schält sich und ich warte auf dich
doch deine Hände streifen nicht mehr die Flure entlang

Und sie können im Staub nicht erkennen
wo deine Füße einst Spuren gestreut
und sie sehen nicht die Erinnerung
die dich hier noch bindet bis heut

Nein, wir sind nicht leer und verlassen,
diese stillen Häuser wahren die Zeit
die Jahre, sie schrieben unser Leben
auf all die schiefen Dielen bis heut
lies die Welt, wie es dir selbst am besten gefällt
du nach deiner, ich nach meiner Art
jeder formt die eigene Historie
nimmt die Zeit uns das Leben auch fort
so bleiben uns doch Ruhm und Glorie.

Diese Wände werden die Stille nie mögen
oder das Licht, das gefiltert durch Scherben erstrahlt
gedacht doch als Nachhall und Botschaft
etwas, das für die Ewigkeit gebaut ward

Und sie erkennen kein Herz
selbst wenn es die Türe einreißt
wenn sie nicht verstehen können
was es weiter schlagen lässt

Nein, wir sind nicht leer und verlassen,
diese stillen Häuser wahren die Zeit
die Jahre, sie schrieben unser Leben
auf all die schiefen Dielen bis heut
lies die Welt, wie es dir selbst am besten gefällt
du nach deiner, ich nach meiner Art
jeder formt die eigene Historie
nimmt die Zeit uns das Leben auch fort
so bleiben uns doch Ruhm und Glorie.

O, meine geschändete Schönheit
O, dieses vergessene Gebein
gib sie noch nicht auf, deine Hoffnung
steht auch schon dein Sterben im Stein

Nein, wir sind nicht leer und verlassen,
diese stillen Häuser wahren die Zeit
die Jahre, sie schrieben unser Leben
auf all die schiefen Dielen bis heut
lies die Welt, wie es dir selbst am besten gefällt
du nach deiner, ich nach meiner Art
jeder formt die eigene Historie
nimmt die Zeit uns das Leben auch fort
so bleiben uns doch Ruhm und Glorie.

Unterstützer

Wollte man alle Unterstützer der Kampagne zur Rettung von Undershaw zu Wort kommen lassen, so wären schnell hundert Bücher gefüllt – im Folgenden findet sich deshalb eine kleine Auswahl von Schauspielern, Schriftstellern, Produzenten und Historikern, die stellvertretend für Tausende von Sherlock-Holmes-Fans weltweit sprechen.

Mark Gatiss, Stephen Fry, Roger Johnson, Gyles Brandreth, Douglas Wilmer, Nick Briggs, Michael Cox, David Stuart-Davies, Roger Llewelwyn und Alistair Duncan.

Ich unterstütze die Kampagne zur Rettung von Undershaw aus vollem Herzen. Es scheint mir ein zutiefst trauriges Zeugnis unserer Zeit zu sein, dass wir den Wohnsitz eines unserer größten und beliebtesten Autoren erst dem Verfall überließen und ihm nun mit einer Umbaumaßnahme zu Leibe rücken wollen, die von wenig Verständnis und Einfühlungsvermögen zeugt.

Sir Arthur Conan Doyle bewohnte im Laufe seiner überaus produktiven und faszinierenden Schriftstellerkarriere eine ganze Reihe von Häusern, doch keines spiegelt seine bemerkenswerte Persönlichkeit so sehr wider wie Undershaw. Dies ist der Ort, an dem Sir Arthur Conan Doyle dem Hund der Baskervilles sein gespenstisches Leben einhauchte und an dem er Sherlock Holmes höchstpersönlich nach dem Reichenbachfall zu neuem Leben erweckte. Bram Stoker, J. M. Barrie, E. W. Hornung und viele andere waren hier zu Gast. Man kann ohne Übertreibung sagen, dass Undershaw Doyles Lebensmittelpunkt in der vielleicht ergiebigsten und interessantesten Phase seines literarischen Schaffens bildete. Ein solches Gebäude muss gerettet werden und seinen Platz unter den mit Feingefühl erhaltenen Häusern anderer literarischer Größen unseres Landes einnehmen. Es mag sich hierbei durchaus um ein Drei-Pfeifen-Problem handeln, jedoch sicher um kein unlösbares.

Mark Gatiss
Schirmherr des Undershaw Preservation Trust

Schauspieler, Drehbuchautor, Schriftsteller und zusammen mit Steven Moffat Schöpfer der BBC-Serie *Sherlock*.

Conan Doyle hat sich ohne jeden Zweifel einen ewigen, unauslöschlichen Platz in der britischen Kultur gesichert. Vielleicht wird Harry Potter in einem Jahrhundert vergessen sein (ich persönlich glaube das zwar nicht, aber man kann nie wissen), doch Sherlock Holmes wird in der Literatur sicher nicht nur Jahrhunderte, sondern Jahrtausende überdauern. Es gibt einfach keine andere literarische Figur, die bereits so lange Bestand hat und so viel bedeutet. Die letzten anderthalb Jahre haben gerade erst wieder gezeigt, dass Sherlock für jede Epoche auf spektakuläre und erfolgreiche Weise neu erfunden werden kann. Was würden unsere Nachkommen von uns halten, ließen wir zu, dass der Wohnsitz von Holmes' Schöpfer Verfall und Zerstörung preisgegeben wird? Was würden sie von uns denken, wenn sie erkennen müssten, dass wir ihn sehenden Auges niedergewalzt haben, nur aus schlichter Gier und Faulheit? Sie wären ebenso entsetzt wie die Abertausende weltweit, die derzeit rufen: „Halt. Wartet! Denkt nach!! Hier wird in einem Akt schildbürgerlicher Dummheit am falschen Ende gespart."

Ein lebendiges, blühendes Undershaw könnte so viel bewirken. Es könnte ein Studienzentrum, eine Sehenswürdigkeit und ein großes Museum sein; ein Ort, auf den wir stolz sein könnten. Ich flehe alle Verantwortlichen an, sich selbst nicht als Abrissbirnen, sondern als Menschen mit Weitblick und schöpferischer Umsicht zu betrachten. Holmes wird in Zukunft nur noch größer werden – lasst nicht zu, dass Großbritannien kleiner wird.

Stephen Fry
Schauspieler und Autor

Einst das jüngste Mitglied der Londoner Sherlock-Holmes-Gesellschaft und erst kürzlich als Mycroft Holmes in *Sherlock Holmes: Spiel im Schatten* zu sehen.

Trotz der banausenhaften Aussage einer früheren britischen Kulturministerin ist Sir Arthur Conan Doyles Platz in der englischen Literatur – wie auch in der internationalen Kultur – sicher. Seine Texte werden ebenso wie die Werke vieler anderer ein Jahrhundert nach ihrem Erscheinen noch immer von Studenten wie Akademikern untersucht, analysiert und diskutiert. Doch Conan Doyle ist einer der wenigen Auserlesenen, deren Bücher nach mehr als hundert Jahren noch immer rein zum Vergnügen gelesen werden. Menschen lesen *Die vergessene Welt* oder *Die weiße Gesellschaft* und vor allem die diversen Sherlock-Holmes-Geschichten aus dem besten aller Gründe: Weil sie dies wollen. (Sir Christopher Frayling stellte einst fest, man könne einem modernen Leser versichern, die Sherlock-Holmes-Erzählungen seien unterhaltsam, ohne hinzufügen zu müssen: „Natürlich gibt es auch einige langweilige Stellen …" Das ist eine seltene Auszeichnung für einen viktorianischen Autor.)

Undershaw, Conan Doyles Haus in Hindhead, besitzt nationale – wenn nicht gar internationale – Bedeutung in der literarischen Landschaft Großbritanniens. Hier schrieb Doyle die *Die Abenteuer des Brigadier Gerard*, *Sir Nigel* und *Der große Burenkrieg*. Dies war das Haus, das er verließ, um als Stabsarzt am Südafrika-Konflikt teilzunehmen. Dies war sein Heim, als er Sir Arthur wurde. Dies ist der Ort, an dem Sherlock Holmes wiedergeboren wurde.

Dass Conan Doyle den Architekten J. H. Ball mit der Gestaltung des Hauses beauftragte, verleiht ihm einen seltenen und kostbaren persönlichen Charakter. Man könnte hier eine Zeile von der Webseite www.scottsabbotsford.co.uk frei zitieren, die dem Haus von Sir Walter Scott – ein Autor, den Conan Doyle zutiefst bewunderte – gewidmet ist: „Wenn Sie das Mauerwerk von Undershaw berühren, berühren Sie die Seele von Arthur Conan Doyle."

Der derzeitige Zustand des Hauses, das von seinen Besitzern vernachlässigt und von Vandalen beschädigt wurde, ist äußerst traurig. Undershaw kann und muss gerettet werden!

Roger Johnson
Herausgeber des *Sherlock Holmes Journal* der Londoner Sherlock-Holmes-Gesellschaft

Arthur Conan Doyle war ein ausgezeichneter Schriftsteller, ein großer Geschichtenerzähler und ein außergewöhnlicher Mensch. Seine persönliche Geschichte ist faszinierend (beeindruckend und bewegend) und er hinterließ seine Spuren in der Welt, wie es sonst nur wenige schaffen. Er gehört zu dem kleinen Kreis von Schriftstellern, die Figuren erschaffen haben, die auch außerhalb der Seiten eines Buches zum Leben erwacht sind. Sherlock Holmes, Dr. Watson, Mrs. Hudson, Professor Moriarty, die Baker Street Irregulars: Diese Figuren und ihre Welt sind auf allen Kontinenten bekannt – und so wird es auch in Zukunft sein. Conan Doyles Zuhause ist ein Gebäude von nationaler und internationaler kultureller, gesellschaftlicher und literarischer Bedeutung.

Gyles Brandreth
Schriftsteller und Radiomoderator

15

Es ist barbarisch und eine Schande, dass das ehemalige Zuhause von Arthur Conan Doyle, der mit Sherlock Holmes eine der berühmtesten literarischen Figuren der Welt geschaffen und die spät-viktorianische Atmosphäre so lebhaft geschildert hat, bedroht ist. In diesem Haus erdachte Doyle viele seiner besten Geschichten und schrieb sie nieder, darunter auch seine wohl bekannteste: *Der Hund der Baskervilles*.

Wie auch immer Undershaws Zukunft aussehen mag, ob nun als Hotel oder als Pflegeheim, es muss in jedem Fall vor einer Aufteilung in Wohnungen oder Geschäftsräume bewahrt werden, da sonst der Charakter des Gebäudes für immer zerstört wäre. Vergleiche von Doyles literarischem Status mit dem von Jane Austen oder anderen berühmten und hoch gelobten britischen Autoren sind in diesem Fall völlig nichtig und bedeutungslos.

Ich hatte das große Glück, bereits vor vielen Jahren die Geschichten von Sherlock Holmes kennenzulernen und das noch größere Glück, später genau diese Figur in einer 13-teiligen Serie der BBC spielen zu dürfen. Das brachte mich dazu, Sherlock Holmes ausgiebig zu studieren; etwas, das ich seitdem mit dem größten Interesse und Vergnügen weiterverfolge.

Es war für mich ebenfalls eine große Auszeichnung, ein Ehrenmitglied der Londoner Sherlock-Holmes-Gesellschaft zu werden. Daher möchte ich meinen Namen den vielen Protestrufen hinzufügen, die die Situation von Undershaw naturgemäß hervorgerufen hat.

Douglas Wilmer
Schauspieler, BBC-TV-Serie *Sherlock Holmes* (1965)

Ich bin Schauspieler, Autor und Produzent und hege seit meiner Kindheit eine Leidenschaft für Sherlock Holmes ... allerdings verdanke ich sie wohl in erster Linie den Filmen mit Basil Rathbone, Peter Cushing ... Christopher Plummer, Robert Stephens und ja, sogar dem mit Stewart Granger (spielte da nicht auch William Shatner mit?). Zu den Originalen brachten mich aber erst die fabelhaften Solo-Theaterstücke *The Last Act* und *The Death and Life* von David Stuart Davies mit dem großartigen Roger Llewellyn. Sie enthielten so viele verlockende Schnipsel aus den Conan-Doyle-Texten, dass ich mir diese endlich vornahm. Und das weckte wiederum den Wunsch in mir, Hörspiele zu produzieren, die so dicht am Original waren wie nur möglich.

Davor hatte ich außerdem noch zwei weitere berufsbedingte Begegnungen mit Holmes ...

1999 arbeitete ich wie besessen an der Ton- und Musiknachbearbeitung der ersten *Dr.-Who*-Ausgabe für die britische Hörspielproduktionsfirma „Big Finish". Gleichzeitig probte ich die Rolle des Holmes in Sir Arthur Conan Doyles Bühnenfassung von *The Stoner Case*, das wir später unter dem bekannteren Namen *Das gesprenkelte Band* aufführten.

Wie Sie sicherlich wissen, litten die ursprünglichen Produktionen dieses Stücks unter mangelnder Authentizität, was die Schlange angeht. Kam eine echte zum Einsatz, dachte das Publikum ironischerweise, es würde sich um eine künstliche handeln, da diese sich kaum bewegte.

Wir zogen jedoch niemals eine echte Schlange in Betracht. Stattdessen gingen wir das Problem auf zwei verschiedene Arten an. Zunächst auf Douglas Wilmers Art ... wenn die Schlange durch das Gitter kroch, schlug ich mit einem Stock auf sie ein, bevor jemand sie sehen konnte (IN WIRKLICHKEIT WAR KEINE DA), und dann kam höchste Melodramatik zum Einsatz!

Rylott/Roylott (Doyle hat den Namen für das Theaterstück geändert – weiß zufällig jemand, warum?) schrie von außerhalb des Theatersaals. Dann flog plötzlich die Tür auf und er kam schreiend und heulend hereingestürmt, wobei er mit einer künstlichen Schlange rang. Seine Brust war entblößt, die Haare zerzaust (fragen Sie mich nicht warum, es hatte wohl mit schauspielerischem Überschwang zu tun). Und in seinem „Todeskampf" schleuderte er die Schlange in unsere

17

Richtung. Ich fing sie mit meinem Stock auf und schmetterte sie geschickt auf Helen Stoners Bett ... Dann warfen Watson und ich sofort eine Decke über sie und machten uns daran, wie zwei Besessene mit unseren Gehstöcken auf sie einzuprügeln! Dann hielten wir inne. Ganz außer Atem vor Anstrengung überprüften wir vorsichtig, ob die Schlange auch wirklich tot war. Wir stellten fest, dass dem nicht so war und fuhren mit der hemmungslosen Prügelei fort, bis wir schließlich zufrieden feststellen konnten, dass unsere künstliche Schlange tatsächlich aus ihrer sterblichen Haut gefahren war. Danach erwies es sich als recht schwierig, die Dialogzeilen der Schlussszene abzuliefern, ohne zu keuchen!

Das Stück wurde zwei Wochen lang im Drayton-Court-Theater aufgeführt (in einem großen Raum unter einem Pub – keine Ahnung, ob es noch existiert), wenn auch anfangs vor einem enttäuschend kleinen Publikum. Doch gegen Ende der Spielzeit zog es dank Mundpropaganda zunehmend größere Zuschauermengen in unsere Vorstellungen. Hätten wir die Erlaubnis zum Weitermachen gehabt, würden wir das Stück bei der Zuwachsrate vermutlich immer noch spielen.

Mein persönliches Fazit war, dass es mir Spaß machte, Holmes zu spielen. Großen Spaß sogar. Dabei bin ich ganz anders als er, finde ich. Nicht annähernd so clever. Glücklicherweise habe ich auch nicht annähernd so ungesunde Gewohnheiten wie er (zumindest jetzt nicht mehr – ich rede natürlich vom Rauchen!).

Aber ich erkenne mich in seiner Getriebenheit wieder. Wenn ich an einer Sache arbeite, die mir großen Spaß macht (was heutzutage erfreulicherweise meistens der Fall ist), sprudele ich über vor Enthusiasmus, und ich bin am Boden zerstört, wenn ich nichts zu tun habe. Man kann sagen, ich fürchte das Nichtstun. Ich stopfe mein Leben mit zu viel Arbeit voll – was meine Frau und mein Kind Ihnen bestätigen werden –, und zwar nicht, weil ich befürchte, ich hätte sonst zu wenig Geld, um sie zu ernähren, sondern weil ich das Gefühl habe, eine dunkle Wolke senkt sich auf mich herab, wenn ich keine kreative Arbeit habe.

So kann ich mich also, wenigstens bis zu einem gewissen Maße, mit Holmes identifizieren. Und natürlich hilft es, dass ich ihm äußerlich nicht ganz unähnlich bin. Na ja. Zumindest halbwegs ...

Meine nächste Begegnung mit Holmes bestand darin, dass ich gebeten wurde, ihn in einer Reihe von Kriminalstücken am

18

Theatre Royal in Nottingham zu spielen, an denen ich schon fast ein Jahrzehnt mitgearbeitet hatte.

Um etwas Abwechslung zum üblichen Francis Durbridge zu bieten, hatte der Regisseur beschlossen, ein Sherlock-Holmes-Stück aufzuführen ... erstens, weil er den *Avengers*-Schöpfer Brian Clemens kannte, zweitens, weil er wusste, dass Brian ein Stück über Holmes geschrieben hatte ... und drittens, weil er hoffte, dass Brian ihm bei den Urheberrechtsabgaben entgegen kommen würde. DAS dürfte wohl der Hauptgrund gewesen sein.

Meine gute Freundin und Kollegin Maggie Stables (bekannt aus zahlreichen Big-Finish-Produktionen) empfahl mich als Holmes. Sie sprach mit dem Produzenten – und war entsetzt zu erfahren, dass er die Rolle vollkommen unangemessen besetzen wollte ... keine Ahnung, mit wem.

Also bekam ich den Job.

Der Assistent des Bühnenmeisters machte mir das lässige Kompliment: „Na ja, von all den Leuten, die sie für diese Spielzeit hätten kriegen können, bist du für die Rolle sicherlich noch am ehesten geeignet." Wenn das kein Lob ist.

Brian Clemens' Stück war bekanntermaßen *Holmes and the Ripper*. Es war nicht das erste Werk, das sich damit beschäftigte, wie Holmes wohl diesen berüchtigten Fall aus dem wahren Leben gelöst hätte – und es wird sicherlich auch nicht das letzte bleiben.

Der Stil war ... interessant und hatte deutliche Anklänge an Rathbone/Bruce ... Es gab sogar Hinweise auf eine lang verlorene Liebe von Holmes, eine Frau, die ihre letzten Tage in der Irrenanstalt verbracht hatte. Die übersinnlich begabte Kate, die Holmes dies durch Berührung einer Brosche eröffnet, verliebt sich später selbst in ihn. Das Stück endet sehr sentimental damit, dass die Hellseherin (gegenüber der Holmes seine übliche Skepsis abgelegt hat) gemeinsam mit „Sherlock" – wie sie ihn unerhörterweise nennt – zu einer Reise durch Europa samt Anstandsdame aufbricht ... eine Reise, die unter anderem den Reichenbachfall zum Ziel hat.

Diese Rolle war wegen der Dialogmenge das reinste Monstrum und Holmes tauchte in beinahe jeder Szene auf. Zu allem Überfluss hatte ich nur sieben Tage Zeit, um sie einzustudieren. Aber es machte großen Spaß ... und wurde mit ganz einfachen Bühnenbildern inszeniert. Licht und Ton wurden sehr effektvoll eingesetzt.

Wie es im Repertoiretheater häufig der Fall ist, benahmen sich alle ziemlich daneben. Das ist eigentlich dumm, wenn Druck und Fehlerpotenzial so hoch sind … aber Schauspieler machen scheinbar unter großem Druck noch MEHR Quatsch.

Und ich bin da keine Ausnahme. An der Stelle, wo Holmes, Watson und Kate endlich herausfinden, wer das Verbrechen begangen hat, und sich auf die Suche nach dem Mann machen, sagte ich während der Proben immer „Los! – Schnappen wir uns den ***Kraftausdruck entfernt***!", bevor ich die Bühne verließ. Während der ersten Aufführung hätte ich es um Haaresbreite ebenfalls gesagt.

Und als Watson sich von mir verabschiedet und ich mich mit Kate auf den Weg zum Reichenbachfall mache, flüstert er mir textgemäß vor dem Aufbruch noch einen Rat von Mann zu Mann ins Ohr. Natürlich bekam ich bei jeder Aufführung etwas anderes zu hören wie „Sie ist lesbisch" oder „Ich bin schwul und liebe dich". So hatte ich alle Mühe, am Ende des Stücks nicht in schallendes Gelächter auszubrechen.

Der große Erfolg dieser Produktion veranlasste das Theatre Royal, meine und Holmes' Rückkehr für das Folgejahr zu planen.

In der Zwischenzeit hatte ich das Glück, die bereits erwähnten Stücke von David Stuart Davies zu erleben. Ich sicherte mir gleich die Rechte für die Hörbuchadaptionen. Ungefähr zu dieser Zeit stellte sich auch heraus, dass die nächste Holmes-Aufführung am Theatre Royal *Der Hund der Baskervilles* sein würde.

Im Nachgang zu *Holmes and the Ripper* hatte ich übrigens Brian Clemens, dem die Aufführung sehr gefiel, um Erlaubnis gebeten, das Stück als Hörbuch produzieren zu dürfen. Er war einverstanden und sogar begeistert. So hatte ich also meine erste, wenn auch etwas exzentrische Holmes-Serie in Planung!

Der Produzent von *Der Hund der Baskervilles* eröffnete mir, dass er auch für das Skript verantwortlich sein würde. Er war jedoch alles andere als ein namhafter Autor. Ich fragte ihn, wie er „den Hund machen" wollte. Er sagte: „Ach, das soll alles hinter den Kulissen passieren … oder vielleicht zeigen wir seine roten Augen durch die Fenstertür."

Ich verzog das Gesicht und sagte: „Es gibt keine Fenstertür im *Hund der Baskervilles*!" (In beinahe jedem anderen Krimi, den wir am

Theatre Royal aufführen, gibt es allerdings eine – es muss da wohl irgendein Gesetz geben). „Hast du etwa eine bessere Idee?", fragte der Produzent.

Sofort las ich die fantastische Geschichte vom Hund noch einmal durch, machte mir Notizen und traf mich erneut mit dem Produzenten. „Pass auf, sonst musst du es am Ende noch selbst schreiben!", warnte mich meine Frau. Ich traf mich mit dem Produzenten ... „Ich glaube, du schreibst das lieber selbst!" Die Bezahlung war furchtbar. Aber ich schrieb immerhin den *Hund der Baskervilles*, also war es mir egal.

Ich kannte das Publikum des Theatre Royal in Nottingham ziemlich gut. Es kam, um sich zu amüsieren, also versuchte ich, das beim Verfassen des Stücks im Hinterkopf zu behalten, ohne dabei zu offensichtlich in Richtung Komödie zu gehen. Ich hatte in diesem Theater auch an ein paar Produktionen mit Gruselfaktor mitgewirkt und dabei erlebt, dass eine Mischung aus lustigen und schockierenden Momenten hervorragend funktioniert.

Ich habe die Rollen der Barrymores ein bisschen ausgeweitet und sie als zutiefst vom Tod ihres Herrn ergriffen angelegt, sodass Watson ein paar Mal sehr streng mit ihnen sein und es dann später bereuen konnte. Das Problem dabei war, dass der Barrymore-Darsteller die im Skript angedeuteten humoristischen Elemente übertrieb und bis aufs Letzte ausreizte.

Außerdem hatte ich Spaß daran, ein paar komische Elemente mit einem Soldaten einzuflechten, der Watson und seine Begleiter auf der Anreise nach Baskerville Hall überraschte.

Meine Lösung für das Problem der Hunde-Darstellung auf der Bühne (ohne Budget!) war es, den Stier bei den Hörnern zu packen. Ich überlegte mir, dass Watson die Geschichte *Der Hund der Baskervilles* in einem Theater aufführen lässt und Holmes zur Generalprobe einlädt, damit dieser beurteilen kann, wie akkurat die Geschehnisse wiedergegeben wurden.

Dies führte auch dazu, dass Holmes häufiger auftauchen konnte ... denn auch wenn er in der eigentlichen Geschichte nicht vorkommt, konnte er gelegentlich auf der Bühne erscheinen und Watson fragen, wie die Sache vorangeht. Mir machte besonders zu schaffen, dass Watson, der den Verdacht hegt, Barrymore könne mit dem Mord zu tun haben, dennoch das Haus verlässt (und die Stapletons trifft), sodass Henry Baskerville eine ganze Weile mit den Barrymores allein bleibt. Warum würde Watson Henry einer solchen Gefahr aussetzen? So wie wir es spielten, hat Watson dieses Problem gar nicht bedacht ... und Holmes wirkt daraufhin sehr überlegen und selbstzufrieden.

Die Geschichte als Stück im Stück darzustellen, bot noch einen weiteren Vorteil. Holmes konnte sich auf diese Weise ebensolche Sorgen machen wie das Publikum, ob der Hund am Ende mies dargestellt werden würde. Während der „Aufführung" fragt er Watson wiederholt, wie genau der Hund eigentlich aussehen werde. Watson weicht der Frage irritiert aus.

Und im Verlauf des Stücks lässt sich Holmes immer mehr von der Vorführung mitreißen ... und zitiert an einer Stelle selbst Watsons berühmte erzählerische Beschreibung des Hundes. Die Idee dabei ist, dass Holmes überaus verstört ist, wenn er sich an das monströse Tier erinnert.

Schließlich bleibt Holmes allein auf der Bühne zurück, die Lichter verlöschen langsam und in der Ferne ertönt das Geheul des Hundes. Ganz im Moment gefangen, zieht er seinen Revolver und fordert den Hund auf, sich zu zeigen. Für den Bruchteil einer Sekunde tut dieser das dann auch – ein Schauspieler mit einer riesigen Hundemaske springt hervor, kurz bevor die Lichter ausgehen. In der Dunkelheit feuert Holmes die berühmten fünf Schüsse ab. An einem Abend allerdings war der Ersatzschütze hinter der Bühne ziemlich nervös und feuerte ebenfalls ein paar Mal, und so klang es ein bisschen, als habe Holmes ein Maschinengewehr.

Dann gehen die Lichter wieder an, und Watson und der Rest des Ensembles kommen auf die Bühne und entschuldigen sich dafür, dass der Hund nicht gezeigt wurde. „Es war einfach zu schwierig. Wir dachten, es sollte besser alles hinter den Kulissen stattfinden!"

Völlig verblüfft und verstört wendet sich Holmes ans Publikum und sagt: „Aber ich habe ihn gesehen. Ich habe ihn gesehen ... den Hund der Baskervilles." Vorhang. Donnernder Applaus.

Meine nächste Begegnung mit Holmes hatte ich, als ich in den Hörspiel-Adaptionen von David Stuart Davies' brillanten Ein-Personen-Stücken Regie führen durfte. Roger Llewellyn spielte die Rolle des Holmes. Und so begann die Hörbuch-Reise ...

Was die ersten Ausgaben der zweiten Staffel angeht – meine Hörbuch-Versionen von *Das letzte Problem* und *Das leere Haus* kann man eigentlich gar nicht als Bearbeitungen gelten lassen. Sie enthalten beinahe nur Originaltext, aus dem ich lediglich die „Sagte-er's" entfernt habe. Der Bearbeitungsprozess bestand hauptsächlich darin, den Text in neue Abschnitte einzuteilen, um die Entwicklungen in den Gedanken der Personen zu betonen, sowie darin, Bühnenanweisungen hinzuzufügen, welche die gefühlsmäßigen Inhalte verdeutlichen – besonders Watsons Entscheidung, sein Schweigen zu brechen und über Moriarty zu reden.

Der *Hund der Baskervilles* erforderte mehr Arbeit, aber nur, weil der Text mehr als 60.000 Wörter umfasst und wir das Skript auf etwa 20.000 Wörter kürzen mussten, damit es auf zwei Audio-CDs passt. Dabei ließen wir Conan Doyles Text so weit wie möglich unangetastet.

Mir stellte sich beim Blick in die Originaltexte die Frage, warum die Leute eigentlich glauben, dass sie daran herumbasteln müssen. Wahrscheinlich, weil man Watsons Erzählung entfernt, um die Darstellung bühnentauglicher zu machen … aber in einem Hörbuch mag das Publikum erzählerische Passagen, daher kann man Watsons Schilderung so belassen, wie sie ist!

Aber mein Fazit lautet …

> Erfinde es neu.
> Überarbeite es.
> Verändere den Kontext.

Alles ist möglich. Und oftmals ist es brillant.

Trotzdem: Den meisten Spaß hat man doch mit dem Original!

Nick Briggs
Schauspieler und Schriftsteller

Spielt zurzeit den Sherlock Holmes in den Sherlock-Holmes-Hörbüchern von Big Finish.

Wir alle schulden den Schriftstellern, die wir in unserer Jugend entdeckt haben, sehr viel. Sie haben uns unendlich viele spannende Momente und einen Appetit auf das Lesen geschenkt, der unser Leben lang anhält. Bei mir waren es Anthony Hope, Sapper, Dornford Yates, John Buchan, Leslie Charteris und vor allem Conan Doyle. Sir Arthur gab uns eine ganze Galerie von Helden – Holmes, Challenger und den Brigadier Gerard – die alle bis ins einundzwanzigste Jahrhundert bei mir geblieben sind. Das Mindeste, was wir ihm dafür zurückgeben können, ist der Versuch, dafür Sorge zu tragen, dass man sich an sein Haus erinnert und es respektiert.

Michael Cox

Produzent der TV-Serie des britischen Senders Granada, *Die Abenteuer des Sherlock Holmes* **(1984/85)**

Unterschätzen Sie Undershaw nicht. Sherlock Holmes, der Detektiv, der von einem mittellosen Arzt in Southsea erschaffen wurde, ist die beliebteste aller Romanfiguren und dennoch ist das Haus des Schriftstellers verfallen und gefährdet. Seit Holmes im Jahre 1887 zum ersten Mal erschien, ist kaum ein Jahr vergangen, ohne dass ein Theaterstück, ein Lied, ein Film, eine Radiosendung, ein Pastiche, eine Fernsehserie oder anderes über Mr. Holmes aus der Baker Street erschienen wäre. Touristen kommen in Scharen zu seiner Statue in London und Edinburgh sowie zu denen in Japan und der Schweiz. Überall auf der Welt liebt man ihn. Kurz gesagt: Sherlock Holmes ist der größte Engländer, der nie gelebt hat, und er war das Geistesprodukt eines der bemerkenswertesten Menschen des Landes: Arthur Conan Doyle. Dieser geistreiche, in vielen Bereichen bewanderte Autor war noch vielseitiger als der allwissende Spürhund der Baker Street selbst, aber das Schicksal wollte es, dass er für immer als der Mann in Erinnerung bleiben wird, der der Welt Sherlock Holmes geschenkt hat. Und so sollte er auch im Gedächtnis bleiben und verehrt und geschätzt werden. Conan Doyle hat vielen Menschen große Freude bereitet und ihr Leben berührt. Die Holmes-Geschichten sind wie ein Zaubertor, durch das die Jugend Eintritt in die so viele Schätze bereithaltende Welt der Literatur gewinnt. Ein ganzes Genre der Romanliteratur wäre ohne Sherlock als Grundstein nie zustande gekommen. Doyle hat auf dem Fundament aufgebaut, welches von Edgar Allan Poe gelegt worden war und hat so das Muster des modernen Krimis entwickelt. Ohne Doyle gäbe es keinen Poirot, keinen Wimsey, keinen Morse, keinen Rebus und auch sonst niemanden wie sie.

Sherlock Holmes ist eine Schöpfung, die über das gedruckte Wort hinausgeht und tief in der literarischen und kulturellen Struktur dieses Landes verwurzelt ist. Touristen können Häuser von Shakespeare, Austen, Dickens und den Brontës besuchen, aber zumindest im Moment gibt es keine solche Stätte der Erinnerung für Conan Doyle. Jedoch spielt dieses architektonische Kulturerbe eine entscheidende Rolle, wenn wir einen Autor besser verstehen wollen. Conan Doyle hat nicht nur ein Jahrzehnt in Undershaw verbracht, dort viele seiner beliebtesten Werke geschrieben und prominente Zeitgenossen empfangen, sondern auch direkt am Entwurf des Hauses mitgewirkt. Die Backsteine und der Mörtel sind ein Abbild dessen, was Conan Doyle ausmachte: seine Leidenschaft, seine Überzeugungen und seine gesellschaftliche Stellung. Undershaw ist ein Mikrokosmus des Übergangs zwischen viktorianischer und moderner Zeit, wie Conan Doyle ihn in seinem einprägsamsten, in Undershaw geschriebenen Roman *Der Hund der Baskervilles* (1901) festgehalten hat.

Arthur Conan Doyles Undershaw hat das Potenzial, ein Zentrum für künstlerisches Schaffen zu sein, zur Deutung von Leben und Werk dieses großartigen Mannes und zum allgemeinen Verständnis der Kulturlandschaft des frühen zwanzigsten Jahrhunderts beizutragen und den unsterblichen Sherlock Holmes zu feiern. Undershaw muss erhalten, interpretiert und kommenden Generationen zugänglich gemacht werden im Interesse der Nation, der Kultur, der Nachwelt und der Menschen.

David Stuart Davies
Schriftsteller

Autor des preisgekrönten Ein-Mann-Stückes *Sherlock Holmes – The Last Act* und von *Sherlock Holmes – The Death and Life* sowie mehrerer Romane und Sachbücher über Sherlock Holmes.

Ich spielte Holmes zum ersten Mal im Jahr 1997 in einer bedeutenden Neuadaptation von *Der Hund der Baskervilles* am New Vic in Newcastle-under-Lyme. David Stuart Davies, ein erfahrener und erfolgreicher Autor und eine international anerkannte Autorität zum Thema Sherlock Holmes, der die Aufführung wohlwollend beurteilte, trat mit einer Idee für eine Solo-Nummer an mich heran – ohne Watson! Mein enger Freund Gareth Armstrong tourte mit seinem eigenen Stück *Shylock* sehr erfolgreich durch die Welt. Das „Solo-Fieber" schwirrte mir im Kopf herum.

Es handelte sich um eine geniale Idee: Sie würde Holmes erlauben, dem Publikum seine innersten Gedanken mitzuteilen und so Elemente seiner Persönlichkeit offenzulegen, die zuvor von hingebungsvollen Lesern nicht einmal erahnt worden waren. DSD wollte unbedingt das Stück schreiben. Gareth wollte unbedingt Regie führen. Ich gründete eine kleine Truppe, um es auf die Bühne bringen zu können, und 1999 ermöglichte das Salisbury Playhouse großzügigerweise Aufführungen in dem kleinen Studio mit Platz für bis zu 90 Zuschauer.

Nach einer kurzen Tournee spielten wir fünf Wochen lang als Teil des Edinburgh Fringe Festivals, gewannen fünf Sterne und erreichten eine Platzierung unter den zehn besten Stücken des Jahres. Direkt im Anschluss waren wir drei Wochen lang im Cockpit Theatre in London (das der Baker Street am nächsten liegt) und dann folgten ganze neun Jahre internationaler Gastspiele mit über 800 Aufführungen – und es ist kein Ende in Sicht!

Zu diesem Zeitpunkt bat ich David um ein zweites Stück, das er auch prompt lieferte … Beide Produktionen gehen immer noch auf ausgedehnte Tourneen.

Obwohl ich selbst nie ein eingefleischter Sherlockianer war, wurde mir bewusst, dass ich diesen Part ganz passabel spielen konnte. Ich verfügte über eine angemessene Tonlage und ein gewisses kantiges Profil. Daher war ich hocherfreut, dass der Typ Holmes, den David für mich geschrieben hatte, dem Charakter ähnelte, den ich für mich selbst in *Der Hund der Baskervilles* gefunden hatte.

David mochte und ich genoss den trockenen, sardonischen und nicht selten leicht grausamen Humor, der sich in meine Interpretation eingeschlichen hatte, die er in seiner eigenen originellen Art und Weise noch erweiterte. Durch sein enzyklopädisches Wissen über Holmes und seine Welt kann er „Spuren" entwerfen und diese dann in unterhaltsame und faszinierende dramatische Konstrukte verwandeln.

Holmes, dieser hochintelligente, emotionslose, unsensible, distanzierte Beobachter von allem und jedem, dessen Mangel an sozialer Selbsterkenntnis gelegentlich amüsant wirken konnte, bot eine breit angelegte und kontrastreiche Palette verschiedener Möglichkeiten für Schauspieler, je nach eigenem Gutdünken. Ich bin der Meinung, dass man bei ihm eventuell vom Asperger-Syndrom sprechen kann.

Ich lernte ihn während der neun Wochen dauernden Proben und Aufführungen von *Der Hund der Baskervilles* recht gut kennen und durch den langwierigen Prozess, den Gareth und ich auf uns nahmen, um ein Sololeben für ihn zu kreieren, öffnete sich zusätzlich noch so manch andere Tür.

David hatte als Grundlage angenommen, dass die Freunde zwei Jahre lang getrennte Wege gegangen waren: Watson mit seiner Frau in London und Holmes mit seinen Bienen in Sussex. Und dann … stirbt Watson!

Holmes geht zur Beerdigung und fühlt sich natürlich sofort zu den staubbedeckten Räumen in der Baker Street hingezogen, in denen er sich mit – ja, womit eigentlich? – konfrontiert sieht. Seiner Zukunft, die er jetzt ganz allein verbringen muss.

Das Publikum übernimmt den Part von Watson, und Sherlock befreit sich nun von allen Geheimnissen, ruhmreichen und schmachvollen Momenten seines Lebens. Natürlich kommt auch die bedeutende Rolle des Doktors für die Arbeit des Detektivs zur Sprache – und auch, mehr noch als wir es erahnten, in seinem Leben.

Dies zwingt den Schauspieler, sich die berühmte Persönlichkeit einerseits so zu eigen zu machen, wie ihn die Welt im Allgemeinen kennt, aber auch so, dass man viele Türen zu dem Teil seines Charakters öffnen kann, die bisher verschlossen waren. Sozusagen als eine Art Therapie.

Eine große Herausforderung war für mich als klassisch ausgebildetem „Hauptdarsteller", der normalerweise wie verschiedene Variationen von sich selbst klingt, eine ganze Reihe unterschiedlicher Charakterisierungen zu erkunden, um damit diese große Menge an Rollen ausfüllen zu können, die David sich ausgedacht hatte, um die enthüllenden Rückblicke von Holmes zu bevölkern. Ich war nicht selbstsicher genug, um die Figuren so wiederzugeben, wie er sie geschrieben hatte. Daher erfanden wir unsere eigenen Versionen, die wir dann in ausreichendem Maß miteinander kontrastieren und so einen theatralischen Effekt erzielen konnten. In manchen Fällen war dieses Vorgehen auch dazu geeignet, einen gewissen Humor mit auf die Bühne zu bringen, wodurch die düsteren Bereiche von DSDs Erfindung aufgelockert wurden.

Aus diesem Grund wurde Inspektor Hopkins zum Beispiel zu einem Waliser (beachten Sie meinen Nachnamen!). Alle Welt weiß, dass Ärzte aus Schottland kommen, also spricht Dr. Mortimer unverkennbar mit dem Akzent des schottischen Hochlands, und der Buchverkäufer wird zu einem Iren, damit der etwas billige Witz über die irische Aussprache des Wortes „three" auch sein Plätzchen findet. Das geht nie schief.

Es ist unbedingt erforderlich, dass ich mich wirklich mit jedem dieser dreizehn Individuen identifizieren kann, da ein paar nur sehr wenig Text haben, das Publikum aber sofort an sie glauben muss, wenn sie ihre erzählende Funktion im ganzen Stück erfüllen sollen. Sie sind daher unweigerlich recht breit angelegt und zugleich scharf umrissen, um viel Raum für die – hoffentlich – weitaus subtileren Ausführungen des Protagonisten zu lassen.

Was ihn als Charakter betrifft, so habe ich im Laufe der vielen Vorstellungen herausgefunden, dass sich die Zuschauer umso mehr für ihn erwärmen und ihm seine Fehler verzeihen, wenn es um Gefühle geht, je mehr ich die Selbstsucht, die Gleichgültigkeit, den kaltherzigen Geist und vor allem die bedingungslose Ehrlichkeit dieses Mannes enthülle.

Zu meiner Meinung für den Grund seiner außergewöhnlichen Langlebigkeit und seines Erfolgs bleibt mir nur zu sagen, dass abgesehen von der offensichtlich mitschwingenden Nostalgie – das viktorianische London mit dichten Nebel, den Gaslaternen, den Pferdekutschen, dem Straßenpflaster –, Holmes den regelmäßigen Triumph des Guten über das Böse symbolisiert und durch die Anwendung seiner ganz eigenen Form von moralischer Gerechtigkeit heldenhaften Erfolg erringt. Letzteres jedoch immer als Ausgleich zu den häufig zutage tretenden Ungerechtigkeiten des offiziellen juristischen Systems. Außerdem ist er der ursprüngliche „Superheld", der Vorläufer von Superman, Batman und all den anderen durch die bekannte Demonstration von unbegreiflichen Fähigkeiten, die scheinbar über alle menschenmöglichen Anstrengungen hinausgehen.

Nun zum Thema, ob ich meine Interpretation der Rolle auf die Version von Jeremy Brett stütze: Ich glaube nicht, dass ein Schauspieler, der dieses Titels wert ist, seine Darstellungsweise „auf die eines anderen stützen würde". Für mich bestehen die Proben darin, jedem Problem, das im Rahmen der Charakterisierung auftaucht, mit meinen eigenen Kräften die Stirn zu bieten: Ist dies ein wahrheitsgemäßer Gedanke? Sagt er das aus einem offensichtlichen Grund heraus oder verfolgt er damit ein anderes Ziel? Was schwingt in dieser Situation noch mit? Welches Resultat möchte er mit dieser Aussage, Tat oder Frage erzielen ...?

Um eine Metapher dafür zu bemühen ... ich breche mir durch einen tiefen Wald eine Bahn, Ast für Ast, Schritt für Schritt – d. h. Gedanke für Gedanke und Zeile für Zeile, bis man den Gipfel erreicht hat. Blickt man dann zurück, so sieht man die Form des Weges, den man geschlagen hat, wobei es sich um den Charakter der Figur handelt, die man gerade erschaffen hat.

Die eigene Arbeit auf das Konzept eines anderen Schauspielers zu stützen, würde einfach nur bedeuten, dass man das Äußere seiner Kreation kopiert und das Innere hohl lässt für die eigene Interpretation. Damit kann man nicht dreizehn Jahre erfolgreich auf der Bühne stehen. Und je länger man diese Figur spielen möchte, desto länger braucht man auch, um durch den Wald zu kommen.

Das Privileg, Holmes eine solch lange Zeit darzustellen, hat es mir ermöglicht, ihn auf eine ganz besondere Art und Weise entwickeln zu können, die sich nicht mit den normalerweise üblichen Proben- und Spielplänen vereinbaren ließe. Wenn er für ein paar Monate „geruht" hat, was sehr wichtig für die Gesundheit des Schauspielers und außerdem dem Aufbau kommerzieller Tourneen geschuldet ist, muss ich die Stücke erneut einstudieren, um mir die Gedanken wieder ins Gedächtnis zu rufen und mir den Text erneut in den Mund zu legen. Regelmäßig bin ich davon überrascht, dass es sich von selbst weiterentwickelt hat. Es zieht durch wie ein guter Eintopf. Alte Gedanken und Bedeutungen werden mit vollkommen neuen, radikalen Ideen besetzt.

Am liebsten spiele ich ein oder zwei Nächte in einem Theater und ziehe dann weiter. Das ist genau die Antwort auf die Frage nach der

Frische eines Stücks und das Geheimnis, wenn man sich nicht selbst langweilen will. Jede Aufführung ist in vielerlei Hinsicht eine Premiere. Mir gefällt es am besten, um 10.00 Uhr morgens anzukommen, das für die Technik verantwortliche Team kennenzulernen und Bühne, Zuschauerraum und Garderobe zu erkunden. Sie helfen mir beim Ausladen meines Autos und zeigen mir, wo sie die Lampen aufgehängt haben, wofür ich ihnen drei Wochen vorher detaillierte Notizen und Zeichnungen per Email geschickt habe. Ich baue die Bühnendekoration auf – zwei Stühle und Tische, drei Teppiche und einen Garderobenständer – und schmücke sie mit den Requisiten ... Bücher, Brillen, Pfeifen usw. Das Team fokussiert die Lampen unter meiner Anleitung und stattet sie falls nötig mit farbigen Blenden aus. Dann programmieren wir den Lichttisch mit den benötigten Signalen. Anschließend gehe ich das Stück einmal auf die Schnelle durch und verabschiede mich von ihnen, damit sie die technischen Elemente in Ruhe proben können. Wenn alles gut läuft, dauert diese Prozedur insgesamt drei Stunden und ich kann mich hinterher entspannen, etwas essen, ein bisschen schlafen, duschen und sechzig Minuten, ehe der Vorhang sich hebt, ins Theater zurückkehren, um eventuell in der Zwischenzeit aufgetretenen Problemen zu klären. Danach nehme ich mir zehn Minuten zum Aufwärmen meiner Stimme, schminke mich und ziehe mein Kostüm an. Endlich sehe ich ungefähr so aus wie der Mann auf dem Plakat. Nach der Vorstellung ziehe ich mich so schnell wie möglich um und verlasse die Garderobe. Manchmal begrüße ich Freunde oder Fans und kümmere mich dann um den langweiligen Teil: das Einpacken meiner Dekoration und der Requisiten. Das Team des Theaters hilft mir, alles zum Auto zu tragen und einzuladen.

Die Lichtverhältnisse und die Akustik sind in jedem Theater etwas anders. Die Größe der Bühne, die Höhe und die Einrichtungen sind sehr unterschiedlich, ebenso wie der Zugang zur Bühne und zu den Kulissen. In jedem neuen Theater muss ich Auf- und Abgänge sorgfältig proben. Am Dienstag spiele ich vielleicht vor 1200 Zuschauern und am Donnerstag in einem kleinen Studio mit nur 90 Plätzen.

Die Zuschauer entscheiden durch ihre Reaktionen, welche Art Stück sie sehen. Wenn sie sehr früh auf die humoristischen Elemente anspringen, sagen sie mir damit, dass sie sich das Stück so wünschen. Wenn sie nicht darauf reagieren, präsentiere ich ihnen etwas düsteres, mit etwas anderer Zeiteinteilung. Mir gefallen beide Versionen und ich genieße es, den Zuschauern ihre Wunschversion zu geben. Vor kurzem habe ich drei Abende lange in York gespielt: Dienstags wurde kaum gelacht, mittwochs und donnerstags haben sich die Zuschauer gebogen vor Lachen, als hätte ich ihnen Alan Ayckbourns lustigstes Stück dargeboten. Alle Vorstellungen waren ausverkauft.

Ich hoffe aufrichtig, dass ich nicht wie die Figur geworden bin. Ich bin ein angenehmer, geselliger Zeitgenosse mit einem Sinn für Humor und gewissen kulinarischen Fähigkeiten, an denen sich meine Freunde regelmäßig erfreuen.

Was ich über meine Figur denke... siehe oben!

Roger Llewelwyn
Schauspieler, *The Sherlock Holmes Experience*

Ich bin häufig um Informationen über Undershaw und den Kampf zu seiner Rettung gebeten worden. Ich bin aber kaum je gefragt worden, warum ich persönlich eigentlich glaube, dass Undershaw gerettet werden sollte. Dies ist eine erfrischende Gelegenheit, aus sehr privater Perspektive über das Haus zu sprechen.

Sherlock Holmes habe ich im Jahre 1982 (ja, das ist nun schon eine ganze Weile her) durch meine Mutter kennengelernt und seitdem bin ich immer ein Fan geblieben. Ich hatte das Glück, rechtzeitig am Leben und zudem daran interessiert zu sein, als Jeremy Brett im Jahre 1984 zum ersten Mal als Sherlock Holmes vor der Kamera stand. Es waren gute Zeiten, und diejenigen, die jetzt dank der BBC zu Sherlock gekommen sind, wissen nur zu gut, wie schnell man eine Leidenschaft für eine Figur entwickeln kann.

Jedoch wird Sherlocks Schöpfer, der oft im Schatten seines berühmten Detektivs steht, sehr häufig vergessen, ebenso wie die vielen anderen interessanten Dinge, die er gemacht hat. Sein Haus, Undershaw, verkörpert zehn Jahre seines Lebens, in denen sich viel Bedeutsames ereignete. Für viele von uns ist das bemerkenswerteste unter diesen Geschehnissen die Wiedergeburt von Sherlock Holmes in *Der Hund der Baskervilles* und in *Das leere Haus*. Für Conan Doyle aber waren die wichtigsten Ereignisse sein Einsatz im Burenkrieg, seine Versuche, für das Parlament zu kandidieren und der Tod seiner ersten Frau Louise.

Jetzt, lange nach Conan Doyles Tod, ist Undershaw das einzige materielle Andenken aus dieser Zeit und es schwebt in großer Gefahr. Im März 2010 begann ich mich für den Undershaw Preservation Trust zu engagieren und wir diskutierten das Konzept eines Buches über die zehn Jahre, die Conan Doyle in Undershaw verbracht hatte. Das Ergebnis meiner Arbeit war *An Entirely New Country*, in dem ich zu verdeutlichen versuchte, was in jenen Jahren passiert war und was Undershaw symbolisiert, nicht nur für mich, sondern auch für die Welt. Es war ein Liebesdienst und das daraus entstandene Buch ist mir wahrscheinlich das liebste von allen, die ich je geschrieben habe.

Das Buch, welches Sie gerade lesen, ist ein weiterer Versuch von mir und anderen, die exzellente Beiträge geleistet haben, klar zu machen, was uns dieses Haus bedeutet und warum es gerettet werden sollte.

Ich hoffe, dass das, was Sie auf den folgenden Seiten lesen werden, Sie überzeugen wird, dass die Pläne, die jetzt auf dem Tisch liegen und eine unwiderrufliche Vernichtung des Hauses zur Folge hätten, nicht nur unnötig, sondern darüber hinaus ein Akt mutwilliger historischer Zerstörung sind. Den Verantwortlichen muss klar gemacht werden, dass wir nicht tatenlos hinnehmen werden, wie sie uns unser Kulturerbe nehmen wollen.

Alistair Duncan
Schriftsteller

Autor von *An Entirely New Country – Arthur Conan Doyle, Undershaw and the Resurrection of Sherlock Holmes*

Sanft fallen die Strahlen der Nachmittagssonne durch das Fenster und tauchen den dahinter liegenden Raum in ein diffuses Licht. Hier, direkt am Fenster mit Blick auf die Natur, sitzt Sir Arthur Conan Doyle an seinem Schreibtisch und greift einmal mehr zur Feder, um seinen Lesern, die bereits seit sieben Jahren nach neuen Abenteuern des Detektivs aus der Baker Street dürsten, endlich die lang ersehnte Fortsetzung zu liefern, nachdem er ihn 1893 in die tosenden Wasser des Reichenbachfalles stürzen ließ. Er wird hier, in seinem Haus, das er „Undershaw" nannte und das nach seinen eigenen Plänen erbaut wurde, nicht nur eine beliebige Geschichte über den ihm so verhassten Detektiv schreiben, sondern den bekanntesten Sherlock-Holmes-Roman – ja, vielleicht sogar die berühmteste Kriminalgeschichte aller Zeiten: *Der Hund der Baskervilles.*

Ob der Autor die düstere, fast mystische Atmosphäre von Dartmoor auch in einem anderen Zuhause fernab der ländlichen Idylle derart spannungsgeladen hätte heraufbeschwören können? Ob er Sherlock Holmes zwischen all seinen Verpflichtungen und den Zerstreuungen der hektischen Großstadt überhaupt aus seinem nassen Grab zurückgeholt hätte?

Die Sonnenstrahlen, die bizarre Schatten auf den Boden werfen und in deren Licht Myriaden kleiner Staubpartikel tanzen, dringen heute nur mehr durch einen schmalen Schlitz der mit Brettern vernagelten Fenster. Conan Doyles einstiger Stolz, das Anwesen, das seiner Familie Heimat und Geborgenheit bieten sollte, liegt vollkommen brach. Das Haus gleicht einer Ruine – nicht nur von Wind und Wetter seiner einstigen äußeren Herrschaftlichkeit beraubt, sondern durch Vandalismus und Diebstahl auch seiner inneren Schätze. Ja, Undershaw hat jeglichen Glanz jener spätviktorianischen Zeit, in welcher es erbaut und bewohnt wurde, verloren. Man hat es sich selbst und dem Verfall überlassen, in dem festen Glauben, dass man es in etwas finanziell Einträglicheres verwandeln könne, wenn sein Zustand nur irgendwann marode genug sei, dass sich eine Restaurierung nicht mehr lohnen würde. Vielen, darunter leider auch die britische Denkmalschutzbehörde, ist Undershaw offenbar egal. Sie sehen im Gegensatz zu den Häusern anderer bekannter britischer Dichter und Schriftsteller keine Notwendigkeit, das einstige Zuhause Sir Arthur Conan Doyles besonders zu schützen.

Zum Glück sind die Sherlockianer resp. Holmesianer nicht nur eine über Jahrzehnte hinweg eingeschworene, sondern mitunter eine etwas verschrobene und sture Gemeinschaft. Wie bereits dem berühmten Detektiv ist auch dem wahren Holmes-Anhänger kein Ziel zu fern, kein Anliegen zu groß und kein Plan zu absurd, als dass man nicht zumindest den Versuch wagen würde, ihn in die Tat umzusetzen. Es ist also wenig verwunderlich, dass Undershaw dank des Herzbluts und Engagements des Undershaw Preservation Trust und seiner Anhänger, zu denen natürlich auch die Deutsche Sherlock-Holmes-Gesellschaft zählt, noch nicht entkernt und in Eigentumswohnungen umgewandelt oder gar vollkommen abgerissen wurde.

Natürlich könnte man auch an einem kernsanierten Undershaw oder an einem gänzlich neuen Gebäude an gleicher Stelle eine Plakette anbringen, die besagt: „Hier wohnte einst Sir Arthur Conan Doyle und verfasste seinen berühmten Roman *Der Hund der Baskervilles*." Viele dieser Plaketten findet man weltweit, doch kaum eine davon bezeichnet einen Ort, an dem man dem Geist des Autors so nahe sein könnte wie in Undershaw. Dass das St. Bartholomew's Hospital nicht im Zustand des Jahres 1881 erhalten bleiben konnte, als Sherlock Holmes und Dr. Watson sich zum ersten Mal dort trafen, leuchtet uns allen ein, und ebenso, dass die Baker Street, das Simpson's und das Criterion sich im Laufe des vergangenen Jahrhunderts gewandelt haben. Uns bleiben nur ein flüchtiger Blick und die Erkenntnis, dass dies einst die Wirkungsstätten des großen Detektivs waren. Immerhin gibt es so manchen Ort auf der Welt, an dem man einen Nachbau der Baker Street 221b besuchen kann. Viele Museen wetteifern geradezu darum, welches von Holmes' Arbeitszimmern wohl das authentischste ist. Doch einen Ort, an dem man dem Schöpfer des großen Detektivs „über die Schulter schauen" kann, gibt es nirgendwo. Welche Vergeudung eines Kulturguts wäre es also, Undershaw seine Seele zu nehmen und durch eine bloße Plakette zu ersetzen? Wäre es nicht viel wundervoller, wenn wir mit einem einzigen Schritt über die Schwelle des Hauses unmittelbar ins viktorianische Zeitalter von Sir Arthur Conan Doyle treten könnten? Welche Freude würde es uns bereiten, durch die möblierten Wohnräume zu streifen, in einem Sessel am Kaminfeuer Platz zu nehmen und uns vorzustellen, wie Conan Doyle hier seine Tage verbracht hat. Wie vielleicht doch gelegentlich ein Lächeln über seine Lippen huschte, wenn Holmes einmal mehr einen

Verbrecher austrickste oder Watson gegenüber einen scharfzüngigen Kommentar äußerte. Wie seine Kinder Adrian und Louise durch den Garten tollten, wenn der Hauslehrer seinen Unterricht beendet hatte. Oder wie der Autor andere von ihm geschätzte Schriftsteller wie Bram Stoker, J. M. Barrie oder die junge Virginia Woolf hier empfing. Und selbst wenn wir die Schwelle zurück in die Gegenwart überschritten, nähmen wir aus dem Augenwinkel heraus noch die Gestalt Conan Doyles wahr, der mit seinem Veloziped die Straße nach Hindhead hinunterradelt. Ist es denn wirklich so abwegig zu glauben, dass diese Vision eines Tages Wirklichkeit und für viele Anhänger des Autors erlebbar werden kann?

Die Deutsche Sherlock-Holmes-Gesellschaft unterstützt den Undershaw Preservation Trust als offizieller Botschafter, weil wir der festen Überzeugung sind, dass es eine wirtschaftliche Lösung geben kann und muss, dieses Kulturdenkmal wieder in seinem alten Glanz erstrahlen zu lassen und für die Nachwelt zu erhalten. Auch künftig werden wir den Trust mit Projekten unterstützen, und jeder, der uns hierbei aktiv helfen möchte, ist herzlich willkommen! Es wäre uns eine Freude, wenn Undershaw zu einer Pilgerstätte für die Bewunderer Conan Doyles werden würde, wie es das Museum in der Baker Street für die Anhänger des Meisterdetektivs ist. Dieses Ziel zu erreichen, wird noch ein langer steiniger Weg werden, daher sollten wir es wie Holmes voller Tatendrang angehen: „Come, Watson. The game is afoot!"

Nicole Glücklich und Olaf Maurer
Deutsche Sherlock-Holmes-Gesellschaft
www.Sherlock-Holmes-Gesellschaft.de

Geschichten & Gedichte

Undershaw

von Caitlin Rose Bowles
Swindon, Großbritannien

Da steht es auf sandigem Boden
Durch Tannen geschützt vor eisigem Wind
Doch nicht vor des Menschen zerstörender Kraft
Ein Hass in geballten Fäusten beginnt.

Staub fängt sich in dunklen Räumen,
Wo einst der Baskervilles' Hund entstand
Das Sonnenlicht wird von Brettern erstickt
Tapete, die blättert, zerfallen die Wand.

Die Fassade dient nur noch als Hülle
All die Pracht zerstört und besiegt
Vom Ruhm nur noch einsame Echos
Sie stimmen ein in Undershaws Klagelied.

Wer weiß schon, welch große Dinge erblickten
In jenen Wänden voll Büchern die Welt
Wer weiß, welch Geheimnisse für immer verloren
Wenn das herrliche Undershaw fällt?

Charlie Milverton

von Charlotte Anne Walters

Shropshire, Großbritannien

Todd Carter strich mit einem selbstgefälligen Lächeln das Revers seines Designeranzugs glatt. Er war überheblich, herablassend, reich und im Begriff, sich etwas Spaß zu gönnen. „Nun, Mr. Gareth Lestrade, auf dem Papier sieht Ihr Lebenslauf ganz ordentlich aus. Zwanzig Jahre bei Scotland Yard, ein erfahrener Polizeibeamter, der alle erforderlichen Qualifikationen mitbringt – aber das allein reicht nicht aus. Sie glauben wirklich, dass Sie das Zeug dazu haben, sich um meine Mädchen zu kümmern? Beweisen Sie es ..."

Er ließ mit einem breiten Grinsen seine gebleichten Zähne aufblitzen und bellte dann quer durch den Raum den stämmigen, schwarz gekleideten Sicherheitsmann neben der Tür an.

„Mach ihn fertig, Peterson!", befahl Todd mit einem Zwinkern. „Wir sind hier nicht bei Scotland Yard."

Für einen kurzen Moment fühlte er sich schuldig, schüttelte dies jedoch schnell ab: *Wenn die Agentur nun mal darauf bestand, ihm diese alten Männer zu schicken ...*

Mit etwa einhundert Kilogramm Lebendgewicht raste der Leibwächter wie ein D-Zug auf Gareth zu. Diese Begegnung entwickelte sich immer mehr zu dem surrealsten Vorstellungsgespräch, das dieser je gehabt hatte.

Gareth war schon immer recht gut in Selbstverteidigung gewesen, aber er hatte gewusst, dass er seine Kenntnisse für einen Job im privaten Sicherheitssektor verbessern musste. Zwölf Monate Arbeitslosigkeit hatten ihm dazu sehr viel Zeit gelassen.

Er blockte seinen Angreifer mühelos ab. Sie rangen miteinander, bevor es ihm mit einem letzten Kraftakt gelang, seinen Gegner siegessicher zu Boden zu werfen. Was ihm an Stärke fehlte, machte er mit Technik wett.

Todd schien davon einen Moment lang überrascht, auch wenn sein mit Botox behandeltes Gesicht keinerlei Regung zeigen konnte. Widerwillig musste er zugeben, dass dieser unscheinbare Mann ihn doch enorm beeindruckte. Und offenbar gehörte er nicht zu denen, die hinter Geld, Ruhm oder seinem wertvollsten Besitz, seiner neuen Freundin Della, her waren. *Aber konnte sich ein 47-jähriger Ex-Bulle mit einem nicht mehr ganz einwandfreien Ruf und ohne vorherige Erfahrung um eine bekannte Girl-Band kümmern? Nun ja, wenigstens würde Della mit dem nicht schlafen wollen ...*

Sherlock Holmes war nicht sentimental, er hatte sich nur an gewisse Menschen in seinem Leben gewöhnt, in etwa so, wie man sich an eine Lieblingsjacke oder einen Lieblingssessel gewöhnt. Inspektor Lestrade war einer dieser Menschen gewesen. Als er dann fort war, hatte es Holmes überrascht, wie sehr ihm das zu schaffen machte.

Lestrade nun wieder in seinem Wohnzimmer zu sehen, war beruhigend, eine Art Wiederherstellung der Normalität. Nicht normal war jedoch die Tatsache, dass er einen teuren Anzug trug und offenbar von kalifornischer Sonne gebräunt war.

„Wie geht es Doktor Watson?", fragte Gareth, um das Gespräch in Gang zu bringen.

„Er hat mich für eine Frau verlassen."

„Meine Frau hat mich für einen Hauptkommissar verlassen."

„Das ist nicht das Gleiche, die Entscheidung Ihrer Frau war verständlich."

„Danke", erwiderte Gareth sarkastisch, inzwischen gewöhnt an Holmes' direkte Art.

„Zigarette?"

„Nein danke, momentan nicht. Ich komme gerade aus L.A., dort raucht niemand, alle trinken nur grünen Tee und haben perfekte Zähne."

„Sie haben aber einen Zwischenstopp auf dem Kontinent eingelegt. Ibiza. Ein 5-Sterne-Hotel. All inclusive?"

Schon war Holmes in seinem Element: Alles wurde blitzschnell beobachtet und analysiert, bevor er dann die treffendsten Schlussfolgerungen zog, die all jenen mit geringerem Intellekt völlig entgingen.

„Wieso sind Sie so überrascht? Sie sollten meine Methoden doch langsam kennen. Ihre Uhr geht zwei Stunden nach, folglich war es kein Langstreckenflug, und Ihr Boss besitzt meiner Annahme nach einen Nachtclub auf Ibiza. Sie tragen das Armband eines Hotels, also war es All inclusive, und Berühmtheiten übernachten niemals in Hotels mit weniger als fünf Sternen."

Gareth musste lächeln – immer noch der alte Holmes. Sie kannten sich beruflich bereits seit Jahren, waren aber nie wirkliche Freunde geworden. Gespräche über Familie, Fußball oder das Fernsehprogramm des Vorabends gab es bei ihnen nicht, denn diese Banalitäten würden Holmes' hyperaktiven Verstand zu Tode langweilen. Gab man ihm jedoch ein Problem, einen außergewöhnlichen Mordfall oder eine Serie von offenbar nicht verbundenen Ereignissen, erwachte er mit unglaublicher Energie zum Leben.

„Warum sind Sie hier, Lestrade? Sie sagten, dass Sie meine Hilfe benötigen, also erzählen Sie, worum es geht."

Es waren zwölf hektische Monate gewesen, eine wahre Feuertaufe für einen Ex-Polizisten, der neu im Musikgeschäft war und keinerlei Erfahrungen hatte. Gareth fühlte sich, als ob er mindestens zweimal um die Welt und wieder zurück gereist wäre. Er hatte mehr Drogen, Angriffe und Waffen gesehen als in seiner gesamten Karriere bei der Polizei. Eine Karriere, die nun in Trümmern lag.

„Ich habe jemanden mitgebracht, sie wartet draußen im Auto. Ich wollte Sie erst sprechen und sehen, ob es Sie interessiert. Immerhin weiß ich, wie abweisend Sie Klienten gegenüber sein können, deren Probleme für Sie uninteressant sind. Sie ist sehr verletzlich – mein Job ist es, sie zu beschützen und sie nicht dem auszusetzen, was Sie persönlich für Freundlichkeit halten."

„Ich nehme an, es geht um Della?"

„Woher wissen Sie das? Es sind schließlich drei Mädchen in der Band."

„Richtig, aber Della ist der Star und es muss schon etwas sehr Schwerwiegendes passiert sein, das Sie wieder an meine Tür klopfen lässt."

„Holmes, ich gebe Ihnen keine Schuld an dem, was passiert ist ..."

In diesem Moment öffnete sich die Tür zum Wohnzimmer und Della kam herein. Sie trug bequeme Schuhe, Röhrenjeans und ein T-Shirt und bot einen sehr attraktiven Anblick. Eine Designerhandtasche hing lässig über der Schulter und ihre übergroße Sonnenbrille war hoch auf den Kopf geschoben, um die blonden Haare aus dem Gesicht zu halten.

„Es tut mir leid", sagte sie mit einem warmen nordenglischen Akzent. „Ich konnte nicht länger warten. Langsam drehe ich durch,

Mr. Holmes. Die Polizei interessiert sich nicht dafür, aber Mr. Lestrade meinte, dass man Ihnen vertrauen kann und dass Sie Menschen helfen. Ich brauche wirklich Hilfe."

Della setze sich neben Gareth auf das Sofa und rieb sich nervös die Hände.

„Wie Sie vielleicht wissen, bin ich die Sängerin in einer Girl-Band. Ich habe sehr hart gearbeitet, um so weit zu kommen. Mit fünf nahm ich an meinem ersten Talentwettbewerb teil und mit vierzehn habe ich Demobänder verschickt. Ich bin jetzt neunundzwanzig, aber die Plattenfirma erzählt jedem, ich wäre vierundzwanzig. Botox sei Dank, sonst würden wir niemals damit durchkommen."

„Kurz nachdem ich meinen ersten Vertrag unterschrieben hatte, begann ich ein Verhältnis mit meinem Manager, Todd Carter. Ich fühlte mich sehr geschmeichelt und glücklich, dass er an mir interessiert war. Nun sind wir bereits seit fünf Jahren zusammen und inzwischen sogar verlobt. Wir sind wie eines dieser Starpärchen, über die jeder gerne liest. Todd vermarktet unsere Beziehung, was das Zeug hält: Homestorys, Fotostrecken in Magazinen, Bilder von uns auf Yachten, wie wir lächeln, als wären wir einander treu ergeben. In Wahrheit ist er jedoch ein Kontrollfreak, der sogar einen Überwachungschip in mein Handy einbauen ließ, damit er immer weiß, wo ich gerade bin. Ich kann nicht einmal ohne seine Erlaubnis atmen. Er verlangt andauernd, dass ich diese oder jene Diät machen soll und ist besessen davon, dass ich nicht so alt wirke, wie ich bin. Er ist fünfunddreißig und meint, solange ich gut aussehe, wirke er jünger. Von seinem eigenen Aussehen ist er ebenso besessen und hat bereits jede Menge Schönheitsoperationen hinter sich. Ich würde nicht sagen, dass ich Angst vor ihm habe, Mr. Holmes, aber er ist ein mächtiger Mann. Er hat mich zu dem gemacht, was ich bin, und er kann mich genauso schnell wieder in der Bedeutungslosigkeit verschwinden lassen. Er kontrolliert alles, ich habe nicht einmal eigenes Geld – ich kann mir nicht einmal einen Bagel kaufen, ohne dass er davon weiß."

„Ich nehme an, der interessante Teil dieser Geschichte kommt noch?", fragte Holmes ungeduldig.

„Ich treffe mich mit jemandem, Mr. Holmes, der mir sehr viel bedeutet – jemandem, der mich glücklich macht. Ich bin nicht stolz darauf, aber der private Todd ist eiskalt, als ob er mich eigentlich gar nicht will, mich aber auch keinem anderen gönnt. Sollte er es

43

herausfinden, wird er uns beide zerstören. Ich war immer so vorsichtig, aber dann ist etwas geschehen – dieser bösartige, manipulative ..." Ihre Stimme brach, als Tränen die großen, blauen Augen verschleierten und ihr über das Gesicht liefen. Gareth suchte nach einem Taschentuch und gab es ihr. Sie fasste sich wieder soweit, dass sie die Geschichte fortsetzen konnte. Ihr eindringlicher Gesichtsausdruck trug dazu bei, dass Holmes ihr nun etwas mehr Aufmerksamkeit schenkte. „Es ist dieser Charlie Milverton. Er setzt Stars unter Druck, indem er versucht, so viel wie möglich Material in die Finger zu bekommen, für das sich Boulevardzeitschriften oder Klatschseiten im Internet interessieren würden. Dann nimmt er Kontakt mit dem jeweiligen Star auf und verlangt eine Gebühr für sein Stillschweigen. Er hat so viel Schmutz angesammelt, dass alle Welt Angst vor ihm hat und sein Name niemals genannt wird ... Erinnern Sie sich an den Spesen-Skandal der Parlamentsmitglieder, an die Abhöraffäre oder an den jungen Popstar, der sich umbrachte, nachdem Bilder von ihm beim Drogenkonsum veröffentlicht wurden? Das alles war Milvertons Werk."

„Nun hat er ein Auge auf mich geworfen und ich weiß nicht, was ich tun soll. Er hat ein Überwachungsvideo, auf dem ich in einem Hotelaufzug stehe ... und einen anderen Mann küsse. Er hat damit gedroht, es zu verkaufen, sollte ich ihm keine 200.000 £ bezahlen. Ich habe nichts und kann das nicht zahlen – nicht, ohne dass Todd davon erfährt. Sollte diese Sache herauskommen, wäre mein Ruf ruiniert, ebenso wie der Ruf der anderen beteiligten Person, die das wirklich nicht verdient hat. Bitte helfen Sie mir."

Doktor Watson liebte es, mit einem Besuch in der Baker Street 221b dem Alltag zu entfliehen. Aber inzwischen war dies etwas schwierig mit all seinen normalen Verpflichtungen wie dem Abendessen auf dem Tisch, wenn er nach Hause kam, oder dem sonntäglichen Mittagessen mit den Schwiegereltern. Nun aber hatte er von Holmes eine Einladung bekommen und sich ergeben auf den Weg gemacht, während seine Frau ihren Pilateskurs besuchte. Auftragsgemäß hatte er alle Informationen über Charlie Milverton, die er im Internet finden konnte, mitgebracht. Holmes spielte wie immer den Teilnahmslosen, als Watson in seine alten Räume zurückkehrte, aber der Doktor wusste, dass sich sein Freund insgeheim freute, ihn zu sehen.

„Also", sagte Watson, als er einen Stapel Papiere auf den Kaffeetisch warf, „ich war fleißig und habe getan, worum Sie mich gebeten haben."

„Also sind Sie bei der Arbeit nicht ausgelastet."

„Woher wollen Sie das wissen? Ich hätte das alles auch zu Hause erledigen können."

„Die Qualität des Papiers ist zu gut und Sie kaufen nur das günstige Papier für Zuhause – das ist ganz klar Papier aus dem Büro."

Watson war während der Arbeit nie sonderlich beschäftigt. Er arbeitete in einer Privatpraxis und musste sich hauptsächlich um einen Strom von Taugenichtsen kümmern, die zu ihm von der Schwestergesellschaft geschickt wurden, einer Anwaltskanzlei, die nach dem Motto „Ohne Sieg kein Honorar" agierte. Seine Arbeit bestand darin, Formulare auszufüllen, in denen er bestätigte, dass die Person unter einem Schleudertrauma oder Stress litt oder einen Zusammenbruch hatte – auch wenn in Wirklichkeit nichts davon zutraf.

„Charlie Milverton war Redakteur bei einem Boulevardblatt", begann Watson in der Hoffnung, Holmes zu beeindrucken. „Er wurde aber wegen Alkoholproblemen gefeuert. Daraufhin zog er sich zurück und nutzte seine vielen Kontakte in den Medien für dunkle Machenschaften. Er ist von Stars ganz einfach besessen. Zu ihm geht man, wenn man ein Tonband, ein Video, eine belastende E-Mail oder ein zugespieltes Dokument besitzt – er kauft es einem ab und verkauft es dann weiter. Es wird gemunkelt, dass er der Drahtzieher hinter mehreren Webseiten ist, auch wenn es niemand beweisen kann. Die meisten davon sind Klatschseiten, die einzige Ausnahme ist eine Seite, die sich seriöser gibt und mit Politik beschäftigt."

Watson lehnte sich in seinem Stuhl zurück und hoffte, dass sein Freund wenigstens dieses eine Mal von seinen Ergebnissen beeindruckt wäre.

„Da haben Sie sich aber sehr angestrengt, Watson, auch wenn Sie die wichtigste Sache übersehen haben."

„Und das wäre?", fragte Watson verletzt, aber nicht wirklich überrascht.

„Die Legalität! Sie arbeiten doch mit Anwälten zusammen. Ich muss wissen, ob er irgendwelche Gesetze bricht."

„Ich arbeite *für* Anwälte, das ist ein großer Unterschied."

„Nun, glücklicherweise habe ich Ihre Defizite vorausgeahnt und jemanden zu Rate gezogen: Mr. L. Pike ist ein bekannter Staranwalt, der mir einen Gefallen schuldete. Milverton handelt sehr schnell, er stellt sicher, dass das Material veröffentlicht wird, bevor eine Verfügung verhängt werden kann, wobei die Gerichte zunehmend weniger bereit sind, selbstsüchtige Stars zu beschützen. Ich habe keine Wahl, als mit Milverton über das Wohl meiner Klientin zu verhandeln. Er wird im Laufe der nächsten Stunde hier eintreffen. Bleiben Sie doch noch, Watson; Ihre Frau will nach ihrem Pilateskurs ohnehin noch Freunde besuchen. Deswegen hat sie auch das Auto genommen und Sie sind mit dem Taxi hierher gefahren. Ich kann die Quittung sehen, die aus Ihrer Hosentasche herausragt. Sehr nützlich, um Spesen von den Anwälten zu verlangen, für die Sie schuften."

Charlie Milverton schlurfte in das Zimmer. So übergewichtig, hässlich und klein wie er aussah, war es kein Wunder, dass Erpressung der einzige Weg für ihn war, um in die Nähe der Reichen und Schönen zu kommen, von denen er so besessen war.

Holmes versuchte zu verhandeln, aber der kleine, sture Mann wollte keinen Millimeter nachgeben. Eine geringere Gebühr oder das Versprechen einer Zahlung in Raten waren für ihn nicht akzeptabel. Auch der Versuch, an sein Mitgefühl zu appellieren, schlug fehl.

Watson bemerkte, wie Holmes angesichts Milvertons Entschlossenheit ungewohnt nervös wurde und, konfrontiert mit so viel Hartnäckigkeit, langsam seine Ruhe verlor. Am Ende erhob er sich erschöpft und niedergeschlagen aus seinem Sessel und bat Milverton zu gehen. Das unheimliche Monster der Medien lächelte siegesgewiss, während er zur Tür ging.

„Zahlung bis Samstag, Mr. Holmes, oder die einzige Option, die mir bleibt, ist eine vollständige Enthüllung. Sagen Sie Ihrer Klientin, dass sie zahlen soll oder mit den Konsequenzen leben muss."

Holmes schlug die Tür hinter ihm zu und sank wieder auf seinen Stuhl. Watson wartete geduldig in der entstandenen Stille ab, während Holmes Gehirn verzweifelt an einer Lösung des Problems arbeitete. Irgendwann stand er auf, um zu gehen, wohl wissend, dass seine Frau bald nach Hause kommen würde.

„Meine Frau wird ausflippen, wenn ich zu spät nach Hause komme."

„Fürchterlicher Amerikanismus", grummelte Holmes. Plötzlich sprang er jedoch auf und packte Watson an den Schultern. „Amerika! Brillant, Watson! Wieder einmal haben Sie bewiesen, dass Sie unersetzlich sind, auch wenn Sie es selbst nicht merken. Sie wissen ja, wo es hinausgeht …"

Mit diesen Abschiedsworten griff Holmes nach seiner Jacke und rannte aus dem Zimmer, einmal mehr von dieser stürmischen Energie erfüllt, die für seine Gegner üblicherweise den Untergang bedeutete.

Obwohl er wusste, wie schnell sein Freund Fälle lösen konnte, war Watson dennoch geschockt, als er am Freitagmorgen den Fernseher einschaltete und in den Nachrichten von der Festnahme Milvertons hörte. Der ehemalige Boulevardredakteur war in der Morgendämmerung von der Polizei bei einer Razzia in seinem Haus verhaftet worden und befand sich nun in Gewahrsam. Watson wartete nicht, bis der Reporter seine Geschichte zu Ende gebracht hatte, sondern eilte sofort zur Baker Street. Dies war es wert, zu spät zur Arbeit zu kommen und den Zorn der stets wachsamen Anwälte auf sich zu ziehen.

„Amerika, Watson", verkündete Holmes stolz. Er sah zwar aus wie ein Mann, der die Nacht durchgemacht hatte, konnte aber trotzdem vor lauter Energie nicht still sitzen. „Ich muss mich bei Ihnen entschuldigen, denn die Ergebnisse Ihrer Recherche waren am Ende doch entscheidend."

Watson war es nicht gewohnt, von Holmes eine Entschuldigung zu hören. Normalerweise erntete er für seine Anstrengungen nur Kritik. Als sein erstes Buch veröffentlicht worden war, hatte Holmes es bissig als sensationsheischend und nicht genug auf seine ‚Methode' ausgerichtet bezeichnet. Es war aber Gareth Lestrade, der am meisten darunter gelitten hatte.

Holmes war immer froh gewesen, wenn sein Name aus den Zeitungsberichten herausgehalten wurde. Obwohl er Scotland Yard bei vielen hochklassigen Fällen geholfen hatte, wollte er nie die Lorbeeren dafür ernten. Soweit es die Öffentlichkeit betraf, hatten Gareth Lestrade und seine Kollegen die Fälle immer selbst gelöst – sie wurden in den Medien auch dementsprechend honoriert. Obwohl bereits einige Jahre seit diesen Fällen vergangen waren, reagierte die Öffentlichkeit bei Erscheinen von Watsons Buch dennoch verärgert darüber, dass die Polizei die Lorbeeren geerntet hatte, die eigentlich einem Amateur zugestanden hätten. Steuergelder waren ausgegeben worden und doch war es ein gewöhnlicher Bürger, der die Fälle gelöst hatte. Erst gab es einen Aufschrei, dann eine Untersuchung und am Ende zahlte Gareth den Preis. Obwohl er nicht der einzige Polizeibeamte gewesen war, der Holmes' Hilfe angenommen hatte, wurde er zum Sündenbock gemacht. Dem Hauptkommissar, der zufällig ein Verhältnis mit Gareths Frau hatte, war dies sehr recht.

Gareth wurde suspendiert und es gab eine Anhörung mit dem Ergebnis, dass er nach einer Degradierung weiter bei Scotland Yard hätte bleiben können. Der Schaden war jedoch bereits angerichtet. Gareth versuchte den Rest seiner Würde zu wahren, indem er die Kündigung einreichte – kurz darauf verließ ihn seine Frau und es kam zu einer äußerst kostspieligen Scheidung.

„Ich habe mir Ihre Notizen angesehen", verkündete Holmes. „Sie hatten erwähnt, dass Milverton hinter einer politischen Webseite namens *www.ileaks.com* steckt. Sehr interessante Inhalte – besonders die Korruptionsvorwürfe im Weißen Haus. Das war genau das, was ich brauchte."

„Sehen Sie es mal so: Milvertons Aktivitäten mögen hier nicht illegal sein, doch die Amerikaner sehen das alles etwas strenger – besonders wenn es um ein mögliches Risiko für die nationale Sicherheit geht. Ich musste nur etwas finden, das gegen ein amerikanisches Gesetz verstößt, um unser eigenes Rechtssystem umgehen zu können. Die USA können unter Verweis auf das Auslieferungsgesetz von 2003 die Auslieferung von britischen Staatsbürgern fordern, wenn diese ein Verbrechen laut den Gesetzen der USA begangen haben oder die Sicherheit der Vereinigten Staaten gefährdet ist, selbst wenn das Verbrechen hier begangen wurde. Es muss nur ein kleiner Beweis vorliegen. Allein der Verdacht reicht den amerikanischen Behörden bereits aus, um zu verlangen, dass eine Person festgesetzt wird, bis die Auslieferung genehmigt ist."

„Interpol war sehr interessiert, als ich ihnen die Ergebnisse meiner kleinen Untersuchung von ileaks überreicht habe. Unser Freund Milverton hat Informationen benutzt, die er von einem Maulwurf im Weißen Haus erhalten hatte. Mit der Veröffentlichung hat er sich den Zorn unserer amerikanischen Cousins zugezogen. Die Polizei hat Computer, Dokumente, Festplatten und sogar sein Telefon beschlagnahmt. Glücklicherweise habe ich immer noch ein paar verbleibende Kontakte bei der Polizei und habe dank ihnen ein paar schlüpfrige Details erhalten, inklusive ..."

Er hielt einen USB-Stick vor Watsons erstauntem Gesicht in die Höhe.

„Ist das das Material von Dellas Fahrstuhleskapade?"

„Ich kann nicht garantieren, dass keine Kopien gemacht worden sind, aber kein Verleger wird jetzt noch Material aus einer solch unsicheren Quelle verwenden wollen."

Es vergingen einige Wochen, bevor Watson es das nächste Mal schaffte, sich vom heimischen Herd wegzuschleichen, um seinen Freund zu besuchen. Sobald er in seinem gewohnten Sessel Platz genommen hatte, fragte er nach weiteren Informationen über Della und was ihr die Zukunft wohl bringen würde. Sollte er diesen Fall für sein nächstes Buch verwenden wollen, bräuchte er ein besseres Ende.

„Ihr dringendstes Problem dürfte zwar gelöst sein, aber sie ist immer noch in den Händen dieses grauenvollen Mannes, der ihr Leben kontrolliert", kommentierte Watson die Situation.

„Nicht mehr lange. Es hat sich eine Möglichkeit ergeben, wie sie ihn verlassen kann, ohne die Gunst der Öffentlichkeit zu verlieren. Sie war nicht die einzige Person, die in dieser Nacht mit jemand anderem gefilmt worden ist."

„Carter war auch mit jemandem zusammen? Woher wissen Sie das?"

„Ich habe die Quelle des Bandes ausfindig machen können: Es war ein Mitarbeiter des Hotels. Glücklicherweise konnte mir das Innenministerium bestätigen, dass er illegal dort arbeitet. Die Androhung ausgewiesen zu werden reichte aus, um sich seine Mitarbeit zu sichern und ich habe ihn dazu gebracht, das Material vom Hotelflur vor Carters Zimmer durchzusehen. Carter brachte jemanden ins Hotel und es war sehr hilfreich, dass die beiden bereits im Gang mit ihrem ‚Spaß' begannen. Die Bilder liegen bereits in jeder Boulevardblatt-Redaktion – ein kleines Geschenk meinerseits. Ihre Sonntagszeitung dürfte eine sehr interessante Lektüre werden."

„Das ist brillant, aber ich bin überrascht, dass Sie sich so viel Mühe geben, Della zu helfen. Normalerweise sind doch nur die Probleme für Sie interessant, nicht aber die darin verstrickten Personen.

Sie haben Milverton bereits gestoppt, warum sind Sie also noch einen Schritt weiter gegangen?"

„Ich nehme mal an, um einem guten Mann zu helfen, sein Mädchen zu bekommen. Vielleicht dachte ich, dass ich ihm einen Gefallen schulde. Außerdem hatte ich nichts Besseres zu tun."

„Sie meinen den Mann, der mit ihr im Aufzug war? Sie haben es sich also angesehen? Wer war er? Ich vermute mal, er ist berühmt."

„Sie können es sich selbst ansehen ..."

Holmes schloss den USB-Stick an seinen Laptop an und öffnete die Datei. Watson starrte auf den Bildschirm. Da war Della, sie betrat den Aufzug in Begleitung ihres Leibwächters. Sobald sich die Türen geschlossen hatten, betätigte sie einen Schalter, der den Aufzug mit einem kurzen Rucken zum Stehen brachte. Dann legte sie eine Hand auf Lestrades Arm und zog ihn zu sich heran, während er sie küsste.

„Oh mein Gott", rief Watson aus und starrte ungläubig auf den Bildschirm. „Wussten Sie das?"

„Natürlich wusste ich es."

„Hat er es Ihnen erzählt?"

„Nein."

„Wie ...?"

„Es waren die Socken. Als ich Della getroffen hatte, trugen sie beide die gleichen Socken. Es waren definitiv Männersocken. Popstars teilen sich normalerweise keine Socken mit ihren Leibwächtern. Sie trugen außerdem beide die gleiche teure Markenuhr und das Label ihrer Tasche war identisch mit dem seines Gürtels.

Gleiche Socken, gleiche Marken – sogar Sie hätten darauf kommen können, Watson. Außerdem ... wenn Carter sie wirklich so genau überwacht hat, musste ihr Liebhaber jemand sein, der täglich in ihrer Nähe, aber über jeden Verdacht erhaben war – ein Security Manager mittleren Alters passt doch ausgezeichnet auf diese Beschreibung, meinen Sie nicht?"

„So bekommt der Gute am Ende doch das Mädchen", lächelte Watson, „mit etwas Hilfe von seinen Freunden."

Die blaue Kristallflasche
von Luke Benjamen Kuhns
London, Großbritannien

Es war ein windiger Abend im April des Jahres 1886. In der Baker Street las Sherlock Holmes bei einer genüsslichen Pfeife in seinen Aufzeichnungen, während Watson mit einem Glas Brandy vor dem lodernden Kaminfeuer saß und die Augen geschlossen hatte. Der Wind pfiff leise und beruhigend durch die Fensterritzen ins Zimmer. Es war kurz nach zehn, und nachdem sich die abendliche Dunkelheit herabgesenkt und der kühle Wind die Menschen in ihre Häuser getrieben hatte, war es ruhig geworden in den Straßen.

Plötzlich klopfte es unten. Holmes und Watson hörten, wie Mrs. Hudson zur Haustür eilte und diese öffnete. Kurz darauf brachte sie einen jungen Polizisten ins Studierzimmer.

„Mr. Holmes?", sprach dieser den Detektiv an, der vornübergebeugt dasaß und tief in Notizen und Briefen versunken war.

„Ja", sagte Holmes. Er stand auf und betrachtete den Polizisten.

„Lestrade bat mich, Sie unverzüglich zu ihm zu bringen. Es gab einen Mord."

„Wo?"

„In der Kensington High Street. Eine junge Frau namens Deseray Underwood."

„Was ist die Todesursache?"

„Das wissen wir nicht – genau deshalb brauchen wir Ihre Hilfe."

Holmes wandte sich an Watson, der mit inzwischen weit aufgerissenen Augen aufgestanden war.

„Watson, würden Sie mich begleiten?", fragte er.

„Natürlich!", erwiderte Watson und die drei Männer machten sich auf den Weg.

Als sie vor dem Haus ankamen, waren überall Polizisten, während am Rande Schaulustige standen und das Geschehen beobachteten. Man führte Holmes und Watson in das Zimmer der jungen Frau, die dort ausgestreckt auf dem Boden lag. Spuren eines Kampfes waren nicht zu sehen und auch sonst schien alles im Raum an seinem Platz zu sein.

„Danke, dass Sie gekommen sind, Holmes", sagte Lestrade.

„Was wissen Sie bisher?", erkundigte sich Holmes.

„Ihr Name ist Deseray Underwood. Sie ist 27 Jahre alt und arbeitet als Gouvernante bei einer hiesigen Familie. Ihr Vater Everett und ihr Bruder James leben beide in der Healy Street in Camden. Außerdem ist sie mit diesem Mann hier verlobt", schloss Lestrade und bedeutete einem Polizisten, dass er jemanden hereinführen solle.

„War verlobt", bemerkte Holmes.

Ein Mann wurde von einem zweiten Polizisten ins Zimmer geleitet. Er war ungefähr 1,80 Meter groß, stattlich, mit tiefschwarzem Haar und lebhaften braunen Augen. Ein Bart bedeckte den größten Teil seines Gesichtes und er trug eine winzige gesprenkelte Brille.

„Das ist Samuel Mortimer, der Verlobte der jungen Frau. Er hat ihre Leiche gefunden und uns gerufen", sagte Lestrade.

„Wann war das?", fragte Holmes.

„Vor ungefähr zwei Stunden", antwortete Samuel Mortimer. Seine Stimme zitterte vor Schock und Trauer.

„Sie hatten eine Reservierung für heute Abend?", fragte Holmes.

„Ja, aber woher wissen Sie das?", erwiderte er.

„Ich kann mir kaum vorstellen, dass jemand im Anzug mit frisch polierten Schuhen, einer kostbaren Taschenuhr und ebensolchen silbernen Manschettenknöpfen hierherkommen würde, nur um den Abend gemütlich zu Hause zu verbringen", erklärte Holmes.

„Oh … ich verstehe. Es stimmt, ich war heute mit ihr zum Abendessen verabredet. Wir hatten einen Tisch reserviert und wollten uns um 19.00 Uhr im Restaurant treffen. Ich habe mehr als eine Stunde auf sie gewartet und wusste dann, dass irgendetwas passiert sein musste. Es sah meiner Deseray gar nicht ähnlich, sich so zu verspäten. Also verließ ich das Restaurant und ging direkt zu ihrer Wohnung. Ich habe laut an die Tür geklopft. Es hat niemand aufgemacht, aber ich konnte sehen, dass im Haus Licht brannte. Ich habe versucht, zu ihrem Fenster hochzuklettern, um zu sehen, ob etwas zu erkennen ist. Dort habe ich sie dann auf dem Boden liegen sehen. Ich bin ins Haus gestürzt und habe ihre Tür aufgebrochen, um zu ihr zu gelangen, aber ich kam zu spät. Sie war bereits tot." Er begann zu weinen und Tränen liefen ihm über das Gesicht.

Holmes ging zu dem leblosen Körper hinüber und fing an, ihn zu untersuchen.

„Ihre Augen sind gelb", sagte er, „möglicherweise Nierenversagen. Mr. Mortimer, war Ihre Verlobte krank?"

„Nein. Nicht im Geringsten."

Holmes beugte sich hinunter und schnupperte an ihrem Nacken. „Irgendetwas ist da", sagte er leise zu sich selbst. „Ich will, dass alle außer Watson und Lestrade das Zimmer verlassen", befahl er.

Sobald alle seiner Anweisung Folge geleistet hatten, hob er den umgekippten Stuhl auf, auf dem sie offenbar gesessen hatte.

„Sie riecht nach irgendetwas", sagte Holmes, während er sich auf ihren Stuhl setzte und ihren Schminktisch in Augenschein nahm. „Sie saß hier, machte sich für den Abend fertig, schminkte sich, und schließlich ... ihr Parfüm."

Am Rande des Tisches stand eine blaue Kristallflasche. Holmes hob sie hoch und roch am Verschluss.

Gleich darauf zog er die Flasche hastig von seinem Gesicht zurück, stand auf und durchquerte das Zimmer.

„Da haben Sie Ihr Mordwerkzeug. Das ist kein normales Parfüm. Das ist eine Flasche flüssiges, als Parfüm getarntes Zyanid."

„Jemand hat sie mit Zyanid vergiftet?", fragte Lestrade. „Warum?"

„Das müssen wir noch herausfinden", erwiderte Holmes.

„Was wissen wir von ihrem Verlobten?", erkundigte sich Watson.

„Er ist ein reicher Geschäftsmann, ist bisher noch nie strafrechtlich aufgefallen, hat keine verdächtigen Verbindungen und gehört zu einer angesehenen Familie. Sie besitzt einen Großteil der Bürohäuser in der Innenstadt", berichtete Lestrade.

„Was könnte er durch ihren Tod gewinnen?", fragte Watson.

„Ms. Underwoods Familie ist ebenfalls wohlhabend. Ihr Vater war eine Zeitlang Goldgräber in Amerika und ist als reicher Mann zurückgekehrt. Sie führen ein bescheidenes Leben, aber sie haben sehr viel Geld in der Hinterhand. Ich schätze, ihre Lebensversicherung dürfte ziemlich hoch sein", sagte Lestrade.

„Aber falls er tatsächlich die Versicherung abkassieren wollte, hätte er sie doch sicher erst nach der Hochzeit umgebracht?", warf Watson ein.

„Holen Sie ihn noch einmal rein. Ich will mit ihm sprechen", sagte Holmes.

Samuel Mortimer wurde wieder ins Zimmer geführt und nahm auf einem Stuhl Platz. Holmes zog einen zweiten Stuhl heran und setzte sich ihm gegenüber.

„Wann wollten Sie beide heiraten?", fragte er.

„Am Freitag nächster Woche", antwortete Mortimer.

„Können Sie uns irgendeinen Grund nennen, warum jemand Ihre Verlobte hätte umbringen wollen?"

„Nein, Mr. Holmes, beim besten Willen – das kann ich nicht!", rief er.

„Nicht vielleicht, um an ihre Versicherung zu kommen?", fragte Holmes mit hochgezogener Augenbraue.

„Mr. Holmes, wenn Sie damit andeuten wollen, dass ich irgendwie in diese Sache verstrickt bin, liegen Sie völlig falsch!"

„Woher hat sie die hier?", fragte Holmes und deutete auf die blaue Kristallflasche.

„Die? Von mir. Es war ein Geschenk."

Die Anspannung im Raum wuchs. Lestrade sah aus, als wolle er sich jeden Moment auf den jungen Mann stürzen, und Watson umfasste den Knauf seines Gehstocks fester. Nur Holmes blieb kühl und unbewegt sitzen.

„Wo haben Sie das Parfüm gekauft?", erkundigte sich Holmes.

„Bei einem Mann namens Whitaker in der Brick Lane, nahe der Liverpool Street. Er hat dort eine Parfümerie. Der Duft war eine Sonderanfertigung."

„Vielen Dank, Mr. Mortimer. Wir werden Sie über unsere Ermittlungsergebnisse auf dem Laufenden halten."

Mortimer verließ das Zimmer und ließ die drei Männer wieder mit der Leiche allein.

„Dieser Mann verschweigt uns irgendetwas", sagte Lestrade.

„Ziehen Sie keine voreiligen Schlüsse", sagte Holmes, „Watson und ich müssen mit diesem Mr. Whitaker sprechen. Wir werden ihm morgen früh einen Besuch abstatten und Ihnen dann berichten, was wir herausgefunden haben. Halten Sie die Ursache ihres Todes vorerst geheim. Im Moment sollte nicht mal ihre Familie davon erfahren."

Als Holmes erneut nach der Flasche griff, bemerkte er ein Foto, das verdeckt auf dem Schminktisch lag, und hob es auf. Es zeigte Deseray zusammen mit zwei Männern, die vermutlich ihr Vater und ihr Bruder waren. „Das nehme ich auch mit", sagte Holmes und damit machten sie sich auf den Rückweg nach Hause.

Am folgenden Morgen fuhren Holmes und Watson zur Parfümerie in der Brick Lane. Das Geschäft war außen rot gestrichen, aber die Farbe war abgeblättert und ausgeblichen. Die Fenster waren trüb und offensichtlich lange nicht mehr geputzt worden.

Als Holmes und Watson das Geschäft betraten, verkündete eine kleine Ladenglocke ihre Ankunft. Die Regale waren unordentlich und wie der Fußboden über und über mit Flaschen bedeckt. Das Sonnenlicht fiel durch die schmutzigen Fenster auf die Flaschen, so dass der Raum von buntem Licht durchflutet wurde. Holmes bemerkte ein Dutzend mit Flaschen gefüllte Kisten auf dem Fußboden. Er blickte forschend durch eine offene Tür in den hinteren Teil des Ladens und bemerkte, dass sich von dort jemand auf den Weg nach vorn machte. Kurz darauf wurden sie von einem älteren Mann begrüßt.

„Guten Tag, meine Herren", grüßte der Mann.

„Guten Tag", sagte Holmes.

„Ich bitte um Verzeihung für das Durcheinander hier im Laden, aber ich bin zur Zeit beim Packen", erklärte der alte Mann.

„Weshalb?", fragte Holmes.

„Ich ziehe um. Ich schließe meinen Laden. Ich habe kürzlich sehr viel Geld geerbt und es ist an der Zeit, mich aus dem Geschäft zurückzuziehen", sagte der Mann. „Was kann ich für Sie tun?"

„Nun, viel Glück mit Ihrem Umzug", sagte Holmes, ehe er fortfuhr: „Mr. Whitaker, ich habe hier eine Flasche Parfüm, aber ich komme einfach nicht auf den Duft. Würden Sie mir den Gefallen tun?"

„Aber sicher, selbstverständlich helfe ich Ihnen gern dabei", antwortete er. „Wo ist die Flasche?"

„Hier", sagte Holmes, während er die blaue Kristallflasche hervorholte und auf die Theke stellte.

Die Augen des Mannes weiteten sich kurz und er nahm die Flasche behutsam in die Hand.

„Nur zu. Ich bin auf Ihre Antwort sehr gespannt", sagte Holmes.

„Ich ... ich ...", stammelte der Mann.

Holmes griff nach der Parfümflasche, hielt sie dem Mann noch näher ans Gesicht und legte einen Finger auf den Sprühkopf.

„Lassen Sie mich Ihnen helfen", sagte Holmes. Der Mann stieß Holmes' Hand beiseite und taumelte rückwärts gegen einen Schrank.

„Was haben Sie denn?", fragte Watson.

„Nehmen Sie die Flasche weg!", stieß Whitaker hervor.

„Warum?", fragte Holmes.

Der Mann hob eines der großen Gefäße auf und schleuderte es Holmes entgegen. In seinem Versuch auszuweichen entglitt Holmes die blaue Kristallflasche und zerbrach am Boden. Sofort rissen Holmes und Watson die Arme schützend vors Gesicht und sahen gerade noch, wie der Mann durch die Hintertür entfloh. Watson wollte ihm nachlaufen, doch Holmes hielt ihn zurück. Hinter der Theke hatte er ein Foto von Whitaker entdeckt, das diesen zusammen mit einem Mann zeigte, dessen Gesicht er bereits kannte.

„Kommen Sie, Watson! Wir haben keine Zeit zu verlieren!", rief Holmes.

„Wohin soll es denn gehen?", fragte Watson, sobald sie den giftigen Dämpfen im Laden entkommen waren. Holmes reichte ihm das Foto und deutete auf den Mann.

„Wer ist das?", fragte Watson. Holmes griff in seine Tasche und holte ein zweites Foto heraus – jenes, das er von Deserays Schminktisch mitgenommen hatte.

„Es ist ihr Vater", sagte Holmes, „wir müssen sofort zu ihm."

Holmes und Watson riefen eine Droschke herbei. Sie nannten dem Fahrer die Adresse von Mr. Underwood in Camden und die Droschke setzte sich in Bewegung. Als sie ankamen, war Mr. Mortimer gerade dabei, aus dem Haus zu eilen. Eine zornige Stimme brüllte ihm nach, während er die Treppen hinunterging: „Und lassen Sie sich hier nie wieder blicken!"

„Mr. Mortimer!"

„Oh, verzeihen Sie, Mr. Holmes. Ich habe Sie gar nicht gesehen."

„Was hatte das gerade zu bedeuten?", fragte Holmes.

„Everett. Er hasst mich noch immer – selbst jetzt, nach dem Tod seiner Tochter."

„Er hasst Sie?"

„Oh ja. Er hat schon lange versucht, Deseray und mich auseinanderzubringen. Jetzt ist sein Wunsch in Erfüllung gegangen, wenn auch um den Preis großen Leids", fuhr Mortimer fort.

„Lassen Sie uns mit ihm sprechen", sagte Holmes.

„Nun, ich wünsche Ihnen mehr Glück, als ich hatte", gab ihnen Mortimer auf den Weg und ging davon.

Sie stiegen die Treppen hinauf und klopften an die Tür. Ein junger, rundlicher Mann mit blonden Haaren öffnete ihnen.

„Was kann ich für Sie tun?", fragte er.

„Ich bin Mr. Sherlock Holmes und das ist Dr. Watson. Wir untersuchen den Tod Ihrer Schwester und möchten unverzüglich mit Ihnen und Ihrem Vater sprechen." Der Mann betrachtete den Detektiv und den Arzt eingehend, ehe er die Tür weiter aufmachte und sie einließ. Sie wurden in eine kleine Wohnstube geführt. Nur wenigen Minuten später empfing sie ein großer, stämmiger Mann mit dünnem, grauem Haar.

„Mr. Underwood?", fragte Holmes.

„Ja. Was haben Sie hier zu suchen?", antwortete der Mann zornig.

„Wir möchten mit Ihnen über Ihre Tochter und Mr. Mortimer sprechen."

„Mortimer, dieser Dreckskerl!", stieß Underwood hervor. „Er hat meiner Familie nichts als Unheil gebracht!"

„Sie verstehen sicher, dass er des Mordes an Ihrer Tochter verdächtig ist ... Jede Information, die Sie uns geben können, hilft uns weiter", sagte Holmes.

„Natürlich ist er für den Mord verantwortlich."

„Wie können Sie sich da so sicher sein?"

„Er zerstört alles, was er berührt."

„Würden Sie uns das genauer erklären?", bat Holmes.

Der Mann senkte den Kopf, bevor er fortfuhr. „Sie wollten hier demnächst heiraten. Eine gottlose Ehe! Dieser Mann hat mein kleines Mädchen entehrt."

„Sie war schwanger?", fragte Holmes.

Underwood starrte Holmes und Watson an, während sein Sohn unruhig auf dem Stuhl umherrutschte.

„Ja", gab James Underwood dann zu.

„James!", brüllte Everett seinen Sohn an.

„Sie werden es sowieso herausfinden!", schrie James zurück.

„Es gibt nichts mehr herauszufinden, ich wusste es ohnehin schon. Ich stellte es bereits bei der Untersuchung ihres Körpers fest und die Reaktion Ihres Vaters zeigt eindeutig, dass er auch davon wusste und es missbilligte", sagte Holmes.

Das Feuer in Everett Underwoods Augen brannte heißer als die Hölle. Doch er beruhigte sich schnell wieder, schaute Holmes und Watson an und sprach weiter.

„Es ist wahr. Meine Deseray erwartete ein Kind von ihm. Nur deshalb wollten sie heiraten. Eigentlich wollte mein Mädchen die Hochzeit absagen und hat nur wegen dieses Kindes nachgegeben. Ich bot ihr meine Hilfe an, sie irgendwo anders unterzubringen und so tun, als wäre sie auf einer langen Urlaubsreise, bis sie es losgeworden ist. Ich hatte sie fast überzeugt, aber dieser Mistkerl hat sie wieder umgestimmt. Ich schätze, irgendwann ist er doch zur Vernunft gekommen. Nur hat er sie dann vergiftet, anstatt sie gehen zu lassen, damit er sie ein für allemal los ist!"

„Mr. Underwood", sagte Holmes, „kennen Sie einen Mr. Whitaker, einen Parfümeur aus der Brick Lane?"

„Nein, von dem habe ich noch nie gehört. Was sollte ich auch mit einem Parfümeur zu tun haben?"

„Merkwürdig", bemerkte Holmes, „wie können Sie sich dann das hier erklären?" Damit hielt er Everett das Foto hin, welches diesen zusammen mit Mr. Whitaker zeigte. Weiter kam er jedoch nicht, denn in diesem Moment unterbrach lautes Gepolter, welches aus dem hinteren Teil des Hauses drang, ihr Gespräch.

„Sie sind uns auf den Fersen, Everett! Ich verschwinde von hier", rief der Mann, der Sekunden später ins Zimmer platzte.

„Ah, Mr. Whitaker. Wie schön, dass Sie sich zu uns gesellen", sagte Holmes. Der alte Mann blieb verblüfft im Wohnzimmer stehen und starrte Holmes und Watson an.

„Watson! Halten Sie ihn auf!", rief Holmes, und der Doktor eilte zu Whitaker und hielt ihn fest.

„Was hat das zu bedeuten?", rief James Underwood.

„So leid es mir tut, aber ich befürchte, Ihr Vater war derjenige, der Ihre geliebte Schwester ermordet hat", sagte Holmes. „Alles im Namen der Ehre."

„Sie hätten dasselbe getan, wenn Sie ein Kind hätten, das ein Scheusal wie Mortimer heiraten will. Seine reiche Familie kauft alles und jeden. Er war auf ihr Geld aus und das konnte ich einfach nicht zulassen! Nichts anderes wollte er von meinem Mädchen und dafür hat er sie ruiniert. Also habe ich ihn ruiniert! Ich habe ihm das weggenommen, wonach er sich am meisten gesehnt hat – ihr Geld!"

„Oh, da irren Sie sich, Mr. Underwood. Geld hatte damit nichts zu tun", sagte Holmes.

„Wie haben Sie es geschafft, dass das Parfüm in Deserays Hände gelangte?", fragte Watson.

„Ich befürchte, das ist meine Schuld", sagte James Underwood. „Deseray feierte am vergangenen Wochenende ihre Verlobung und ich wusste, dass Mr. Mortimer ihr ein Parfüm schenken wollte. Ich habe meinen Vater um die Adresse von Mr. Whitakers Laden gebeten und Sam dorthin geschickt."

„Also sind Sie zu Mr. Whitaker geeilt und haben ihn bestochen, Mr. Mortimer eine Flasche flüssiges Zyanid zu verkaufen. Zur Belohnung sollte er die Hälfte von Deserays Lebensversicherung bekommen", schloss Holmes, den Blick auf Mr. Underwood gerichtet. Holmes griff in seine Hosentasche und holte ein Paar Handschellen heraus. James packte seinen Vater am Arm und Watson stieß den alten Parfümeur zu Holmes hinüber.

Man rief Lestrade herbei und Mr. Underwood und Mr. Whitaker wurden für die Ermordung von Deseray Underwood verhaftet, verurteilt und eingesperrt.

James Underwood zog aus der einstmals gemeinsamen Wohnung aus, verkaufte den Besitz seines Vaters und sprach nie wieder ein Wort mit ihm. Als Mr. Mortimer erfuhr, wie und aus welchem Grund Deseray hatte sterben müssen, verließ er das gesellschaftliche Rampenlicht und zog sich in sich selbst zurück – ein gebrochener Mann, von dem man nie wieder etwas hörte.

Eine letzte ungestörte Unterhaltung
von Cathrine Mathilde Louise Hoffner
Odense, Dänemark

„Bleiben Sie noch eine Weile hier mit mir auf der Terrasse, denn dies könnte unsere letzte ungestörte Unterhaltung sein." Holmes fasste mich sanft am Arm und führte mich auf die kleine Terrasse hinter dem beschaulich gelegenen Landhaus, das zum Schauplatz so vieler Intrigen geworden war. Von Bork ließen wir gefesselt im Wagen zurück. Als Holmes unsere Zigaretten anzündete, wirkte er wie jemand, der gerade das letzte Kapitel seines Lebenswerkes schreibt.

„Was meinen Sie damit?", fragte ich und bemühte mich, die Worte nicht allzu beklommen klingen zu lassen – ein nahezu aussichtsloses Bestreben, denn die Nacht erschien mir mit einem Mal kalt und feindselig, als der Mondschein unbarmherzig die Schleier von bittersüßen Erinnerungen an vergangene Tage hob und verschwommene Vorahnungen einer ungewissen Zukunft offenbarte.

„Ich meine, es ist durchaus möglich, dass wir uns nie mehr wiedersehen, Watson", sagte er in einem ernsten Ton, der noch lange zwischen uns nachhallte.

„Sprechen Sie etwa von morgen?"

Ein flüchtiges Lächeln umspielte Holmes' Lippen, während sein Blick weiterhin auf den dunklen Horizont jenseits des finsteren Meeres gerichtet war. „Ich meine niemals, Watson."

„Aber Holmes ..."

„Es ist mein voller Ernst, Watson. Sie kennen mich gut genug, um zu wissen, dass ich nie etwas Unwahres behaupten würde." Er schaute mich kurz an, bevor er sich wieder seiner Zigarette widmete, und auf einmal fühlte sich die Nacht noch kälter an.

„Außer als Sie gerade mit von Bork sprachen", antwortete ich und bemühte mich, dabei betont abgeklärt zu klingen, während ich verzweifelt versuchte, seinen Blick noch einen Moment länger zu halten.

Sherlock Holmes zuckte mit den Schultern und machte eine wegwerfende Handbewegung, wobei seine langen, blassen Finger eine dicke Rauchwolke in Richtung Wagen trieben. „Sie wissen selbst, dass das etwas anderes war."

Er seufzte tief und schüttelte den Kopf, ganz so, wie ich es aus alten Tagen kannte, wenn er in die Untersuchung großer Verbrechen vertieft war. „Die Wahrheit ist, Watson", fuhr er fort, sein Blick immer noch abwesend, „dass sich dieses Land noch vor dem Morgengrauen im Kriegszustand befinden wird und dass Niedertracht und Tod an die Stelle von Frieden und Sicherheit treten werden. Ein Mord in Birlstone wird dann nur noch ein winziger Tropfen in einem riesigen Ozean unmenschlicher Verbrechen sein. Wer weiß, was aus uns beiden wird? Wenn Sie sich der Armee anschließen und ich weiterhin für die Regierung arbeite? Mit von Borks Verhaftung ist es nicht getan. Das war nur der erste Schritt."

Wir standen einen Moment lang schweigend da. Ein schmerzliches Gefühl der Hoffnungslosigkeit überkam mich, genau wie ich es viele Jahre zuvor verspürt hatte, als ich überzeugt war, Holmes sei im verhängnisvollen Zweikampf zusammen mit Professor Moriarty am Reichenbachfall umgekommen. Noch einmal schien die Welt um mich herum stillzustehen, wenn auch nur für einen kurzen Augenblick.

Die letzten Sonnenstrahlen wichen der Nacht und kleine Sterne funkelten aus einer anderen Welt auf uns herab. Schweren Herzens wollte ich gerade zum Wagen zurückkehren, als Holmes neben mir plötzlich zu meiner großen Überraschung begann, leise in sich hineinzulachen. Ich sah ihn an und dachte darüber nach, wie oft ich dies in der Vergangenheit getan und dabei erfolglos versucht hatte, seine brillanten Gedankengänge zu lesen, so wie er dies bei anderen vermochte. Er schien gedanklich weit entfernt an einem angenehmeren Ort zu sein, doch wo, konnte ich nicht erraten.

„Woran denken Sie, Holmes?" Meine Stimme klang mutlos und war kaum mehr als ein Flüstern. Und doch weckte nichts und niemand meine Neugierde so sehr wie der Mann neben mir.

Er lächelte, strahlender diesmal, und kehrte für einen Moment in unsere Zeit zurück, wenn auch nur, um mich in unsere gemeinsame Vergangenheit mitzunehmen: „Erinnern Sie sich noch an die Nacht in Stoke Moran, Watson? Lang ist das her."

Eine Last schien plötzlich von meinen Schultern zu fallen, als Holmes auf eines jener Abenteuer anspielte, die einst mein ganzes Dasein bestimmt hatten.

„Natürlich erinnere ich mich daran", rief ich. „Es war immerhin die allererste gemeinsame Observierung. So aufgeregt war ich danach nie wieder!" „Es handelte sich zugegebenermaßen auch um einen äußerst ungewöhnlichen und lehrreichen Fall", fügte Holmes in nun wieder gewohnt professioneller Manier hinzu.

„Wohl kaum so ungewöhnlich wie die Liga der Rotschöpfe", antwortete ich impulsiv und spürte, wie all die Jahre, die ich an Holmes' Seite verbracht hatte, mit einem Mal greifbar nah erschienen.

Holmes lachte herzhaft, als er sich an seinen rothaarigen Klienten und die rätselhaften Vorkommnisse erinnerte, die sich eine Zeit lang rund um dessen kleines Geschäft abgespielt hatten.

„Wohl kaum, Watson, wohl kaum."

Offenbar noch ganz im Bann des Augenblicks fing Holmes unversehens an, schnell und lebhaft zu sprechen. Wie immer versuchte ich mit ihm Schritt zu halten und zusammen beschworen wir die alten Fälle und spannenden Abenteuer herauf, als hätten sich diese erst gestern ereignet.

Für einen kurzen Augenblick schien es mir, als wäre es nicht mehr der August des Jahres 1914 und als stände ich nicht länger auf irgendeiner Terrasse inmitten einer chaotischen Welt auf der Schwelle zum Krieg. Stattdessen verspürte ich mit einem Mal die Wärme des knisternden Kaminfeuers und saß Holmes noch einmal in unserer altbekannten Wohnung in der Baker Street gegenüber. Draußen herrschte dichter Nebel und Wind und Regen rüttelten an den Fenstern hinter den geschlossenen Vorhängen, während wir gemütlich drinnen saßen und unseren Tee tranken, ich in die Abendzeitung vertieft, Holmes konzentriert über sein geliebtes Album gebeugt. Unten bereitete Mrs. Hudson das Abendessen zu und der herrliche Geruch ihrer englischen Küche kroch langsam durch den schmalen Treppenflur zu uns hinauf und ließ mir das Wasser im Mund zusammenlaufen.

An jenem Sommerabend im August bemächtigten sich die unauslöschlichen Erinnerungen an die Baker Street all meiner Sinne: der Tabakrauch, der mir abends oft in den Augen brannte; die süßen und entspannenden Klänge der Stradivari am Sonntagmorgen; der ausgezeichnete Blick aus unserem Wohnzimmerfenstern auf Straße, Geschäfte und Leute; der Nervenkitzel, wenn ein neuer Klient mit einer neuen Geschichte und einem neuen Rätsel für uns durch die Tür trat und so für immer Teil unseres Lebens wurde.

Holmes hatte recht. Das alles war zwar viele Jahre her, doch eine unberechenbare Zukunft hatte keinen Einfluss auf die Vergangenheit. Niemand konnte uns die Jahre nehmen, die wir gemeinsam in der Baker Street im Herzen unserer einzigartigen Hauptstadt verbracht hatten. Egal, was auch kommen mochte, jener Ort würde stets mein Zuhause bleiben.

„Wir haben dort eine schöne Zeit verbracht, Watson", sagte Holmes unvermittelt und schien damit eher auf meine Gedanken als auf meine Worte zu reagieren.

Er drehte sich zu mir um. So viele Jahre waren vergangen. Ich konnte es nun in seinem mondbeschienenen, nur wenige Schritte von mir entfernten Gesicht sehen. Zum ersten Mal bemerkte ich die neuen feinen Linien um Augen und Mund. Auch fiel mir auf, dass seine Wangen hagerer waren, die Stirn höher und dass nun silberne Strähnen sein rabenschwarzes Haar durchzogen. Ich erkannte, dass er ein alter Mann war, und plötzlich wurde mir bewusst, dass ich ihn seit über zwei Jahren nicht gesehen hatte.

„Die Zeiten ändern sich, Watson, und ich fürchte, es bleibt uns nichts anderes übrig, als uns mit ihnen zu verändern." Es klang ein wenig heiser und sein Englisch hatte eine Spur des amerikanischen Akzents zurückbehalten.

Beim genaueren Hinsehen meinte ich einen Anflug von Traurigkeit in den erhabenen Zügen zu erkennen, denn natürlich ließ sich das, was er sagte, nicht bestreiten. Die Zeiten hatten sich gewandelt. Die Welt, in der er aufgewachsen war, in der er sich zu Hause gefühlt hatte, gab es nicht mehr und eine Rückkehr in unser früheres Leben war durch Umstände unmöglich geworden, auf die wir keinen Einfluss hatten. Die Gaslampen waren elektrischem Licht gewichen, Automobile hatten Pferde und Kutschen ersetzt. Die Telegramme, die Holmes während seiner Ermittlungen täglich geschrieben und erhalten hatte, waren veraltet und kaum mehr verbreitet, während seine kontroversen und einzigartigen Methoden, die von der Polizei so oft belächelt und angezweifelt worden waren, nun zum Standardrepertoire von Scotland Yard gehörten.

Holmes war für seine innovativen Ideen und seine bemerkenswert energische Herangehensweise bei der Lösung eines

Falles berühmt gewesen, was ihn zum weltweit führenden Verbrechensspezialisten gemacht hatte. Jetzt war er ein Relikt aus längst vergangenen Zeiten in ein paar bescheidenen, kleinen Geschichten, die das langsam verblassende Bild vom Leben eines bemerkenswerten Mannes mit außergewöhnlichen Fähigkeiten zeichneten. Mir gefiel die Vorstellung, dass sie zudem von unerschütterlicher Freundschaft, Loyalität und Hingabe erzählten.

Diese Gedanken stimmten mich wehmütig, und ich musste über mich selbst lächeln, während ich versuchte, meine Gefühle in den Griff zu bekommen, die, wie ich ohne wirkliche Überraschung festgestellt hatte, im Laufe der Jahre immer empfindsamer geworden waren.

Ich richtete den Blick auf den silbrigen Weg, der sich durch das hohe, dunkle Gras schlängelte, das uns vom schwarzen Wasser trennte, und bemühte mich dabei verzweifelt, mir einzureden, all dies liege nun hinter mir und es gäbe keinen Grund, dem nachzutrauern. Keine Beschattungen mehr und keine neuen Fälle. Keine Mrs. Hudson und keine Baker Street. Nie wieder: „Darf ich Ihnen meinen Freund und Kollegen Dr. Watson vorstellen."

Die spätsommerliche Brise ließ mich trotz ihrer Wärme bis ins Mark frieren, als ich plötzlich die Endgültigkeit des Ganzen so klar und unmittelbar vor mir sah wie das Mondlicht, das über die Hügel in der Ferne fiel. Es gab kein Zurück. Die Vergangenheit war unwiederbringlich vorbei.

Holmes' Räuspern riss mich schlagartig aus meinen Überlegungen und unvermittelt befand ich mich wieder auf der einsamen Terrasse inmitten der kalten Nachtluft. Ich spürte, wie meine Beine zunehmend schwerer wurden und mir der Kopf schwirrte, was nach den Ereignissen des Tages nicht weiter verwunderlich war.

„Alles in Ordnung, Watson?", Holmes Stimme klang ungewohnt fürsorglich. Bestimmt konnte er meine Verzweiflung spüren – schließlich hatte ich nie etwas erfolgreich vor ihm verbergen können.

„Alles wunderbar", log ich. Mehr brachte ich nicht heraus, doch sein unvermindert durchdringender Blick verriet mir, dass ich nicht sehr überzeugend gewesen sein konnte.

Da verzog sich der Nebel um mein Herz mit einem Mal ebenso schnell, wie er gekommen war. Holmes' graue Augen, die mir so unendlich vertraut waren, leuchteten heller als die Sterne über uns und durchdrangen mich mit der ganzen Macht unserer Vertrautheit. Nein, er hatte sich nicht verändert. Nichts hatte sich verändert. Dank ihm sah ich es nun. Für einen winzigen Augenblick war er wieder der Spürhund von früher und grinste verschmitzt mit all der Wärme, zu der sein sonst so kontrollierter Körper fähig war.

Ich muss herzlich gelacht haben, denn er tat das Gleiche, ganz so, als habe er jeden meiner Gedankengänge unmittelbar verfolgt. Ich sah noch einmal den athletischen, jungen Mann von gerade einmal 26 Jahren vor mir, wie er sich mit dem Reagenzglas in der Hand zu mir umdrehte, sah seinen jugendlichen Überschwang und die grenzenlose Hingabe an seine Arbeit, die zum Glück nicht nur sein, sondern fortan auch mein Leben bestimmen sollte.

Dieses Bild unserer ersten Begegnung hielt nicht lange an, doch es war lange genug. Gott allein wusste, wie viele Jahre dieses schicksalhafte Zusammentreffen im Krankenhauslabor her war, doch hier waren wir nun, noch immer die alten Freunde und Kollegen.

„Egal, was kommen mag", sagte er. Und wie immer hatte er recht.

Als sie sich zum Wagen wandten, wies Holmes zurück auf das mondbeschienene Meer und schüttelte nachdenklich den Kopf.

„Von Osten her zieht ein Wind auf, Watson."

„Ich glaube nicht, Holmes. Es ist sehr warm."

„Ach, Watson! Sie sind der einzige Fixpunkt in einer sich wandelnden Zeit."

Der verschwundene Seidenschirm
von Jude Parsons
Corsham, Großbritannien

Gladys stellte ihre Tasse auf die Untertasse, beugte sich über den Tisch und sah ihre Schwester an. „Mr. Holmes? Ein außergewöhnlicher Mann, meine Liebe, wirklich hochintelligent!" Sie nickte, nahm die Tasse wieder in die Hand und lehnte sich im Sessel zurück, als wolle sie ihn ganz in Beschlag nehmen. Geziert trank sie einen Schluck Tee und fuhr fort: „Hochangesehen, natürlich. Ein wenig exzentrisch vielleicht ... Sein Kollege Dr. Watson dagegen! Das glatte Gegenteil. Ein überaus zuvorkommender Mann." Sie errötete leicht und strich sich mit verräterischer Geste das Haar glatt. „Und immer so liebenswürdig."

Mit einem Hauch Bedauern fügte sie hinzu: „Natürlich ist er verheiratet. Nicht, dass ich seine Frau je kennengelernt hätte. Du liebe Güte, nein. Wir verkehren nicht in denselben Kreisen, ganz und gar nicht." Sie fing sich wieder und fügte knapp hinzu: „Aber ich bin sicher, sie ist ganz reizend."

Marjorie nickte zustimmend und nippte ebenfalls an ihrem Tee. Sie wusste aus Erfahrung, dass es besser war, ihre Schwester nicht zu unterbrechen. Es genügte, hin und wieder zu nicken oder eine Augenbraue hochzuziehen, um den Fluss des Tratsches nicht versiegen zu lassen. Aufmerksam lächelnd wartete sie, bis Gladys ihre Gedanken geordnet hatte und das nächste pikante Detail zum Besten gab. Doch für den Augenblick hatte ihre Schwester den Faden verloren und erinnerte sich stattdessen an das, was sich gehörte.

„Wie war deine Reise?", erkundigte sie sich. „Nicht zu anstrengend, hoffe ich?"

„Recht angenehm", sagte Marjorie. „Ich hatte das Abteil die meiste Zeit für mich allein. Der Ausblick war wunderschön. Bilde ich es mir ein oder sind die Narzissen in diesem Jahr früh dran?"

„Ach, das ist mir noch gar nicht aufgefallen. Vielleicht schon. Ich achte nicht so sehr auf solche Dinge wie du, meine Liebe." Gladys warf einen Blick aus dem Fenster: Draußen liefen zwei lachende Kinder einem Hund hinterher.

„Wenn man allein ist ...", begann sie. „Na ja, manchmal ist es eben schwer. Als dieser distinguiert aussehende neue Mieter bei mir einzog, hatte ich zunächst gehofft ... aber nein. Nicht mein Fall; viel zu brüsk. Nicht, dass je etwas Ungebührliches ..."

„Lieber Himmel, nein", rief Marjorie aus. „Aber man kann schließlich nicht vorsichtig genug sein, stimmt's?"

„Solche Dinge dulde ich nicht unter meinem Dach und das wissen die Leute. Ich führe einen respektablen Haushalt."

„Natürlich tust du das", pflichtete Marjorie ihr bei, „und du führst ihn ganz wunderbar."

„Nett, dass du das sagst. Und wie geht es Frank?"

„Ach, gut, danke", sagte Marjorie höflich.

Gladys war nie sicher, ob sie Marjorie um ihre etwas langweilige Ehe und die damit verbundene relative Sicherheit beneiden sollte oder ob sie ihr eigenes Leben als Witwe und ihre angesehene Stellung als Hauswirtin des berühmten Detektivs vorzog. Vermutlich hatte beides seine Vorteile.

„Ist Mr. Holmes denn im Augenblick zu Hause?", fragte Marjorie, mehr um Gladys aus der Reserve zu locken als aus wirklichem Interesse.

„Nein, Liebes." Gladys schniefte. „Er ist beruflich unterwegs." Sie nickte weise, als sei sie über alles im Bilde. „Heute Morgen war eine Dame hier, die ihn um ein Gespräch unter vier Augen bat. Es muss um halb zehn gewesen sein, denn ich hatte gerade den Kessel für den Morgentee aufgesetzt. Sie war äußerst elegant. Ihr Cape war maßgefertigt, mit feinen Steppnähten, und ihre Stiefel waren auf Hochglanz poliert. Aus Italien, würde ich meinen."

„Eine Italienerin? Tatsächlich? Und sie ist extra von so weit hergekommen, nur um mit Mr. Holmes zu reden!"

„Nicht doch, Liebes, ich spreche von ihren Stiefeln", entgegnete Gladys. „Die Dame war ohne Zweifel Engländerin und ihrem Akzent nach zu schließen aus bester Familie. Es handelte sich um einen sehr sonderbaren Fall." Gladys legte eine dramatische Pause ein.

„Warst du denn bei dem Gespräch zugegen?"

„Nun ja, nein", gab Gladys zu. „Nicht *direkt* ... aber der Wandschrank im Flur musste dringend poliert werden. Da kam ich natürlich nicht umhin, das eine oder andere mitanzuhören."

„Häuser mit Holzverkleidungen sind *schrecklich* hellhörig", pflichtete Marjorie ihrer Schwester bei.

„Absolut. Und Mr. Holmes hat eine so markante Stimme. Sie ist einfach nicht zu überhören."

Nachdem ihr Vorwand dergestalt bekräftigt worden war, fuhr Gladys fort:

„Offenbar hatte die Dame am Tag zuvor ihren Schirm verloren, bei dem es sich offenbar um ein besonders teures, exquisites Stück handelt."

Marjorie beugte sich vor, doch Gladys starrte gedankenverloren die Wand an.

„Erinnerst du dich noch an den gelben Rüschenschirm, den ich früher hatte?" Gladys seufzte. „Ich hing sehr an ihm und war untröstlich, als er mir eines Tages abhandenkam."

„Und ob." Marjorie erinnerte sich nur zu gut. Was hatte Gladys für ein Aufhebens um das alberne Ding gemacht.

„War der Schirm der Dame denn ebenfalls gelb?", hakte Marjorie nach.

Gladys sah in das fragende Gesicht ihrer Schwester. „Nein! Natürlich nicht! Er war aus *feinster* Seide und ein Geschenk ihrer Tante. Sie und ihr Mann hoffen anscheinend, eines Tages ein beträchtliches Vermögen von dieser Tante zu erben. Offenbar würde sie es gar nicht gut aufnehmen, dass die junge Frau ihn verloren hat."

„Hmmm." Marjorie überlegte kurz. „Steckt eventuell mehr dahinter? Eine List, um das junge Paar um sein Erbe zu bringen?"

„Durchaus möglich", sagte Gladys.

Marjorie runzelte die Stirn. „Aber Mr. Holmes interessiert sich doch sicher nicht für triviale Angelegenheiten wie einen verlorenen Schirm?"

„Ganz im Gegenteil!", widersprach Gladys. „Mr. Holmes hat ein ausgezeichnetes Gespür für solche Dinge. Er sagt oft, vieles ist nicht so einfach, wie es den Anschein hat."

„Mr. Holmes glaubt also auch, dass sich mehr dahinter verbirgt? Ist er deshalb unterwegs, um in dem Fall zu ermitteln?", fragte Marjorie.

„Ja, er ist heute Morgen in aller Frühe aufgebrochen. Aber wo habe ich nur meine Manieren? Du bist bestimmt völlig erschöpft von der langen Reise. Und ich rede und rede und gebe dir überhaupt keine Gelegenheit, mir zu berichten, was es bei dir Neues gibt. Ach, Marjorie, ich *freue* mich so, dich wiederzusehen." Gladys tätschelte ihrer Schwester die Hand. „Aber lass uns zu Bett gehen und morgen früh erzählst du mir, wie es dir, Frank und den Kindern geht."

Marjorie schlug die Augen auf. Sie war sich sicher, etwas gehört zu haben. Angestrengt lauschte sie in der Dunkelheit. Schwere Schritte, dann ein leises Türquietschen. Ein schwacher Lichtschein fiel durch den Spalt unter der Schlafzimmertür. Sie stand auf und schlich zur Tür. Aus dem Erdgeschoss waren Stimmen zu vernehmen.

„Kommen Sie, setzen Sie sich hierher, mein Bester. So ist es gut."

Ein leises Knarzen, als ließe sich jemand in einem Ledersessel nieder.

„Mein lieber Freund, Sie haben mich einmal mehr davor bewahrt, meinem Laster zu verfallen."

„Tja, ich habe mir schon gedacht, dass ich Sie wieder einmal an diesem grässlichen Ort finden würde."

„Unter Teufeln und Engeln", dröhnte eine kultivierte, leicht lallende Männerstimme. "Dort findet man des Rätsels Lösung."

„Sie sollten dieses Zeug wirklich aufgeben. Es tut Ihnen überhaupt nicht gut", sagte die zweite, sanftere Stimme.

„Der gute Doktor. Immer im Dienst, wie? Aber ich muss Ihnen widersprechen: Es tut mir sogar sehr gut! Es inspiriert mich! Im Gemurmel der rauchgeschwängerten Opiumhöhle küsst mich die Muse. Die köstliche Mohnblume, in fernen Gefilden gewachsen, öffnet meinen Geist der Weisheit des Orients. Ich fange an, Dinge zu sehen. Plötzlich ist alles ganz klar."

„Morgen werden Sie sich den Kopf halten und es verfluchen."

„Sie sind wirklich ein grundsolider Bursche, Watson, und ein verdammt guter Freund, auch wenn Sie völlig auf dem Holzweg sind. Habe ich schon erwähnt, wie viel mir an Ihrer Freundschaft liegt?"

„Auf der Fahrt mindestens ein Dutzend Mal, alter Freund. Aber jetzt legen Sie sich schlafen. Morgen müssen wir den Fall lösen. Von dem Honorar ist wohl schon nichts mehr übrig, vermute ich."

Ein Luftzug streifte Marjories Füße, als die Haustür geöffnet und leise wieder geschlossen wurde. Sie ging zum Fenster und erhaschte einen kurzen Blick auf einen gedrungenen Mann von gepflegter Erscheinung, der den Gehweg entlangmarschierte, bevor er aus ihrem

Gesichtsfeld verschwand. Es wurde wieder still im dunklen Haus und nur das Ticken der Standuhr im Korridor war zu hören.

Als Marjorie die Augen erneut aufschlug, schimmerten die Strahlen der Morgensonne durch die Vorhänge. Gladys klopfte zum zweiten Mal und kam mit einem Tablett ins Zimmer.

„Ich dachte, du möchtest deinen Tee vielleicht im Bett zu dir nehmen, Liebes. Zu Hause kommst du morgens bestimmt nicht dazu, wenn du dich um deinen Mann und die Kinder kümmern musst."

Marjorie lächelte und setzte sich auf. „Wie lieb von dir! Das sieht wirklich verlockend aus."

Gladys stellte das Tablett auf dem kleinen Tisch ab und schenkte zuerst Marjorie, danach sich selbst eine Tasse Tee ein. Anschließend setzte sie sich aufs Bett.

„Hast du gut geschlafen?"

„Ja, danke."

„Dich hat nichts gestört?"

Gladys hat es also auch mitbekommen, schoss es Marjorie durch den Kopf.

„Nein, nein", entgegnete sie und nippte an ihrem Tee.

Wenn Gladys die Unterhaltung zwischen Holmes und Watson ebenfalls mitangehört hatte, bestand kein Anlass, es anzusprechen. Eine Frau musste auf ihre Würde bedacht sein und Marjorie wollte nicht, dass der Stolz, den ihre Schwester darüber empfand, Hauswirtin des berühmtesten Detektivs von ganz England zu sein, durch irgendetwas getrübt wurde. Es gab ein paar Dinge, über die man am besten schwieg. Wie ihre eigene unglückliche Ehe zum Beispiel. Franks Wutausbrüche. Der Anschein musste gewahrt, die Fassade aufrechterhalten werden. Worauf sollte man sich in schwierigen Zeiten sonst stützen?

„Aber jetzt erzähl mir, was es Neues von Frank und den Kindern gibt", riss Gladys sie aus ihren Gedanken.

Marjorie lachte. „Ach, du weißt schon, Frank arbeitet hart. Wir kommen über die Runden. Auf dem Land ist es bei weitem nicht so aufregend wie hier bei dir in der Stadt. Nun ja, die Kinder werden langsam erwachsen. Elizabeth ist jetzt schon elf und hilft mir in der Molkerei. Ich wüsste nicht, was ich ohne sie täte. Und Geoffrey füttert jeden Morgen die Hühner und kümmert sich mit seinem Vater um die Felder. Bisher war das Wetter gut und wir erwarten in diesem Jahr anständige Erträge, was nach der Missernte im letzten Jahr wirklich eine Erleichterung ist."

Gladys nickte mitfühlend. Ohne den Blick zu heben, fragte sie: „Und deinem Arm geht es wieder besser?"

„Besser? Ach, ja." Marjorie rieb sich den rechten Arm. „Viel besser, danke. Wie ungeschickt von mir, im Garten hinzufallen. Man sollte meinen, nach all den Jahren sollte ich mich dort auskennen." „Ungeschickt? Keineswegs." Gladys zog eine Augenbraue hoch. „Zum Glück war Frank da, als es passiert ist. Keine bleibenden Schäden, hoffe ich?"

„Nein, der Arzt sagt, der Bruch ist gut verheilt. Ein dummer Unfall, nichts weiter", sagte Marjorie leichthin.

„Na schön", sagte Gladys. „Ich habe mir überlegt, dass wir einen Spaziergang machen könnten, sobald du fertig bist. Ich habe vor dem Mittagessen noch etwas zu erledigen."

Gladys' Untermieter ließ sich weder während des Frühstücks blicken noch während der Stunde danach, in der Marjorie Gladys bei der Hausarbeit half, die verrichtet werden musste, ehe sie aufbrechen konnten. Nachdem sie die Betten gemacht und den Küchenboden geschrubbt hatten, gingen sie in Schnürstiefeln und mit Schirmen bewaffnet die Baker Street hinunter und bogen in die Marylebone Road ein.

„Ich hatte ganz vergessen, wie riesig die Gebäude hier sind und wie scheußlich es aus den Abwasserkanälen riecht. Vom Lärm ganz zu schweigen!", rief Marjorie, als ein Mann mit einem Bündel Zeitungen unterm Arm ihr aus nächster Nähe etwas ins linke Ohr brüllte.

„Man gewöhnt sich daran." Gladys spähte unter ihrem Regenschirm hervor. „Na also, es hat aufgehört zu regnen."

Sie schloss ihren Schirm und benutzte diesen fortan als Spazierstock. Er klapperte bei jedem Schritt auf dem Pflaster.

Marjorie klemmte sich ihren eigenen Schirm unter den Arm und folgte ihrer Schwester. „In der Stadt geht es immer so geschäftig zu. Wie schnelllebig die Zeiten geworden sind. Hast du dich je gefragt, wie es dir ergangen wäre, wenn du auf dem Land geblieben wärst?"

„Ja", entgegnete Gladys. „Oft sogar."

Sie konnte das Landleben nicht ausstehen. Diese widerlichen, schmutzigen Schweine, und dann der Gestank! Da waren ihr die

Gerüche der Abwasserkanäle allemal lieber. In der Stadt konnte man sich wenigstens nach drinnen zurückziehen, um dem Geruch zu entgehen. Auf dem Land gab es diesen Luxus nicht. Der Gestank setzte sich überall fest, bis man das Gefühl hatte, selbst nach Schwein zu riechen.

„Wohin gehen wir eigentlich?", wollte Marjorie wissen.

„Etwas abholen." Gladys biss sich auf die Lippe. „Manche Leute sind so klug, Marjorie, dass sie den Wald vor lauter Bäumen nicht sehen."

Der Constable führte die Schwestern in ein ordentliches, gut ausgestattetes Büro.

„Ich hoffe, es macht Ihnen nichts aus, einen Augenblick zu warten, meine Damen", sagte er und deutete auf zwei Stühle vor einem teuer aussehenden Schreibtisch. „Inspektor Lestrade hat sicher gleich für Sie Zeit."

Erste Regentropfen schlugen gegen das Fenster. Gladys warf einen Blick nach draußen, um nachzusehen, wie stark es regnete, und wollte Marjorie gerade vorschlagen, sich trotz des Preises später eine Droschke zu leisten, als die Tür geöffnet wurde.

„Gladys Hudson!", rief der große, adrette Mann, dessen Schnurrbart im Rhythmus seiner Worte auf- und abtanzte. „Das ist ja eine nette Überraschung! Was verschafft mir das Vergnügen?" Er griff nach ihrer Hand.

„Meine Schwester, Mrs. Perriman." Gladys deutete mit der freien Hand in Richtung Marjorie. „Die Sache ist die, Inspektor, Mr. Holmes ist heute ein wenig unpässlich und hat mich daher gebeten, bei Ihnen vorbeizuschauen, um etwas für ihn abzuholen."

„Ach? Ich hoffe, es ist nichts Ernstes?"

Gladys ignorierte die Frage. „Er ist davon überzeugt, dass es hier sein muss."

„Worum es sich auch handeln mag, ich hoffe, wir können unserem guten Freund Mr. Holmes einen Dienst erweisen. Wir sind ihm zweifellos den einen oder anderen Gefallen schuldig. Was genau sollen Sie denn abholen?"

„Einen Schirm, ein erlesenes Stück aus bedruckter, blauer Seide mit fliederfarbenen Bändern", sagte Gladys. „Der Griff besteht aus Elfenbein und trägt die Inschrift: ,Fortius quo fidelius.' Er wurde am

Dienstagmorgen in einer Droschke liegengelassen und der Kutscher hat ihn sicherlich im Fundbüro abgegeben."

„Lassen Sie mich nachschauen, ob wir so etwas hier haben."

Lestrade öffnete die Tür und rief: „Gillings!"

Als Constable Gillings hereinkam, gab er ihm eine Beschreibung des Schirms. Der salutierte und verschwand, um nachzusehen.

An den Schreibtisch gelehnt, nahm der Inspektor eine Zigarre aus einem Kästchen.

„Sie haben doch hoffentlich nichts dagegen, meine Damen?"

„Nicht doch." Gladys winkte ab. „Ich bin an rauchende Gentlemen gewöhnt."

Er zündete die Zigarre an, nahm einen Zug, und ein kräftiger Geruch breitete sich im Zimmer aus. „Wie lange bleiben Sie in London, Mrs. Perriman?", erkundigte er sich.

Marjorie lächelte. „Leider nur ein paar Tage. Mein Mann und meine Kinder vermissen mich sicher schon."

„Natürlich." Der Inspektor blies den Rauch gedankenverloren an die Decke. Dann wandte er sich an Gladys. „Haben Sie …?"

Constable Gillings erschien erneut, einen exquisiten Seidenschirm mit Elfenbeingriff in der Hand.

Der Inspektor nahm ihn entgegen und begutachtete ihn von allen Seiten. „Nein, so was aber auch. Wie macht der Mann das nur? Woher wusste er, dass er hier ist? Ich meine, genau dieser Schirm? Einfach phänomenal. Ich ziehe meinen Hut vor ihm." Er reichte Gladys den Schirm. „Bitte richten Sie ihm Grüße und die besten Wünsche für eine baldige Genesung aus."

„Vielen Dank." Gladys erhob sich. „Mr. Holmes zählt auf Ihre Diskretion. Die Sache ist … die betreffende junge Dame … nun ja, ich muss sicher nicht erwähnen, wie heikel solche Angelegenheiten sein können."

Der Inspektor zog die Augenbrauen hoch. „Nun! Wenn das so ist. Ich verstehe." Er tippte sich an die Nase. „Sie können sich auf mich verlassen, Diskretion ist mein zweiter Vorname."

„Vielen Dank. Wir müssen jetzt gehen, sonst komme ich zu spät, um das Mittagessen vorzubereiten. Nochmals herzlichen Dank, Inspektor."

„Ich freue mich immer, wenn ich helfen kann. Soll ich Ihnen eine Droschke besorgen? Draußen regnet es in Strömen. Gillings!"

Marjorie runzelte die Stirn, als der Droschkenkutscher die Zügel auf den Rücken des Pferdes klatschen ließ, das daraufhin gehorsam antrabte. „Wie konntest du ahnen, dass der Schirm dort ist?" Leiser fuhr sie fort: "Es überrascht mich, dass der Kutscher ihn nicht einfach verkauft hat. Woher wusstest du das?"

Gladys lächelte. „Gewusst habe ich es nicht, aber es gibt eben doch noch viele ehrliche Menschen auf der Welt, Marjorie, selbst in London. Ein Droschkenkutscher muss auf seinen guten Ruf achten, wenn er seine wohlhabende Kundschaft behalten will. Ich vermute, die Dame wollte verhindern, dass jemand mitbekommt, wohin sie fährt, darum hat sie die Droschke selbst gerufen, anstatt es dem Personal zu überlassen. Deshalb kannte der Kutscher ihre Adresse nicht und konnte ihr den Schirm nicht ins Hotel bringen. Seine einzige andere sichere Möglichkeit war, ihn der Polizei zu übergeben."

„Da wird Mr. Holmes aber froh sein, dass du den Schirm gefunden hast", rief Marjorie.

„Ich werde ihm nichts davon erzählen", entgegnete Gladys bestimmt.

„Aber… wie willst du ihm dann…?"

Gladys tätschelte ihrer Schwester das Knie. „Du bist verheiratet, meine Liebe, und ich war es früher auch. Wir wissen doch beide, wie es mit den Männern ist, selbst mit hochintelligenten wie Mr. Holmes. Er wird nicht zu genau nachfragen, denn das hieße, vor einer Frau zuzugeben, dass er etwas nicht weiß. Und das kann ein Mann nicht mit seinem Ego vereinbaren. Deshalb wird er mir auch aufs Wort glauben, wenn ich ihm erzähle, dass wir bei unserem Spaziergang von einem Regenschauer überrascht wurden und eine Droschke genommen haben. Und stell dir unsere Überraschung vor, als wir entdeckten, dass jemand in der Droschke einen Schirm liegengelassen hatte. Ich werde ihm den Schirm zeigen und behaupten, ich hätte ihn mitgenommen, damit der Kutscher ihn nicht stiehlt, und wolle ihn zum Fundbüro der Polizei bringen."

„Woraufhin er natürlich darauf bestehen wird, das für dich zu übernehmen", warf Marjorie ein.

Gladys lächelte. „Genau."

„Und die Besitzerin des Schirms", fuhr Marjorie fort, „wird einbestellt werden und das Honorar bezahlen."

Gladys zwinkerte. „Und ich bekomme meine Miete und behalte meinen Ruf als Hauswirtin des größten Detektivs aller Zeiten."

Eine Ablenkung

von Ariane DeVere

Erith, Großbritannien

Sherlock hatte seit achtzehn Tagen keinen Fall mehr und langweilt sich zu Tode. Am neunzehnten Tag verlässt ihn John für mehr als sechs Stunden. Als er *endlich* wieder nach Hause kommt, ist sein linker Schuh – der sich noch immer an seinem Fuß befindet – mit einer Plastiktüte umwickelt.

„Also", verkündet er, „ich war überall in London, bin mit dem Taxi zu sechs verschiedenen Orten gefahren und habe mich an jedem einzelnen in den Schlamm gestellt. Deine Aufgabe ist, genau herauszufinden, wo ich war und in welcher Reihenfolge."

John nimmt auf dem Sofa Platz, hebt seinen linken Fuß schwungvoll auf Sherlocks Schoß und grinst ihn wie verrückt an. „Es handelt sich um ein Ein-Schuh-Problem!"

Der geisteskranke Oberst
von Evgeniya Zimina
Kostroma, Russland

„Nun, Watson, Sie waren schließlich im Krieg, nicht wahr? Sie kennen so etwas", sagte Holmes. Und obwohl er dabei lächelte, war seine Fassung sichtlich ins Wanken geraten. Unsere Räume sahen wüst aus. Die Luft hing voller Staub.

„Mein Krieg sah … wie soll ich sagen … anders aus", erwiderte ich, während ich eine Porzellanscherbe vom Boden aufhob. „Keine Fliegerbomben. Keine Luftangriffe. Ich komme mir hier in London wie eine Geisel vor. Man bombardiert uns und wir sitzen untätig herum."

„Viel können wir nicht tun", sagte Holmes und untersuchte das von der Druckwelle zerstörte Fenster, das dem jüngsten Luftangriff auf London zum Opfer gefallen war. „Also heißt es ruhig bleiben und weitermachen, ganz so, wie es auf den neuen Plakaten steht. Haben Sie schon eins davon gesehen, Watson? Das nenne ich den wahren britischen Geist!"

„Dabei verlieren selbst unsere tapfersten Landsleute inzwischen den Verstand. Oberst Warburton zum Beispiel: eine schreckliche Geschichte. Sie haben es bestimmt gelesen – ach, ich vergaß. Ihre Zeitungslektüre beschränkt sich ja auf Nachrichten über Verbrechen und die Kleinanzeigen."

„Wieso, was ist denn mit diesem Oberst Warburton?"

„Der Tod seines Sohnes hat ihn um den Verstand gebracht. Der führte offenbar als junger Offizier ein Bombenentschärfungskommando der Royal Engineers an. Keinerlei Erfahrung. Ein Blindgänger ist hochgegangen. Nun irrt der betagte Oberst durch die Stadt, ruft nach seinem Sohn und fragt die Leute, ob sie ihm sagen können, wo er ihn finden kann."

Ein Klingeln an der Tür unterbrach unser Gespräch und unsere Haushälterin Mrs. Hudson kündigte eine Dame an, die meinen Freund sprechen wollte.

„Die Arme ist völlig außer sich", fügte Mrs. Hudson hinzu.

„Seltsamerweise sucht man mich eher selten auf, solange alles in bester Ordnung ist", erwiderte Holmes leicht gereizt.

Unmittelbar darauf betrat die angekündigte Dame den Raum. Sie war elegant gekleidet und hätte ein hübsches Gesicht gehabt, wenn ihre Augen nicht eine grenzenlose Bestürzung und Verlegenheit widergespiegelt hätten. Ihre Lippen bebten.

„Nehmen Sie doch Platz", sagte Holmes.

„Mr. Holmes", begann sie, „man sagte mir, Sie könnten helfen, und ich bin dringend auf Hilfe angewiesen. Mein Name ist Elizabeth Warburton, ich bin die Ehefrau von Oberst Warburton. Sie haben vielleicht gehört ..."

„Das habe ich", entgegnete Holmes und warf mir dabei einen überraschten Blick zu. „Es tat mir leid zu hören, welches schreckliche Schicksal Sie erleiden mussten. Den einzigen Sohn zu verlieren ..."

„Mr. Holmes", unterbrach die Dame ihn mit plötzlich fester Stimme, „deshalb bin ich hier. Wir hatten nie einen Sohn."

Holmes, der im Begriff gewesen war, der Dame eine Kostprobe seiner berühmten Kombinationsgabe zu geben, indem er ihr etwas über ihr Leben erzählte, hielt verdutzt inne.

„Aber Mrs. Warburton, Ihr Ehemann, oder vielmehr seine Verfassung ... Ihr Ehemann sagt doch, er habe seinen Sohn verloren? David Warburton ..."

„Ja, genau, das sagt er immerzu. Aber manchmal", sie zögerte einen Moment, „glaube ich nicht, dass er tatsächlich wahnsinnig ist. Wissen Sie, Mr. Holmes, wenn James sich unbeobachtet fühlt, verändert sich sein Gesichtsausdruck. In diesen Momenten wirkt er absolut zurechnungsfähig. Doch dann fängt er wieder an, über ‚seinen Sohn' zu reden und ich weiß nicht mehr, was ich glauben soll. Beruht Wahnsinn nicht auch auf wahren Begebenheiten? Vielleicht hatte er ja einen Sohn, von dem ich nichts wusste? Einen unehelichen, den er tatsächlich verloren hat und dessen Tod ihn in den Wahnsinn getrieben hat? Ich habe schon die schlimmsten Gerüchte gehört."

„Warum suchen Sie keinen Psychiater auf? Das erschiene mir die vernünftigste Vorgehensweise zu sein", schlug ich vor.

„Das habe ich bereits getan. Ein Freund der Familie hatte Dr. Brown zu einem gemeinsamen Abendessen eingeladen. Dr. Brown hält es für möglich, dass mein Mann geistesgestört ist, wollte jedoch keine voreiligen Schlüsse ziehen."

„Sie und der Doktor könnten doch abwarten, wie sich die Sache weiter entwickelt?"

„Aber dieser eingebildete Sohn kann schließlich nicht von ungefähr kommen, oder? Es muss doch eine andere Frau gegeben haben – und einen Sohn, diesen jungen Mann. Wenn sein Tod James so schwer getroffen hat ... Mr. Holmes, ich flehe Sie an, finden Sie zumindest etwas über diesen Leutnant Warburton heraus!"

„Ich bedaure", erwiderte Holmes, „aber normalerweise befasse ich mich nicht mit solchen Angelegenheiten. Uneheliche Söhne und untreue Ehemänner – ob verrückt oder nicht – sind für mich von geringem Interesse."

„Oh, Mr. Holmes, ich bitte Sie! Ich habe sonst niemanden, an den ich mich wenden kann. Selbst der kleinste Hinweis würde mir schon bei der Entscheidung helfen, wie ich mich weiter verhalten soll. Versuchen Sie wenigstens, etwas über den Sohn, diesen David Warburton, herauszufinden."

„Also gut", sagte Holmes, „ich werde sehen, was ich tun kann."

Holmes wirkte geknickt, nachdem unsere Besucherin gegangen war. „So was nenne ich eine Degradierung", sagte er. „Ich und der Fall des unehelichen Sohnes! Der betagte Oberst hatte offenbar ein Geheimnis und sein Wahnsinn hat die Tür zum Keller aufgestoßen, in dem die Leiche seines Sohnes ..."

„Sie sind bloß schwermütig, Holmes", erwiderte ich. „Die Frau ist in Not und wir können ihr helfen."

„Und ich war so töricht, mich in einem Moment der Schwäche, welcher einzig auf den Zustand dieses Raumes nach dem Luftangriff zurückzuführen ist, zu einem Versprechen hinreißen zu lassen und ihr Hoffnung zu machen, anstatt ihr einen guten Arzt für ihren Mann zu empfehlen!"

„So schwierig kann es ja nicht herauszufinden sein, ob es den jungen Mann tatsächlich gegeben hat oder ob er nur ein Hirngespinst ist, hervorgebracht vom kranken Geist eines bedauernswerten alten Mannes. Außerdem ist es Ihnen für gewöhnlich völlig gleichgültig, wie es hier aussieht. Warum sollten Sie ausgerechnet jetzt damit anfangen, es sich zu Herzen zu nehmen?"

„Nun ja", gestand Holmes widerstrebend, „es ist immer noch besser als gar kein Fall. Im Angesicht des Feindes vergessen offenbar selbst die Verbrecher, kriminell zu werden, und wenn es sonst nichts

Anregendes für meinen Verstand gibt, dann versuche ich eben, etwas über den Sohn herauszufinden."

„Außerdem ist da ja auch noch das sonderbare Verhalten des Obersts, von dem seine Frau berichtet hat. Erst wirkt er völlig normal und plötzlich ...“

„Sie als Arzt wissen doch, dass Geisteskrankheit äußerst schwer zu diagnostizieren ist. Der menschliche Geist ist finster und kaum ergründbar", sagte Holmes und gähnte herzhaft. „Für den meinen gilt das zwar nicht, aber ich bin da wohl leider eine Ausnahme. Es ist nur verständlich, dass die Dame glauben möchte, ihr Mann sei bei vollem Verstand, und nicht akzeptieren kann, was sie sieht und hört."

Die nächsten zwei Tage brachten keine neuen Erkenntnisse. Holmes fand lediglich heraus, dass der Oberst sich in der Tat wie ein Wahnsinniger gebärdete. Er lief vor Militärgebäuden und Bahnhöfen auf und ab und fragte alle Soldaten oder Offiziere, ob sie etwas über Leutnant Warburton wüssten. Er machte dabei jedoch einen harmlosen Eindruck.

Viele Leute erkannten ihn und beachteten ihn nicht weiter, doch man merkte, dass die hochgewachsene Gestalt, die sie flehentlich ansprach, sie keineswegs kalt ließ: „Wissen Sie irgendetwas über Warburton, David Warburton? Er ist mein Sohn. Er kann nicht tot sein, das ist völlig unmöglich, ich weiß es ganz sicher."

Doch keine seiner Nachforschungen gab Holmes Aufschluss darüber, ob der Oberst überhaupt Kinder hatte, seien es eheliche oder uneheliche.

Ich selbst wurde aus dieser seltsamen Geschichte nicht schlau, denn jedes Mal, wenn ich mich an einer Schlussfolgerung versuchte, kam mir das Ganze umso widersinniger vor.

„Der betagte Herr will also einen Sohn finden, den es niemals gegeben hat und dessen eingebildeter Tod ihn in den Wahnsinn getrieben hat? Holmes, das ist doch absurd! Es ergibt nicht den geringsten Sinn!"

„Natürlich ergibt es keinen Sinn – schließlich haben wir es mit einem Verrückten zu tun!" entgegnete Holmes. „Was lesen Sie denn da, Watson? *Hamlet*? Noch ein Irrer?"

„Holmes, nur weil Sie nichts vom Theater halten, heißt das noch lange nicht, dass es keine Daseinsberechtigung hat. Und Prinz Hamlet war nicht wahnsinnig, wie jeder gebildete Mensch weiß. Hören Sie: *Ist dies schon Tollheit, hat es doch Methode...*"

Als ich eines Tages nach Hause in die Baker Street kam, bemerkte ich sogleich, dass wir Besuch gehabt hatten – der durchdringende Geruch von Mycroft Holmes' Lieblingszigarren hing in der Luft.

„Sie haben völlig recht, Watson", sagte Holmes, während er beobachtete, wie ich erfolglos versuchte, meinen Hustenanfall in den Griff zu bekommen, „Mycroft ist vor etwa einer Viertelstunde gegangen."

„Was wollte er denn?"

„Nichts Geringeres als einen Spion aufspüren und dadurch, so waren seine Worte, die Welt retten. Es gibt offenbar einen Verräter. Das War Office macht sich Sorgen. Anscheinend hat der Feind Kenntnis geheimer Angelegenheiten erlangt."

„Es gibt einen Verräter im War Office?!"

„Nein, das hält Mycroft für nahezu unmöglich, und dennoch..."

„Was haben Sie vor?", fragte ich.

„Als allererstes werde ich diesen Warburton-Fall aus der Welt schaffen. David Warburton ist ein Mythos – ich habe alle nur erdenklichen Nachforschungen angestellt. Er ist der Fantasie des Obersts entsprungen. Es wird nicht leicht sein, seine Frau davon zu überzeugen, dass sie sich lieber an einen Psychiater als an einen Detektiv wenden sollte, wenn sie eine Erklärung für den bedauernswerten Zustand ihres Mannes sucht."

„Wohlgemerkt, Watson", fuhr Holmes fort, „als sie uns aufsuchte, haben Sie ihr gleich gesagt, dass ein Psychiater wohl eher helfen könne. Dem Oberst wäre besser damit gedient, wenn man ihn in einer guten Heilanstalt unterbrächte, als dass man ihn weiterhin in diesem Zustand durch London irren lässt. Wenn tatsächlich mehr dahintersteckt, wie seine Frau vermutet, gibt es zumindest keinerlei Beweise dafür. Sie will sich einfach die traurige Wahrheit nicht eingestehen. Und es wird nicht leicht für sie werden. Sie sorgt sich um ihren Mann und um die finanzielle Lage der Familie ist es auch nicht gerade rosig bestellt. Doch der Oberst muss in ärztliche Behandlung, fürchte ich."

„Er ist schon ein interessanter Mensch, dieser Oberst", sagte ich. „Ich würde ihn mir gern einmal aus der Nähe ansehen, rein aus Fachinteresse."

„Ausgezeichnet! Dann können Sie mir beistehen, wenn ich mit Mrs. Warburton spreche. Und danach werde ich mich gleich an die Lösung des Falles machen, den Mycroft mir als vordringlich geschildert hat. Sie selbst haben unlängst gesagt, dass wir nicht untätig herumsitzen sollten. Jetzt haben wir die Gelegenheit mitzuhelfen und etwas Sinnvolles für unser Land zu tun – und ein interessanterer Fall ist es obendrein. Im Interesse des Vaterlandes. Aber zurück zu Warburton. Wir können jetzt gleich einen Blick auf ihn werfen und danach zu seiner Frau fahren und einen Schlussstrich unter die Sache ziehen."

„Aber wie sollen wir den komischen Kauz denn aufspüren? Das kann schließlich Stunden dauern!"

„Ganz im Gegenteil: Nichts ist leichter, als Oberst Warburton zu finden. Sein Tagesablauf ist immer der gleiche. Man könnte ihn für einen Bankangestellten halten, der jeden Morgen zur gleichen Zeit das Haus verlässt, um sich auf den Weg zur Arbeit zu machen ..." Holmes hielt unvermittelt inne. Der gelangweilte Gesichtsausdruck, den er bis jetzt bei jedem Gespräch über Oberst Warburton zur Schau getragen hatte, war verschwunden.

„*Ist dies schon Tollheit, hat es doch Methode* ... Watson, wie oft habe ich Ihnen schon gesagt, dass Sie erleuchtend wirken wie kein Zweiter? Kommen Sie schnell, bevor es zu spät ist!"

Graue Speerballons hingen im grauen Himmel über der grauen Stadt. Holmes rannte geradezu und ich hatte Mühe, mit ihm Schritt zu halten.

„Holmes, noch vor einer halben Stunde konnten Sie den Fall nicht schnell genug vom Tisch bekommen und nun stürmen Sie los, als wären Sie der Wahnsinnige und nicht der Oberst!"

„Methode, Watson, Methode!"

„Wie bitte, Holmes?"

„Lassen Sie mich für den Moment nur sagen, dass ich blind gewesen bin – unvorstellbar blind. Watson, wenn Sie etwas auf Ihre Ehre halten, dürfen Sie mein Versagen keinesfalls verschweigen, sollten Sie diesen Fall je niederschreiben! Ich habe genau jenen Fehler gemacht, den ich Ihnen so oft vorwerfe! Ich habe gesehen, aber nicht beobachtet!"

Als wir am Bahnhof ankamen, bemerkten wir sogleich den älteren Herrn am Gleis. Er gab eine traurige Gestalt ab und stellte die üblichen Fragen. Die Leute drängten an ihm vorbei. Sein Anblick erfüllte mich mit Mitleid.

„Warum hatten wir es so eilig, Holmes? Ist er in Gefahr? Wer bedroht ihn denn?"

„Schauen Sie genau hin, Watson, und sagen Sie mir, was Sie denken", sagte Holmes leise.

Je länger ich ihn beobachtete, umso größer wurde mein Mitgefühl. Das Leiden des Mannes war schier unerträglich mit anzusehen. Eine Gruppe junger Offiziere betrat den Bahnsteig. Sie unterhielten sich, lachten und sprachen angeregt. Der alte Oberst stand mit dem Rücken zu ihnen, so dass wir sein Profil sehen konnten.

„Und, Watson", sagte Holmes mit unverkennbarer Genugtuung in der Stimme, „was macht er jetzt?"

Der alte Mann bewegte die Lippen, als ob er zählte oder etwas für sich wiederholte. Dabei hob er seinen Kopf, und ich war erstaunt, als ich seinen gerissenen und berechnenden Gesichtsausdruck sah. Er wandte sich um und bemerkte uns. Sein Blick war kalt und völlig klar.

„Schnell, Watson!", rief Holmes. Der Oberst versuchte, seinen Revolver zu ziehen, doch gegen die Offiziere hinter ihm und Holmes, der blitzschnell auf ihn zustürzte, hatte er keine Chance.

Mycroft war bereits gegangen, doch der Geruch seiner Zigarren hing noch in der Luft. Er wollte Oberst Warburton so schnell wie möglich verhören.

„Zwei Fälle in einer Stunde gelöst", sagte ich verdrossen, „und ich komme mir wie ein Narr vor. Ich verstehe noch immer nicht, was sich dort am Bahnhof abgespielt hat, abgesehen der Verhaftung des Oberst."

„Nehmen Sie es nicht so schwer, Watson", entgegnete Holmes. „Immerhin war ich selbst auch ein Narr. Mrs. Warburton hatte mir schließlich den entscheidenden Hinweis gegeben, als sie sagte, ihr Mann wirke oftmals völlig vernünftig. Doch als Frau war sie mehr an ihrer Theorie über eine mögliche Affäre ihres Mannes interessiert und als ich diese hörte, verlor ich jegliches Interesse an dem Fall. Ich habe ihn selbst mehrfach beobachtet, war jedoch zu gereizt, um sein System zu durchschauen – bis Sie mich fragten, wie man ihn finden könne. Er sprach nur mit Angehörigen des Militärs und wirkte immerzu so, als sei er dabei, sich Dinge einzuprägen oder zu wiederholen. Diese Angelegenheit erforderte gründliche Observation, doch ich fühlte mich zu sehr in meinem Stolz gekränkt, dass man mir einen so trivialen Fall antrug, und erwies mich als sehr nachlässiger Beobachter. Außerdem ließ ich etwas Wichtiges außer Acht, Watson, etwas, das Sie niemals vergessen."

„Was denn?", fragte ich überrascht.

„Gefühle. Ich versuchte Logik anzuwenden, während er mit Gefühlen arbeitete."

„Was meinen Sie damit?"

„Die Gefühle derjenigen, die ihn umgaben. Manch einen trieb die Neugier, und zwar jene der geschmacklosesten Sorte, über eine mögliche Affäre des Obersts, unabhängig davon, ob es diese tatsächlich gegeben hatte oder ob er sie sich bloß einbildete. Boshafte Schwätzer, die auf das kleinste anstößige Detail aus waren. Anderen tat der alte Schurke einfach leid. Auch Sie empfanden Mitgefühl für ihn, nicht wahr, Watson? Jeder, der selbst einen ihm nahestehenden Menschen verloren hatte, konnte ihn verstehen. Und er hat diese Gefühle schamlos ausgenutzt, indem er eine Geschichte erfand und den Wahnsinn vortäuschte, doch in seinem Wahnsinn steckte Methode. Die Menschen sahen ihn als Opfer, genau so, wie er es wollte."

„Und dabei war er ein Spion. Aber warum hat er es getan? Ging es ihm ums Geld? Sie sagten, dass die Familie finanziell schlecht dastünde."

„Zweifellos."

„Worin auch immer die Gründe liegen, es ist abscheulich. Aber die List war eher ungewöhnlich, finden Sie nicht? Man sollte doch denken, dass ein Spion lieber unbemerkt bleiben möchte, doch über seinen Wahnsinn sprach die ganze Stadt. Glauben Sie wirklich, dass er viel herausgefunden hat, indem er sich bei den Militärs herumtrieb und diese ansprach?"

„Ein Wort hier, ein anderes da. Er war klug genug, um sich daraus das große Ganze zumindest in groben Zügen zusammen-zureimen. Gut zu wissen, dass wir dem ein Ende bereitet und somit unseren, wenn auch bescheidenen, Beitrag zum Sieg geleistet haben. Apropos, Watson, haben Sie schon die neuen Plakate gesehen, welche die Regierung hat aufhängen lassen? ‚Wer die Zunge nicht zügelt, wird vom Feind überflügelt‘."

„Steckt Mycroft dahinter?"

Holmes zuckte mit den Schultern und schmunzelte.

Auf dem Pfad der Zyklizität

von Katharine McCain
Rosemont, Pennsylvania, USA

Setz dich neben zwei bekannte Herren
Sieh zu, wie sie ihre Hände –
Unbehindert von steifen Gelenken
Unberührt von Flecken und Malen –
In Töpfe voller Honig tauchen
Der golden glänzt im Sonnenlicht
Die Süße von Jahren der Arbeit
Verleiht ihm viel mehr
Als nur Nährwert und Geschmack.

Vorbei am Summen der Bienen begebe ich mich
Und grüße den Mann an der Ecke.

Müde von seiner Runde
Stemmt er sich gegen den Smog
Ob ich eine Zigarre mit ihm rauche?
Doch ich will nur seinen Namen wissen.

Bist Du Gabriel
George
Gary
Oder Greg?

Ich gehe weiter, sehe die Unsichtbaren
Sie sitzen berechnend in ihren Netzen
Einer, umhüllt von bequemem Leder
Hölzerne Dielen, Kaminfeuer
Und üppige Speisen
Der Andere
Lebt von Zwängen
Und Kreidestaub.

86

Weitergehend
Streifen meine Finger über eine vertraute Tür
Bis ich mich in einem ebenso vertrauten Krankenhaus wiederfinde
Inmitten der Sterbenden beginnt hier eine Freundschaft
Geprägt von unbändiger Vitalität
Welche Schlüsse
Ziehen wir daraus?

Immer weiter
Dort ein Student mit seinem Hund
(nicht nach dem Premierminister benannt
auch nicht nach dem glücklichen Stein)
Er lässt den Streuner los
auf eines anderen Bein
Der Biss, der direkt
Zu den Worten weiter oben führt.

Zurück, zurück, so weit mir erlaubt
Schließlich spähe ich durch ein unscheinbares Fenster
An einem unbekannten Ort
Eine gesichtslose Familie versammelt sich
Um einen Namen zu finden
Die Wahl fällt auf …
Zum Glück nicht Sherrinford …
Sondern Sherlock.

All dies kann ich tun
Lasse Fußspuren aus Tinte hinter mir
Und bin doch rechtzeitig wieder zurück
Zum gemeinsamen Honig und Tee.

Wie alles begann
von Annabelle Hammond
Norfolk, Großbritannien

John Watson humpelte ins Klassenzimmer und schonte dabei sein verletztes Fußgelenk. Viele knallbunte Malereien lachten ihm aus allen Ecken entgegen. Er seufzte frustriert. Ihm war alles andere als heiter und fröhlich zumute. Die Klasse schwieg. Die Lehrerin kam auf ihn zu. Sie war eine ältere Dame mit kurzem, angegrautem Haar. Sie lächelte ihn freundlich an. „Du musst John sein. Ich bin Mrs. Hudson. Ich bin deine Lehrerin für das kommende Jahr. – Willkommen in der 5. Klasse", sagte sie und klatschte dabei vergnügt in die Hände. Ihr Lächeln wurde noch breiter, so, als wolle sich ihr ganzes Gesicht in Falten legen. „Geh bitte und such dir einen Platz. Wo immer du willst", sagte sie und gab ihm einen leichten Schubs. Er stolperte ein bisschen. Die anderen Kinder grinsten höhnisch und kicherten. „Ach, tut mir furchtbar leid. Brauchst du Hilfe? Ich habe nicht gesehen, dass du einen verletzten Knöchel hast", sagte sie mit gerunzelter Stirn.

John verzog genervt das Gesicht. Nur weil er sich am Knöchel verletzt hatte, bedeutete das noch lange nicht, dass er bewegungsunfähig war. Er konnte durchaus auf sich selbst aufpassen. „Mir geht's gut", sagte er, aber das hielt Mrs. Hudson nicht davon ab, nach seinem Arm zu greifen. Er schüttelte sie ab und nahm ein paar Schritte Abstand zu ihr. „Ehrlich. Mir fehlt nichts. Ich schaffe das alleine", sagte John, während er Mrs. Hudson den Rücken zukehrte. Johns Rucksack war schwer. Seine Eltern hatten ihn mit Büchern vollgepackt, die er nicht brauchte.

John sah sich nach einem freien Platz um: Es gab nur einen einzigen. Die anderen Kinder tuschelten, als er durch die Reihen ging. Der Tisch war im hinteren Teil des Klassenzimmers und war leergeräumt. Der Junge, der auf dem Platz daneben saß, schien seine Umgebung gar nicht zu beachten. Er war sehr groß und hatte dunkles lockiges Haar, das ihm in die Augen hing, war blass und hatte hohe Wangenknochen. Man konnte sich leicht vorstellen, wie er einen von oben herab verächtlich anblickte. Er trug ein schwarzes Hemd und eine schwarze Hose. Eigentlich wirkte er viel zu alt, um mit John in die gleiche Klasse zu gehen. Die zwei hätten kaum unterschiedlicher aussehen können. John hatte glatte blonde Haare und ein rundes Gesicht. Bereits mit zehn Jahren hatte es vom häufigen Stirnrunzeln Falten zurückbehalten. Er trug einen gestrickten Pulli, ein Geschenk seiner Mutter. Sie hatte ihn auch gezwungen, den Pulli heute zu tragen, damit er vor der Klasse einen guten ersten Eindruck machte. Er hatte zwar kurz gemurrt, aber nicht widersprochen. Er trug Jeans mit alten Straßenschuhen, die er von irgendeinem entfernten Verwandten geerbt hatte. Im Vergleich zu dem anderen Jungen kam er sich tatsächlich wie ein Kind vor. Dessen Blick streifte ihn kurz. Dunkle, graue Augen musterten ihn, dann schaute der Junge rasch wieder zum Fenster hinüber.

John ging um den Tisch herum, setzte sich auf den Stuhl und schmiss den Rucksack auf den Boden. Er lehnte sich zurück, erleichtert, endlich nicht mehr stehen zu müssen, und fragte sich, wer der merkwürdige Junge neben ihm war. Er wirkte verschlossen und abweisend. John hüstelte, um seine Aufmerksamkeit zu erregen. Dies brachte ihm aber nur einen kurzen, stechenden Blick ein. Vor der Klasse fing Mrs. Hudson an, über Materialeigenschaften zu reden. John achtete nicht auf sie. Er war viel zu sehr mit der Person neben ihm beschäftigt.

„Es wird deine Fragen nicht beantworten, wenn du mich weiterhin anstarrst. Es sei denn, du besitzt meine Beobachtungsgabe, was ich aber eher nicht glaube. Mein Name ist Holmes, Sherlock Holmes", erwiderte der Junge, als er John endlich ansah. John schaute ziemlich verdutzt drein und wollte ihm höflich die Hand reichen. Sherlock starrte sie nur an, hielt die Arme jedoch weiterhin vor der Brust verschränkt.

„John ...", begann er.

„John Watson. Du bist vor kurzem hierher gezogen, weil dein Vater eine bessere Stelle im örtlichen Krankenhaus bekommen hat. Deine Mutter bleibt zu Hause und vertreibt sich anscheinend einen Großteil ihrer Freizeit mit Stricken. Dein Pulli ist, wie ich sehe, eines ihrer Experimente. Sicher nicht ihr bestes Werk", sprudelte es in einem wahren Wortschwall aus Sherlock heraus. Er redete ernsthaft und so schnell, dass John kurz verwirrt war und ihn erschrocken mit offenem Mund anstarrte.

„Woher ... woher weißt du das?", stieß er hervor.

„Beobachtungen und Schlussfolgerungen", antwortete Sherlock knapp. „Keine Sorge, ihr seid einfach alle zu dumm, um es zu verstehen, geschweige denn die Kunst zu erlernen. Mach bitte den Mund zu, Watson, ich kann sehen, dass du zwei Zahnfüllungen hast, eine weiße und eine graue. Du hast letztes Jahr zu viele Süßigkeiten gegessen, offensichtlich ist daher auch dein Gesicht so dick. Das wirst du in ein paar Jahren wieder abnehmen. Ach ja, und dein Bein. Du kamst hier wie ein Häufchen Elend hineingehinkt. Du belastest dein linkes Bein nie vollständig. Ich nehme an, du hast dir neulich den Knöchel verstaucht, als du von einem Baum gesprungen bist. Eine Verstauchung zweiten Grades, hat der Arzt gesagt. Ich würde wetten, dass du auch eine Prellung am Knöchel hast. Deine abscheulichen braunen Straßenschuhe müssen dir auch geschenkt worden sein; warum würde sich jemand sowas Hässliches kaufen?" Sherlock hielt inne. Trotz all der kritischen Dinge, die er gerade über John gesagt hatte, lächelte er ihn etwas unbeholfen an.

„Ähm, ja, das stimmt so ziemlich", sagte John, während er stirnrunzelnd auf den Tisch blickte. Sherlock löste Unbehagen bei ihm aus.

„Sherlock, ich nehme an, du willst uns allen etwas mitteilen?", sagte Mrs. Hudson mit schneidender Stimme.

„Ach, ich will nicht prahlen, Mrs. Hudson." Er sprach ihren Namen mit Abneigung aus.

„Ich glaube nicht, dass das möglich ist, Mr. Holmes, aber du darfst es durchaus versuchen", sagte sie mit aufgesetztem Lächeln.

„Na gut. Fangen wir an", erwiderte Sherlock mit wie zum Gebet zusammengelegten Händen. Alle in der Klasse drehten sich und starrten ihn an. John fühlte sich noch unbehaglicher. Er hatte angefangen, in seinem Wollpulli zu schwitzen.

„Sie haben bis jetzt unterrichtet, dass Metalle stabil, hart, glänzend und ein gut leitendes Medium sind. Was unglaublich langweilig ist, selbst das dümmste Rindvieh wüsste das", sagte er und verzog verächtlich den Mund. Seine grauen Augen schweiften rastlos hin und her, als lese er eine Landkarte. „Ich kann Ihnen sagen, dass Metalle duktil sind, weil sie aus mehreren Atomschichten bestehen, die sich übereinander schieben können, wenn das Material gebogen oder verformt wird. Metalle bilden auch große Strukturen, worin sich

Elektronen in der äußeren Schale frei bewegen können. Diese freien Elektronen und die Metallionen können zusammen eine Metallbindung eingehen. Reicht das, Mrs. Hudson, oder soll ich weiterreden?", fragte Sherlock mit einem schiefen Lächeln und wandte den Blick ab.

John hatte keine Ahnung, wovon Sherlock gerade geredet hatte. Mit Wörtern wie „duktil" konnte er nichts anfangen, er war ja immerhin erst zehn. Als er sich umsah, bemerkte er das Erstaunen auf den Gesichtern der anderen Schüler. Mrs. Hudson stand vor der Klasse, die Hände in die Hüften gestützt. Ihr Gesicht war rot wie eine Tomate. Schweiß tropfte von ihrer Stirn.

„Mr. Holmes, vielleicht können wir dieses Gespräch außerhalb des Klassenzimmers fortsetzen", sagte sie zähneknirschend.

Sherlock stand auf. Seine schmächtige Gestalt überragte alle anderen. Er nahm einen Bleistift vom nächsten Tisch und blieb abwartend stehen. Die Klasse sah schweigend zu. Sherlock lachte und ging weiter. Nach ein paar Schritten warf er den Bleistift, der knapp an Mrs. Hudsons Kopf vorbeiflog. Es war ein perfekter Wurf. Dann verließ Sherlock das Zimmer – nur sein Lachen war noch zu hören.

Stimmen ertönten, als sich der Klatsch verbreitete. Keiner schaute John an und er blickte zur leeren Tür hinüber. Dieser Junge war unglaublich. Niemand konnte so clever sein, aber er war es. Er war erst zehn Jahre alt, aber absolut außergewöhnlich. John konnte nicht einmal ansatzweise nachvollziehen, was gerade passiert war.

Draußen hörte man Mrs. Hudson schimpfen. Zitternd und nassgeschwitzt kam sie zurück. Sherlock war nicht bei ihr. „So, geht jetzt bitte alle raus und spielt einen Augenblick, während ich mir eine Strafe für Mr. Holmes ausdenke", sagte sie mit kaum unterdrücktem Zorn.

Die Schüler flüchteten vor ihrer Wut. Die Tür knallte heftig hinter ihnen zu. John humpelte die Treppe hinunter und ging zum Spielplatz. Nun war er wieder allein. Er bemerkte eine Bank auf dem Feld in der Nähe. Sie war leer, da die anderen Kinder herumliefen und Fangen spielten. Er ging zu der Bank hinüber und ließ sich vorsichtig nieder. Er streckte die Beine von sich und ignorierte dabei den Schmerz in seinem Knöchel. Er tat zwar weh, aber er würde schließlich nie heilen, wenn er ihn nicht bewegte.

Er schaute den anderen Kindern beim Spielen zu, auch wenn er das Spiel doof fand. Was hatte man schon vom Rumlaufen? Da John nicht der gesündeste Mensch auf der Welt war, sah er keinen Sinn darin, stundenlang herumrennen zu können. Er würde nie vor irgendwem weglaufen müssen. Vor allem nicht, wenn er Arzt wurde, wie er es sich erträumte. Er würde nicht mit vollem Karacho durchs Krankenhaus preschen müssen.

„Albern, oder?", sagte eine ernste Stimme. John drehte sich um und entdeckte Sherlock, der hinter ihm stand und einen dunklen Mantel trug, der zu kurz für seinen hoch aufgeschossenen Körper wirkte. Sherlock setzte sich neben ihn, schlug die Beine übereinander und verschränkte die Arme. John nickte. „Die Leute sind dümmer als ihnen gut tut. Ehrlich. Dabei macht dieses Spiel nicht mal Spaß", sagte Sherlock, als sein Blick über die Kinder auf dem Feld streifte.

„Wenn das hier keinen Spaß macht, was dann?", fragte John und entdeckte dabei Mut in der eigenen Stimme. Er war immerhin ziemlich neugierig.

„Nur gewöhnliche Menschen haben Spaß am Laufen. Was Spaß macht, ist Probleme zu lösen, die sonst keiner lösen kann. Sich selber herauszufordern, der Beste zu sein. Alles zu beobachten und niemals einen Hinweis zu übersehen, von dem eines Tages vielleicht dein Leben abhängt", sagte Sherlock. Sein Gesicht glühte vor Begeisterung über seine Vorstellung von ‚Spaß'.

„Ich will Arzt werden", platzte John vor lauter Nervosität heraus. Sherlock sah mit hochgezogenen Augenbrauen auf ihn hinunter.

„Eines Tages wirst du das auch", sagte er. John schüttelte den Kopf. Dieser Junge konnte unmöglich seine Zukunft kennen. Beide saßen schweigend da und dachten über das Gesagte nach.

Ein anderer Junge kam auf sie zu. Er war mittelgroß und hatte braunes Haar. Ein selbstgefälliges Lächeln lag auf seinem Gesicht und er hatte etwas Beunruhigendes an sich.

Vielleicht lag es an seinem stechenden Blick, überlegte John.

„Hast du etwa einen Schatz gefunden, Sherlock? Das würden die anderen sicher auch gerne erfahren", sagte der Junge. „Sherlock hat 'nen Freund", brüllte er dann so laut, dass es alle hörten und angerannt kamen. Man verhöhnte sie, zeigte mit dem Finger auf sie und starrte sie an.

Der Junge drängte Sherlock zur Seite und ging auf John zu. „Ich bin James Moriarty. Du solltest dich lieber nicht mit Sherlock unterhalten. Der füllt dir den Kopf bloß mit Lügen. Er tut so, als wisse er alles, bloß um zu verschleiern, wie dumm er eigentlich ist", meinte James. Die Zuschauer kicherten. „Du solltest dich nicht mit so einem einlassen. Der zieht dich doch nur runter. Komm lieber zu uns. Wir zeigen dir, wie du der Beste sein kannst", sagte er, wobei er zurücktrat und einladend die Arme ausbreitete, um ihn in seiner kleinen Bande willkommen zu heißen.

John mochte diesen Typen nicht. Er war zu großspurig. James strich sich die Haare zurück, während er John beobachtete, und bleckte seine perlweißen Zähne. So sollte er nicht mit Sherlock reden, schließlich war jeder gleichwertig.

John zog langsam die Füße ein und hielt sich an der Bank fest, als er aufstand. Sherlock beobachtete ihn neugierig. John hielte eine Hand hinter den Rücken und streckte drei Finger aus.

„Es tut mir leid, aber ich muss dein Angebot ablehnen. Sherlock ist völlig in Ordnung. Natürlich ist er ziemlich egozentrisch, aber mir scheint, das bist du auch", sagte John mit einem Lächeln. Er konnte Rüpel nicht ausstehen und James war so einer. John spürte eine Welle des Selbstvertrauens in sich aufsteigen. Sherlock stand hinter ihm auf. John krümmte einen der ausgestreckten Finger.

„Bist du dir sicher? Du bist genauso ein Spinner wie er, wenn du ablehnst. So was will doch keiner", stichelte James, immer noch mit dem gleichen Lächeln im Gesicht.

„Also, offen gesagt wäre ich lieber wie er als wie du", meinte John, während er einen weiteren Finger nach unten krümmte.

„Na schön", sagte James mit plötzlich finsterem Blick. Scheinbar hatte bis dahin noch keiner sein Angebot abgelehnt. James stellte sich dicht vor John, bis sich ihre Nasen fast berührten. John krümmte den letzten Finger und ballte die Hand zur Faust während Sherlock neben ihn trat. Zusammen gaben sie Moriarty einen Stoß. Der fiel vor lauter Schreck hin, während John und Sherlock lachend davonliefen.

Scheinbar hatte John doch noch einen Freund gefunden. Außerdem hatte er einem Tyrannen die Stirn geboten, der in seine Schranken gewiesen werden musste. Sherlock Holmes und John Watson gaben ein recht gutes Team ab. Sie liefen zusammen durch das Schultor. John hinkte ein bisschen hinterher, aber es machte ihm trotzdem Spaß. Nach wenigen Minuten kamen sie am Straßenschild „Baker Street" vorbei. John bemerkte, dass es 2:21 Uhr nachmittags war.

Mrs. Hudson schrie ihnen nach. „Jungs, kommt sofort zurück! Ihr habt schon genug Unruhe gestiftet. Kommt zurück oder ich rufe die Polizei!"

Sherlock lachte umso lauter.

„Was nun?", fragte John.

„Mein älterer Bruder Mycroft gehört zur örtlichen Polizei", sagte Sherlock, keuchend vor Anstrengung.

„Echt? Willst du das später auch mal machen?", fragte John und versuchte, sich Sherlock als Polizist vorzustellen.

„Ach, eher nicht, John. Das ist doch viel zu leicht. Nein, ich will beratender Detektiv werden", sagte Sherlock stolz.

„Ist das denn überhaupt ein echter Beruf?", fragte John. Er hatte noch nie davon gehört. Verwirrt runzelte er die Stirn und überlegte, was das bedeuten mochte.

„Nein, noch nicht. Ich werde der erste sein. Sherlock Holmes, der erste beratende Detektiv der Welt", rief Sherlock aus, die Stimme voller Zuversicht. Wieder lachte er schallend sein exzentrisches Lachen und John konnte nicht anders als mitzulachen. Er hielt Sherlock zwar für vollkommen verrückt, sagte aber kein Wort.

Als John später am selben Abend an seinem unordentlichen Schreibtisch saß, schrieb er:
Liebes Tagebuch, heute habe ich einen neuen Freund gefunden ...

Der Ehestifter aus der Furrow Street
von Aine Kim
London, Großbritannien

Es war ein kalter und verregneter Abend an jenem am 17. Mai 1885, als mich der Klang einer Droschke, die rasselnd vor der Baker Street 221b zum Stehen kam, bei dem Genuss meiner Pfeife unterbrach. Einen Augenblick später ertönten von oben dumpfe Schritte. Holmes hastete an mir vorbei, presste sein scharfgeschnittenes Gesicht an die Fensterscheibe und spähte so angestrengt durch das Glas in die Dunkelheit, als wolle er den Fahrgast der Kutsche zu sich hereinziehen. Kurz darauf erklang die Türglocke und mein Freund stürzte förmlich die Treppe hinunter, riss die Tür auf und hieß unseren Besucher überschwänglich willkommen.

Inspektor Lestrade machte es sich am Kamin bequem, während Holmes im Zimmer auf und ab schritt.

„Furchtbares Wetter. Ungewöhnlich für diese Jahreszeit, meinen Sie nicht auch, Holmes?", bemerkte Lestrade.

Holmes kam nicht zu einer Antwort, denn Mrs. Hudson eilte in den Raum mit einem Tablett, auf dem sich Tee und eine Ausgabe der Tageszeitung befanden.

„Danke, Mrs. Hudson. Lestrade, ich nehme an, es hat irgendeinen grausamen Mord gegeben, zu dem Sie nun meine Meinung hören wollen." Holmes deutete flüchtig auf die Zeitung, wurde jedoch rasch von Lestrade unterbrochen.

„Dort werden Sie nichts finden, Holmes. Scotland Yard versucht, nichts nach außen dringen zu lassen."

Holmes ließ sich in seinen Sessel fallen und lehnte sich zurück. „Gut, dann erzählen Sie mir doch bitte alles darüber."

Mrs. Hudson nahm dies zum Anlass, sich zu empfehlen.

„Nun", begann Lestrade, „sicher erinnern Sie sich an den Fall des Putney-Schlächters."

„Watson, meine Akte bitte."

Ich reichte ihm die braune Aktenmappe mit Unterlagen zu den meisten Verbrechen und Verbrechern des letzten Jahrhunderts: „Hm.

Der Putney-Schlächter ... ah ja. Ermordete zwölf Menschen und verbarg ihre Leichen für sechs Wochen, indem er sie als Tierkadaver tarnte ... 1886 zu lebenslanger Haft verurteilt. Gehe ich recht in der Annahme, dass es einen weiteren Mord mit seiner Handschrift gab und Sie ihn für den Täter halten? Soweit ich weiß, ist er Ende letzten Monats aus dem Gefängnis in Pentonville ausgebrochen", sinnierte Holmes, während er die Akte überflog.

Lestrade nickte: „Alles richtig mit einer Ausnahme."

Zu spät. Holmes schlug die Akte schwungvoll zu und begann durch den Raum zu tigern, wobei er jedes Mal abwinkte, wenn Lestrade zu sprechen versuchte.

„Soso ... der Schlächter ist also zurück, ja? Aber wie können Sie so sicher sein, dass er es tatsächlich ist? Seine kürzliche Flucht aus der Haft und sein einfaches Tatmuster machen ihn zu einem leichten Ziel für Nachahmungstäter. Ich gehe davon aus, dass Sie die offensichtlichen Hinweise schon überprüft haben – den Abdruck des Schlachthakens unter dem rechten Ohr, Messerschnitte am Brustkorb ..."

„Holmes", fiel ihm Lestrade ins Wort, „wir wissen bereits, dass er nicht der Mörder ist."

Mein Freund hielt in der Bewegung inne: „Woher wollen Sie das so genau wissen?"

„Weil", erklärte der Inspektor geduldig, „er das Opfer ist."

In der Kutsche beobachtete ich Holmes beim Blättern durch seine getreue braune Aktenmappe und lauschte seinen Überlegungen zum Mord.

„Vielleicht der Kannibale von Boston ... er hätte ein Motiv. Ich glaube, sie gerieten 1882 aneinander ... aber da er auf der anderen Seite des Atlantiks lebt, kommt er wohl eher nicht in Frage. Walter Wilkerson ... hat definitiv ein Motiv, ist aber tot."

Die Kutsche hielt in einer dunklen Seitenstraße voller Polizisten. Holmes sprang heraus und ging zielstrebig auf die Leiche zu, die auf dem rußbedeckten Kopfsteinpflaster lag.

„Watson, was halten Sie davon?", rief er zu mir herüber. Ich trat an die Leiche heran und bemerkte überrascht, dass die Haut mit unregelmäßigen blauen Flecken überzogen war.

„Dieser Mann wurde gesteinigt."

„Exakt. Was sehen Sie noch?"

Ich betrachtete den Leichnam näher. Als sich dabei plötzlich sein dünnes, weißes Haar löste und mir in die Hand fiel, stellte ich überrascht fest, dass sich unter der Maske eines runzligen alten Mannes eine wesentlich jüngere und stärkere Person verbarg.

„Holmes, dieser Mann ist professionell verkleidet."

Holmes lachte bitter auf: „Er wusste, ich würde ihn suchen – oder vielmehr nahm er es an. Ich kann schließlich nicht bei der Jagd nach jedem x-beliebigen Mörder helfen, der aus einem mittelmäßig abgesicherten Gefängnis entflohen ist."

Ich sah Holmes zu, wie er den Ort des Verbrechens abschritt und gelegentlich mit einem erfreuten Ausruf innehielt, um sich nach einem herumliegenden Gegenstand zu bücken. Plötzlich ertönte das Klappern von Hufen auf dem Pflaster und eine weitere Polizeikutsche erschien. Ein junger Wachtmeister sprang heraus und lief auf Inspektor Lestrade zu.

„Sir", rief er, „es gibt noch einen, Sir!"

Erneut saß ich mit Holmes, der mehr und mehr verärgert wirkte, in einer Kutsche.

„Wer könnte es getan haben? Keiner dieser Verbrecher hat einen für Steinigungen bekannten kulturellen Hintergrund. Und Größe und Form der blauen Flecken deuten auf eher kleine und spitze Steine hin, so dass der Mörder entweder eine sehr junge Frau oder aber ein älterer und gebrechlicher Mann sein muss. Aber zu sagen, wer davon ..."

Wir stiegen erneut aus und Holmes inspizierte den Fundort.

„Beide Morde geschahen innerhalb einer Quadratmeile ... ob wir daraus etwas schlussfolgern können oder nicht, werden wir erst nach dem nächsten Opfer wissen."

„Dem nächsten Opfer?"

Aber Holmes war schon im Dunkel der Straße verschwunden und nahm die Antwort auf meine Frage im Schein seiner kleinen, flackernden Öllampe mit sich.

Eine Blutspur auf dem Boden veranlasste Holmes zu einem lauten „Aha!".

Sofort eilte ich zum Ende der Gasse und fand ihn über den Körper eines jungen Mannes gebeugt. Holmes' kalte, graue Augen leuchteten wie die eines Bluthundes im Jagdfieber. Mit seinen langen, knochigen Fingern hielt er eine weiße Karte hoch, auf der die Worte „Im Himmel gestiftet" sowie eine Adresse gedruckt waren.

„Wie Sie sehen, Watson", bemerkte er, „ist dieser Herr ein Kunde der Carhill Partnervermittlung in der Furrow Street."

„Ja, Holmes. Gehe ich recht in der Annahme, dass es sich dabei um die Furrow Street handelt, die keine halbe Meile entfernt von hier verläuft?"

„Eben jene, mein lieber Watson. Es wäre mir eine Ehre, wenn Sie mich dorthin begleiten würden."

Die Furrow Street war eine spärlich beleuchtete, gepflasterte Straße, die scheinbar ausschließlich von kahlköpfigen Männern mittleren Alters frequentiert wurde, welche ungeniert einem einsamen Ort zustrebten. Die Carhill Partnervermittlung befand sich in einem unauffälligen kleinen Gebäude, welches sich auf halber Höhe der Straße zwischen den angrenzenden Häusern duckte.

Holmes und ich betraten ein Lokal auf der anderen Straßenseite und suchten uns einen Platz am Fenster. Mein Freund zog seine Akte hervor und beugte sich darüber.

„Beide Männer, soviel wissen wir, waren Kunden dieser Partnervermittlung. Der Beweggrund des ersten Opfers ist offensichtlich: Nach der Flucht aus dem Gefängnis brauchte er so schnell wie möglich eine neue Identität – daher sein dringender Wunsch, eine Frau zu finden. Und das erklärt auch diese unsäglichen, falschen Locken. Der Zweite – hm …! Er wurde als Mr. Benson Fforbes identifiziert und der war glücklich verheiratet."

„Vielleicht hat er sich einfach nur nach einer neuen Ehefrau umgesehen?"

Holmes schüttelte den Kopf.

„Ein Partnervermittler hilft keinem Ehebrecher. Ein seriöser Partnervermittler weiß, dass seine Kunden absolut alles übereinander wissen wollen. Sollte er gezwungen sein, Informationen zurückzuhalten, obwohl er weiß, dass diese entscheidend für seine Kunden wären, sieht er komplett von einer Vermittlung ab. Wobei es sich hier wohl nicht um die übliche Partnervermittlung handeln dürfte."

In diesem Augenblick huschte ein untersetzter Mann mit schütterem Haar aus dem Gebäude der Carhill Partnervermittlung und schwang sich auf den Sitz einer Kutsche, die daraufhin langsam die Straße hinabzurollen begann.

Angespannt verfolgte Holmes das Geschehen. Fast sprang er vor Aufregung vom Stuhl auf, doch nach einem Moment entspannte er sich wieder.

„Watson, sicher erinnern Sie sich noch an meine Vermutung, dass der Mörder einem von zwei möglichen Typen entsprechen muss?" „Einer jungen Frau oder einem älteren und gebrechlichen Mann. Aber Sie denken doch nicht etwa …"

„Oh, ich denke sehr wohl, mein lieber Watson. Ich schlage vor, wir gehen hinüber und versuchen, die Identität dieses ehrenwerten Kutschers in Erfahrung zu bringen."

Der Inhaber der Carhill Partnervermittlung war ein kleiner, rattengesichtiger Mann, der einen beißend essigsauren Geruch verströmte.

„Guten Tag, die Herren", begrüßte er uns. „Was kann ich für Sie tun?"

Ohne eine Antwort abzuwarten, stürzte er sich auf einen Aktenschrank und begann eine Schublade zu durchwühlen.

„Miss Rachel Wilson, 29, schlank, schwarze Haare, Vater Banker, bietet eine ‚Familienkutsche' und eine Mitgift von − nein, vielleicht lieber die hier: Miss Lily Curtis, 32, durchschnittlich gebaut, blond, der Vater zurzeit arbeitslos, aber Erbe einer Teefirma, bietet ein kleines Haus und ein …"

Holmes konnte seine Ungeduld nicht länger zügeln.

„Diese jungen Damen interessieren mich nicht im Geringsten, so bezaubernd sie auch sein mögen", sagte er knapp, „aber ich wäre Ihnen äußerst dankbar, wenn Sie mir den Namen des Mannes nennen könnten, der gerade Ihr Geschäft verlassen hat."

Mr. Carhill zog missbilligend die Augenbrauen zusammen und sah mit einem Mal sehr verärgert aus.

„Ich bedaure, Sir", sagte er schneidend, „aber wir geben keine vertraulichen Informationen unserer Kunden an Leute heraus, die hier nichts zu schaffen haben. Einen schönen Tag noch!" Mit diesen Worten stieß er die Schublade zu und verschwand in seinen düsteren Geschäftsräumen.

Holmes' Miene verdüsterte sich und unerbittliche Entschlossenheit trat in sein Gesicht.

„Was machen wir jetzt, Holmes?", fragte ich meinen Freund. „Vom guten Mr. Carhill können wir offenbar keine Informationen erwarten. Aber weshalb interessiert uns der Kutscher überhaupt?"

Draußen konnte man in der Ferne immer noch die schäbige Kutsche sehen, wie sie von müde trottenden Pferden über das Pflaster gezogen wurde.

„Unser Kutscher, mein lieber Watson", antwortete er, „ist der Schlüssel zu diesem Fall."

„Holmes", rief ich aus, „sollten wir ihn dann nicht verfolgen?" Aber mein Freund schmunzelte nur und lehnte sich entspannt zurück.

Als die Kutsche nicht mehr zu sehen war, beugte sich Holmes vor und begann zu erklären:

„Dieser Mann ist eindeutig verdächtig, mein lieber Watson. Er ist gesetzten Alters und unfähig jemanden zu steinigen, außer mit kleinen, spitzen Steinen. Er hat auch ein Motiv ... "

„Motiv?", unterbrach ich ihn. „Welches Motiv könnte er haben?"

„Watson, ist Ihnen aufgefallen, dass die meisten Kunden dieses Ladens wohlhabende Männer mittleren Alters sind?"

Das war es.

„Unser ehrenwerter Kutscher ist weder wohlhabend noch mittleren Alters. Er tötet die anderen Kunden aus dem einfachen, animalischen Grund, beim Werben um eine Frau Nebenbuhler aus dem Weg zu räumen."

„Warum schnappen wir ihn uns dann nicht?"

„Weil", lächelte Holmes, „es von der Identität des nächsten Opfers abhängt, ob er schuldig ist oder nicht."

Langsam verlor ich die Geduld.

„Woher wollen Sie wissen, dass es ein weiteres Opfer geben wird?", fragte ich entnervt.

„Mein lieber Watson", erwiderte er, „ich bin mir nicht sicher, ob es ein weiteres geben wird. Ich kann es nur hoffen."

Eine Zeitlang herrschte Schweigen.

„Nun denn", ergriff mein Freund schließlich wieder das Wort, „da keine Nachricht über ein weiteres Opfer zu kommen scheint, schlage ich vor, wir fahren zu den Wohnungen der Opfer und suchen dort nach Hinweisen."

Die Wohnung des ersten Opfers war ein runtergekommenes, dreckiges, kleines Zimmer, vollgestopft mit Unterlagen. Das Mobiliar bestand einzig aus einer Matratze und einer kleinen Feuerschale. Als ich mich die Treppe zum Zimmer hochgequält hatte, stöberte Holmes, der vor mir angekommen war, gerade durch den Inhalt einer Kassette und verteilte dabei Unterlagen in alle Richtungen. Nach einer Weile tauchte er triumphierend mit einem kleinen Umschlag mit der Aufschrift „CPV" auf.

„Mein lieber Watson", sagte Holmes, „dieser unscheinbare Umschlag enthält vielleicht die Lösung zu jedem einzelnen dieser Morde."

Mit diesen Worten riss er ihn auf und schüttete den Inhalt in seine Hand. Es handelte sich um eine Visitenkarte von M. Carhill, dem Inhaber der Carhill Partnervermittlung, und um eine kleine Fotografie, welche er mit spitzen Fingern herausfischte und hochhielt, um sie näher zu untersuchen.

„Hm. Fürwahr ein junges Ding, Watson."

Ich schloss mich ihm in der Betrachtung an. Das Bild zeigte eine ernste, junge Frau, die nahezu feindselig in die Kamera blickte und dabei trotzdem derart hinreißend aussah, dass ich die Augen kaum abwenden konnte.

„Was denken Sie, wer sie ist?", fragte ich.

„Sie ist unsere Verbindung zum Mörder", erwiderte Holmes, während er das Bild einsteckte. „Bleibt zu hoffen, dass wir ihre Fotografie auch im Haus des zweiten Opfers finden."

Der verstorbene Mr. Benson Fforbes hatte mit seiner Ehefrau und einer stattlichen Anzahl von Dienern in einem zweigeschossigen Haus im Londoner Stadtteil Chelsea gelebt. Ich folgte Holmes auf dem Fuße, als er sich einen Weg durch eine Schar schluchzender Köche, Hausmädchen, Putzfrauen und an der Ehefrau (Einzahl) vorbei bahnte, bis wir Fforbes' Zimmer endlich erreicht hatten.

Fforbes' Witwe, eine rundliche kleine Frau mit vollem, blondem Haar, öffnete uns unter anhaltendem Gejammer die Tür. Holmes ließ mich eintreten und schlug dann zum Glück, wenn auch etwas rücksichtslos, der Hausherrin die Tür vor der Nase zu. Bereits nach zehnminütiger Suche hatte er sowohl den CPV-Umschlag als auch die Fotografie der geheimnisvollen Frau gefunden und verbarg beides diskret in seinem Mantel, als er ging.

Als wir am Abend vor dem Kamin in der Baker Street saßen, war Holmes in Gedanken immer noch bei dem Fall, der kurz vor der Aufklärung stand.

„So, mein lieber Watson, jetzt warten wir."

„Wie lange, meinen Sie, wird das dauern?"

„Wie lange wir warten müssen, bis wir erfahren, dass es ein weiteres Opfer gegeben hat? Oh, angesichts des Tempos, welches der Mörder vorlegt, würde ich sagen, maximal ein paar Stunden. Und dann müssen wir einfach das Bild finden, den Fahrer festnehmen und ihn ausreichend unter Druck setzen, bis er ein Geständnis ablegt ... Watson, ich muss gestehen, obwohl ich den Fall genossen habe, ist er am Ende enttäuschend banal."

In diesem Moment hörten wir von unten lauten Lärm, gefolgt von Schritten, die die Treppe hinaufstürzten. Die Tür wurde mit einem Ruck aufgestoßen und Lestrade erschien darin, blass und erschöpft. Holmes war aus seinem Stuhl aufgesprungen. „Was ist los, Lestrade?", rief er ungeduldig.

„Es gab einen weiteren Mord", kam die Antwort.

„Fantastisch. Jetzt müssen wir nur noch das Foto finden und den Kutscher festnehmen."

„Holmes, ich befürchte, das ist unmöglich."

Mein Freund hielt inne: „Warum in Gottes Namen?"

„Weil", erwiderte der Inspektor resigniert, „er das Opfer ist."

Wir fuhren in der Polizeikutsche, die zum Ort des Verbrechens jagte. Holmes saß mit gerunzelter Stirn und finsterem Blick da und sprach kein Wort.

Schließlich rief er: „Es ist die Frau, Watson! Sie muss es sein! Wir waren die ganze Zeit auf der falschen Fährte, weil wir dachten, sie ist die Verbindung zum Mörder. Dabei ist sie selbst für die Morde verantwortlich!"

Eine Durchsuchung der Taschen des toten Mannes brachte das erwartete Bild zutage und bewirkte einen völligen Stimmungs-umschwung bei Holmes. Voller Tatendrang verschwand er für ein paar Stunden und kehrte triumphierend zurück.

„Sie ist seine Tochter, Watson!"

Ich sah auf und erblickte einen großgewachsenen, zwielichtig wirkenden Portier ins Wohnzimmer eintreten.

„Holmes?"

Holmes, denn kein Geringerer als er stand vor mir, nahm den Schnurrbart ab und setzte sich.

„Bei der Frau handelt es sich um Elizabeth Carhill, die Tochter des uns wohlbekannten Partnervermittlers. Sie ist auch die Mörderin."

„Aber Holmes – was macht Sie so sicher? Warum sollte sie die Kunden ihres Vaters töten?"

„Alle Opfer waren an ihr interessiert und keiner von ihnen überlebte das erste Treffen mit ihr. Opfer Nr. 1: der Putney-Schlächter – er ahnte nichts. Als erfahrener Mörder konnte er sich hervorragend verteidigen, doch seine angehende Braut erfuhr von seiner dunklen Vergangenheit und sah es als ihre Aufgabe an, ihn büßen zu lassen. Opfer Nr. 2: Benson Fforbes – hier entdeckte Carhill die bereits bestehende Ehe und sann auf Rache."

„Und der Kutscher? Warum brachte sie ihn um?"

Holmes zuckte mit den Schultern: „Der Nervenkitzel? Die Befriedigung, einen Unschuldigen zu töten; das berauschende Gefühl der Macht dabei? Wer weiß das schon? Vermutlich nicht einmal die Mörderin selbst."

„Aber", fuhr ich fort, „wie konnte sie die Männer überhaupt umbringen? Jeder von ihnen war mindestens einen Meter achtzig groß und einer war selbst ein Mörder. Es dauert mindestens zwanzig Minuten, um einen Menschen mit solch kleinen Steinen zu töten. In der Zeit hätte jedes der Opfer seinen Peiniger leicht überwältigen können."

Holmes lachte.

„Ah, sie war äußerst raffiniert! Hierin lag das Geniale. Sie kam etwas früher zum Treffen, gab ein langsam wirkendes Schlafmittel in die Getränke ihrer Opfer und brachte sie zu einem anderen Ort, an dem sie sie umbrachte. Warum sie dazu Steine wählte, vermag ich nicht zu sagen."

Wir hingen, jeder für sich, unseren Gedanken nach, bis Lestrade wieder in der Tür erschien.

„Wenn Sie soweit sind, Holmes, verhaften wir sie jetzt."

„Wen verhaften Sie?"

„Elizabeth Carhill natürlich, warum?"

„Nur sie?"

„Ja …"

Holmes sprang aus seinem Sessel auf.

„Nein, werden Sie nicht. Sie werden auch ihren Vater festnehmen."

Lestrade schaute ihn verständnislos an. Holmes redete weiter, während er nach seinem Mantel griff und sich auf den Weg nach unten machte.

„Elisabeth Carhill mag die Morde tatsächlich ausgeführt haben, aber sie trägt sicher nicht die alleinige Schuld. Ich fand in Mr. Carhills Schreibtisch einige äußerst belastende Beweise in Form verschiedener, an ihn adressierter Briefe, in denen Belohnungen für jedes einzelne Mordopfer seiner Tochter verhandelt wurden. Schnell, Watson!"

„Aber Holmes", rief Lestrade uns nach, „wer war denn dann der eigentliche Auftraggeber für die Morde?"

Holmes hielt inne.

„Sein Name ist Moriarty."

„Und wer ist das?"

„Genau das will ich herausfinden."

Der größte Detektiv

von Amber Butler
Bonnieville, Kentucky, USA

Unten die Geräusche der Baker Street
Oben treibt Pfeifenrauch träge in der Luft
Schwebend gleich dem Londoner Nebel.

Während in einen Ledersessel versunken
Dunkle Augen scharfsinnig über gefaltete Hände spähen
In allem Hinweise erblickend.

Die Erinnerungen wiegen schwer in der 221b
Ein Frauenporträt auf dem Tisch
Ein Reichenbach-Gemälde an der Wand
In eine Schublade verstaut ein blauer Diamant.

Dann, angesetzt, erklingt eine Geige
Ihre Saiten singen Mendelssohns Lied
Da plötzlich erstrahlen die Augen
Die Geige zur Seite geworfen
Nun steht er am offenen Kamin
Einer Statue gleich, voller Selbstvertrauen
Setzt er die Teile zusammen.

Jedes Verbrechen löst Sherlock Holmes
Und Dr. Watson ergreift seinen Stift.

Die schwarzen Federn
von Julianne Ducrow
Normandie, Frankreich

John Watson wusste, dass er sterben würde. Er bemerkte, dass London unter der grauen Wolkendecke ungewöhnlich still geworden war. Die Geräusche der Stadt drangen nur noch gedämpft zu ihm, während der Mann ihm gegenüber die rechte Hand emporhielt. Er winkelte langsam seinen Zeigefinger an und begann, Druck auf den Auslöser der Waffe auszuüben, die direkt auf Johns Brust gerichtet war.

In diesem Moment begann es sanft zu regnen, als ob sogar der Himmel in Erwartung der kommenden Ereignisse weinen würde. Feine Regentropfen ließen allmählich den Beton unter ihren Füßen dunkel werden, während John darauf wartete, dass ihn an diesem Abend auf diesem Dach der Tod willkommen heißen würde.

Es war nicht das erste Mal, dass John sich vor dem Lauf einer Pistole wiederfand. Auch würde das Gefühl, von heißem Blei durchbohrt zu werden, nicht neu für ihn sein. In Afghanistan hatten sie es als Wunder bezeichnet. Wäre die Kugel damals nur einen Zentimeter weiter links eingedrungen, wäre John tot gewesen, noch ehe er den Schuss gehört hätte.

Doch dazu war es damals nicht gekommen. Der Scharfschütze hatte entweder falsch kalkuliert oder jemand weiter oben hatte eine Schwäche für John. Denn er überlebte nicht nur seine Verletzung, sondern erholte sich auch vollständig und kehrte ehrenhaft entlassen nach England zurück.

Dann traf er Sherlock Holmes.

Es ist schwer, Johns erste Gedanken zur Begegnung mit diesem merkwürdigen, reservierten und doch brillanten Mann zu beschreiben. Gleich bei ihrer ersten Begegnung hatte er eine überwältigende Verbindung zwischen ihnen gefühlt, fast so, als ob er nach Hause gekommen wäre. John wurde traurig, als ihm klar wurde, dass er Sherlock nun nie wieder sehen würde. Nie wieder würde er ihn zu einem Fall begleiten, ihn nie wieder bei seinen seltsamen Experimenten in ihrer gemeinsamen Wohnung beobachten können, und es waren

Gedanken an Sherlock, die ihm durch den Kopf gingen, als er den Schuss hörte. Er wusste, dass sein Leben zu Ende war.

Es war ein mit dunklen Wolken verhangener Sonntagmorgen im späten April gewesen, als Michael Messenger gekommen war, um die Bewohner der Baker Street 221b aufzusuchen. John war schon früh aus dem Haus gegangen, um die Morgenzeitung zu kaufen. Nun saß er, diese lesend, in seinem Sessel seinem Mitbewohner gegenüber, der in seinem Lieblingsband von Edgar Allan Poe las, als es an der Tür klingelte.

Mr. Messenger war ein hochgewachsener, dürrer Mann mit dunklem Haar und heller Haut, Sherlock nicht unähnlich. Sogar die Art und Weise, wie er geschmeidig die Wohnung durchquerte, um sich auf einem der Stühle niederzulassen und die von John angebotene Tasse Tee zu genießen, erinnerte an Sherlock.

„Woher kennt ihr euch?", fragte John, während er sich selbst eine Tasse eingoss. Sherlock war zwar in gewissen Kreisen durchaus bekannt, aber zwischen den beiden Männern schien eine noch tiefere Vertrautheit zu bestehen. John hätte es nicht unbedingt als Freundschaft bezeichnen wollen, aber es war sicherlich mehr als eine flüchtige Bekanntschaft.

Der Hauch eines Lächelns umspielte die Lippen ihres Besuchers, als dieser hinter seinen blauen Augen Erinnerungen nachhing. Er atmete ein, als wolle er anfangen zu sprechen, aber dann hielt er für einen Moment inne, bevor er antwortete. Michael wirkte, als wollte er abschätzen, wie viel Sherlock seinem Freund erzählt hatte und insbesondere, wie viele Einzelheiten ihrer Bekanntschaft er John offenbaren wollte.

Als Sherlock sich jedoch nicht rührte, übernahm Michael es, John zu informieren: „Sherlock und ich haben zusammengearbeitet; vor einer Ewigkeit, wie mir scheint. Am Ende hatten wir jedoch unterschiedliche Ansichten und so haben sich unsere Wege getrennt."

Er ließ die letzten Worte in der Luft hängen, als ob der Satz noch nicht ganz beendet wäre.

„Und während Sie Anwalt wurden, wurde Sherlock Detektiv." John lächelte, da er eine plötzliche Anspannung im Raum spürte, und wie es seine Art war, versuchte er sie zu entschärfen: „Also waren die

Wege doch nicht so verschieden. Ihr beide arbeitet, um Recht und Ordnung zu erhalten."

„Das tun wir", stimmte Michael zu.

„Womit kann ich dir helfen, Michael?", unterbrach Sherlock.

„Es muss etwas Schwerwiegendes sein, sonst wärst du nicht hier."

„Immer gleich direkt zur Sache", schmunzelte der Anwalt, räusperte sich und begann, seine Geschichte zu erzählen. „Einer unserer wichtigsten Kunden, John Garrideb, hat ein Problem und ich glaube, dass jemand mit deinen Fähigkeiten hier helfen kann."

„Mr. Garrideb hat zwei Brüder. Howard ist sein Geschäftspartner. Von dem anderen Bruder, Nathan, haben sich beide Männer entfremdet. Ich kenne die Einzelheiten nicht, aber als ihr Vater Alexander starb, hinterließ er seinen Söhnen den Familienbesitz zu gleichen Teilen. Darunter auch Garrideb Hall. Wie du dir vorstellen kannst, sind die Wartungskosten für ein derart großes Gebäude beträchtlich. Ein Industriemagnat in Kansas ist sehr an dem Grundstück interessiert und hat ein Angebot gemacht. Da keiner der Brüder dort lebt, würden sie das Angebot gern annehmen und verkaufen. Doch dazu brauchen sie Nathans Zustimmung, da ihm nach Abschluss des Vertrages ein gewisser Anteil der Verkaufssumme zusteht. Jedoch können sie Nathan nicht finden. Deswegen bin ich zu euch gekommen."

Sherlocks Augen wurden schmal, als er Michael ansah, und er legte seine Finger gedankenverloren aneinander, eine Angewohnheit, die John bereits hunderte Male zuvor bei ihm beobachtet hatte.

„Du möchtest also, dass ich eine vermisste Person finde, damit der Verkauf des Familienbesitzes der Garridebs sichergestellt werden kann?", hakte Sherlock nach.

„Exakt", stimmte Michael zu. „Ich dachte, das wäre genau das, was du behauptest, derzeit zu tun."

„Unter anderem", erwiderte Sherlock. „Ich nehme den Fall an. Wenn Nathan Garrideb noch am Leben ist, werde ich ihn finden und ihm in deinem Namen einen Besuch abstatten. Ich kann dir jedoch nicht versprechen, dass ich dir seinen Aufenthaltsort verraten werde, falls er – nachdem ich ihm gesagt habe, weshalb Du ihn sprechen willst – weiterhin nicht gefunden werden will."

Michael stimmte dieser Bedingung mit einem Nicken zu: „In Ordnung. Ich schätze aber, dass er überglücklich sein wird, da er mit

Abschluss des Verkaufes ein wohlhabender Mann wird. Der Besitz wurde auf fünfzehn Millionen Pfund geschätzt."

Es überraschte John kaum, dass Sherlock den verschwundenen Garrideb in kürzester Zeit aufgespürt hatte. Am nächsten Tag nahmen sie ein Taxi durch die Stadt und kamen an einem neu errichteten Wohnblock an. John bemerkte, dass der Name auf der Türsprechanlage nicht auf Garrideb lautete. Daraufhin erklärte Sherlock, dass Nathan bereits seit einiger Zeit unter einem anderen Namen gelebt hatte, noch bevor er begann, seine Wohnung nicht mehr zu verlassen. Man hätte annehmen können, er sei gestorben, jedoch hatten die Nachbarn beobachtet, dass regelmäßig Lebensmittellieferungen für ihn eintrafen. Ein paar weitere Ermittlungen ergaben, dass der Mann an Agoraphobie litt und Angst hatte, nach draußen zu gehen.

Offenbar erwartete Nathan Garrideb sie bereits und nach den üblichen Formalitäten gab Sherlock die Informationen an ihn weiter, die er von Michael Messenger hinsichtlich des Verkaufs von Garrideb Hall erhalten hatte.

Im ersten Augenblick war Nathan begeistert, doch schnell wurde die Freude über die bevorstehende Erbschaft gedämpft von der heraufdämmernden Erkenntnis, dass er seine Wohnung aufgeben müsste, um seinen Teil des Grundbesitzes zu überschreiben.

„Aber ich traue mich nicht vor die Tür", wandte er ein.

„Ich verstehe, dass dies in Ihrem Zustand ein Problem ist, aber ich versichere Ihnen, dass es da draußen wirklich nichts gibt, was Ihnen schaden könnte", erklärte Sherlock ihm in einem beruhigenden Tonfall und drückte ihm beschwichtigend die Schulter. Nathan schien sich sofort zu entspannen und John fragte sich, ob Sherlock aufgrund seiner Kampfsportkenntnisse vielleicht einige Akupressurpunkte kannte.

„Erzählen Sie uns, was das letzte Mal passiert ist, als Sie diese Wohnung verlassen haben. Was haben Sie getan, das Sie nicht hätten tun sollen, oder noch wichtiger, was haben Sie gesehen, von dem Sie sich inzwischen wünschen, es nie gesehen zu haben?"

Nathan wirkte zunächst bestürzt. Er starrte, erschreckt von der Genauigkeit von Sherlocks Schlussfolgerungen, den Detektiv mit weit aufgerissenen Augen an. Einen Moment hielt er inne, so als würde er seine Chancen abwägen. Dann machte er eine plötzliche Bewegung, als wolle er sich auf Sherlock stürzen. John stand jedoch bereits vor ihm, bevor Nathan diesen letzten Gedanken in die Tat umsetzen konnte. Er legte seine Hand auf die Pistole an seinem Gürtel, so dass deren Umriss deutlich zu erkennen war, und warnte ihn: „Ich würde das nicht tun, wenn ich Sie wäre. Wir können Ihnen nur helfen, wenn Sie anfangen, Sherlocks Fragen zu beantworten."

„Ich ... ich", begann Nathan zu stottern. „Es war nur wegen des Geldes!", rief er schließlich gehetzt aus. „Ich wusste nicht, dass jemand verletzt werden könnte. Ich wollte wirklich nicht, dass jemand verletzt wird, aber sie haben ihn trotzdem erschossen – direkt vor mir! Ich geriet in Panik. Ich hielt die Tasche mit dem Geld in der Hand und rannte einfach los. Sie wissen nicht, wo ich wohne, denn wir haben uns immer nur an öffentlichen Orten getroffen und ich habe ihnen nie meinen richtigen Namen genannt, nicht einmal den, den ich hier benutze. Aber ich wage es nicht hinauszugehen. Ich habe noch immer das ganze Geld, habe nicht einen Penny davon ausgegeben. Um Himmels Willen, es ist sogar noch in derselben Tasche. Es war zwar nicht alles und sie haben selbst auch eine Menge, aber es ist weitaus mehr, als mein Anteil gewesen wäre. Und ich weiß, dass sie es zurückhaben wollen. Sie sind keine Männer, die sich an der Nase herumführen lassen. Das bekam auch der Wachmann zu spüren und ich möchte nicht, dass mir dasselbe passiert."

Sherlock sagte eine ganze Weile nichts. Dann beugte er sich vor und fasste den Mann erneut an der Schulter.

„Sie werden Folgendes tun", wies er ihn mit gedämpfter Stimme an, „Sie werden Ihre Brüder direkt kontaktieren und ihnen sagen, dass Sie sich mit ihnen morgen Abend in einer öffentlichen Bar treffen. Sie werden mir alles sagen, was Sie über die Männer wissen, mit denen Sie sich eingelassen haben. Und Sie geben mir den Schlüssel zu dieser Wohnung, damit John und ich morgen Abend hinein können, während Sie nicht da sind."

Erst nachdem Nathan Garrideb vollständig Sherlocks Forderungen zugestimmt hatte, verließen Sherlock und John ihn schließlich. Auf dem Weg zurück saß John verwirrt von den Ereignissen im Taxi, was für ihn nicht ungewöhnlich war, wenn er mit Sherlock an einem Fall arbeitete.

„Also sind die Garridebs, die Michael zu kennen glaubt, in Wahrheit die Männer, die den Wachmann getötet haben?", fragte John.

„Oh nein, sie sind wirklich Nathans Brüder und zweifellos erbt er nach dem Verkauf des Familienbesitzes ein Vermögen."

„Welch Ironie, dass er in diese Lage gekommen ist. Hätte er lange genug abgewartet, wäre er sowieso ein reicher Mann geworden. Und es ist wohl nur reiner Zufall, dass uns dein alter Kumpel Michael auf diesen Fall gebracht hat?"

Sherlock lächelte ein Haifischlächeln: „So etwas wie Zufälle gibt es nicht, John."

Am folgenden Abend waren sie zurück in Nathans Wohnung. Von der anderen Straßenseite aus beobachteten sie, wie Nathan Sherlocks Anweisungen folgte, das Gebäude verließ und den Pub an der Ecke betrat. John war erstaunt über die Leichtigkeit, mit der Nathan dies fertigbrachte, nachdem er so lange in den eigenen vier Wänden eingesperrt gewesen war. Er hatte von Fällen von Agoraphobie gehört, in denen die Patienten Jahre gebraucht hatten, um auch nur den winzigsten Schritt in Richtung ihrer Genesung zu machen. Doch ein Wort von Sherlock und der Mann schien geheilt zu sein.

Sie betraten Nathans Wohnung und warteten auf die Männer. Aus Gründen, die John verborgen blieben, war Sherlock sicher, dass diese im Laufe des Abends einbrechen würden. Und tatsächlich, innerhalb von nur einer Stunde taten sie genau das. Nach einem kurzen Handgemenge lief Sherlock dem einen Mann hinterher und John dem anderen.

John verfolgte den zweiten Mann die Treppe des Wohnblocks hinauf und über die Feuerleiter auf das Dach. Erst viel zu spät erkannte er seinen Fehler.

Das Dach schien auf den ersten Blick verlassen zu sein und John begann, sich hastig nach einem anderen Fluchtweg umzusehen. Und dann fühlte er es. Kaltes, hartes Metall, das an seinen Hinterkopf gedrückt wurde.

„Dreh dich langsam um", befahl der rothaarige Mann. John gehorchte. „Wirf deine Waffe auf den Boden und streck deine Hände in die Luft, wo ich sie sehen kann." John folgte den Anweisungen und wich zurück, bis er mit seinen Fersen den Rand des Daches berührte. Er stoppte abrupt und machte automatisch einen Schritt nach vorne.

„Das ist nahe genug", warnte ihn der Mann mit der Pistole. „Wo ist das Geld?"

„Ich weiß es nicht", antwortete John wahrheitsgetreu.

„Sehr schade. Wie es aussieht, ist es ein verdammt weiter Weg nach unten. Ich hoffe, du kannst fliegen?"

„Ehrlich, ich weiß wirklich nicht, wo es ist", sagte John noch einmal mit aufsteigender Panik in seiner Stimme.

„Nun, das ist sehr bedauerlich. Ich werde es natürlich trotzdem finden; nicht, dass du das noch mitbekommen würdest, denn bis dahin bist du nur noch eine hässliche Masse auf dem Bürgersteig dort unten."

John blickte über seine Schulter auf die Straße unter ihm. Würde er springen, gäbe es nichts, was seinen Sturz aufhalten könnte. Aber er hatte keine Wahl. Es gab keinen anderen Ausweg aus dieser Situation und auch wenn seine Überlebenschancen gering waren, konnte er nicht einfach dastehen und warten, bis er erschossen wurde.

John machte eine plötzliche Bewegung, die den anderen Mann überraschte. Dessen Finger drückte bereits den Abzug und es ertönte ein Schuss. John fühlte einen brennenden Schmerz in seiner Seite. Es war nur ein Streifschuss, das wusste er sofort. Die Stelle, an der die Kugel eingedrungen war, lag weit entfernt von jeglichen lebenswichtigen Organen und selbst ohne genaue Untersuchung war er sicher, dass die Kugel glatt durchgedrungen war. Doch dies war es nicht, was ihn töten würde. Die Wucht der Kugel hatte John zurückgeworfen und außerstande, sich zu halten, fiel er über die Kante und die Schwerkraft zog ihn hinab zu dem unten wartenden Beton.

Er fiel, den Blick gen Himmel gerichtet, und plötzlich war er dankbar, dass er nicht sehen konnte, wie der Boden auf ihn zuschoss, um ihn zu begrüßen. Zu seiner Überraschung fühlte sich die seltsame Schwerelosigkeit trotz des absehbaren Endes seiner Reise befreiend an. Johns Fähigkeit, Situationen als gegeben akzeptieren zu können, war immer eine seiner Stärken gewesen. Das stammte vermutlich noch aus seiner Zeit bei der Armee. Er hatte viele Männer im Krieg sterben sehen und nun war eben er an der Reihe.

Nur schien sich das Dach mit einem Mal nicht weiter zu entfernen. Im Gegenteil – es wirkte, als würde es sich wieder nähern. John fühlte sich plötzlich benommen. Er fragte sich, ob es der Schock war, aber er hatte das deutliche Gefühl, dass sich Arme um ihn schlossen, die ihn hielten und zurück auf das Dach trugen. Kurz bevor er in Ohnmacht fiel und sich alles verdunkelte, sah er aus den Augenwinkeln etwas vorbeistreichen, das wie fedrige schwarze Flügel aussah. „Es ist okay John, ich hab dich", versicherte ihm eine vertraute Stimme.

Als John aufwachte, lag er in einem Krankenhausbett. Er konnte Sherlock hören, der direkt vor seinem Privatzimmer mit jemandem sprach. Die andere Stimme klang ebenfalls vertraut, obwohl sie gedämpft flüsterte, und John brauchte einen Moment, um sie als die von Mycroft Holmes zu identifizieren.

„Das war nicht dein Hauptziel, Sherlock", knurrte Mycroft.

„John kommt wieder in Ordnung. Es ist nicht das erste Mal, dass er angeschossen wurde und damals hat er sich auch gut erholt", protestierte Sherlock.

„Genau! Es ist jetzt schon bereits das zweite Mal, dass er angeschossen wurde und in Afghanistan war es ebenfalls knapp. Das sind dann schon zwei Gelegenheiten, bei denen du recht schlampig gewesen bist. Du weißt, wie wichtig er ist", belehrte Mycroft ihn weiter.

„Das brauchst du mir nicht zu sagen, Mycroft. Ich weiß, wie wichtig John ist", gab Sherlock empört zurück.

„Dann musst du in Zukunft vorsichtiger sein. Es ist deine letzte Chance, Sherlock. Du wurdest ihm zugeteilt und wenn er auch nur einen Kratzer abbekommt, wirst du zurückgerufen und dein Schutzengelstatus rückgängig gemacht! Habe ich mich klar ausgedrückt, kleiner Bruder?"

Sherlock blickte ihn finster an: „Glasklar wie immer, Mycroft."

„Gut, wunderbar", schloss Mycroft die Sache ab und grinste wie ein Honigkuchenpferd, so als ob alles nach Plan gegangen sei und nicht beinahe in einer totalen Katastrophe geendet hätte. „Ich starte Phase zwei. Siehst du die Frau da drüben?"

Sherlock wandte seinen Kopf in die Richtung, in die Mycroft wies.

„Schwester Morstan, ja, sie hat sich um John gekümmert", informierte Sherlock ihn.

„Hm, Mary ist ein charmanter Name, meinst du nicht?", fragte Mycroft.

„Es sieht ganz danach aus", stimmte Sherlock zu. „Ich nehme an, dass sie zu Phase zwei gehört?" Mycroft zeigte ein Haifischlächeln, das dem seines Bruders in nichts nachstand: „Was meinst du?"

Etwas mehr als eine Woche später war John aus dem Krankenhaus entlassen worden, saß wieder in seinem gewohnten Sessel in der 221b und las Zeitung. Sherlock war ausgegangen, um mehr Schmerzmittel für John zu holen, obwohl sich dieser so schnell erholte, als wäre sein Körper mittlerweile geübt darin und wüsste genau, wie er mit dieser Art Verletzungen umgehen müsse.

Mrs. Hudson, ihre Putzfrau, saugte die Wohnung von oben bis unten durch und schimpfte über das Chaos, das Sherlock mit seinen Experimenten hinterließ, da sie dadurch doppelt so lange brauchte.

„Erst ist es die Tabak-Asche", grummelte sie, „und dann ist es seziertes Ich-weiß-nicht-was; und um Himmels willen, sind diese Gläser etwa mit Schlamm gefüllt? Ganz zu schweigen von den Hühnern! Was macht Sherlock nur mit so vielen Hühnern? Alles, was ich ständig von ihnen finde, sind schwarze Federn – überall."

John hörte ihr nicht zu, da seine Gedanken ständig zurück zu den seltsamen Ereignissen nach seinem Sturz vom Dach wanderten. Wie in einer Endlosschleife liefen die Bilder immer und immer wieder in seinem Kopf ab. Er war sich sicher, dass sie von der Bewusstseinstrübung als Folge des Schocks herrührten. Aber dennoch – sie wirkten so real. Irgendetwas steckte dahinter, aber was, konnte er nicht genau sagen.

Eine halbe Stunde verging und Sherlock war noch immer nicht zurück. Mrs. Hudson war für diesen Tag fertig und zog ihren Mantel an, um zu gehen.

„Ich bin dann mal weg, John. Ich schätze, Sherlock ist jeden Moment zurück. Ist alles in Ordnung? Kann ich dich alleine lassen?", fragte sie mit mehr als nur ein wenig Besorgnis in ihrer Stimme.

John legte seine Zeitung für einen Moment hin, um ihr zu antworten: „Ja, ich komme zurecht. Sherlock hat gut für mich gesorgt, und er verlässt die Wohnung nie sehr lange, seit ich aus dem Krankenhaus zurück bin. Ich denke, ich komme klar."

„Ja, Sherlock hat sich wirklich gut um dich gekümmert ... Er war ein echter Engel", stimmte Mrs. Hudson zu.

Ein plötzliches Lächeln breitete sich auf Johns Gesicht aus, als sei ihm eine wesentliche Tatsache, die ihm zu lange entgangen war, plötzlich klar geworden.

Er sah Mrs. Hudson an und erwiderte voller Ernst:
„Ja, das ist er."

221b für Undershaw
von Maria Fleischhack
Leipzig, Deutschland

Sherlock Holmes ist ein Freund reiner Vernunft und logischer Schlussfolgerungen. Er ist mit allen möglichen Gefühlen und deren Konsequenzen vertraut, bevorzugt es aber, diese bei sich selbst zu ignorieren und sich gewöhnlich lieber auf akute Probleme zu konzentrieren.

Aber als der große Detektiv an einem Spätfrühlingsabend in der Baker Street 221b rauchend auf seinem Stuhl neben Watson saß und die Zeitung aufschlug, sah er einen Beitrag, der ihn seltsam berührte. Die Radierung eines wunderschönen, jedoch verwahrlosten Hauses fiel ihm auf und er vertiefte sich in den begleitenden Artikel.

Es hieß, Geister suchten das Haus heim, Geister, welche jene, die diesen Ort besuchten, nicht erschreckten, sondern dem Haus den Anschein gaben, es sei bereits bewohnt. Und niemand hielt es für richtig, in das Haus einzuziehen, ohne sich zuerst mit diesen Geistern vertraut zu machen.

Nachbarn sprachen von Kinderlachen, das sie von der Terrasse hören konnten, von Männern, die in Gesprächen Politik und Sport diskutierten, und von Gute-Nacht-Geschichten, die nach Einbruch der Dunkelheit geflüstert wurden.

Und zum ersten Mal in seinem Leben fühlte Sherlock Holmes ein mächtiges irrationales Ziehen in der Brust, welches er erst nach einigem Nachdenken als einen heftigen Anfall von Heimweh erkannte. Einen Moment lang wurde er selbst zu einem Geist und Tränen glänzten in seinen Augen. Und so wie die Balken des Hauses erbebte auch sein Herz und brach.

Der Doktor und der Verrückte

von Cambria Trillian
San Antonio, Texas, USA

Vielleicht hörtest du's nicht, doch einst war ein Mann
Der trug im Geiste Afghanistan
Raue Sandstürme versuchten ihn wegzufegen
Doch er hielt stand und rettete Leben
Verband Querschlägerwunden
Und war unverwüstlich, viel stärker als Angst
Denn seinem müden Herzen konnte niemand befehlen.

Ein anderer Herr, mit Pfeife im Munde
Bekannt als Symbol für verrückte Hunde
Seine Geige ertönte zu jedweder Stunde
Er hatte Verstand und eiskalte Venen
Mit trockenem Schießpulvergranat versehen
Sie zu entflammen, war leicht zu erzielen:
Man lud ihn ein, ein Mordspiel zu spielen.

Die beiden fanden zusammen, auch wenn man's nicht denkt
und haben in der Baker Street ihre neun Leben verschenkt
Beständiger Soldat und sprunghafter Freund
Jeder des anderen Gegenstück und Segen
In schwierigen Fällen, auch mit Kokainspur
Der Doktor und der Verrückte, stets irre und stur.

Der spontane Fall
von William Warren
Moffat, Ontario, Kanada

„Nein, ich sehe wirklich nicht, wie ich Ihnen helfen kann", sagte Sherlock Holmes. „Soweit ich es beurteilen kann, wurde kein Verbrechen begangen."

„Das sehen wir genauso", stimmte unsere mögliche Klientin zu. „Wir wollten das nur einmal von Ihnen hören." Die alte Frau hob ihre Hände, als ob sie Holmes bitten wolle, sitzen zu bleiben.

Er erhob sich trotzdem und ging zu einem Stapel Zeitungen, der in einer Ecke lag. Die ältesten davon waren bereits drei Monate alt. „Ein Mann fällt von einem Hochseil und stirbt. Na und? Es war ein Unfall – Fall abgeschlossen. Er machte einen Fehler, nein, eigentlich zwei. Erstens, er unterschätzte die Entfernung zur Plattform auf der anderen Seite des Seils. Sein zweiter Fehler war, dass er den Beruf eines Hochseilartisten überhaupt angenommen hatte. Er fiel vom Seil, kurz bevor er dessen Ende erreichte. Es gab nichts Bemerkenswertes an diesem Ereignis."

„Seine Augen waren verbunden, Mr. Holmes", fügte die alte Frau hinzu.

„Dann waren es drei Fehler." Holmes winkte ab. „Es gibt nichts, womit ich Ihnen helfen könnte."

„Ich bezahle Sie dafür, dass Sie sich nur ein einziges Mal am Unglücksort umschauen."

„Geld ist nicht meine einzige Motivation, Mrs. Browner", blaffte er. „Mein Wunsch ist es, die Menschen zu erwischen, die meinen, sie könnten die Gesetze der Natur und der Menschen brechen und damit durchkommen. Außerdem möchte ich mich ablenken, damit mein Gehirn vor Langeweile nicht implodiert. Daher zum letzten Mal: Nein!"

„Na na, Holmes", protestierte ich. „Sie möchte doch nur Gewissheit über den Tod ihres Sohnes haben, gewiss können wir ihr diesen Wunsch erfüllen. Sollte sich herausstellen, dass es nur ein Unfall war, schadet es doch niemandem. Es würde Ihnen sogar gut tun, wieder einmal vor die Tür zu kommen."

„Würden Sie bitte damit aufhören", rief Holmes aus. „Ich muss nicht nach draußen gehen, ich brauche nicht nach draußen zu gehen, ich will nicht nach draußen gehen, Sie können mich nicht zwingen, nach draußen zu gehen. Ich werde das Haus nicht verlassen, erst recht nicht, um einen Unfall zu untersuchen."

„Na gut", verkündete ich, „wenn Sie es nicht tun wollen, dann tue ich es."

„Wagen Sie es nicht, Watson! Jedes Mal, wenn Sie sich an Schlussfolgerungen versuchen, endet es damit, dass Sie es falsch angehen und alles verdrehen."

„Gut, dann frage ich Mycroft. Ich bin mir sicher, dass er mehr Herz als Sie zeigt."

„Haben Sie meinen Bruder schon einmal getroffen?", spottete Holmes. „Ich hatte Ihnen doch gesagt, dass ihn nichts von seiner Routine abbringen kann, außer es ginge um die nationale Sicherheit." Sein schlanker Körper bebte vor Wut. „Ist der Unfalltod eines Hochseilartisten eine Gefahr für die nationale Sicherheit? Ich glaube eher nicht."

„Dann gehe ich eben selbst."

„Wenn Sie das tun, bringe ich Sie um."

„Na, da kommen Sie doch gleich mit, dann müssen Sie sich nicht selbst verhaften."

Er stand auf, griff nach Hut, Mantel und Stock und öffnete die Tür, die auf den Flur führte. „Lassen Sie uns gehen."

Als wir im West End an der Stelle ankamen, an welcher der Zirkus aufgebaut worden war, sprang Holmes aus der Droschke und rannte, so schnell es ging, zu dem Zelt, in dem der Drahtseilakt stattgefunden hatte. Als wir wieder zu ihm aufschlossen, war er bereits die lange Leiter hochgeklettert und befand sich auf der obersten Plattform. Er begann damit, die Plattform zu untersuchen, während ich mich unten umsah.

Das über 20 Meter hohe Zelt bestand aus einem gelben Stoff mit breiten roten und blauen Streifen. An den Wänden gab es zwölf Reihen mit hölzernen Klappstühlen. Das gesamte Zelt war seit dem tödlichen Unfall leer, nur ein paar Polizeibeamte waren am Eingang postiert worden.

„Ah, Mr. Holmes", ertönte die Stimme unseres Freundes Inspektor Lestrade. „Ich dachte, Sie hätten diesen Fall abgelehnt?"

„Ebenso wie Sie", erwiderte dieser, „und trotzdem sind Sie hier."

„Nun ja, da ist etwas, das ich Ihnen über diesen Fall erzählen sollte, bevor Sie weiter ermitteln. Wollen Sie nicht herunterkommen?" Der wieselgesichtige Mann formte für diesen letzten Satz mit seinen Händen ein behelfsmäßiges Megafon vor seinem Mund.

„Ich denke nicht. Für mich ist viel interessanter, was ich hier oben sehe. Danke, aber ich komme nach unten, wenn es mir gefällt."

„Ich verstehe diesen Mann einfach nicht", brummte Lestrade.

Lestrade ist nicht einmal ansatzweise der Dummkopf, den sich meine Leser anscheinend immer vorstellen. Im Gegenteil: Er ist einer von Scotland Yards fähigsten Beamten. Wäre er tatsächlich ein inkompetenter Clown, würde mein Freund Sherlock Holmes seine Gesellschaft nicht dulden. Es fehlte ihm nur an Ausdauer und so landeten viele seiner Fälle bei Holmes. Er wollte immer schnelle Ergebnisse und war nicht geduldig genug, um Dinge auch einmal abzuwarten oder genauer nach Hinweisen zu suchen.

„Ich nehme an, dass Sie ihn dazu überreden mussten, doch noch einen Blick auf diesen Fall zu werfen?", fragte er, als er sich zu mir gesellte. Keiner von uns sah zu Holmes hoch, sondern wir standen mit dem Rücken zu ihm und blickten in Richtung der Zuschauerplätze.

„So ist es. Allerdings hat es nicht viel Überredungskunst gebraucht."

„Was haben Sie getan?"

„Ich habe gedroht, ihn zu Hause zu lassen und allein hierher zu kommen."

Wir lachten beide auf, als ein Paar langer, schmaler, aber sehr kräftiger Hände uns an den Schultern packte und sich Holmes' Gesicht zwischen uns schob. Zuerst sah man die lange, spitze Nase, dann die markanten Wangenknochen und die dünnen Lippen, gefolgt von den intensiven, dunklen und wachsamen Augen. „Sie haben wohl Spaß?", fragte er, die Lippen zu einem winzigen Lächeln verzogen, das mehr wie ein spöttisches Grinsen aussah. Seine Augen strahlten eine Kälte aus, die mir sagte, dass er genau wusste, worüber wir gelacht hatten. „Es geht doch nichts über etwas Gekichere am Schauplatz eines Mordes, nicht wahr?"

„Mord, Holmes?"

„Ja, Watson. Mord."

„Nun, was bringt Sie zu diesem Schluss?" Skeptisch drehte ich mich zu ihm um.

„Sehen Sie sich das an." Da seine Hand immer noch schwer auf meiner Schulter ruhte, drehte er mich komplett um und deutete mit der Hand, mit der er eben noch Lestrade festgehalten hatte, zum Hochseil. „Prüfen Sie den Abstand zwischen den Plattformen."

Ich sah nach oben und bemerkte, dass sie näher zusammen waren, als ich erwartet hätte. Dies sagte ich Holmes, der daraufhin in sich hineinlachte.

„In der Tat. Es ist unwahrscheinlich, dass man sich auf dieser kurzen Strecke verschätzt."

„Sie können Ihre Theorien aber nicht nur darauf aufbauen", protestierte Lestrade.

„Das tue ich auch nicht."

„Worüber sprechen Sie dann?", fragte der Inspektor.

„Was war es gleich, das Sie mir über den Fall sagen wollten?"

„Ach das, ja. Ich dachte nur, Sie sollten wissen, dass dieser Fall vergebliche Liebesmüh ist. Wir wollten gerade gehen – Scotland Yard hat den Fall abgeschlossen. Man glaubt, es wäre Zeitverschwendung."

„Und würden Sie mir auch glauben, wenn ich Ihnen erzählen würde, ich wäre ein Schimpanse?", blaffte Holmes.

„Wissen Sie, das würde eine Menge erklären", murmelte Lestrade.

„Watson, begleiten Sie mich bitte, ich möchte mir noch andere Bereiche des Zirkus ansehen. Lestrade, bitte fahren Sie mit Ihrer vortrefflichen Arbeit fort." Er schritt durch den Artisteneingang und ich folgte ihm dicht auf.

„Holmes, das war gerade ziemlich unhöflich."

„Möglich. Dass wir die Schlacht von Waterloo gewonnen haben, war genauso unhöflich." Er führte mich scheinbar ziellos an den Pavillons vorbei und sah ab und zu in eines der Zelte, an denen wir vorbeikamen. Als ich mich einmal umwandte und kurze Zeit später wieder nach vorne blickte, war Holmes nirgends mehr zu sehen. Ich kehrte zu dem Ort zurück, an dem ich abgelenkt worden war und spähte von dort aus in jedes der Zelte bis zu dem Punkt, an dem ich Holmes'

Abwesenheit bemerkt hatte. Plötzlich hörte ich: „Was ham wir denn da: 'n Spanner?"

Ich schrie auf, wirbelte herum und sah einen Mann vor mir stehen, der etwa einen Meter zwanzig größer war als ich. Er trug leuchtend blaue Kleidung und einen mit roten Federn aufgeputzten Zylinder. Sein Gesicht war irgendwann einmal übel zugerichtet worden, zumindest deuteten die mehrfach gebrochene Nase, die verschwollenen Augen und der deformierte Mund darauf hin. Erst beim zweiten Blick bemerkte ich, dass er Stelzen trug.

„Verzeihen Sie, Sir, ich habe meinen Freund verloren."

„Verloren? Muss ja 'n Winzling sein, wenn er so leicht zu verlieren ist." Seine Stimme war schneidend und unnatürlich hoch.

„Nein, ich meine, ich kann ihn nicht mehr finden."

„Tja, dann machen Sie sich mal auf die Socken und gehen ihn suchen." Er stakste über das niedergetretene Gras davon.

Ich suchte fast eine Stunde lang nach Holmes, bevor ich ihn auf der anderen Seite des Zirkusgeländes entdeckte, wo er mit einer Gruppe von Artisten sprach. Da ich ihn nicht unterbrechen wollte, wartete ich am Rand der Gruppe, bis er fertig war. Es wurde viel gescherzt, gelacht und geplauscht, bevor sich Holmes nach einiger Zeit von ihnen trennte und zu mir herüber kam.

„Diese Zirkusleute sind schon ein interessantes Völkchen", sagte er. „Sollte ich jemals der Detektivarbeit überdrüssig werden, würde ich mich ihnen eventuell anschließen."

„Was würden Sie denn vorführen?"

Seine Antwort überraschte mich völlig: „Ich denke, ich würde ein Clown werden. Ein Jongleur."

Wir verließen den Zirkus und kehrten zur Baker Street zurück, nachdem Holmes Mrs. Browner versprochen hatte, dass er dem Fall seine gesamte Aufmerksamkeit widmen würde. Sobald wir wieder in unseren Räumen waren, warf sich Holmes auf das Sofa, wo er es sich mit einer Pfeife gemütlich machte.

„Das ist also, was Sie ‚Ihre gesamte Aufmerksamkeit widmen' nennen?", fragte ich.

„Ja, ja, absolut", antwortete er mit geschlossenen Augen und trommelte dabei mit seinen Fingern auf dem Pfeifenkopf herum.

„Nun gut, dann überlasse ich Sie Ihrer Arbeit und gehe Mary besuchen."

„Wen?"

„Meine Verlobte, wenn Sie sich erinnern können." Sehr oft gab er vor, Mary Morstan nicht zu kennen, obwohl er ihr den außergewöhnlichen Fall *Das Zeichen der Vier* zu verdanken hatte und er sie seitdem häufig bei verschiedenen Anlässen getroffen hatte. Ich konnte nie deuten, ob diese bewusste Ignoranz daher rührte, dass er sie nicht mochte, oder ob er einfach enttäuscht war, dass ich ihn irgendwann verlassen würde, um sie zu heiraten. Irgendwie denke ich, dass Ersteres eher wahrscheinlich war, da es immer einen gewissen Abstand zwischen Holmes und mir gegeben hatte und Mary nur eine weitere Frau war, mit der ihn nichts mehr verband, nachdem der Fall *Das Zeichen der Vier* abgeschlossen war.

„Ach ja, richtig." Mehr sagte er nicht, also ließ ich ihn allein.

Während der nächsten Tage waren Holmes und ich selten für längere Zeit im gleichen Zimmer. Nicht weil wir uns aus dem Weg gingen, sondern weil wir beide sehr beschäftigt waren. Holmes gab an, dass er einen äußerst dringenden Fall hätte, den er schnell lösen müsse und verließ unsere Wohnung in der 221b deshalb ohne Vorankündigung in unregelmäßigen Abständen. Aufgrund der anhaltenden Grippewelle hatte sich die Arbeit in meiner Praxis verdreifacht, so dass ich den größten Teil des Tages nicht zu Hause war, während Holmes' Abenteuer normalerweise nachts begannen. Ich hatte mich an den Anblick von Notizen, geschrieben in Holmes' akkuratem Gekritzel, unter dem Türklopfer gewöhnt. *„Bin ausgegangen. Das Essen finden Sie auf dem Teller. Warten Sie nicht auf mich. Frühstück präzise um 6:22 Uhr. Fassen Sie meine Kokainspritze nicht an."*

Am Samstag betrat ich das Wohnzimmer und fand Lestrade in Holmes' bevorzugtem Stuhl vor, einen verärgerten Ausdruck auf seinem Gesicht und eine fast verglühte Zigarette in der Hand. Er wippte ungeduldig mit dem Fuß.

„Ah, da sind Sie ja, Watson", begrüßte er mich und stand auf, um mir die Hand zu schütteln. „Ich war schon drauf und dran, zu gehen und später noch einmal wiederzukommen. Wissen Sie, wann Mr. Holmes wieder zurück sein wird?"

„Ich habe keine Ahnung. Er kam und ging schon die ganze Woche sehr unregelmäßig. Was möchten Sie ihm denn mitteilen? Ich kann eine Nachricht für ihn schreiben, wenn er später zurückkommt."

„Oh, ich kann warten. Es ist nur ein kleines Problem bei einem Fall, von dem ich zugeben muss, das er mich sehr verwirrt."

In diesem Moment hörten wir die Eingangstür aufschlagen, die Geräusche eines heftigen Handgemenges schallten die Treppe hoch und plötzlich erschien Holmes in der Tür. Er zog einen Mann am Ohr hinter sich her. Unmittelbar danach hatte er ihn auf das Sofa geworfen und hielt ihn nun mit einem seiner kräftigen Arme an der Schulter nach unten gedrückt.

„Holmes, um Himmels willen, was tun Sie da?", stammelte Lestrade.

„Ich darf Ihnen Mr. Eugene Hailey vom Zirkus vorstellen. Begrüße die Leute, Gene", Holmes gab dem Arm des Mannes einen heftigen Stoß. Mr. Hailey streckte seinen linken Arm aus und schüttelte zuerst Lestrade und dann mir die Hand. Er war ein kleiner Mann in einem schmutzigen Anzug mit fettigen, ungewaschenen Haaren.

„Was machen Sie mit diesem Mann?", fragte ich und legte meinen Revolver beiseite, den ich aus meiner Tasche gezogen hatte, als wir das Handgemenge auf der Treppe gehört hatten.

„Ich verhafte ihn für den Mord an Abram Browner."

„Dem Zirkusartisten?" Lestrade stöhnte. „Der Fall ist seit langem geschlossen – es war ein Unfall." Ich muss gestehen, dass ich den Fall inzwischen ebenfalls völlig vergessen hatte.

„Machen Sie die Augen auf, Lestrade, der Beweis für das Gegenteil befindet sich vor Ihnen." Holmes schob seine Hand höher und legte sie an die Kehle des Mannes. Lestrade schrie auf.

„Holmes, Sie wissen, dass ich Sie für die Art, wie Sie diesen Mann behandeln, verhaften könnte", herrschte der Inspektor ihn an.

„Das könnten Sie. Nun gut, dann verhaften Sie mich. Lassen Sie sich nicht aufhalten."

„Oh, ich...ähm... mir fällt gerade ein, dass ich einen Termin bei Scotland Yard habe." Lestrade drehte sich um und marschierte durch die Tür hinaus. „Auf Wiedersehen, Doktor." Ich schloss die Tür, nachdem er gegangen war.

„Nun, Watson", sagte Holmes, „würde ich gerne Ihren Revolver ausleihen."

„Holmes, Sie werden sicherlich nicht ..."

„Nein, werde ich nicht, aber ich möchte nicht die gesamte Befragung in dieser Position führen." Er stand auf, nahm den Revolver und richtete ihn auf das Gesicht unseres Gastes. Dann setzte er sich auf den Tisch in der Ecke und legte den Revolver, nach wie vor auf unseren Gefangenen gerichtet, auf der Platte ab. „Nun, Mr. Hailey, Dirigent des Zirkusorchesters, hören Sie gut zu. Watson, das sollten Sie auch tun."

„Mr. Abram Browner hatte Ihnen eine nicht unerhebliche Summe Geld geliehen, damit Sie Ihre Börsenverluste bezahlen konnten. Wie ich hörte, war er ein sehr guter Gläubiger. Trotzdem begann er Sie wegen der Rückzahlung zu bedrängen, als Sie die Summe nach drei Jahren immer noch nicht zurückgezahlt hatten. Nach weiteren zwei Jahren drohte er Ihnen, die ganze Geschichte vor den Anführer der Zigeuner zu bringen. Was natürlich dazu geführt hätte, dass Sie aus dem Zirkus geworfen worden wären, in dem Sie sowieso ein Außenseiter sind. Das wollten Sie nicht riskieren und begannen, über Mord nachzudenken." Er schlug mit der flachen Hand auf die Tischplatte und brachte damit die Blumenvase in der Mitte des Tisches ins Wanken. „Sie töteten Ihren einzigen Freund, nicht wahr?" Als Hailey nicht antwortete, ergriff Holmes den Revolver und feuerte eine Kugel in den Fußboden ab. „Nicht wahr? Antworten Sie mir."

„Ja, ich war es." Eugene Hailey streckte das Kinn trotzig vor. „Aber Sie werden das nie beweisen können und Scotland Yard wird Ihnen nicht glauben."

„Möglicherweise doch", ertönte eine Stimme aus Richtung der Tür und Lestrade betrat in Begleitung zweier Polizisten den Raum.

„Wenn das nicht ein nettes Zusammentreffen ist." Holmes lachte leise. „Was sagten Sie gerade, Mister Hailey?"

„Ja, ich tötete ihn, aber der Fall wird vor Gericht nicht standhalten, niemand wird es glauben. Der einzige Beweis, den ich hinterlassen habe, ist höchstens ein nebensächliches Indiz."

„Möchten Sie uns das vielleicht erklären?", fragte Lestrade.

„Nein, ich denke, dass ich das lieber übernehme." Holmes stand auf. „Watson, nehmen Sie doch den Revolver und halten unseren Freund in Schach. Ich möchte nicht, dass er zu fliehen versucht, bevor ich fertig bin."

„Sie konnten nicht einfach eine Waffe nehmen und ihn erschießen. Möglicherweise hätten die schlauen Zigeuner die Verbindung zwischen Ihnen und Browner und damit Ihr Motiv gefunden und Sie verurteilt. Ihre Methoden der Bestrafung sind bekanntlich wesentlich mittelalterlicher als die der Regierung, deshalb mussten Sie es wie einen Unfall aussehen lassen. Wie mache ich mich bisher?" „Völlig korrekt, Sir." Hailey behielt seine sture Haltung bei. „Also inszenierten Sie einen ‚Unfall' für Mr. Browner. Ein Hochseilartist mit verbundenen Augen muss sich völlig auf die Musik verlassen, um zu wissen, wann er das Ende des Seils erreicht hat. Deshalb beendeten Sie das Stück, kurz bevor er die Plattform erreicht hatte. Sie gingen sogar auf Nummer sicher und lösten ein Seil, so dass er, sollte er ausprobieren, ob er tatsächlich angekommen war, trotzdem fallen würde. Und das war der Punkt, an dem Sie den Fehler machten, der Sie Ihren Sieg kosten wird. Sie benutzten Lampenöl, um die Schrauben zu lösen, die das Seil an dem einen Ende festhielten. Das war es, was mich davon überzeugte, dass es kein Unfall war. Sie beendeten die Musik, bevor er angekommen war, und er fiel. Hätten Sie nicht noch zusätzlich das Seil gelöst, hätte es wie ein perfekter Unfall ausgesehen. Stattdessen hatten Sie vergeblich versucht, das Öl vollständig von den Schrauben zu entfernen. Das Öl war es, das mich ins Grübeln brachte. Um das Motiv und eine Schilderung des Ereignisses zu erhalten, musste ich nur durch den Zirkus spazieren. Ich war verkleidet als ein Stelzenläufer, den Watson sogar getroffen hat." Er schenkte mir ein kleines entschuldigendes Lächeln. „Danach wurde ich zu einem Experten für Seiltänzer und die Koordination ihrer Auftritte. Die Musik war der Schlüssel. Liege ich damit richtig?"

„Absolut, Mr. Holmes. Sie werden aber mit diesen Beweisen nie vor Gericht gewinnen."

„Höchstwahrscheinlich nicht, aber für den Missbrauch der Musik kann ich Sie völlig legal bestrafen. Watson, den Revolver bitte. Nein, ich werde ihn nicht erschießen, geben Sie ihn mir einfach."

Er nahm den Revolver, hielt ihn dicht neben Haileys rechtes Ohr und feuerte zwei Schüsse in die Rückenlehne des Sofas, wechselte dann zur linken Seite und wiederholte die Prozedur mit den verbleibenden drei Schüssen. Schon in der Enge des Zimmers waren die Schüsse unglaublich laut. Dadurch, dass sie direkt neben Haileys Ohren abgefeuert wurden, dürfte dieser danach ziemlich taub gewesen sein.

„Das war's. Ich bin mit ihm fertig. Lestrade, Sie können ihn nun wegbringen." Als sie gingen, bat mich Holmes: „Watson, bitte schreiben Sie doch Mrs. Browner einen Brief über die Geschichte. Oh, und bevor ich es vergesse, Lestrade, welchen Fall wollten Sie mir vorhin darlegen?"

„Einen anderen ungewöhnlichen Unfall. Ich dachte, dass Sie vielleicht auch aus diesem einen Mordfall machen möchten."

Eugene Hailey wurde unter dem schallenden Gelächter von Sherlock Holmes hinausgeführt.

Der Vertrauensvorschuss
von Emily Bignell
Brisbane, Australien

Die Klienten, welche die Baker Street 221b aufsuchten, wurden normalerweise nicht von Paparazzi und Autogrammjägern verfolgt. Aber bei ihnen handelte es sich auch nicht um Aidan Crawley, den gefeierten Autor einer Serie von Spionage-Thrillern, die nicht nur internationale Bestseller, sondern auch äußerst erfolgreich verfilmt worden waren.

Sherlock erwartete Aidans Besuch. Nicht so sehr dank einer Kette von Schlussfolgerungen, sondern weil er am Vorabend in den Neun-Uhr-Nachrichten ein Interview mit ihm gesehen hatte. Aidan hatte der Öffentlichkeit mitgeteilt, dass seine zehnjährige Ehe mit Melanie gescheitert war. Seit sie ihn verlassen hatte, hatte er sie nicht mehr erreichen können, und er kündigte mit Tränen in den Augen an, dass er Holmes' Hilfe in Anspruch nehmen wolle, um sie zu finden.

„Ich werde nichts dem Zufall überlassen, wenn es darum geht, meine Frau zu finden. Sherlock Holmes ist der beste Detektiv der Welt. Wenn er sie nicht finden kann, dann findet sie niemand."

Aidan hatte erneut Tränen in den Augen, als er Sherlock und John Fotografien von Melanie zeigte und ihnen erzählte, wie er vor sechs Monaten nach Hause gekommen war und festgestellt hatte, dass sie fort war. „Vor sechs Monaten?", wiederholte Sherlock ungläubig. „Sie ist vor sechs Monaten verschwunden und Sie kommen erst jetzt zu mir?"

Aidan sah betreten aus. „Nun, ich hatte gehofft, dass ich sie finden könnte, oder dass sie zu mir zurückkommen würde. Sehen Sie, unsere Ehe war schon seit einiger Zeit nicht mehr ungetrübt. Ruhm und Erfolg haben ihren Tribut gefordert. Ich war furchtbar viel weg, und wenn ich zu Hause war, habe ich mich die meiste Zeit in meinem Büro verkrochen. Melanie wurde ein wenig … irrational. Sie begann mir vorzuwerfen, ich hätte mehr für meine Arbeit als für sie übrig, und sogar, dass ich eine Affäre mit Caroline Cooley hätte – was absolut lächerlich war."

Angesichts der beiläufigen Erwähnung der schönen Hauptdarstellerin der Verfilmungen von Aidans Büchern hoben sowohl Sherlock als auch John die Augenbrauen. Aidan bemerkte es nicht und fuhr fort.

„Sie begann sogar mir mit der Scheidung zu drohen und kündigte an, dass sie mich bis auf das Hemd ausziehen würde. Wie auch immer, ich war in Los Angeles, um die endgültige Fassung des Drehbuchs zu meinem neuesten Film zu betreuen. Als ich nach Hause kam, war ein Großteil von Melanies Sachen weg und sie ebenso. Ich schickte ihr eine SMS, um sie zu fragen, was los sei, und dies hier kam zurück." Aidan grub in seiner Tasche und holte ein iPhone hervor, das er Sherlock und John entgegenhielt. Die SMS war kurz und bündig: „Ich habe dich verlassen. Meine Anwälte werden sich bei dir melden."

„Und, haben sie sich gemeldet?", fragte Sherlock.

„Nein", sagte Aidan. „Ich hoffe, dass sie ihre Meinung geändert hat. Ich möchte sie nur finden, um mich mit ihr auszusprechen."

„Hat jemand aus ihrer Familie oder Freunde etwas von ihr gehört?", wollte John wissen.

„Melanie hat nicht leicht Freundschaften geschlossen, und sie hatte keine Familie außer mir. Sie war das einzige Kind betagter Eltern und hatte keine weiteren lebenden Verwandten. Ich war ... alles, was sie hatte." Aidan wirkte traurig. „Ich denke, das war der Grund, warum sie so eifersüchtig geworden war. Sie hatte Angst, die einzige Familie zu verlieren, die sie besaß."

„Also ging sie auf Nummer sicher, indem sie Sie verließ", schloss Sherlock. Aidan sah ihn an, unsicher, was er erwidern sollte. John bemerkte es und griff ein.

„Nun, danke, dass Sie uns aufgesucht haben, Aidan. Wir werden tun, was wir können, um Ihre Frau zu finden. Wobei ich nicht sagen kann, wie viel Glück wir haben werden, sie aufzuspüren, wenn sie sich so gut vor Ihnen versteckt hat."

John brachte Aidan zur Tür. Als er zurückkam, lag Sherlock auf der Couch, den Blick an die Decke geheftet.

„Wir werden sie nicht aufspüren können", sagte er, als John eintrat. „Wir wissen nicht einmal, wo wir anfangen sollen, nach ihrer Leiche zu suchen."

„Ist das Dein Ernst? Glaubst du wirklich, dass Aidan Melanie ermordet hat?", fragte John.

„Das glaube ich nicht, ich weiß es. Hier stimmt etwas einfach nicht." Er sprang auf, ging zum Fenster und starrte gedankenverloren auf die Straße. „Aber wo fangen wir mit der Suche an?", sagte er, eher zu sich selbst.

In der Zwischenzeit hatte sich John an sein Notebook gesetzt und suchte nach Informationen zu Aidan Crawley. Die wichtigsten Einträge stammten aus verschiedenen Klatschkolumnen, die Aidan mit Caroline Cooley in Verbindung brachten. Das begleitende Fotomaterial war sicher geeignet, die Gerüchte zu bestätigen: Aidan, der Carolines Rücken mit Sonnencreme einrieb, Aidan und Caroline in einer leidenschaftlichen Umklammerung auf dem Rücksitz eines Autos, Aidan und Caroline, die gemeinsam ein Hotel verließen …

„Sieht aus, als hätte die arme Melanie einen guten Grund gehabt, eifersüchtig zu sein", grübelte John. „Was für ein Mistkerl."

„Entschuldigung, Jungs." Mrs. Hudson klopfte an die offene Tür. „Tut mir leid, wenn ich stören muss, aber ihr habt noch eine Besucherin. Ihr Name ist Lucy Bennett."

Sie führte eine recht gutaussehende Frau herein, die etwa gleichaltrig mit ihnen war. John trat eifrig vor, um sie zu begrüßen.

„Ich bin John Watson, und der Mann da drüben, der uns beide momentan ignoriert, ist Sherlock Holmes. Wie können wir Ihnen helfen?"

„Ich freue mich, Sie kennenzulernen, John. Es mag sich seltsam anhören, aber ich bin wegen Melanie Crawley hier."

Dies reichte aus, um Sherlock vom Fenster wegzulocken.

„Sie wissen, wo Melanie Crawley ist?", fragte er.

„Vielleicht", erwiderte Lucy.

„Vielleicht? Entweder Sie wissen es oder nicht. Falls Sie nur meine Zeit verschwenden wollen, gehen Sie lieber gleich."

„So einfach ist es nicht. Wie ich gesagt habe, es kann sein, dass ich weiß, wo sie ist. Aber Sie dürfen nicht voreingenommen sein."

„Ich bin nie voreingenommen", erwiderte Sherlock hochmütig.

„Bitte sagen Sie uns, was Sie wissen, Lucy", unterbrach John, bevor das Gespräch weiter eskalieren konnte.

„Gut. Ich habe gestern in den Neun-Uhr-Nachrichten den Report über Melanie gesehen. Es wurde ein Bild von ihr gezeigt, und aus irgendeinem Grund konnte ich nicht aufhören, an sie zu denken. Und mir kam immer wieder das Wort ‚Undershaw' in den Sinn, obwohl ich keine Ahnung hatte, was es bedeuten sollte. Ich habe dem Ganzen zunächst keine große Beachtung geschenkt, aber als ich schlafen gehen wollte, hatte ich immer wieder dieses Bild vor Augen." Sie unterbrach sich, als ob sie unsicher sei, wie sie fortfahren sollte. John, der Sherlocks Skepsis wahrgenommen hatte, warnte ihn mit einem Blick zu schweigen.

„Fahren Sie fort, Lucy. Was haben Sie gesehen?", fragte er sanft.

„Es war auf dem Land. Es fühlte sich an, als ob ich unter einem Baum liegen würde. Ich blickte auf, sah zwischen Zweigen und Blättern den Himmel und etwas weiter entfernt eine Art Turm, einen alten, verfallenen Turm. Ich habe keine Ahnung, wo das war, aber es war so deutlich wie ein Foto. Und das Wort ‚Undershaw' wiederholte sich immer wieder in meinen Gedanken. Am Morgen recherchierte ich ‚Undershaw' im Internet. Es stellte sich heraus, dass es sich um die Ruine eines Hauses auf dem Land handelt, das einst einem berühmten Autor gehört hat. Es ist inzwischen komplett verlassen, und niemand geht dort jemals hin."

„Wollen Sie mir etwa sagen, dass Sie glauben, Melanie wurde irgendwo an diesem Ort begraben, von dem Sie geträumt haben?", erkundigte sich Sherlock mit Nachdruck. Lucy sah ihn mit erhobenem Kinn an.

„Ich glaube es nicht – ich weiß es", sagte sie einfach.

„Wo habe ich genau das nur schon mal gehört?", murmelte John.

Sherlock lachte. „Oh, Sie sind eine von diesen Seherinnen. Wie unterhaltsam!"

„Ich bin *keine* Seherin!" Lucys Stimme klang eiskalt. „Ich weiß nicht, wieso ich manchmal diese Dinge weiß. Ich weiß sie eben. Und normalerweise erzähle ich niemandem davon, weil ich dann genau die Reaktion erhalte wie gerade eben. Ich habe mich wider besseren Wissens entschieden, Ihnen davon zu erzählen, da Aidan Crawley in den Nachrichten ankündigte, Sie auf den Fall anzusetzen."

„Daher dachten Sie, ich würde aufgrund von etwas, das einzig Ihrer Einbildungskraft entsprungen ist, eine alte Ruine in der Pampa aufsuchen", spottete Sherlock nun offen.

„Soweit zu Ihrer Unvoreingenommenheit", sagte Lucy und stand auf. „Nun, ich habe es wenigstens weitergegeben. Ich werde Sie Ihren netten, greifbaren, wissenschaftlich belegbaren Hinweisen überlassen. Schon viele gesammelt?"

„Lucy …", unterbrach John, bevor Sherlock zurückschlagen konnte, aber sie schüttelte den Kopf.

„Machen Sie sich keine Mühe. Ich finde schon hinaus." Sie ging zur Tür und drehte sich noch einmal zu beiden um.

„Oh, noch eine Kleinigkeit. Undershaw liegt zufällig in der Nähe des Dorfes, wo Melanie aufgewachsen ist. Das stand übrigens im Internet, nur falls Sie denken, ich hätte das auch geträumt."

Damit drehte sie sich um und stieg die Treppe hinab. Sherlock holte sie ein, bevor sie die Haustür erreicht hatte.

„Wie kann ich wissen, dass Sie sich das alles nicht ausgedacht haben?", fragte er. Sie hielt seinem Blick ohne ein Zucken stand.

„Wie können Sie wissen, dass es ausgedacht ist?"

Falls man anhand der Auffahrt zu Undershaw auf den Zustand des Hauses schließen konnte, musste es sich wirklich in einer sehr schlimmen Verfassung befinden. Schlaglöcher und heruntergefallene Äste bildeten einen Hindernisparcours, der John beim Lenken sein ganzes Talent abverlangte. Dennoch blieb es eine holprige Fahrt und alle waren froh, als sie aussteigen konnten.

„Wie schade, dass es eine Ruine ist", sagte Lucy leise, während sie das verfallene Gebäude betrachtete. „Man sieht, dass es einst ein schönes Haus war." Sie begann, die Bäume zu mustern, die das Haus umgaben, bis einer ihre Aufmerksamkeit auf sich zog. Sie betrachtete ihn eine ganze Weile, bevor sie auf ihn zuging. Sherlock und John folgten ihr in kurzem Abstand. Als sie Lucy neben dem Baum einholten, blickte diese auf die Ruine eines Turmes in der Ferne.

„Das ist es", sagte sie. „Sie ist hier."

John und Sherlock betrachteten den Boden am Fuße des Baumes. Da sie wussten, wonach sie Ausschau halten mussten, fiel es ihnen leicht, eine klar umrissene Aufschüttung zu erkennen, und ebenso, dass das Gras darüber eine andere Schattierung aufwies als der Rest. Sie sahen sich an. John zog sein Handy hervor und wählte Lestrades Nummer.

John war der Meinung, dass Lucy nicht dabei zusehen sollte, wenn die Kriminaltechniker wen auch immer aus diesem einsamen Grab exhumierten. Daher ließ er Sherlock mit Lestrade und seinen Leuten zurück und begleitete Lucy in das nahe Dorf, in den Pub, in dem sie Zimmer bestellt hatten. Er fand einen Tisch am Kamin und ging ein Glas Wein für sie und ein Bier für sich selbst holen. Als er mit den Getränken zurückkam, setzte er sich und sah sie an.

„Alles in Ordnung?", fragte er.

„Ja", sagte sie mit einem eher blassen Lächeln und trank einen Schluck Wein. Sie blickte ihn an. „Und bei Ihnen?"

John erwiderte das schwache Lächeln.

„Ich bin etwas ... aufgewühlt, um ehrlich zu sein. Sherlock kann eine Person ansehen und Ihnen in Minutenschnelle alles verraten, was Sie über sie wissen müssen, aber das funktioniert, weil er Details wahrnimmt und sie zusammensetzt. Dies hier ist etwas komplett anderes. Sie haben wirklich von genau diesem Ort geträumt?"

„Von genau diesem Ort", bestätigte sie lapidar. „Keine Sorge, das passiert nicht allzu oft. Und dies war das erste Mal, dass es eine Person betraf, die verschwunden ist. Das ist das, was ich gemeint habe, als ich sagte, dass ich keine Seherin bin. Ich kann das sozusagen nicht auf Anfrage machen. Manchmal weiß ich einfach Dinge. Ich kann es nur so erklären."

John nickte. Er konnte Zeichen der Anspannung in ihrem Gesicht entdecken und wechselte daher zu einem angenehmeren Thema. Sie waren bald so vertieft darin, dass sie nicht bemerkten, wie die Zeit verging, bis Sherlock erschien und sich einen Stuhl an ihren Tisch heranzog.

„Sie haben eine Leiche gefunden", begann er. „Natürlich müssen sie noch einen DNA-Test zur Bestätigung machen, aber sie haben ein Medaillon an ihr entdeckt, auf dem ,Von Aidan für Melanie' eingraviert ist." Er streifte Lucy mit einem Blick und sah wieder weg.

John konnte sehen, dass er genauso verunsichert war, wie John sich selbst gefühlt hatte, wenn nicht sogar noch mehr. Sherlock glaubte nicht an Dinge, die nicht bewiesen, getestet und gemessen werden konnten. Selbst seinen bemerkenswertesten Schlussfolgerungen lagen stets Beweise zugrunde, die seine Theorien bestätigten. Die Tatsache, dass Träume und Intuition sie zu Melanie geführt hatten, behagte ihm mit Sicherheit ganz und gar nicht.

„Oh, und Lestrade wollte wissen, was wir dort gemacht haben", fuhr Sherlock fort. „Ich habe ihm gesagt, dass Lucy deine neue Freundin ist, John, und dass du hier auf einen kleinen Urlaub hergekommen bist." „Und du hast uns einfach so begleitet, oder wie?", fragte John ungläubig.

„Nun, Lestrade fand das anscheinend nicht merkwürdig!"

„Nein, vermutlich nicht", murmelte John. „Ich hoffe, es macht Ihnen nichts aus, Lucy."

„Wenn es Ihnen nichts ausmacht, stört es mich auch nicht", erwiderte Lucy mit einem Lächeln.

„Ich habe Lestrade erzählt, dass wir uns Undershaw angesehen haben", fuhr Sherlock fort, bevor John reagieren konnte, „und dass wir das Grab fanden, als wir das Grundstück besichtigten."

„Eine gute Idee, Sherlock. Falls dieser Lestrade Ihnen auch nur annähernd ähnlich ist, glaube ich kaum, dass er mir meine Geschichte geglaubt hätte", sagte Lucy.

„Nein. Falls es so wäre, hätte er Sie möglicherweise mit zum Verhör genommen."

„Sherlock!" Johns Tonfall warnte ihn davor fortzufahren.

„Wollen Sie damit sagen, dass ich eine Verdächtige bin?", fragte Lucy sehr leise.

„Nein. Will er nicht", erwiderte John. „Er ist nur verärgert, weil Sie Recht hatten."

Sherlock und John starrten sich zornig an, bis Lucy schließlich die unbehagliche Stille unterbrach.

„Sehen Sie nur, Aidan Crawley ist wieder im Fernsehen!" Sie zeigte auf den Fernseher an der Wand. Die Sendung war eine Talkshow, und der Gast war tatsächlich Aidan. Der Ton war nicht laut genug, als dass sie hätten mithören können, aber Sherlock und John konnten an Mimik und Gestik erraten, dass er dem Talkmaster die gleiche Geschichte auftischte, die er ihnen erzählt hatte. Die Kamera schwenkte für einen Moment auf ein Foto von Melanie, bevor sie zur Nahaufnahme von Aidan zurückkehrte, der, wie zu erwarten war, feuchte Augen hatte.

Der Barkeeper bemerkte die Aufmerksamkeit, die sie der Sendung schenkten, und kam zu ihnen herüber.

„Traurig, nicht wahr?", sagte er. „Wissen Sie, Melanie ist in diesem Dorf aufgewachsen. Sie und Aidan kamen öfters mal auf einen Kurzurlaub her und dann haben sie immer hier gewohnt."

„Haben Sie sie vor kurzem gesehen?", fragte Sherlock.

„Nun, Melanie war vor etwa sechs Monaten hier, aber Aidan nicht. Ich habe mich gefragt, ob alles in Ordnung ist, aber dann erschien er doch und schleppte sie mit in die Stadt zurück."

„Aidan kam her, um sie zu holen?", fragte Sherlock.

„Könnte man so sagen. Er wollte Melanie überraschen, aber sie war ausgegangen. Er ging sie suchen und fand sie in der Nähe von Undershaw. Sie liebte es, dort draußen spazieren zu gehen. Die beiden beschlossen, nach London zurückzukehren."

„Dann ist Melanie also hierher zurückgekommen und hat ihre Sachen zusammengepackt?", drängte Sherlock. Der Barkeeper wirkte etwas überrascht, aber er antwortete dennoch.

„Nein, das hat Aidan gemacht. Er sagte, Melanie wolle noch ein bisschen länger bei Undershaw bleiben, daher hätte er sie dort zurückgelassen und sei zurückgekommen, um ihre Sachen zu holen und die Rechnung zu zahlen. Entschuldigen Sie mich, aber ich muss mich um diese Gäste kümmern ..."

Er ging und ließ eine verblüffte Stille zurück. John und Lucy sahen erst einander und dann Sherlock an.

„Als Aidan ihre SMS bekommen hat, hat er geahnt, dass sie hier war", sagte Sherlock. „Er kam sofort hierher und hatte das unerwartete Glück, sie bei Undershaw anzutreffen. Das Haus liegt einsam, kilometerweit ist niemand in der Nähe. Das macht es zum perfekten Ort für einen Mord und für ein verstecktes Grab. Kein Grund mehr, sich über eine teure Scheidung Gedanken machen zu müssen. Danach gab er bekannt, dass sie ihn verlassen hätte, tat, als ob er sie suchen würde und gab dann nach sechs Monaten den ‚Fall' an mich! Du hast gehört, was er gesagt hat: ‚Wenn Sherlock Holmes sie nicht finden kann, kann sie niemand finden.' Falls ich bei der Suche nach ihr gescheitert wäre, wäre seine letzte Hoffnung zerstört gewesen und er hätte mit Caroline Cooley zusammenziehen können, ohne Verdacht zu erregen. Selbst wenn ein Verbrechen vermutet worden wäre – wer hätte gewusst, wo man mit den Ermittlungen hätte anfangen sollen? Oh, wie clever!"

„Aber können wir das beweisen?", fragte Lucy zweifelnd.

„Wenn die DNA-Tests erst einmal zeigen, dass die Überreste von Melanie stammen, und sobald die Polizei die Aussage des Barkeepers aufgenommen hat, wird es sehr schwer für Aidan werden, sich herauszureden", erwiderte Sherlock. „Er hat selber zugegeben, dass er sie bei Undershaw getroffen hat. Er kam zurück, um ihre Sachen zu holen, aber der Barkeeper hat sie nie wiedergesehen. Ich bin sicher, dass eine Überprüfung von Melanies Konten und ihrem Handy beweisen wird, dass diese seit dem Tag, an dem Aidan hier war, nicht mehr genutzt worden sind. Das ist bereits eine Menge an wichtigen Indizienbeweisen."

„Dann warten wir also auf die Ergebnisse des DNA-Tests", sagte Lucy.

„Ja. Wir warten."

Der DNA-Test war positiv. Die menschlichen Überreste stammten von Melanie Crawley. Wie Sherlock vorhergesagt hatte, wurde Aidan Crawley zum Verhör vorgeladen, sobald Lestrade die Aussage des Barkeepers gehört hatte. Als er einsah, dass er nicht davonkommen würde, gestand er schließlich, Melanie ermordet zu haben. Es war eine der größten Mediensensationen seit langem.

„Arme Melanie", sagte Lucy. Sie war auf Johns Einladung vor einem gemeinsamen Kinobesuch in der Baker Street vorbeigekommen, und sie sahen sich den Bericht in den Nachrichten an. „Ich bin so froh, dass ihr Gerechtigkeit widerfährt."

„Wenn du nicht gewesen wärst, wäre es wohl nie so weit gekommen", erwiderte John.

„Oh, Sherlock hätte den Fall am Ende sicher gelöst", sagte Lucy und sah hinüber zum Tisch, wo dieser wie angeklebt über seinem Mikroskop saß.

„Nur keine falsche Bescheidenheit, Lucy", antwortete Sherlock ohne aufzusehen. „Es mag mir nicht gefallen, aber Ihre Intuition war in diesem Fall korrekt."

„Ebenso wie Ihre", erwiderte Lucy. Das brachte Sherlock dazu, sie verdrossen zu mustern.

„Erklären Sie mir das", sagte er.

„John hat erwähnt, dass Sie der Meinung waren, dass Aidan Melanie ermordet hätte. Es gab nichts, was John darauf hätte bringen können, aber Sie wussten es. Genauso wie ich wusste, dass Melanie bei Undershaw zu finden sein würde."

„Es war offensichtlich", erwiderte Sherlock knapp.

„Aber Sie hätten nicht erklären können warum, oder? Genauso wenig wie ich hätte erklären können, dass ich wusste, wo sie war. Vielleicht ist das der Grund, warum Sie so verletzend waren, als ich

Ihnen das erste Mal davon erzählte. Ihre Intuition war ebenso wenig belegbar wie meine. Sie wussten und verabscheuten das. War das der Grund, warum Sie mir doch einen Vertrauensvorschuss gaben und mit mir nach Undershaw fuhren?"

„Nein. Ich hatte gehofft, ich könnte Ihnen beweisen, dass Sie Unrecht haben", sagte Sherlock und sah wieder in sein Mikroskop.

„Aber natürlich", erwiderte Lucy trocken. „Wie dumm von mir, etwas anderes anzunehmen. Wir gehen besser, John, oder wir kommen noch zu spät ins Kino."

Ein Detektiv, jeden Cent wert
von Jacoba Taylor
Albany, New York, USA

Soso, du suchst einen Schnüffler
Einen, der niemals verlor?
Du findest ihn hier, mein Bester
Baker Street 221b – stell dich doch dort mal vor.

Der Beste auf diesem Planeten
Ja, er ist unglaublich firm
Kein anderer löst besser Verbrechen
(Scotland Yard würde es gern).

Sein Verstand ist wirklich erstaunlich
Ich genoss nie eines Klügeren Gunst
Er weiß zum Beispiel alles
Über Geigen und Bienen und Kunst.

Am erstaunlichsten aber ist er
Widmet er sich einem Delikt
Er verknüpft die winzigsten Spuren
In Sekunden ist das Rätsel entstrickt.

Und er hat einen weiteren Vorteil:
Seinen Freund, einen Arzt ohne Furcht
Während er sich ums Denken kümmert
Steht sein Partner den Fall mit dir durch.

Er soll ein Geheimnis bewahren?
Sag es ihm nur frei heraus.
Er schwört es bei seinem Leben:
Er plaudert nie etwas aus.

Der Mann ist auch flink und behände
Er ficht und er schießt und teilt aus
Er ist nicht einfach *nur* clever
Sondern sieht auch noch ziemlich gut aus.

Er liebt seinen Job über alles
Der Doktor stets zu ihm gesellt
So schnappen sie all die Halunken
Und das für nicht allzu viel Geld.

Du hast jetzt nur eine Frage:
Wer sind diese Männer, los sag?
Es sind Sherlock Holmes und Watson
Sie kommen und retten den Tag.

Der blinde Geiger
von Amy White
Hampshire, Großbritannien

Mehr als einmal musste ich erleben, wie Holmes während der Arbeit an einem Fall die Saiten seiner Geige malträtierte, weil es ihm beim Nachdenken half. Auf derart unmelodische Grübeleien ließ er jedoch häufig einige exzellent gespielte, wohlbekannte Stücke folgen, als wolle er sein disharmonisches Gefiedel wieder wettmachen. Insofern schien es nur natürlich, dass Sherlock Holmes zu seiner Violine griff, als er in einem Fall ermittelte, bei dem eben dieses Instrument im Zentrum einer mörderischen Verschwörung stand.

Etwa ein Jahr nach meiner Eheschließung, zu jener Zeit, als ich nur sporadisch mit Holmes Kontakt hatte, erhielt ich ein Telegramm mit der Aufforderung, in die Baker Street zu kommen. Als ich dort eintraf, hockte Holmes, der einen blauen Morgenrock aus Seide trug, mit angezogenen Beinen im Sessel. Ihm gegenüber saß einer der angesehensten Geigenspieler Europas, Josef Tsaikow, der mit langen, geschmeidigen Fingern ungeduldig auf der Armstütze herumtrommelte. Als ich den Raum betrat, sah er abrupt auf, obgleich seine Augen eine milchig-weiße Trübung aufwiesen, denn er war im Alter von sieben Jahren bei einem Unfall mit Karbolsäure erblindet, was immer noch sichtbare Narben hinterlassen hatte.

„Ich vermute, das ist der Herr, auf den wir gewartet haben, Mr. Holmes?"

„Dr. Watson war mir bei vielen Fällen eine unschätzbare Hilfe, Maestro. Und ich hoffe, bei Ihrem wird es sich ebenso verhalten."

Das hektische Trommeln verstummte. „Wenn das so ist, möchte ich Ihnen jetzt meine Geschichte erzählen. Inspektor Lestrade hat mich hierher geschickt, da er offenbar der Ansicht ist, Sie könnten meinen Fall besser handhaben als er."

„In meinem Haus gibt es ein Arbeitszimmer, in dem ich mich im Geigenspiel übe. Da ich dort auch meine Stradivari aufbewahre, schließe ich es jede Nacht ab. Es existieren nur zwei Schlüssel: Einen verwahre ich, den zweiten meine Haushälterin, die seit 22 Jahren bei mir ist und der ich bedingungslos vertraue. Gestern Nacht gegen elf Uhr wurde ich von einem Schrei aus meinem Arbeitszimmer geweckt. Ich habe einen leichten Schlaf, darum war ich als erster zur Stelle. Hastig nahm ich den Schlüssel zur Hand und schloss die Tür auf. Als ich das Zimmer betrat, stieß ich mit dem Fuß gegen etwas Weiches. Ich tastete herum und hörte ein Gurgeln, doch ich brauchte eine Weile, bis ich begriff, dass es mein Butler Worcester war, der dort am Boden lag, die Stradivari in der einen, den Geigenbogen in der anderen Hand – und in der Kehle einen hässlichen Schnitt."

Holmes lächelte, was selten etwas Gutes verhieß. Er legte die Fingerspitzen aneinander und stützte das Kinn darauf.

„Wie lange arbeitet Ihr Butler schon für Sie?"

„Seit meiner frühesten Kindheit. Als ich hierher zog, war er der einzige Dienstbote, der mich begleitete."

„Und das übrige Personal?"

„Blieb in meiner Heimat zurück."

„Sind Sie ganz sicher, dass es sich um Ihre Geige und Ihren Bogen handelt?"

„Ohne den geringsten Zweifel. Ich habe sie mit einem Muster gravieren lassen, an dem ich sie bei der ersten Berührung erkenne."

„Von wem stammt die Gravur?"

„Von Hans Bolkow, einem guten Freund von mir. Ich kenne ihn seit Jahren."

„Hat sich Ihr Butler in letzter Zeit sonderbar verhalten?"

„Nicht mehr als gewöhnlich."

„Was meinen Sie damit?", fragte Holmes scharf.

„Worcester hatte von jeher ein … seltsames Temperament. Ich glaube, er hatte etwa zu der Zeit, als ich in die Schule kam, einen Streit mit meinen Eltern, und brachte mir daher wenig Zuneigung entgegen."

„Trotzdem haben Sie ihn weiter beschäftigt?"

„Er war ein ausgezeichneter Butler. Einen besseren kann man sich nicht wünschen."

„Ich verstehe. Nun, Watson, ich habe den Eindruck, es ist an der Zeit, dass wir den Tatort genauer in Augenschein nehmen."

Bevor wir aufbrachen, nahm Holmes seinen eigenen Geigenkoffer vom Tisch. Ich sparte mir die Fragen, auf die ich vermutlich ohnehin keine Antwort erhalten hätte, und so herrschte auf der gesamten Fahrt zu Tsaikows Anwesen Schweigen in der Droschke. Beim Aussteigen wurden wir von Lestrade empfangen, der sich, teils vor Aufregung, teils wegen der eisigen Temperaturen die Hände rieb. „Ich dachte mir schon, dass dieser Fall etwas für Sie sein könnte, Mr. Holmes", schnaufte er, „allein schon wegen der Geige. Nun, einen gepflegten kleinen Mord hätten wir da, und bis ins Kleinste geplant. Worcester, der Butler, war Ende sechzig und trat mit 21 Jahren in den Dienst der Tsaikows. Mehr konnte ich bislang nicht herausfinden, und ich wäre Ihnen sehr verbunden, wenn Sie sich die Angelegenheit einmal ansehen würden."

Andrew Worcester war einer haarfeinen, aber tödlichen Verletzung der Halsschlagader erlegen; der Blutverlust war so rasch eingetreten, dass jede ärztliche Hilfe zu spät gekommen war. Holmes hatte sich mit seinem Vergrößerungsglas über die Leiche gebeugt, deren Kopf in einer Lache gerinnenden Blutes lag, und untersuchte die Wunde und die Finger des Opfers. Danach wandte er sich der Geige und dem Bogen zu, die der Tote noch immer umklammert hielt. Er prüfte das Gewicht des Instrumentes und verglich es mit dem seines eigenen. Als er sowohl seinen als auch Tsaikows Bogen anhob, leuchteten seine Augen kurz auf, dann wurde seine Miene wieder ausdruckslos. Offenbar hatte er den Fall gelöst.

„Lestrade, ich habe Ihre Männer."

„Männer?"

„Genau. Kommen Sie in einer Stunde in die Baker Street, dann können Sie sie bei mir abholen."

„Watson, es wird Sie freuen zu hören, dass ich sicher war, den Mörder zu kennen, noch ehe unser Gespräch mit Mr. Tsaikow beendet war."

„Mein lieber Holmes!" Wir saßen einander in unserer Wohnung gegenüber und erwarteten die Ankunft von Inspektor Lestrade beziehungsweise der Männer, die für Worcesters Tod verantwortlich waren.

„Der Geiger hat weit mehr verraten, als klug war."

„Sie meinen doch nicht etwa …"

Wir wurden unterbrochen, als Lestrade, Tsaikow und ein gebrechlicher, weißhaariger Mann eintraten, der aussah, als hätte er seit langer Zeit die Sonne nicht mehr gesehen. Holmes erhob sich und bat sie, Platz zu nehmen.

„Gentlemen, darf ich Ihnen Hans Bolkow vorstellen, den Komplizen in diesem heimtückischen Mordkomplott, bei dem der Herr beschloss, seinen Diener in eine tödliche Falle zu locken. Denn der Butler hatte ihn als Kind mit einem Reinigungsmittel geblendet, um sich an seinen Eltern zu rächen, mit denen er im Streit lag."

„Ich werde mir wohl kaum seelenruhig diese abstrusen Beschuldigungen anhören!"

„Immer mit der Ruhe, Sir!" Lestrade legte dem Maestro, der wutschnaubend aufgesprungen war, die Hand auf die Schulter.

Holmes ignorierte den Ausbruch und wandte sich an den offiziellen Ermittler. „Sie haben Mr. Tsaikows Bogen dabei, Lestrade?"

„Das habe ich, obwohl ich nicht weiß, warum Sie den Bogen, aber nicht die Geige haben wollten", erwiderte dieser und reichte ihn Holmes. Der entfernte die Schraube, mit der normalerweise das Rosshaar gespannt wird, doch statt seiner löste sich die Spitze des Bogens und enthüllte eine glänzende, knapp zwei Zentimeter lange Metallklinge. Holmes zog sie weiter heraus, und ein langes, hauchdünnes, wunderschön gearbeitetes Schwert kam zum Vorschein, das von der Seite kaum zu sehen war. „Ich präsentiere Ihnen – die Mordwaffe", sagte er leise. „Tsaikow lockte den Butler in sein Arbeitszimmer, schlitzte ihm die Kehle auf, legte ihm die Stradivari in die Hand und schlug Alarm, als hätte er ihn soeben erst entdeckt."

„Aber warum?", fragte ich. „Sie haben es gerade angedeutet, aber ich muss gestehen, ich kann nicht folgen."

„Ich ebenso wenig", sagte Lestrade und nickte ernst.

„Tsaikow hat uns selbst erzählt, Worcester habe einen Streit mit seinen Eltern gehabt. Wir wissen, dass er etwa zu dieser Zeit mit Karbolsäure geblendet wurde. Selbst als Kind wäre es für ihn nicht schwer zu durchschauen gewesen, dass es sich dabei um jene Säure handelt, die sein Butler als Reinigungsmittel verwendet."

Tsaikow setzte sich, wütend vor sich hinmurmelnd. Bolkow dagegen betrachtete Holmes mit einer Mischung aus Ehrfurcht und Respekt.

„Sie müssen ein Hellseher sein, um so etwas zu erraten", stammelte er. „Oder Sie stehen mit dem Teufel im Bunde. Wie in Gottes Namen haben Sie das herausgefunden?"

„Das war ein Kinderspiel", sagte Holmes und lächelte. Es schmeichelte ihm stets aufs Neue, wenn jemand sein Genie bewunderte. „Zunächst wurde mir klar, dass Worcester die Stradivari unmöglich selbst gestohlen haben konnte. Erstens hatte er keinen Schlüssel und zweitens, warum hätte er den Diebstahl bis jetzt hinauszögern sollen? Wie ich zu sagen pflege: Wenn man das Unmögliche ausgeschlossen hat, muss das, was übrig bleibt, zwangsläufig die Wahrheit sein, egal wie unwahrscheinlich es ist. Die einzig verbleibende Möglichkeit war, dass ihm die Geige in die Hand gelegt wurde, und zwar von jemandem, der einen Schlüssel hatte. Die beiden Schlüssel sind jedoch im Besitz von Tsaikow beziehungsweise der Haushälterin, und letztere hatte kein Motiv. Blieb nur Tsaikow. Doch wie hatte er den Butler getötet? Die Methode war offensichtlich, doch von der Tatwaffe fehlte jede Spur. Ich brachte meine eigene Geige mit, um sie mit seiner Stradivari zu vergleichen. Als ich jedoch die beiden Bögen in die Hand nahm, entdeckte ich nicht nur, dass seiner sich durch die Bauart sowie die Gravierung, die seinem Besitzer das Wiedererkennen erleichtert, von meinem unterschied. Ich kam auch aufgrund seines Gewichtes, seines Klangs und seiner Masse zu dem Schluss, dass in dem länglichen Holzstück eine schmale Klinge verborgen sein musste, die zum Schnitt im Hals des Butlers passte. Die einzige Person, die sie eingebaut haben konnte, war der Mann, der auch die unverwechselbare Gravur angebracht hatte, und so zog sich die Schlinge um Bolkow ebenfalls zu. Zweifellos hätte Tsaikow die Waffe am liebsten beseitigt, doch den Bogen durch einen anderen zu ersetzen wäre aufgrund der Gravur zu auffällig gewesen. Oh, und mein Verdacht, dass das Säureattentat auf das Konto des Butlers ging, bestätigte sich, als ich die Narben einer Verätzung auf seiner rechten Wange direkt neben dem Ohr bemerkte."

„Aber die hätte er sich doch auch beim Putzen zuziehen können", wandte Lestrade ein, obwohl er sichtlich beeindruckt war.

„Nein, nein, die Verätzungen wiesen ein Muster auf, das nur entsteht, wenn eine Flüssigkeit mit einiger Heftigkeit geschleudert wird und ein paar Tropfen in die andere Richtung spritzen, wie es immer vorkommt."

„Tja, Holmes", bemerkte ich später, nachdem Lestrade den Mörder und seinen Komplizen abgeführt hatte, „was für eine Rarität. Ein in seinen grotesken Umständen einzigartiger Fall, den Sie auf bemerkenswerte Weise gelöst haben."

„Zweifellos." Der Detektiv lehnte sich im Sessel zurück und blies bläuliche Rauchkringel aus seiner alten Pfeife. „Die Fälle, die ich übernehme, sind selten alltäglich. Doch nun wenden wir uns erneut dem Gegenstand dieser heimtückischen Verschwörung zu, wenn auch diesmal unter gänzlich unschuldigen Umständen." Und mit diesen Worten nahm er die eigene Geige zur Hand und begann – die Pfeife noch im Mund – zu spielen.

Zurück auf Anfang
von William Maulden
London, Großbritannien

==IM/2185AD/03/04/21:06GMT==

==IM/FRAGMENT RECOVERED==

Damals im Kampftraining sagte unser Ausbilder, die einzig verlässliche Konstante im Leben sei der Krieg. Das sehe ich anders. Denn mehr noch als auf den Krieg kann man sich immer auf Sherlock Holmes, meinen Freund, verlassen.

==IM/CORRUPTED/BOOT INITIAL/SEARCH STRING: ERSTES TREFFEN==

==IM/2183AD/05/23/15:32GMT==

Ich lerne immer noch, mich wieder im Alltag zurechtzufinden. Ich heiße John Watson, bin vierunddreißig Jahre alt und Arzt. Besser gesagt, ich war Militärarzt.

Meine Erinnerungen sind eine merkwürdige Mischung aus den Erlebnissen zweier verschiedener Personen, und ich versuche gerade mühsam, beide unter einen Hut zu bringen. Es ist, als würden sich beide zum ersten Mal begegnen. Deshalb wurde mir geraten, dass ich mein Instant-Messenger-Implantat reaktivieren und nutzen soll, um Gedanken und Gefühle aufzuzeichnen, während ich mich von der Operation erhole. Laut den Criterion-Leuten soll ich damit versuchen, „beide Hälften deiner Persönlichkeit zu entzerren, John." Wobei sie mich John nennen, als wäre dies nicht mein wirklicher Name; wahrscheinlich ist er das auch nicht.

Manchmal, wenn ich die Augen schließe, sehe ich die vage Erinnerung an ein Gesicht vor mir; so verschwommen wie der Schatten, den man vor Augen hat, wenn man zu lange in ein gleißendes Licht geschaut hat. Erst gestern wieder hatte ich das Gefühl, als würde dieses Gesicht über mir stehen … dann war es plötzlich weg.

145

Ich denke, es wird eine Weile dauern, bis ich mich daran gewöhnt habe. Zumal ich derzeit nicht schlafen kann.

==IM/2183AD/05/26/10:04GMT==

Okay, die vergangenen zwei Tage glichen einer schönen Lernkurve. Dem IM wurde die herkömmliche Aktualisierungsfunktion entfernt, was gut ist, glaube ich. Ich werde nun nicht mehr ständig mit Informationen überflutet, auch wenn ich das fast etwas vermisse. Laut den Ärzten müsste die Operation ein voller Erfolg gewesen sein, aber momentan hinke ich wie verrückt. Trotzdem haben sie mich entlassen und hier bin ich nun in London, einer Stadt, die ich nie zuvor gesehen habe; in einem Land, in dem ich bisher nie gewesen bin; auf einem Planeten, auf den ich noch nie einen Fuß gesetzt habe.

Fakt ist jedoch, dass ich das alles sehr wohl schon getan habe. Ich weiß, wo die Sehenswürdigkeiten sind und wie ich sie mit dem Taxi und per Magnetschwebebahn erreiche, auch wenn mein restliches Ich beim Anblick der Stadt in kindliches Staunen verfällt. Seltsam – meine Schritte führten mich zuerst zur Themse. Im Weltkulturerbe-Viertel starrte ich hinüber zum Tower, zur Tower Bridge und zu The Shard; allesamt Bauwerke einer Zeit, als die Menschheit noch an diese Welt gebunden war. Und allesamt wirken sie heute winzig neben dem Greenwich Sky Hook, der unten am Fluss in den Wolken verschwindet und durch die Atmosphäre bis ins Weltall ragt. Außergewöhnlich, so viel Geschichte an einem Ort. Es ist ein ständiger Zwiespalt: Einerseits fühle ich mich wie ein Tourist, aber gleichzeitig erscheint mir alles so vertraut, weil ich alles schon einmal gesehen habe, nur eben nicht mit diesen Augen.

Stamford, der meine psychologische Anschlussbetreuung übernommen hat, bat mich, ihn morgen im Saint Bartholomew's Hospital aufzusuchen. Er deutete an, er habe eine Idee, wer mir bei der Suche nach einer Unterkunft helfen könnte. Mir ist durchaus klar, dass ich mich darum kümmern muss, aber gleichzeitig erscheint es mir überraschend unwirklich und unnötig. Der Zwiespalt in meinem Kopf weigert sich offenbar nach wie vor zu verschwinden. Immerhin werde ich inzwischen wenigstens müde, was bisher nie der Fall war. Vielleicht kann ich in ein paar Tagen dann tatsächlich schlafen. Und ich nehme an, ein Bett ist dafür der beste Ort. Doch zunächst werde ich die Stadt weiter zum ersten Mal genießen.

==IM/2183AD/05/27/09:46GMT==

Ich kam sehr früh am St. Bart's an, um meinen neuen Mitbewohner kennenzulernen. Stamford wartete bereits und begleitete mich hinein. Dies ist bei weitem das älteste Gebäude, das ich jemals betreten habe. Ein Wunder, dass es nach all diesen Jahrhunderten noch immer steht. Ich traf Sherlock Holmes zum ersten Mal in einem Labor im Keller des alten Krankenhauses. Er wandte uns den Rücken zu, ein schlanker, großer Mann in einem zweiteiligen Anzug, Mitte vierzig, mit dunklen Haaren, die ihm bis in den Nacken reichten. In seiner Hand hielt er eine dieser alten HL-Tesseract-Platten. Ich hatte seit bestimmt fünfzehn Jahren keine mehr gesehen, obwohl die Platten früher weit verbreitet waren, bevor die IM-Chips auf den Markt kamen. Aber hier stand er und nutzte die alte Technik, um etwas auf dem Tisch vor ihm zu untersuchen.

Ohne sich umzudrehen, ergriff er das Wort: „Hallo, Dr. Watson, wie geht es Ihnen?" Seine hängenden Schultern schienen sich bei diesen Worten etwas aufzurichten.

Stamford hatte ihm also offensichtlich bereits von mir erzählt. Mir dagegen hatte er außer dem Namen nur sehr wenig über Holmes verraten. Ich hinkte ein wenig näher. „Soweit ganz gut. Danke der Nachfrage, Mr. Holmes."

Nun endlich drehte er sich um und sein Gesicht zeigte zunächst ein knappes Lächeln und ein Funkeln in seinem Blick. Gleich darauf verhärteten sich seine Züge, und die Freundlichkeit darin verschwand fast ebenso schnell wie bei mir der merkwürdige Funke des Wiedererkennens, den ich einen Moment lang gespürt hatte.

„Willkommen auf der Erde. Eine ziemliche Umstellung zu Neu Kabul, nehme ich an."

Ich drehte mich zu Stamford um, der nur lächelnd den Kopf schüttelte. Von ihm hatte Holmes das also nicht.

„Woher wissen Sie, dass ich von Neu Kabul komme?"

„Das ist ziemlich einfach. Ich könnte vorgeben, es an Ihrer militärischen Haltung erkannt zu haben, oder an dem leichten Hinken, das von den Hard-Light-Ersatzteilen stammt, aber tatsächlich verrät mir vor allem der winzige Barcode in Ihrem Nacken, dass Sie erst vor kurzem aus dem Militär ausgemustert wurden. Eine sehr ungewöhnliche und unerwartete Ehre, wie mir scheint. Von meinem Bruder weiß ich, dass außerplanetarische Gefechte derzeit einzig im Asteroidengürtel des Piazzi-Sektors zwischen Mars und Jupiter stattfinden. Dort gibt es einen besonders langsam rotierenden Felsbrocken namens Neu Kabul, auf dem unser Militär gerade gegen diese stumpfsinnige außerirdische Glaubenssekte kämpft."

Ich war sprachlos. Ich trug einen Barcode im Nacken? Ich würde später mit Stamford ein ernstes Wort reden müssen. Holmes schien bemerkt zu haben, dass er mir mehr mitgeteilt hatte, als ich selbst über mich wusste.

„Ich bin ein Angeber. Sie können mich gern Sherlock nennen, sofern ich Sie mit John anreden darf."

„Natürlich", brachte ich heraus.

„Nun, da wir uns so gut verstehen und offenbar beide eine Unterkunft brauchen, sollten Sie wissen, dass ich chaotisch bin, bisweilen streitlustig und definitiv das, was andere als unhöflich bezeichnen. Ich hänge an meinen Gewohnheiten und ziehe alte Technik der neuen vor, wie Sie vielleicht gesehen haben, als Sie vorhin das Labor betraten. Ich besitze eine dreihundert Jahre alte Violine, auf der ich hin und wieder spiele – laut und, wenn mein Kopf zu wenig zu tun hat, auch zu sehr unüblichen Zeiten. Außerdem bin ich für die Polizei Tag und Nacht erreichbar, wenn sie meine Beratung benötigen. Insgesamt könnte Ihr Leben als mein Mitbewohner also nicht ganz so ruhig werden, wie Sie es sich vielleicht vorgestellt haben, als Sie das Krankenhaus vor einigen Tagen verließen."

„Woher wissen Sie, dass das vor einigen Tagen war?", stieß ich hervor.

„Ebenfalls wegen der Hard-Light-Ersatzteile für Gliedmaße, mit denen Sie ausgestattet sind. Ich hörte, es sei anfangs recht schwierig, sich daran zu gewöhnen. Sie spüren noch immer ein Jucken vom alten Bein, obwohl dort jetzt das neue ist, und Ihr Herzrhythmus, der künstlich angepasst wurde, um einen Muskelimpuls zum Aufbau Ersatzteils zu produzieren, beeinflusst ebenfalls das natürliche Gleichgewicht. Das soll wohl mit normaler oder erhöhter Benutzung verschwinden. Zumindest steht das so in der Gebrauchsanleitung."

Sein Blick huschte bei diesem letzten Satz zu Stamford, dann zu mir zurück. Mir blieb ein wenig der Mund offen stehen angesichts der

Geschwindigkeit, mit der er diese Informationen geäußert hatte. Sherlock drehte sich um und griff zu einem dunkelbraunen Mantel, der bei Zivilisten schon seit mindestens zehn Jahren aus der Mode war.

„Ich schätze, dass es Ihnen nichts bringt, eine weitere Nacht wach auf der Straße zu verbringen. Deshalb würde ich vorschlagen, dass wir uns drüben in der Baker Street treffen. Heute Nachmittag, so gegen drei? Nummer 221, Wohnung B." Ich nickte und Sherlock streckte mir die Hand entgegen, um meine zu schütteln – meine echte. „Bis später dann."

Und damit ging er zur Tür hinaus und war fort. Ich drehte mich mit einem offenbar leicht anklagenden Blick zu Stamford um. „Ich habe ihm nichts gesagt", beteuerte er, „obwohl er den Wunsch äußerte, Sie zu treffen, als er hörte, dass Sie auf dem Planeten sind." Ich antwortete mit einem kühlen Nicken. Das alles ist sehr seltsam. Nun muss ich nur noch die Baker Street finden.

==IM/2183AD/05/27/16:02GMT==

Ich nahm ein Taxi, was eigentlich ganz einfach ist. Ein teures Vergnügen, sollte ich das öfter machen, aber ich hatte es eilig, in die Baker Street zu kommen und Sherlock zu treffen. Als ich dort das erste Mal ankam, war ich geschockt. Nach all dem außerplanetarischen Polymer und Glas erschien die alte Backsteinfassade wie ein krasser Widerspruch, der aber irgendwie auch beruhigend wirkte. Ich berührte das Eingangskontrollfeld neben der Tür und war überrascht, als diese sich entriegelte und automatisch aufschwang. Eine ältere, aber dennoch seltsam angenehme Frauenstimme säuselte mir scheinbar direkt aus den Wänden entgegen, sobald sich die Tür hinter mir geschlossen hatte.

„Hallo John, mein Lieber. Sherlock wartet oben auf dich."

„Danke", stammelte ich überrascht. Ich fand Sherlock im größten Raum der Wohnung. Er saß an einem Tisch und betrachtete eine Probe durch ein Vergrößerungsglas, das er aus der alten HL-Platte gebastelt hatte. Er sah sofort mit einem breiten Lächeln zu mir auf.

„Ah, noch einmal hallo, John."

„Woher kannte die Künstliche Intelligenz bereits meinen Namen?", fragte ich ihn, ohne weitere Nettigkeiten auszutauschen.

„Oh, ich habe eine Probe Ihrer Hautzellen genommen, als Sie mir vorhin die Hand reichten, und damit bei Mrs. Hudson eine

Zugangsberechtigung für Sie programmiert. Ich dachte, das würde die Dinge etwas beschleunigen. Außerdem hatte ich keine Lust aufzustehen, falls ein anderer an der Tür gewesen wäre."

„Ah, ich verstehe. Mrs. Hudson?"

„Die Künstliche Intelligenz dieses Gebäudes. Vermutlich sind Sie die rein funktionalen Versionen gewöhnt, aber ich habe festgestellt, dass Software freiere Gedanken und mehr Persönlichkeit entwickelt, wenn man ihr erlaubt, sich selbst ein wenig zu entfalten. Selbst wenn es sich dabei nur um eine bessere Haushälterin handelt."

Von der Decke, oder vielleicht auch aus den Wänden, ertönte ein freundliches, wenn auch leicht gereiztes „Ich bin ein bisschen mehr als das, Sherlock".

„Hauptsache, Sie lassen die Heizung im Winter an, Mrs. Hudson", antwortete Sherlock in den leeren Raum. Er hatte recht: Ich kannte Künstliche Intelligenz nur als ein weiteres Hilfsprogramm, nicht als etwas, dass einem ein Gespräch aufzwang. Ich sah mich im übrigen Raum um, der voller Gerümpel, verschiedenster merkwürdiger Gegenstände und technischer Antiquitäten steckte.

„Sieht so aus, als würden Sie hier bereits eine Weile leben", sagte ich.

„Ja, sogar mehrere Jahre. Mein früherer Mitbewohner war gezwungen zu gehen, auch wenn das nicht an ihm lag."

„Stamford sagte mir, Sie hätten eigens nach mir gefragt."

„Nach jemanden wie Ihnen", erwiderte Sherlock abwehrend. „Nicht nach Ihnen im Besonderen. Ich bin es gewohnt, eine zweite Meinung um mich zu haben. Soldaten haben da in der Vergangenheit gut gepasst."

„Wegen dieser Kriminalermittlungen?"

„Genau."

„Warum um alles in der Welt würde die Polizei auf die Idee kommen, jemanden außerhalb der Truppe um Hilfe zu bitten?" Sherlock zeigte wieder jenes schmale Lächeln, so als ob er dies bereits viele Male gefragt worden sei. „In Ihrem Temporallappen steckt ein IM Imprint Chip mit Ihrem militärischem Rang, so wie bei allen Angehörigen der Polizei. Mir fehlt so einer."

„Okay, damit hat jeder bei der Polizei Zugang zu allen Informationen an jedem Ort."

„Genau, aber das Vertrauen darauf verleitet zur Faulheit. Es mag sein, dass sie jede Information, die sie brauchen, in Sekundenschnelle abrufen können, aber oft fehlt es ihnen an Intelligenz, um eins und eins zusammenzuzählen. Meine Fähigkeit, frei zu denken und Fakten nach eigenem Gutdünken zuordnen zu können, verleiht mir einen unbezahlbaren Vorsprung."

„Und warum macht sich die Polizei dann überhaupt die Mühe, die Dinger in ihre Beamten zu implantieren?"

„Oh, weil es völlig ausreichend und sogar nützlich ist für die normale, durchschnittliche und unbedeutende Straßenkriminalität. Aber zu mir kommt die Polizei nicht wegen normaler, durchschnittlicher und unbedeutender Straßenkriminalität."

„Wie kommen Sie darauf, dass ich interessiert sein könnte, hier zu wohnen und Ihnen dabei zu helfen?"

„Ich habe nie erwähnt, dass Sie mir helfen können, aber da Sie es selbst ansprechen, bestens! Sie sind es gewohnt, nützlich zu sein, dafür wurden Sie geschaffen, wenn ich das so sagen darf. Es steckt in jeder Ihrer Zellen. Als ich hörte, dass ein kürzlich zurückgekehrter und ausgemusterter Soldat zur Anlage von Criterion zurückgebracht worden ist, hat mein berühmter Verstand mir gesagt, dass es eine Verschwendung wäre, Sie sich selbst zu überlassen. Alles, was ich Ihnen vorschlage, ist natürlich nur ein Angebot. Es bleibt allein Ihre Entscheidung."

Leicht entnervt war ich wollte mich gerade setzen, als sich die allgegenwärtige Mrs. Hudson erneut zu Wort meldete. „Inspektor Lestrade ist an der Tür, Sherlock."

Sherlock sah mich an, noch immer dieses Lächeln auf den Lippen. „Es geht los, John. Lassen Sie ihn herein, Mrs. Hudson."

Und da sind wir jetzt. Ich höre diesem Polizisten namens Lestrade zu, wie er Sherlock erzählt, dass ein Toter oben auf The Shard gefunden wurde. Ein Mord in einer hundertfünfzig Jahre alten Touristenattraktion, in aller Öffentlichkeit und trotzdem rätselhaft. Und ich kann gut verstehen, warum Lestrade hergekommen ist. Sie wissen alles über das Gebäude, seine Geschichte und Bedeutung. Sie kennen jeden Ein- und Ausgang, wissen, welche Stellen im Gebäude die meisten Besucher anziehen. Aber selbst mit all diesen Informationen können sie nicht herausfinden, wie jemand an diesem Ort getötet werden konnte und wie es der Angreifer geschafft hat, sich in Luft aufzulösen. Aber vermutlich kann es Sherlock. Und ich denke, ich begleite ihn, um herauszufinden, wie der Eindringling es getan hat.

==IM/SUFFICIENT DATA RECOVERED/BOOT ORIGINAL
SEARCH ATTEMPT==

==IM/2185AD/03/04/21:01GMT==

Als ich an diesem Abend in die Wohnung zurückkam, fand ich Sherlock tief in Gedanken versunken. Der Mangel an Fällen mochte dafür verantwortlich sein, denn er litt mit Sicherheit nicht an einer seiner „Stimmungen". Ich trat ein und setzte mich ihm gegenüber. Er hatte seine Geige beiseitegelegt. Zwei Saiten waren gerissen.

„Es ist schon seltsam, wie wenig den Menschen bewusst ist, dass die Erde sich nicht wirklich verändert hat, seitdem alle vor vierzig Jahren zu den Sternen aufgebrochen sind", sagte er. „Es gibt neue Ziele und neue, selbst geschaffene Schlachtfelder, aber die Verbrechen hier blieben die alten."

Ich nickte und wunderte mich, wo das hinführen sollte.

„Ich war nicht ganz ehrlich zu Ihnen, John. Aber ich denke, heute Abend sollte ich es sein."

Ich spürte, wie mein Mund trocken wurde.

„Heute vor zehn Jahren ist John Watson gestorben. Es war nicht sein Fehler, sondern meiner. Zumindest habe ich mir das lange Zeit eingeredet. Aber letztendlich kann wohl niemand außer dem unberechenbaren Schicksal einen Verrückten mit einer Pistole aufhalten. Wenigstens hat James Winter für seine Tat bezahlt."

Sherlock hielt inne. Sein Gesicht verriet nicht die Spur einer Gefühlsregung. Stattdessen legte er die Hände aneinander, sodass sich seine Fingerspitzen berührten und die Ellbogen auf den Lehnen seines Stuhles ruhten. Er starrte in die Leere zwischen uns, ohne mich anzusehen.

„Bevor ich ihn kennenlernte, war John Watson Arzt in der Armee. Er widmete seine gesamte Existenz der ihm gestellten Aufgabe, als deren Ergebnis er Sie und Hunderte wie Sie als Kopien seiner selbst schuf. Zumindest physisch. Die Essenz seines Wesens hielt er jedoch zurück, hauptsächlich aufgrund der Proteste, die von verschiedenen Seiten zur Moral dieses Verfahrens laut wurden. Daher kam man auch überein, dass keiner von Ihnen jemals seinen Fuß auf die Erde setzen sollte. Umso mehr überraschte es mich, als ich vor zwei Jahren hörte, dass Sie sich in einer Anlage von Criterion in London befanden. Dann wurde mir klar, dass nur Mycroft dahinterstecken konnte. Nur er hatte genügend Einfluss, Sie dort hinbringen zu lassen und zu schützen, bis ich Sie finden würde. Und ja, wie Sie bereits vermutet haben, war unser erstes Treffen arrangiert, aber es ging nicht anders. Ich hatte mich daran gewöhnt, allein zu arbeiten. Trotzdem hatte mein Bruder bemerkt, dass der Tod ihres Vorgängers eine Leere in mir hinterlassen hatte, die gefüllt werden musste. Ich bat Mycroft, Ihnen Gedankenfreiheit zu gewähren und Sie mit den Erinnerungen auszustatten, die denen des echten John Watson entsprachen, bevor er und ich uns kennenlernten. Natürlich bestand das Risiko, dass es nicht ganz gelingen würde, mich komplett aus seiner und damit Ihrer Erinnerung zu streichen. Ich schätze, genau das ist geschehen, wenn man bedenkt, wie schnell und vollumfänglich Sie mir an diesem ersten Tag Ihr Vertrauen geschenkt haben."

Er unterbrach sich nach dieser langen Erklärung, die er praktisch ohne Luft zu holen vorgetragen hatte. „Ich hoffe, dass Sie jetzt nicht schlecht von mir denken."

Es fühlte sich in dem Moment wie eine Ewigkeit an, doch tatsächlich erfolgte meine Reaktion sofort. „Nein, Sherlock", die Worte kamen heiser über meine spröden Lippen, „ich werfe Ihnen nichts vor. Hätten Sie mich nicht von Anfang an in dieses verrückte Leben geholt, wäre ich innerhalb von Tagen tot gewesen, oder zumindest völlig nutzlos."

Sherlock sah endlich auf und blickte mir über seine Fingerspitzen hinweg direkt in die Augen. Sein rechter Mundwinkel verzog sich zu einem schiefen Lächeln.

„Es existieren viele Konstanten in dieser Welt, John. Die Dinge, die für uns selbstverständlich sind, haben wir denen zu verdanken, die vor uns da waren. Honig ist heutzutage eine synthetische, süßliche Pampe, die wir auf unseren trockenen Toast streichen, aber früher wurde er von äußerst erstaunlichen Insekten produziert, die von den Menschen gehegt und gepflegt wurden. Auch wenn die Bienen heute verschwunden sind, blieb ihr wichtigstes Vermächtnis trotzdem erhalten. Ich für meinen Teil habe die Freundschaft von John Watson als selbstverständlich betrachtet, bis er eines Tages nicht mehr da war. Das passiert mir nicht noch einmal."

Angesichts seiner Unverschämtheit hatte ich Mühe, nicht laut aufzulachen. Der Mann, der meine Eingliederung in die Gesellschaft von Anfang bis Ende gesteuert hatte, besaß die Frechheit, mir so einen Vortrag zu halten. Und offenbar verglich er mich mit einem toten Insekt. Aber so ist er nun mal.

„Ich glaube nicht an eine zweite Chance", sagte ich ihm. „Andererseits dürfte eigentlich auch die ganze Stadt gar nicht hier sein. Alles hätte schon mehr als hundert Mal abgerissen und neu aufgebaut sein sollen, trotzdem steht es nach wie vor. Und dank Ihnen trifft das auch auf mich zu." Ich beugte mich aus meinem Stuhl zu ihm hinüber, mit ausgestreckter Hand. Der mit dem HL-Ersatzteil. Sherlock saß einige Sekunden still da, dann streckte er seine Hand aus und ergriff die meine. Dabei quittierte er die Ironie dessen, was ich ihm anbot, mit einem Lächeln.

Damals im Kampftraining sagte unser Ausbilder, die einzig verlässliche Konstante im Leben sei der Krieg. Das sehe ich anders. Denn mehr noch als auf den Krieg kann man sich immer auf Sherlock Holmes, meinen Freund, verlassen.

==IM/END/DELETE SEARCH==

Vir Requiēs

von Kaylin C. Sapp
Ohio, USA

Melodische Töne und falsche Akkorde
Den Saiten entlockt, mehr kratzend als schön
Verbunden mit dunkelndem Dämmerlichte
Wird alles mit nebligem Mondlicht versehn.

Sanft erwacht der Laternen Licht
Malt Schatten auf ernsten Zügen
Schatten, die dort der Menschheit Gram
Und dunkelste Tücken spiegeln.

Die Hoffnung des Kindes, des Vaters Last
Der vornehmen Dame bestimmtes Geheiß –
Doch „L'art pour l'art", der Meister lässt sich
Nicht lenken durch Adel und Preis.

Doch dann! Das melodische Spiel verklingt
Die Lügen ergreifen die Flucht.
Spitzfindigkeit und Irrtum und List
Weicht durch des Lichtes Wucht.

Dies Licht ist die Wahrheit und sein Begleiter
Ist bescheiden und stark und doch stets diskret –
Ein treuer Chronist, wahrer Freund und Mitstreiter,
Wacht über den Detektiv in der Baker Street.

Scharlachne Studien, die Spiele, Verrückte
Gefleckte Bänder, ein Beinaheunfall.
Täler der Angst werden Täler der Schatten
Und künden ihn an, seinen letzten Fall.

Ein leeres Haus steht reglos und leise
Erinnert an ein Genie aus alter Zeit
Doch kein wahrer Held ist je vergessen
Solange ein Chronist noch über ihn schreibt.

Die dunkelste Stunde
von Peter Holmstrom
Oregon, USA

Es ist nur großer Entschlossenheit und der Erkenntnis, dass mein Tod nicht mehr fern ist, zu verdanken, dass ich mich entschieden habe, diese Geschichte zu Papier zu bringen. Sie handelt von der dunkelsten Stunde meines Lebens.

In Europa war der Krieg erklärt worden und ich hatte mich als Freiwilliger zum Einsatz gemeldet, wo immer ich auch benötigt werden mochte. Im Nachhinein kann ich gestehen, dass ich damals geglaubt hatte, für die medizinische Ausbildung eingesetzt zu werden oder mich im schlimmsten Fall um Verwundete zu kümmern, die zurück nach England geschickt worden waren. Da aber die Zahl der Verwundeten bald in die Tausende ging, wurde ich an die Front beordert, mitten hinein in das Inferno der großen Schlacht an der Somme.

Dies war wahrlich die schrecklichste Erfahrung meines Lebens. Das Lazarett befand sich in einer verlassenen Kirche und unsere Aufgabe bestand weniger darin, Leben zu retten, als vielmehr den Tod zu beschleunigen. Morphium war bereits in den ersten Tagen nur spärlich vorhanden. Meistens konnten wir nur die Wunden der Verletzten säubern und sie in Gottes Hand geben, was immer das auch nützen mochte. Die Luft stank nach Tod. Die Erde außerhalb der Kirche war bald mit Blut getränkt und die allgegenwärtigen Schreie wichen nie vollständig aus unseren Gedanken.

Ein besonders zermürbender Tag im späten Juli brachte mir die schlimmste Erinnerung überhaupt an diesen Krieg. Ich kümmerte mich um einen der vielen verwundeten Männer. Ein Schrapnellsplitter hatte seine rechte Lunge durchbohrt und ragte auf der anderen Seite heraus. Als ich auf den jungen Mann hinunter sah, der viel zu jung zum Sterben war, ging mir der flüchtige und irgendwie tröstliche Gedanke durch den Kopf, dass er noch nicht einmal auf der Welt gewesen war, als ich meinem alten Freund Sherlock Holmes das erste Mal begegnet war. Unsere späteren Abenteuer wären nicht viel mehr als das bedeutungslose Geschrei der Zeitungsjungen für ihn gewesen, da er damals mit allem Bösen und Schlechten in der Welt noch nicht in

Berührung gekommen war. Und nun befand er sich hier, auf meinem provisorischen Operationstisch, und lag im Sterben.

Meine Gedanken kreisten um die Jahre in der Baker Street. Das beruhigende Feuer, der bequeme Sessel, in dem ich es mir so oft gemütlich gemacht hatte, und Holmes, der am Kamin stand und auf seiner Geige spielte. Immer wieder ertönte die Klingel und eine in Not geratene Seele ersuchte den großen Sherlock Holmes um Hilfe. Damals schien er für jede noch so verzweifelte Situation einen Ausweg parat zu haben. Mittlerweile hatte Holmes sich aber auf seiner Bienenfarm zur Ruhe gesetzt und ich hatte ihn seit mehr als zehn Jahren nicht mehr gesehen. Doch hier war die Situation derart verzweifelt, dass selbst Sherlock Holmes uns nicht hätte helfen können.

Der Junge auf dem Operationstisch starb. Er schrie und keuchte, wie es so viele tun, und betete um ein Wunder, das niemals geschehen würde. Blut tropfte von meiner Schürze herunter, während ich zusah, wie das Leben langsam aus den Augen des Jungen wich.

Ich stürmte aus der Kirche und verfluchte den Tag, an dem ich mich freiwillig für diesen verdammten Krieg gemeldet hatte, als ich plötzlich aus dem Augenwinkel heraus etwas bemerkte. Ich sah genauer hin, überzeugt, das Opfer einer Halluzination zu sein. Denn auf der anderen Seite des Platzes, der zwischen der einstigen Kirche und dem zerstörten Dorf lag, stand Sherlock Holmes.

Wenigstens dachte ich, es sei Holmes. Der Mann, der mir gegenüber stand, war wie ein älterer Bettler gekleidet, buckelig und trug einen Gehstock bei sich. Es lag jedoch in seinen Augen und auch in seiner Haltung etwas, das mich beinahe sicher sein ließ, dass es sich um meinen alten Freund handeln musste.

Ich konnte meinen Augen kaum trauen und ging hinüber in der Absicht, den Mann zur Rede zu stellen. Den Regen vergaß ich dabei ebenso wie die Menschen um uns herum und selbst der Krieg kümmerte mich in diesem Augenblick nicht mehr. Ich musste ihn einfach sehen.

Als ich jedoch den Platz endlich überquert hatte, war der Mann verschwunden. Ich schaute mich fast panisch um, wodurch ich zweifellos die Aufmerksamkeit einiger Soldaten in der Nähe auf mich zog, doch das kümmerte mich nicht. Ich durchquerte die Menschenmenge und lief in die nächstgelegene Gasse, von der ich annahm, dass auch er sie genommen hatte. Die Schatten um mich herum wurden länger und länger, während ich durch die Überreste des zerstörten Dorfes lief und mich umsah.

Ich hatte meine Suche schon beinahe aufgegeben, als eine Hand wie aus dem Nichts auftauchte und an meinem Hemdsärmel zog. Ich wandte mich um und sah den obdachlosen Mann im Schatten kauern. Er murmelte ein paar Worte Französisch, die ich nicht verstand. In seinen Augen war jedoch noch immer dieses gewisse Funkeln zu sehen.

„Holmes?" Meine Stimme muss geradezu verzweifelt geklungen haben, denn Holmes fing auf einmal an zu kichern, als wolle er sich damit entschuldigen.

„Mein lieber Watson, was machen Sie denn an einem Ort wie diesem?"

Ich stieß einen tiefen Seufzer hervor, der den emotionalen Qualen, die ich in den vergangenen Wochen in diesem Höllenloch ausgestanden hatte, Ausdruck verlieh. Meine Anspannung wich beim bloßen Anblick meines alten Freundes Sherlock Holmes.

„Holmes, Sie wissen gar nicht, wie gut es tut, Sie zu sehen!"

„Die Freude ist ganz meinerseits, alter Freund. Ich muss Sie jedoch bitten, leise zu sprechen. Meine Verkleidung trage ich nämlich nicht zum Spaß." Er bedeutete mir, etwas weiter in den Schatten zu treten, und wir ließen uns auf einem Haufen Trümmer nieder.

Ich musterte meinen alten Freund so genau, wie das trübe Licht es zuließ. Selbst durch die Verkleidung hindurch konnte ich sehen, dass die Jahre seit unserer letzten Unterhaltung auch an ihm nicht spurlos vorübergegangen waren. Die Linien unter seinen Augen und die grauen Strähnen in seinem Haar waren kein Teil der Verkleidung. Dennoch, sobald er den Mund aufmachte, wurde klar, dass sein Verstand so scharfsinnig wie eh und je war: Auch nach all den Jahren war er immer noch Sherlock Holmes.

„Ich vermute, Sie wundern sich, warum ich das ruhige Leben mit meinen Bienen hinter mir gelassen habe und hierher gekommen bin?"

„Offen gestanden, Holmes, selbst wenn Sie nur auf eine Tasse Tee hierher gekommen wären – ich bin einfach nur überglücklich, Sie zu sehen. Dieser Krieg hat dermaßen an mir genagt, wie ich es nie für möglich gehalten hätte."

Holmes starrte mich einen Moment lang an und atmete lang und tief durch, bevor er seine vertraute Kirschholzpfeife hervorzog.

„Mein Beileid zum Tod Ihrer Frau, Watson ..."

Der Schmerz durchzuckte mich wie eine heiße Nadel. Mehr noch als alles andere quälte mich dabei die Erinnerung, dass meine Frau Opfer einer Krankheit geworden war, die ich nicht zu heilen vermocht hatte. Es traf mich in einem solchen Maße, wie ich es an diesem blutigen Ort nicht für möglich gehalten hätte. Ich wischte mir eine Träne aus dem Auge, fast glücklich, überhaupt noch etwas fühlen zu können. „Erzählen Sie, Holmes. Was führt Sie hierher?" Holmes lächelte unbeholfen und tätschelte mir das Knie.

„Tatsächlich begann alles gerade erst vor ein paar Wochen. Ich führte auf meiner Farm in Sussex ein ruhiges Leben mit meinen Bienen und war vollkommen zufrieden damit, den Krieg Krieg sein zu lassen, als ein Automobil die Auffahrt heraufkam ... Haben Sie ein Streichholz für mich, alter Freund?"

Ich schüttelte verneinend den Kopf. Es war bereits viele Monate her, dass ich überhaupt Gelegenheit zum Rauchen gehabt hatte.

„Nun gut, wie ich bereits erwähnte ... Der Fahrer entpuppte sich als mein Bruder Mycroft. Sie erinnern sich doch bestimmt an Mycrofts Position in der Regierung – sie hat ihn während dieses Krieges unentbehrlich gemacht. Ich wusste also, dass dies kein reiner Familienbesuch sein konnte. Er bestand darauf, dass ich ihn ausgerechnet nach Nordfrankreich begleiten solle. Es handele sich um eine Angelegenheit von größter Dringlichkeit."

Ich konnte die Verachtung in seiner Stimme hören, als er von Mycrofts Besuch berichtete. Es war klar, dass sein Bruder einiges an Einfluss geltend gemacht haben musste.

„Wir kamen in einer kleinen Ortschaft nahe der Front an und fuhren direkt weiter zu einem Armeelazarett, ohne dass Mycroft mich eingeweiht hätte, worum es genau ging. ‚Alles, was ich dir sagen kann, Sherlock, ist Folgendes: Es handelt sich um ein Problem, das deiner Erfahrung bedarf.'

‚Bestimmt nicht des Fachwissens eines Imkers, sollte man meinen.'

‚Nimm es nicht zu leicht, Sherlock. Es handelt sich um eine ziemlich heikle Angelegenheit.'

‚Ich kann die Spannung kaum aushalten.' Ich lehnte mich, wie Sie sich denken können, Watson, etwas gereizter als üblich zurück."

„Als wir im Lazarett ankamen, sah ich mich einer Situation konfrontiert, die Ihnen mittlerweile gut vertraut sein dürfte. Für mich jedoch war es äußerst ernüchternd. Man führte uns in ein kleines Einzelzimmer, in dem ein Mann lag, der um die 1,70 m groß gewesen sein musste, dem aber nun beide Beine fehlten. Der Rest seines Körpers war ebenfalls an verschiedenen Stellen verwundet.

‚Warum sind wir hier, Mycroft?'

‚Warte … Leutnant … Können Sie mich hören?' Die Augenlider des Mannes zuckten, bevor sich sein Blick an die Decke richtete, er sagte jedoch nichts. Ich sah Mycroft an und wartete auf eine Erklärung.

‚Dies ist Leutnant Prendergast, Sherlock. Er wurde vor drei Monaten nahe Ypern gefangen genommen. Vor einer Woche konnte er durch die Stellungen hindurch entkommen. Wir haben ihn blutüberströmt auf den Schlachtfeldern an der Somme gefunden, wo ihm unserer Meinung nach seine jüngsten Wunden beigebracht wurden. Seitdem ist er mal bei Bewusstsein, mal nicht. Trotz seines Deliriums hat er jedoch die ganze Zeit an einer Tatsache festgehalten …' Mycroft beugte sich zu Prendergast hinunter und sprach ihm direkt ins Ohr. ‚Prendergast, schildern Sie uns Ihr Geheimnis, das Sie den Pflegerinnen erzählt haben.'

„Watson, einen Augenblick lang war ich der Überzeugung, dass Prendergast im Sterben lag. Er zitterte und schwitzte so sehr, doch trotzdem fand er die Kraft, mühsam Worte zu formen.

‚Ich habe sie gehört. Sie dachten, ich wäre tot, aber ich habe sie gehört …'

‚Was haben Sie gehört, Prendergast?', fragte Mycroft. In diesem Moment hob Prendergast den Kopf und starrte Mycroft direkt in die Augen.

‚Es gibt einen Spion, Sir … Einen deutschen Spion, an der Somme … Wir werden von einem deutschen Spion aus dem Hinterhalt angegriffen!'

‚Wie können Sie sich da so sicher sein?', fragte ich.

‚Ich habe sie reden gehört … Soldaten, die an mir vorbeigingen. Sie dachten, sie wären allein, aber ich habe sie gehört ... Sie erwähnten, dass sie Informationen von jemandem auf der britischen Seite erhielten. Sie wussten, wann wir angreifen würden … Sogar noch bevor es unsere Soldaten erfuhren … Ich fand es lustig … dass sie es ein paar Tage vor denjenigen wussten, die den Angriff führen würden. Wer konnte denn so etwas wissen, Sir? Wer kennt unsere Truppenbewegungen, bevor wir selbst davon erfahren?'

„Wir verließen das Lazarett und bestiegen das Automobil, sprachen bis zu diesem Moment allerdings kein Wort."

‚Mycroft, ich weiß wirklich nicht, was du von mir erwartest. Was soll ich tun?'

‚Das sollte wohl offensichtlich sein. Löse den Fall, finde den Verräter.' Ich rümpfte die Nase angesichts dieser absurden Logik.

‚Wenn das, was er sagt, wahr ist – dass die Deutschen unsere Angriffspläne kennen, bevor die einfachen Soldaten in Kenntnis gesetzt werden, dann können es doch nur vier oder fünf Menschen sein, die ...'

‚Dies ist eine heikle Angelegenheit, Sherlock! Jeden Tag erreichen uns Berichte über Meutereien an der Front. Zu wissen, dass es eine Untersuchung in den höheren Offiziersrängen gibt, könnte eine ausgedehnte Revolte nach sich ziehen! Solch eine Untersuchung muss im Verborgenen erfolgen; niemand darf davon erfahren. Solltest du den Schuldigen finden, wird Scotland Yard ihn nicht im Anschluss in Empfang nehmen und abführen. Es wird keine Gerichtsverhandlung geben, Sherlock. Die Kampfmoral der Männer in diesem Krieg ist bereits geschwächt. Niemand darf von diesem Verrat erfahren. Du verstehst?'"

Ich starrte Holmes an, da ich meinen Ohren kaum trauen konnte. „Hat Mycroft Sie um das gebeten, von dem ich annehme, dass er es getan hat, Holmes?" Holmes kaute am Stiel seiner kalten Pfeife und starrte ins Nichts.

„Wir bewegen uns auf dünnem Eis, Watson, und das Ziel wird vermutlich kein angenehmes sein."

Eine Zeitlang saßen wir stumm da, denn keiner wagte die Wahrheit auszusprechen. Das Geräusch des Regens verschmolz mit dem der entfernten Kugeln und ich wünschte mir insgeheim, dass wir noch immer in der Baker Street wären. Nach einem Moment wandte Holmes sich mir zu.

„Und so kam ich hierher, Watson ... Nach einer kurzen Ermittlung stellte sich heraus, dass der Spion sich an diesem Ort befinden musste. Die Befehle kamen von zu vielen Stellen, als dass der Verräter im Hauptquartier sitzen konnte. Nein, man musste ihn am Ende der

Befehlskette suchen. Also legte ich diese Verkleidung an und machte mich auf den Weg."

Ich nahm seinen letzten Satz kaum wahr. Ein deutscher Spion in unseren Reihen, der Informationen über Truppenbewegungen und Angriffspläne weitergab, konnte für England den Tod tausender Menschen bedeuten.

„Kann ich irgendwie helfen, Holmes?"

„Sie würden mir einen großen Gefallen tun, Watson. Ich habe festgestellt, dass die Informationen nicht per Telegramm oder durch eine andere moderne Technik weitergegeben werden. Also habe ich die letzten beiden Nächte an der Front Wache gehalten. Bisher habe ich jedoch nichts bemerkt."

„Dann werde ich Sie heute Nacht begleiten."

„Danke, mein Freund. Am besten, wir treffen uns hier gegen neun. Vielleicht können wir gemeinsam einen Verräter zur Strecke bringen und England damit retten!"

Ich verbrachte den Rest des Tages damit, mich um die Verwundeten zu kümmern. Tatsächlich gelang es mir, mehr von ihnen zu retten als sterben zu sehen, was eine gewisse Erleichterung darstellte. Meine Stimmung hatte sich gebessert: Die Aussicht, mit Holmes wieder einmal auf Verbrecherjagd zu gehen, machte selbst den Krieg eine kurze Weile erträglich.

Als die Glocke neun Uhr schlug, schlich ich mich aus der Kirche hinaus in das Dunkel der Nacht. Ich fand Holmes dort, wo wir uns ein paar Stunden zuvor getrennt hatten. Er hatte seine Verkleidung abgelegt und glich nun mehr dem alten Holmes, den ich in Erinnerung hatte. Wir hatten das Dorf hinter uns gelassen und näherten uns im Schutz der Dunkelheit der Front. Unser Ziel war ein Hügel, von dem aus wir sowohl das Dorf in der Ferne als auch die Stellungsgräben sehen konnten, in denen tausende blutjunge englische Soldaten ausharrten. Die meisten von ihnen würden ihre Heimat wohl nie wieder sehen.

Wir saßen eine Zeitlang nebeneinander hinter dem Felsvorsprung, der uns als Versteck diente, und starrten auf die kahlen Felder am Ufer der Somme. Vor allem die Schreie verfolgen mich bis heute.

Da der General jeden Tag neue Angriffe befahl, gab es so viele Verwundete, dass die meisten einfach dort liegengelassen wurden, wo

163

sie zusammengebrochen waren. Dort schrien sie um Hilfe, die niemals kommen würde. Trotz dieser schwachen Schreie lag eine unheimliche, dumpfe Stille in der Luft. Der Himmel war ungewöhnlich klar und der Mond schien hell auf die zerstörte Landschaft. Die einst so schönen Felder waren durch unzählige Einschlaglöcher der Artilleriefeuer vernarbt und zerklüftet und zu Niemandsland geworden. Auf dieser grauen Erde würde vermutlich nie wieder etwas wachsen. Solche Gedanken gingen mir durch den Kopf, während wir in dieser kalten Sommernacht dort saßen und auf Anzeichen für Verrat warteten.

„Ist es das alles überhaupt wert, Holmes? Kann all dieser Tod und all diese Zerstörung wirklich einen Sinn haben?"

„Schon möglich, Watson, auch wenn es für uns schwer nachvollziehbar ist. Diese trostlose Landschaft vor uns und der Schrecken, den Sie im Lazarett mit ansehen, werden einst als Symbol dienen. Als Erinnerung für zukünftige Generationen, als Mahnung, dass Krieg kein Mittel zur Durchsetzung politischer Ziele sein kann. Aus den Trümmern dieses Krieges wird eine friedlichere, gewissenhaftere Welt entstehen. Dafür kämpfen wir, Watson. Nicht für die Politiker in Whitehall, sondern für das Wohlergehen aller. Möge eine bessere Welt daraus hervorgehen."

„Man kann es nur hoffen."

Holmes lehnte sich plötzlich nach vorn und starrte in den Nachthimmel. Sein Gesichtsausdruck war bitterernst geworden. Ich folgte seinem Blick und versuchte zu sehen, was er sah, konnte aber nichts entdecken.

„Holmes! Was ist los?"

„Aber natürlich. Was für ein Dummkopf ich doch war!"

„Holmes? Was haben Sie gesehen?" Ich erkannte, dass Holmes mich offenbar nicht gehört hatte. Trotz der Dunkelheit sah ich, dass der Geist dieses Mannes unfassbar arbeitete.

„Was für ein Dummkopf ich doch war! Kommen Sie, Watson! Wir haben keine Zeit zu verlieren!"

Wir liefen den Hügel hinunter, noch bevor Holmes den Satz zu Ende gebracht hatte. Jetzt, wo er sich nicht mehr verstecken musste, lief Holmes so schnell wie ein halb so alter Mann und schien doppelt so entschlossen. Ich schaffte es irgendwie, mit ihm Schritt zu halten; dabei hielt ich den Revolver, den ich sicherheitshalber eingesteckt hatte, fest umschlossen.

Wir rannten durch die Nacht auf das Dorf zu, das wir nach einigen Minuten erreichten, und kamen schließlich zu der Kirche, die ich nur wenige Stunden zuvor verlassen hatte.

„Holmes, was tun wir hier? Sagen Sie mir es doch! Was haben Sie gesehen?"

Holmes bedeutete mir, ihm in die Schatten gegenüber der Kirche zu folgen, von wo aus wir eine ungehinderte Sicht auf den Eingang hatten.

„Ich war ein Narr, dass ich nicht eher darauf gekommen bin. Und wäre die Nacht nicht so klar gewesen, hätte ich es vollkommen übersehen."

„Ich habe mich auch umgesehen, aber nichts entdeckt!"

„Es war nur einen winzigen Moment erkennbar, als das Mondlicht direkt darauf schien. Ein Vogel, Watson! Eine Brieftaube. Sie muss geschwärzt worden sein, damit man sie nachts nicht sieht. Und wo würde das Gurren einer Taube nicht weiter auffallen?"

„In einem Kirchturm! Verflucht, Holmes, wollen Sie mir etwa weismachen, dass der Verräter die ganze Zeit direkt vor meiner Nase saß?!"

„Ja, und ich hoffe, dass wir ihn nicht bereits verpasst haben."

Wir mussten nicht lange warten.

„Holmes! Das ist General …"

„Keine Namen, Watson! Nicht einmal im Flüsterton. Ruhig jetzt, er darf uns nicht entkommen."

Wir folgten ihm durch die Nacht zu seinem eigenen Quartier. Ich starrte auf den Mann vor uns. Den Mann, der durch seine Befehle Hunderttausende dem Tod in die Arme getrieben hatte. Den Mann, von dem ich angenommen hatte, dass er nur in unserem Interesse handelte. Den Mann, der ein Verräter war.

Ein Soldat hielt vor dem Quartier des Generals Wache, aber Holmes führte mich zur Rückseite des Gebäudes, wo aus einem Fenster das Glas herausgesplittert war. Wir standen auf der anderen Seite und starrten hinüber. Uns war bewusst, was uns hinter diesem Fenster erwartete.

Selbst in der Dunkelheit konnte ich Holmes' inneren Kampf in seinem Gesichts ablesen.

„Ich muss gestehen, Watson, dass ich nicht sicher bin, was ich tun soll."

„Warum lassen wir ihn nicht einfach verhaften? Ihr Name würde doch sicherstellen, dass zumindest eine Untersuchung eingeleitet wird!"

„Nein, Watson, Mycroft hatte recht. Wenn auch nur ein Wort über diese Vorfälle nach draußen gelangt, wären die Folgen fatal."

Die Zeit schien still zu stehen. Ich konnte kaum glauben, was ich da hörte. Sherlock Holmes, ein Mörder ...

„Es muss doch noch einen anderen Weg geben?"

Holmes atmete tief durch. Es dauerte eine Ewigkeit – und doch wünschte ich, es wäre noch länger gewesen.

„Lassen Sie mich es tun ..."

Holmes sah mich einen Moment lang an.

„Nein, Watson ..."

„Er ist mein befehlshabender Offizier! Und wenn ein Offizier Verrat begeht, dann steht darauf der Tod. Sehen Sie es mir nach, Holmes, aber manche Helden müssen einfach Helden bleiben."

Wir standen einen Augenblick lang dort. Die Luft selbst schien angesichts der Tragweite dieser Entscheidung zu erstarren. Holmes nickte zögernd.

Zwei Tage später verließ Holmes die Front. Der Tod des Generals wurde auf einen Herzanfall zurückgeführt.

Ich muss mich zu einem späteren Zeitpunkt wohl noch nach den Beweggründen des Generals erkundigt haben, da ich Holmes' Antwort explizit notiert habe:

„Ich weiß es nicht, Watson. Vielleicht wurden ihm am Ende all der Tod und die Zerstörung bewusst, die er selbst befahl, und er gelangte zu der Überzeugung, dass es den Krieg schneller beenden würde, wenn er dem Feind half. Wenn die Sünde des einen Mannes die Tugend des anderen ist, können wir da jemals sicher sein? Kann man dann richtig und falsch jemals klar erkennen?"

Eine Zugfahrt nach London
von C.M. Vale
Bronx, New York, USA

Ich maß der Geschichte nicht allzu viel Bedeutung bei, bis ich, nachdem ich an der Londoner Euston Station aus dem Zug ausgestiegen war, etwas Außergewöhnliches in meiner Tasche fand …

Als ich im Dezember 1887 vom Tod meines Vaters erfuhr, hatte ich bereits seit fast sechs Jahren in einem verschlafenen Dorf in Schottland gelebt. Dort hatte ich eine Landarztpraxis eröffnet, fernab der schmutzigen Straßen und der verpesteten Luft in der großen Kloake London.

Als ältestes Kind und letzter männlicher Erbe unseres bescheidenen Vermögens lastete die verdrießliche Aufgabe, den Nachlass meiner Familie zu ordnen, allein auf meinen Schultern. Es versprach, eine mühselige Aufgabe zu werden, da sich Vaters finanzielle Unterlagen in einem Zustand gründlichster Unordnung befanden. Was mich dabei ärgerte, war gar nicht so sehr, dass ich meine recht lukrative Praxis nur dafür schließen musste, um Ordnung in die Flut der Rechnungen und (höchstwahrscheinlich) überzogenen Bankkonten zu bringen. Nein, verärgert war ich vor allem deshalb, weil ich dadurch Weihnachten nicht im trauten Heim verbringen konnte, zumal es das erste gemeinsame Weihnachtsfest mit meiner reizenden jungen Frau Violet gewesen wäre.

Sie hat einen sehr eigenen Willen und trieb mich daher fast zur Verzweiflung, weil sie mich unbedingt begleiten wollte. Kein Einwand von mir konnte sie davon abhalten. Ich hatte gehofft, wenigstens einer von uns könnte sich diese unerfreuliche Reise ersparen und die Feiertage mit einem anständigen Weihnachtsessen vor dem prasselnden Kaminfeuer im Kreis der engsten Verwandten verbringen – aber das sollte wohl nicht sein.

Also traten wir gemeinsam die anstrengende Reise am Tag vor Weihnachten an und trafen am Heiligabend am Bahnhof in Oxfordshire ein, um von dort aus direkt nach London zu fahren.

Obwohl wir, wie in Bradshaws Kursbuch angegeben, pünktlich um vier Minuten nach sieben eintrafen, mussten wir entsetzlich lange auf den elenden Zug warten. Es war es jämmerlich kalt und schon nach ein paar Augenblicken in der bitteren Kälte waren wir bis auf die Knochen durchgefroren. Am anderen Ende des Bahnsteigs schien es derweil einige Aufregung zu geben, weil irgendein – offenbar geistig verwirrter – Zeitgenosse es allem Anschein nach für eine gute Idee hielt, einen Spaziergang auf den Schienen zu machen. Als der Zug dann ohnehin schon verspätet ankam, wurde er noch zusätzlich wegen dieses Lebensmüden aufgehalten. Elf Minuten und dreizehn Sekunden Verspätung, die wir ebenso gut drinnen in wohliger Wärme hätten verbringen können.

Irgendwie wurde die Sache schließlich geregelt oder wohl eher vertuscht. Ich kann nicht mit Sicherheit sagen, wie das Ganze ausging, denn trotz der späten Stunde hatten sich erstaunlich viele Leute auf dem Bahnsteig eingefunden und versperrten mir die Sicht. Wahrscheinlich wollten sie alle rasch noch nach Hause zu ihren Familien, bevor der Weihnachtstag anbrach.

Als wir endlich in den Zug einsteigen konnten, ließ ich es mir jedoch nicht nehmen, den Schaffner zu fragen, was denn eigentlich genau passiert war.

„So etwas ist mir in meiner gesamten Laufbahn noch nicht untergekommen", sagte der. „Dieser Kerl war wohl nicht ganz bei Trost. Er wühlte im Dreck herum und faselte die ganze Zeit irgendwas von Proben, die er für sein Buch braucht. So einen Quatsch hab ich im Leben noch nicht gehört!"

„Gemeingefährlich", sagte ich, während er uns in das letzte freie Abteil führte. „Wozu haben wir denn die Anstalten, wenn wir die Verrückten trotzdem frei herumlaufen lassen?"

Darauf wusste er auch keine Antwort und verließ uns, während er darüber grübelte, was bloß aus der Welt geworden war.

Auf Zugreisen, egal ob kurz oder lang, habe ich schon immer die Ruhe eines Privatabteils bevorzugt. Man kann nicht vorsichtig genug sein bei all den verwirrten Gemütern da draußen. Unser auf den Schienen spazierender Freund hatte es ja gerade erst wieder bewiesen.

Umso unangenehmer war meine Überraschung, als ich mit Violets sperrigen Reisekoffern und meiner eigenen kleinen Reisetasche – meine Frau schwatzte unterdessen mit einer anderen Dame – unser

Abteil betrat und dort einen großgewachsenen, dürren Kerl auf einem der Plätze sitzen sah. Aber was heißt *ein* Platz? Es ist zwar eigentlich üblich, sich auf einen Platz zu beschränken, aber dieser Flegel hatte sich derart breitgemacht, dass er auch den gegenüberliegenden Sitz mit in Beschlag nahm. Seine langen Beine waren extrem hinderlich und ich brauchte mehrere Anläufe, bis ich die Koffer meiner Frau endlich ins Gepäcknetz gewuchtet hatte. Wie jemand, dem eine anständige Mahlzeit offensichtlich gutgetan hätte, derart viel Raum in Anspruch nehmen konnte, ist mir ein Rätsel.

Die ganze Zeit über quollen Wolken übelriechenden Rauches unter seiner Stoffmütze hervor, welche er tief in die Stirn gezogen hatte. „Dies ist ein Nichtraucherabteil, mein Herr", informierte ich ihn, nachdem ich mich auf meinem Platz niedergelassen hatte, von dem er dann doch freundlicherweise seine Füße heruntergenommen hatte.

Als Antwort auf meinen Hinweis kam mir jedoch nur eine weitere Rauchwolke entgegen.

Jetzt, da die Gefahr vorbei war, mir mit ihrem schweren Gepäck helfen zu müssen, gesellte sich meine Frau zu uns. Das verstärkte meinen Verdruss über unseren Reisegefährten, denn – eine Frechheit! – der Mann seufzte bei ihrem Eintreten theatralisch auf und murmelte undeutlich irgendetwas über unerträgliche Anwandlungen des schönen Geschlechts.

Ich wollte eben etwas zu Violets Verteidigung sagen, als der Kerl sein Schweigen brach.

„Mein Beileid zum Verlust Ihres Vaters."

„Oh, vielen … meine Güte! Woher wissen Sie davon?" Mein Trauerflor war schließlich unter meinem Mantel verborgen.

Als wären diese unheimlichen Kenntnisse meiner persönlichen Umstände nicht genug, lachte er statt einer Antwort nur leise in sich hinein.

„Sherlock Holmes!", rief ich aus, denn jetzt hatte er den Kopf gehoben und diese markanten Gesichtszüge waren unverkennbar. „Ich hätte nicht gedacht, dass ich Sie in diesem Leben noch einmal wiedersehe!"

Wenn ich ehrlich bin, hatte ich es auch nicht gehofft. Nicht, seit mir bewusst geworden war, was ich einem armen, naiven Invaliden angetan hatte, der dringend Frieden und Normalität benötigte, um seine angeschlagene Gesundheit wiederherzustellen. Es ist ja verständlich, dass sich der Doktor für solch einen faszinierenden Burschen mit derart überragendem Intellekt interessierte, aber ständig dieser Gesellschaft ausgesetzt zu sein, war etwas ganz anderes. Natürlich wusste ich, dass Dr. Watson dringend jemanden brauchte, mit dem er sich die Miete teilen konnte, und natürlich hatte ich ihn angemessen vorgewarnt. Aber wie hätte man dem armen Mann das wahre Ausmaß des ihn erwartenden Wahnsinns begreiflich machen können, solange er nicht tatsächlich mit Holmes zusammenwohnte? Niemand verdient es, auf so engem Raum mit einem Mann zu leben, der im Namen der Wissenschaft auf Leichen einschlägt und menschliche Gefühle mit Verachtung straft. Wenn ich daran dachte, welche schrecklichen Dinge Dr. Watson in der Gesellschaft dieses Mannes vermutlich ertragen musste ... nun, ich wand mich innerlich vor schlechtem Gewissen.

Ich war mir sicher, dass der Doktor, so verzweifelt er auch gewesen sein mochte, meinen Namen noch Jahre später verfluchte.

„Das hätte ich auch nicht gedacht", sagte Holmes – lag da etwa eine Spur von Aufrichtigkeit in seiner Stimme?

Gleich darauf folgte der nächste Schock dieses Abends, als Mr. Sherlock Holmes meine Hand ergriff und mir ein warmes Lächeln schenkte – eine für seine Verhältnisse geradezu überschwängliche Begrüßung. Solche Herzlichkeit war das letzte, was man von einer so gefühllosen Persönlichkeit erwarten konnte. Was um alles in der Welt sollte das?

„Wie ich sehe, haben Sie immer noch Ihre alten Tricks auf Lager. Weiß der Teufel, wie Sie das machen", stellte ich fest. „Aber ja, Sie haben recht. Mein Vater ist gestorben, und meine Frau und ich sind auf dem Weg nach London, um seinen Nachlass zu regeln."

„Der Teufel hat nichts damit zu tun, Stamford. Was Ihnen wie Hexerei vorkam, war schlicht beobachtet: Ich sah, wie Sie sich den linken Schnürsenkel gebunden haben und dass Sie heute Morgen beim Rasieren ein ziemliches Gemetzel veranstaltet haben."

„Natürlich", sagte ich und ließ ihn in seinem Größenwahn.

Dann stellte ich ihm Violet vor und schon bei der bloßen Erwähnung meiner Heirat huschte ein spöttisches Lächeln über sein Gesicht.

Nun, er hatte sich nie viel aus Frauen gemacht. Es überraschte mich nicht, dass er immer noch allein war, dass er keinen Ehering am

Finger trug und wahrscheinlich keinen einzigen Freund auf der Welt hatte. Nicht, dass der Sherlock Holmes, an den ich mich erinnerte, jemals großen Wert auf Freundschaften gelegt hätte. Er war einfach der Typ Mensch, den man für seinen außergewöhnlichen Verstand bewunderte, der aber seine Mitmenschen dermaßen auf Abstand hielt und diese mit solcher Gleichgültigkeit betrachtete, dass es unmöglich war, längere Zeit mit ihm auszukommen. Ihm fehlte das, was einen Freund ausmachte, denn wer könnte sich wohl für eine solch kaltherzige Denkmaschine erwärmen?

„Sagen Sie, wo haben Sie all die Jahre über gesteckt? Wir haben uns immer gefragt, was Sie mit solch ... unkonventionellen Interessen wohl aus Ihrem Leben machen würden."

Holmes brummte amüsiert. „Ich habe einen absolut einzigartigen Beruf ergriffen. Tatsächlich bin ich weltweit der Einzige, der ihn ausübt."

Ja, du bist tatsächlich einzigartig, Holmes, du blasierter, arroganter ...

„Oh, nun spannen Sie uns nicht so auf die Folter", mischte sich Violet ein. „Was genau tun Sie, Mr. Holmes?"

Holmes beugte sich vor und drückte seine Zigarette an der Fensterscheibe aus. Nicht ohne Stolz verkündete er, dass er ein „beratender Privatdetektiv" sei, und betonte dabei besonders seine Unabhängigkeit von, man höre und staune, diesen „Tölpeln" von Scotland Yard. Angesichts dieser selbstherrlichen Aussage zog ich eine Augenbraue hoch. Der Mann bemerkte meine Geste und rümpfte missbilligend die Nase.

„Ein Detektiv? Kommen Sie, Sir. Sie machen sich über uns lustig!" Es war nicht so verletzend gemeint, wie es klang, doch seine altbekannte Arroganz schien nur schlimmer geworden zu sein.

„Sie können getrost davon ausgehen, dass ich nicht scherze", gab er zurück und verschränkte etwas beleidigt die Arme. „Ich habe mir meinen Beruf selbst erschaffen und es darin zu einigem gebracht, wenn man meinem treuen Chronisten glauben möchte. Auch wenn er manchmal etwas übertreibt", fügte er hinzu und seine Augen leuchteten auf, als er diesen vermeintlichen Chronisten erwähnte.

Das konnte ich nun wirklich nicht glauben. Wer würde es denn bitte freiwillig auf sich nehmen, die Biografie des Sherlock Holmes zu schreiben?

„Also ehrlich, Sir. Sie übertreiben maßlos! Was haben Sie denn schon geleistet, womit Sie das verdient hätten?" Von all den Antworten, die er mir hätte geben können, um seine Behauptung zu bekräftigen, überraschte mich seine tatsächliche Erwiderung am meisten.

„Nichts." Dann fuhr er gewohnt überheblich fort: „Mein Erfolg basiert lediglich auf schlichter Kombinationsgabe, die dem sonst so überragenden Verstand der Experten abgeht. Ich habe nicht mehr getan, als mich auf eine gesunde Portion Logik und Vorstellungskraft zu verlassen. Tatsächlich rege ich bei Scotland Yard immer wieder an, meine Methoden zu übernehmen, aber dort haben sie große Schwierigkeiten, das zu begreifen."

„Wenn das alles so simpel ist, wie Sie sagen, warum zum Teufel sollte sich dann jemand die Mühe machen, von Ihren Heldentaten zu berichten?"

„Oh, nicht doch, Liebling. Bitte entschuldigen Sie, mein Mann ist furchtbar unhöflich. Sicher haben Sie einige wichtige Fälle gelöst, Mr. Holmes?"

„Einige waren von großer Bedeutung, ja, doch ich bevorzuge die abwegigeren Fälle, und für diese interessieren sich häufig weder Scotland Yard noch die Reporter."

Ich hatte langsam den Eindruck, dass dies nur Hirngespinste waren, die einer tief verwurzelten Selbstsucht entsprangen, und gerade wollte ich dies sagen, als ein weiterer Mann ins Abteil hereinplatzte und einen Schwall eisiger Luft mit sich brachte.

Es war ein gutaussehender Kerl, mittelgroß und mittelschwer, mit blondem Haar und Schnauzbart. Sein Auftreten deutete auf ein freundliches Gemüt hin. Denn obwohl ihn offenbar ein Hinken behinderte und er sich zudem mit zwei prall gefüllten Koffern und einer Arzttasche abmühte, bewahrte er dennoch sein liebenswürdiges Lächeln. Er kam mir seltsam bekannt vor, aber ich konnte mich weder erinnern, wer er war, noch hatte ich eine Idee, wo wir uns schon einmal über den Weg gelaufen sein könnten.

„Tut mir furchtbar leid", sagte er, als er die Taschen mühsam ins Gepäcknetz wuchtete. Für ihn war das vermutlich noch anstrengender als vorhin für mich.

Er seufzte schwer und ließ sich neben dem beratenden Detektiv nieder, der gerade dabei war, sich eine aus der Manteltasche gezogene Pfeife anzuzünden.

„Ich nehme an, der Lokführer war ein wenig verärgert?", sagte Holmes, während er mit dem Streichholz hantierte.

„Mein lieber Freund, er war außer sich!"

„Wie unvernünftig von ihm."

„Keine Sorge, es ist jetzt alles geklärt. Wobei ich Sie wohl besser warnen sollte: Er hat gedroht, seinen dreibeinigen Hund auf uns zu hetzen, wenn er einen von uns noch einmal auf den Schienen erwischt."

Der Anstand verbietet mir, Holmes' Reaktion darauf hier wiederzugeben.

„Ich glaube", sagte Holmes und wandte sich wieder mir zu, „Sie kennen bereits meinen Freund, Kollegen und neuerdings auch Chronisten Dr. John Watson. Doktor, Sie erinnern sich doch noch an Stamford, oder?"

Er musterte mich etwas genauer und dann glomm der Funke des Erkennens in seinen bemerkenswert blauen Augen auf. Bei unserem letzten Treffen hatten sie eindeutig trüber gewirkt, aber es stimmte – dies war der Armeearzt im Ruhestand, den ich Holmes vor Jahren vorgestellt hatte. Watson hatte sich enorm verändert: Das zerrüttete, hagere Nervenbündel gab es nicht mehr, und sein einst so ausgezehrtes Gesicht strahlte nun vor Gesundheit. Er hatte etwas zugenommen, was ebenfalls zeigte, dass es ihm gut ging, und die trübsinnige Stimmung, die er an jenem Tag in der Criterion-Bar ausgestrahlt hatte, war einer spürbaren Lebensfreude gewichen.

Wie er dies ausgerechnet in der Gesellschaft des einzigen beratenden Detektivs der Welt geschafft hatte, ist und bleibt mir unbegreiflich.

Auch wenn es unhöflich sein mochte, so siegte doch meine Neugier. „Sie nehmen es mir nicht übel, dass ich Sie damals Holmes vorgestellt habe?", wagte ich zu fragen, während ich seine Hand ergriff. Zu meinem Erstaunen lachte Watson nur über diese, wie mir schien, durchaus berechtigte Frage und schüttelte meine Hand noch herzlicher.

„Das muss Ihre reizende Frau sein", sagte er und deutete auf Violet. Schon immer hatte der Doktor sehr gute Manieren gehabt, was man dagegen von dem anderen Mitreisenden nicht gerade sagen konnte.

Dieser rauchte schweigend, offenbar ermüdet von der Anstrengung, sich herabzulassen und mit uns Sterblichen zu reden.

In den folgenden Stunden unterhielten wir uns sehr angeregt, bis das Gespräch wieder auf Holmes' Beschäftigung zurückkam. Ich gebe zu, dass uns Watson mit den Geschichten über die ungewöhnlichen Fälle seines Freundes fesselte; er war eindeutig ein begnadeter Erzähler. Nur Holmes fiel es schwer, nicht hin und wieder die Augen zu verdrehen oder eben jene romantischen Ausschmückungen zu kritisieren, die für uns die Geschichten erst richtig interessant und lebendig machten. Dennoch schien es Momente zu geben, in denen der Anflug eines Lächelns hinter der entsetzlichen Pfeife zu erkennen war, auch wenn ich es zunächst für die herablassend spöttische Belustigung eines Genies hielt, das vor einem Publikum präsentiert wird.

Um Punkt Mitternacht fuhr der Zug in der Euston Station ein.

„Frohe Weihnachten, Holmes", sagte der Doktor zu seinem Freund und klopfte ihm herzlich aufs Knie.

„Bah!" Das war alles, was er dafür erntete, wobei diese griesgrämige Antwort ihm nichts auszumachen schien.

„Was ist los mit ihm?", erkundigte ich mich, während ich mein Gepäck herunterzerrte. Watson war aufgestanden, um mir dabei zu helfen. Er ließ sich nicht davon abbringen, auch wenn sein Bein ihm heftige Schmerzen zu bereiten schien.

„Ach", sagte er ungerührt. „Es macht ihm zu schaffen, dass sich die Übeltäter um diese Jahreszeit auf kleinere Vergehen beschränken."

Wahnsinn ist scheinbar ansteckend.

Als wir auf dem Bahnsteig angekommen waren, nahm Watson mich beiseite und bedankte sich dafür, dass ich die beiden damals zufällig einander vorgestellt hatte. Der Krieg in Afghanistan hatte ihn, so sagte er, stärker mitgenommen, als ihm anfangs bewusst war, und er wüsste nicht, wie er sonst die Zeit danach überlebt hätte.

Vieles lag unausgesprochen in der Luft und ich muss gestehen, ich war froh, dass Holmes genau in diesem Moment aus dem Zug stieg und neben mich trat, denn so hatte Watson keine Gelegenheit mehr, diesen bedrückenden Gedanken zum Abschluss zu bringen. Holmes machte eine spitze Bemerkung darüber, dass er unseren angeregten Abend nun wohl oder übel beenden müsse und täuschte ein Gähnen vor, um seiner grenzenlosen Langeweile Nachdruck zu verleihen. Der Doktor ließ sich daraufhin lang und breit über Holmes' schreckliche Schlafgewohnheiten aus und bald darauf verabschiedeten wir uns, nachdem wir uns alle vier wahrhaft freundschaftlich die Hände geschüttelt hatten.

Wie ich bereits zu Beginn dieser weitschweifigen Erzählung erwähnte, ging ich, nachdem der Doktor und dieser unausstehliche Detektiv sich verabschiedet hatten, fest davon aus, dass das Ganze nichts weiter als ein (überwiegend) angenehmer Abend gewesen war, an dem man mit alten Bekannten in alten Geschichten geschwelgt hatte. Es schien nur ein willkommener Weg gewesen zu sein, eine unangenehme Reise erträglich zu machen. Und dann steckte ich die Hand in meine Tasche und fand darin etwas völlig Unerwartetes.

Es war eine zusammengerollte Ausgabe einer Zeitschrift namens *Beeton's Christmas Annual*.

Auf der Titelseite befand sich eine großformatige Anzeige für die darin enthaltene Geschichte von einem gewissen A. C. Doyle, dem Literaturagenten von Dr. med. John H. Watson. Die Geschichte selbst war mit einer Notiz in energischer Handschrift versehen. Der Inhalt war kurz und präzise, und für einen Moment blieb ich wie angewurzelt stehen und starrte etwas benommen auf die Worte, die ich bereits oft genug gelesen hatte, um sie dem Gedächtnis zu überantworten. Ich erkannte einen Bruchteil dessen, was der Doktor vor all den Jahren in dem selbstgefälligen Studenten im Labor erkannt haben musste, der mit seinem Hämoglobin-Experiment angab.

Ich ergriff Violets Arm, las die Notiz ein letztes Mal und bevor wir in die wartende Kutsche einstiegen, flüsterte ich in die Leere der klaren Winternacht: „Frohe Weihnachten."

Stamford,

betrachten Sie dies als Weihnachtsgeschenk. Wenn mich nicht alles täuscht, werden Sie es zu gegebener Zeit als ehrliches Zeichen unser beider Wertschätzung anerkennen. Vielen Dank, dass Sie zwei verlorene Seelen gerettet haben.

S.H.

Die *Mond*-Explosion
von Scott Varnham
Slough, Großbritannien

Im Jahre 1897 wurden Sherlock Holmes und ich bei dem Fall eines Schiffes namens *Mond* um Hilfe gebeten. Einige Details der Geschichte werden für Freunde der Kombinationskunst sicher von Interesse sein. Nachdem wir den *Abbey Grange*-Fall abgeschlossen hatten, wiegte mich mein Freund mit einer seiner Geigenkompositionen in den Schlaf. Gerade als ich einschlummerte, wurden meine sanften Träume jäh unterbrochen, als jemand die 17 Stufen zu unserer Wohnung in der Baker Street lautstark heraufstapfte. Unser alter Freund Inspektor Lestrade riss die Tür auf und stürmte herein.

„Bitte, Lestrade, nehmen Sie Platz. Sie hatten immerhin einen langen Weg von den Docks und so früh am Morgen haben Sie sicher keine Droschke bekommen. Ich nehme an, die Bewegung hat Ihnen gutgetan!", bemerkte mein Freund.

„Ach, kommen Sie, Holmes! Wie können Sie wissen, dass ich bei den Docks war?" Lestrade konnte seine Überraschung angesichts dieser beiläufig vorgebrachten Schlussfolgerung meines Freundes nicht verbergen.

„Ganz einfach. Wenn an einem kalten Londoner Morgen ein schweißgebadeter Mann hier auftaucht, weiß ich, dass er unter großer Anstrengung einen weiten Weg zurückgelegt haben muss, um zu mir zu gelangen. Und wenn von ihm dann auch noch der eindeutige Geruch von Meeresluft ausgeht, Lestrade, dann ist unschwer zu erkennen, woher Sie gekommen sind." Holmes lehnte sich zurück und ließ Lestrade Zeit, diese Schlussfolgerung sacken zu lassen.

Lestrade warf mir daraufhin einen süffisanten Blick zu. „Nichts einfacher als das!" Holmes und ich hatten diesen altbekannten Dialog schon viele Male geführt und verdrehten nur die Augen. Lestrade setzte sich und kam endlich zur Sache.

„Vor zwei Tagen erhielten wir bei Scotland Yard ein Telegramm, welches von seltsamen Geschehnissen an Bord eines Dampfers namens *Mond* berichtete. Dieser hatte kurz zuvor in Neufundland abgelegt und war auf dem Weg zu den Londoner Docks.

Der Maschinist war wohl erkrankt, nachdem er eines Morgens entdeckt hatte, dass die Wände im Maschinenraum über und über mit einer merkwürdigen, weißen Substanz bedeckt waren. Diese wurde entfernt, doch am nächsten Morgen fand man noch mehr davon vor. Es hatte zudem über Nacht eine Anzahl von kleineren Diebstählen gegeben. Offenbar hatte man einen Tag vor dem Telegramm erfolglos versucht, dem Übeltäter eine Falle zu stellen."

An diesem Punkt unterbrach ihn Holmes: „Könnte ich das Telegramm sehen?" Lestrade fischte ein zerknittertes Stück Papier aus seiner Tasche und reichte es meinem Freund, der es sich kurz anschaute. Er strich mit den Fingern vorsichtig über das Blatt und legte es dann auf den Schreibtisch, um es später zu untersuchen. „Bitte fahren Sie fort."

„Nun, abgesehen von dem Zeug im Maschinenraum erschien nichts ungewöhnlich. Heute Morgen bin ich mit ein paar Männern zu den Docks hinuntergefahren, um zu warten, bis das Schiff anlegt. Wir wollten uns die Aussagen von ein paar Passagieren geben lassen und vielleicht den einen oder anderen von ihnen durchsuchen, sofern uns jemand verdächtig erschien."

„Aber wenn ich es richtig verstehe, ist das Schiff niemals angekommen?" Holmes wandte sich von dem gewissenhaften Polizisten ab und suchte nach seinem persischen Pantoffel. Ich saß zwar darauf, sagte jedoch nichts.

„Oh doch, es kam an. Wir sahen sogar noch, wie das Schiff einlief, Mr. Holmes. Und dann explodierte es." Holmes fuhr so schnell herum, wie ich es bei ihm noch nie gesehen hatte.

„Wie bitte?"

„Ja, Sir, es explodierte. Es tuckerte fröhlich in den Hafen, ging dann plötzlich in Flammen auf und bekam Schlagseite." Diese Wendung traf Holmes offensichtlich unerwartet, also holte ich vorsichtig seinen Pantoffel hervor und ließ ihn zu Boden fallen. Er sah es natürlich sofort und bedeutete mir, ihn ihm zu reichen. Das tat ich, während er Lestrade weitere Fragen stellte.

„Schreckliche Geschichte. Gab es Überlebende?"

„Wir konnten keine entdecken. Es waren ohnehin nicht viele Leute an Bord, nur die notwendigste Stammbesatzung und ein oder zwei Passagiere, die nach einer billigen Überfahrt aus den Kolonien gesucht hatten. Wir sind ratlos. Wer könnte aus so etwas Gewinn schlagen?"

„Das habe ich mich auch gefragt. Es sollte leicht zu überprüfen sein. Vielleicht hat ein Ladungsverzeichnis die Explosion überstanden. Hatten Sie schon die Gelegenheit, das Schiff gründlich zu untersuchen?" Lestrade verzog das Gesicht zu einem halben Lächeln, was für ihn äußerst ungewöhnlich war.

„Nein, ich bin direkt zu Ihnen gekommen. Ich weiß doch, wie viel Ihnen daran liegt, die Spuren zu untersuchen, solange sie noch frisch sind."

„So ist es. Es ist merkwürdig, Lestrade, aber möglicherweise haben Sie mir Rätsel und Lösung in ein- und derselben Geschichte geliefert." Holmes lehnte sich lächelnd zurück und ließ seine Bemerkung nachwirken.

„Also bitte, Sir, keine Spielchen! Immerhin sind Menschen ums Leben gekommen!"

Holmes' Verhalten schlug innerhalb von Sekunden um. Es lag nun ein zutiefst betrübter Ausdruck auf seinem Gesicht, welches allmählich die Zeichen seines fortschreitenden Alters erkennen ließ.

„Glauben Sie mir: Wenn ich etwas sage, meine ich das auch so. Ich habe schon eine vorläufige Theorie, brauche jedoch Zeit, um sie zu überprüfen. Ich muss zum Schiff und mich dort umsehen."

„Perfekt!", rief Lestrade aus. „Genau das wollte ich gerade vorschlagen! Sollen wir uns gleich auf den Weg machen?"

Holmes warf mir einen unauffälligen Blick zu. Ich nickte zustimmend.

„Wenn Ihre Untersuchung nur auf mich wartet, sollten wir keine Zeit verlieren. Watson! Holen Sie Ihren Armeerevolver. Wir werden ihn wahrscheinlich nicht brauchen, aber besser, man ist vorbereitet, nicht wahr? Aha, ich sehe, Sie haben ihn schon." Er rief nach unserer Wirtin mit der lauten, jedoch wohlklingenden Stimme, die sie inzwischen so gut kannte. „Mrs. Hudson? Bitte rufen Sie uns doch eine Droschke, und zwar so schnell wie möglich!"

So trafen wir kurz darauf an den Docks ein. Die Nachricht von dem schrecklichen Ereignis hatte offenbar schnell die Runde gemacht, und so mussten wir uns erst durch eine Meute von Schaulustigen drängen, um in die Nähe des Schiffes zu gelangen. Als wir die Menschenmasse hinter uns gelassen hatten, führte Lestrade uns zum Wrack. Der Dampfer war weitestgehend intakt, denn die Explosion

– obwohl heftig – beschränkte sich auf einen Teil des Schiffs, und die Feuerwehr war rasch eingeschritten. Dadurch konnte Holmes sich kurz an Bord umsehen, auch wenn wir uns an manchen Stellen vorsichtig bewegen mussten. Ein paar Sanitäter kamen uns mit Tragen entgegen, auf denen sie die Leichen vom Schiff transportierten. Ich unterhielt mich mit ihnen über die Art der Verletzungen, während Holmes und Lestrade schon weitergingen. Sie bestätigten, dass die meisten Leichen großflächige Verbrennungen aufwiesen, wobei der Mann auf der Trage dieser Sanitäter zusätzlich eine Wunde am Hinterkopf hatte, die auf einen Schlag mit einem Metallrohr schließen ließ. Ich versprach, Lestrade darüber zu informieren, der hiervon aufgrund seines Aufenthaltes bei uns noch nichts wusste. Ich erwies dem Opfer die letzte Ehre und eilte dann weiter, um meine Freunde zu suchen.

Ich fand Holmes und Lestrade im Maschinenraum, welcher offensichtlich am stärksten von der Explosion betroffen war. Der Raum war ein einziges Chaos: Die Maschine war völlig zerstört und würde nie wieder laufen, die Wände waren vollkommen verkohlt und das gesamte Mobiliar lag zertrümmert auf dem Boden. Holmes stand in der Mitte des Raumes zusammen mit Lestrade und einem weiteren Polizisten, welcher gerade Lestrades Fragen beantwortete. Holmes bemerkte mich aus dem Augenwinkel.

„Ah, Watson. Kommen Sie herein. Constable Harrison hier erzählte uns gerade, dass ein Überlebender gefunden wurde. Er steht unter Schock und ist noch in Behandlung, aber es sollte ihm bald besser gehen. Haben Sie etwas Interessantes herausfinden können?"

„Einer der Sanitäter, mit denen ich draußen sprach, hat ein Opfer gefunden, das neben den Verbrennungen einen eingeschlagenen Schädel aufwies. Wobei ihm Letzteres sicher zuerst zugefügt worden ist."

„Natürlich geschah das zuerst, Watson. Es gibt ja keinen Grund, ihn zu erschlagen, nachdem er bereits verbrannt ist. Andererseits sind Spekulationen ohne nähere Informationen immer sehr leichtsinnig. Wir müssen den Bericht des Gerichtsmediziners abwarten, bevor wir uns ein abschließendes Urteil bilden." Ich nahm mir vor, mich in ein paar Tagen nach dem mutmaßlichen Mordopfer zu erkundigen, sollte Holmes es vergessen.

Lestrade gab dem Polizisten noch einige Anweisungen, bevor er ging und uns unseren Ermittlungen überließ.

„Sind Sie bereits auf Hinweise gestoßen, Holmes?", fragte ich, obwohl ich annahm, dass er noch nichts gefunden hatte. Damit lag ich offenbar richtig.

„Noch nicht, Watson. Der Constable hat uns aufgehalten. Das Explosionszentrum war eindeutig in diesem Raum. Schauen wir mal, ob wir hier etwas herausfinden, dass uns weiter bringt."

Wir begannen also, uns nach Hinweisen zur Ursache dieser furchtbaren Ereignisse umzusehen. Ich hatte das vage Gefühl, dass Lestrade und ich nichts Bedeutsames entdecken würden, da nur Holmes wusste, wonach er suchte. Ich bemühte mich trotzdem, etwas zu finden, das uns weiterhelfen könnte, aber der Raum enthielt nur wenig und kaum etwas davon war unversehrt. Daher war es keine Überraschung, dass Holmes als Erster etwas fand. Plötzlich hörten wir ihn aus der Ecke, die er gerade untersuchte, laut aufrufen. Wir eilten zu ihm, um zu sehen, was er gefunden hatte.

„Was gibt es, Holmes?", rief ich etwas frustriert. Man hört irgendwann auf, jedes Mal überrascht zu sein, wenn der klügere Freund einen in seinem Fachgebiet übertrifft.

„Ah, Gentlemen. Schauen Sie, an dieser Wand hier befinden sich kleine Rückstände der merkwürdigen Substanz, die im Telegramm an Lestrade erwähnt wurden. Offenbar hat das Feuer sie nicht ganz verbrannt. Es ist an der Zeit, mit Ihrem Überlebenden zu reden, Lestrade!"

Damit verließen wir das Schiff und machten uns auf den Weg, um mit dem einzigen Überlebenden der *Mond* zu sprechen. Es handelte sich um einen jungen Mann namens Jack, der sich im nahegelegenen Krankenhaus von seinem Schock erholte. Wir riefen uns eine Droschke und waren zwanzig Minuten später dort. Nach unserer Ankunft begleitete man uns zu dem jungen Mann. Er erwies sich als kräftig gebauter Bursche von etwa zwanzig Jahren und gehörte ohne Zweifel zu den jüngeren Mannschaftsmitgliedern.

„Jack, nicht wahr? Ihnen geht es ziemlich gut, wenn man bedenkt, was Sie mitgemacht haben. Können Sie uns erzählen, wie Sie dieses Unglück überlebt haben?", versuchte Holmes ihn aus der Reserve zu locken.

„Na ja, Sir, es war so: Ich hab in meinem ganzen Leben noch nie viel Glück gehabt, also wollte ich unbedingt nochmal ganz von vorn anfangen. Ich hab mich für die Fahrt drüben in Neufundland eingeschrieben, in der Hoffnung, ich könnte in London Arbeit finden. Wie ich herkomme, war mir egal, also hab ich die schlecht bezahlte Arbeit angenommen, das Schiff sauber zu halten. In der zweiten Nacht hörten wir einen Schrei aus dem Maschinenraum. Wir liefen schnell hin und sahen, wie der Maschinist die Tür zumachte und etwas von Geistern und Ektoplasma an den Wänden faselte. Wir konnten einen flüchtigen Blick in den Raum werfen, aber unser Maschinist war ein herrschsüchtiger Kerl. Wenn der sagte, wir sollen dort nicht herumlungern, glauben Sie mir, dann gehorchten wir ihm. Er kriegte sich kurz danach wieder ein und kratzte zusammen mit seinem Assistenten das Zeug von den Wänden. Aber Teufel noch eins, am nächsten Tag war da noch mehr als vorher!"

„Einen Moment! Wer hatte alles Zutritt zum Maschinenraum, wenn sich weder der Maschinist noch sein Assistent darin aufhielten?", unterbrach ihn Holmes.

„Nun ja, theoretisch niemand, aber der Raum ist unverschlossen, falls bei einem Notfall der Maschinist gerade nicht in der Nähe ist und jemand an die Maschine muss. Ich schätze, jeder hätte reingehen können, wenn der nicht da war." Er schaute Holmes an, als ob er eine weitere Frage erwartete, und wurde nicht enttäuscht.

„Ich denke, wenn wir anfangen, Geistern oder dergleichen nachzujagen, kommen wir vom eigentlichen Kern des Problems ab. Sehen Sie, jedes Verbrechen braucht einen, der es begeht. Dieses hier bildet da keine Ausnahme. Bitte fahren Sie mit Ihrer Geschichte fort, aber versuchen Sie den … sensationsheischenden Teil wegzulassen."

„Das sollte ich hinbekommen, Mr. Holmes." Der Junge trank einen Schluck Wasser, bevor er fortfuhr. „Abgesehen davon war alles ziemlich ruhig. Es gab ein paar kleinere Diebstähle, aber nichts Großes. Alles lief gut, bis wir in den Hafen einliefen. Ich stand an Deck und atmete zum ersten Mal englische Luft. Ich hörte was, das klang, als würden zwei Männer in der Nähe des Maschinenraums laut streiten. Das nächste, woran ich mich erinnere, ist eine riesige Explosion direkt neben mir. Die Wucht hat mich über Bord geschleudert und ich muss wohl auf dem Pier gelandet sein oder so. Ich denke, wenn's drauf ankommt, bin ich eben doch ein Glückspilz. Dann bin ich hier aufgewacht."

Holmes bedankte sich bei dem Jungen und wir verabschiedeten uns. Wir verließen das Krankenhaus und riefen eine Droschke. Lestrade konnte seine Neugier nicht länger zügeln.

„Was ist denn nun, Holmes? Sind Sie unserem Mann auf der Spur?"

„Ich weiß genau, wer es getan hat, Lestrade. Ich muss nur noch ein paar wesentliche Details klären. Ich werde um sieben zurück in der Baker Street sein. Watson, fahren Sie schon mal vor und warten Sie dort auf mich. Die Orte, die ich jetzt aufsuchen muss, sind nichts für zartbesaitete Männer wie Sie."

Bei diesen letzten Worten lächelte er uns schief an und nahm kurzerhand die von uns gerufene Droschke für sich in Beschlag. Lestrade hatte andere Pflichten zu erfüllen, also trennten sich auch unsere Wege und ich fuhr nach Hause, um ein bisschen Schlaf nachzuholen.

Gegen Mittag fühlte ich mich wieder gut erholt. Ich verbrachte den Großteil des Tages damit, meine Aufzeichnungen von alten Fällen zu überarbeiten und Holmes' Kreuzworträtsel in der Zeitung zu lösen; etwas, das ich mir an einem jener Tage angewöhnt hatte, an denen er ein besonders schwieriger Mitbewohner war. Darin war ich immer noch vertieft, als Holmes eintraf. Er eilte die Treppe herauf und der Triumph in seiner Stimme war unverkennbar.

„Gute Nachrichten, Watson!" Er sprang in den Raum, ein kleines Stück Papier in seiner Hand. „Die Polizei hat unseren Mann festgenommen. Ich war vorhin dabei, als der Übeltäter bei Scotland Yard sein Geständnis ablegte. Ich hatte natürlich nichts anderes erwartet."

Ich nahm ihm das Telegramm ab und las es. „,Holmes. Maschinist ist unser Mann. Fanden ihn im Wirtshaus. Danke für Hinweis. Lestrade.' Der Maschinist? Holmes, was zum Teufel geht hier vor?"

Er lehnte sich in seinem Lieblingssessel zurück.

„Ich habe nicht gelogen, als ich Lestrade sagte, der Fall sei mir von Anfang an klar gewesen, von einigen Details einmal abgesehen. Es war tatsächlich eine böse Geschichte." Ein leicht melancholischer Ton hatte sich in seine Stimme geschlichen, als er begann, seine Vermutungen zusammenzufassen: „Mein erster Hinweis war die Erkenntnis, dass der Maschinist – obwohl er doch durch einen ‚Geist' den Verstand verloren hatte – den Maschinenraum selbst sauber machte. Offenbar wollte er nicht, dass ein anderer außer ihm und seinem Assistenten den Raum betrat. Dieser Assistent war übrigens der junge

Mann, den wir heute kennenlernten. Als ich dies herausgefunden hatte, war der Rest einfach. Die Substanz an den Wänden war Wachs.

Der Assistent holte es aus dem Laderaum in Form des Kerzenvorrats, der dort gelagert wurde. Diese Kerzen schmolz der Maschinist dann ein. Als das Wachs flüssig war, bestrichen die beiden damit die Wände und schalteten über Nacht den Heizkessel ab, so dass das Wachs an den Wänden aushärten konnte. Am nächsten Morgen kratzten sie es ab und bewahrten es in Eimern auf, um den Vorgang mit zusätzlichen Kerzen zu wiederholen, so dass es schneller ging und sie mehr vom Raum bedecken konnten. Dies ging so weiter bis zur letzten Nacht, als sie die Wände mit der bis dahin größten Ladung einstrichen und eine Bombe legten, um das Schiff explodieren zu lassen. Der Maschinist versteckte sich während der Explosion in einem sicheren Bereich und wurde anschließend von seinen an Land befindlichen Freunden auf einer Trage von Bord gebracht. Die Beweise ihres Verbrechens wurden vom Feuer geschmolzen. Ich fand jedoch einige Wachsreste, die den Boden bei den Wänden bedeckten, und dies reichte aus, um meine Vermutungen zu bestätigen."

„Meine Güte! Der Schuft wurde direkt an mir vorbeigetragen! Und ich habe noch für seine Seele gebetet!" Ich ließ meiner Empörung freien Lauf, während mein Freund mit seinem Bericht fortfuhr.

„Grausige Geschichte, Watson. Das Ganze diente nur dazu, einen Mann umzubringen: den Kapitän des Schiffes. Es scheint, der Kapitän war in Amerika ein passionierter Schürzenjäger. Dabei hat er sich unter anderem etwas zu sehr um die Frau des Maschinisten bemüht. Das nahm dieser ihm übel und begann, einen Plan zu schmieden, wie er den Kapitän loswerden konnte. Unser Freund, der Maschinist, ist ein heimtückischer und kaltblütiger Mörder, der den Tod Unbeteiligter billigend in Kauf nahm. Leider ging sein abscheulicher Plan auf."

„Wenigstens wurde er festgenommen. Er wird sich sowohl in diesem als auch im nächsten Leben vor einem Richter verantworten müssen."

„Vielleicht, Watson. Vielleicht." Holmes seufzte schwer und rang um Fassung. „Das Leben geht weiter. Reichen Sie mir meinen Shagtabak. Ich werde eine Pfeife rauchen und dann ziehen wir los und sehen uns im Theater *Wilhelm Tell* an."

Es scheint ratsam, die Geschichte an dieser Stelle enden zu lassen. Und so, geneigter Leser, brachte Holmes einen der schlimmsten Mörder zur Strecke, die ihm in seiner langen Karriere unterkamen – und zwar am selben Tag, an dem das Verbrechen begangen worden war.

Staub im Wind

von Daphne Vertommen

Mechelen, Belgien

Für andere hätte es wie eine übliche englische Morgendämmerung ausgesehen. Für uns – die beiden Gestalten, die über grüne, taufeuchte Felder schritten – enthielt der fast alpine Nebel die Fährte eines neuen und faszinierenden Geheimnisses. Wir hatten seit unserer Ankunft kein Wort gesprochen und verspürten auch nicht das Bedürfnis dazu. Die unausgesprochene Aufregung, an die ich mich im Laufe der Jahre gewöhnt hatte, hing spürbar wie ein leichtes Summen in der Luft und trieb uns beide voran.

Während des Marsches ließ ich meinen Blick einen Moment über die atemberaubende Landschaft schweifen. Um uns herum war nichts als grünes Laub und weitläufiges Heideland und unsere friedliche Einsamkeit wurde lediglich von vereinzelt vorbeilaufenden Hasen unterbrochen. Meine Atmung verlangsamte sich und ich konnte Vogelgezwitscher aus den Tannen hören, die unweit von uns standen. Es schien ein solch friedvoller, ursprünglicher Ort zu sein …

Meine Gedanken wurden von einem lauten „Hier drüben!" unterbrochen und plötzlich stieß ich mit meinem zuvor stillen Begleiter zusammen, der kurz leise auflachte: „Geht es Ihnen gut, Watson?"

„Verzeihen Sie, ich war in Gedanken … und dabei, den Londoner Nebel aus meiner Kehle zu bekommen …"

„Aber verpassen Sie nicht den Anschluss, denn so wie es aussieht, haben wir unser Ziel fast erreicht."

Holmes wies mit ausgestrecktem Arm auf einen Punkt in unmittelbarer Nähe. Ich beugte mich vor und kniff die Augen ein wenig zusammen.

„Aber dort ist nichts."

Seine Mundwinkel zuckten nach oben.

„Ganz genau."

Dann preschte er geradewegs auf den geheimnisvollen Punkt zu, ohne auch nur im Geringsten auf die wunderschöne Umgebung zu achten. Ich schüttelte lächelnd den Kopf, bevor ich ihm auf einen kleinen Hügel folgte, der lediglich zu einer Lichtung inmitten der

Bäume zu führen schien, sowie zu acht beidseitig von robustem Geländer gesäumten Steinstufen, die irgendwie dem Zahn der Zeit standgehalten hatten. Als ich die Terrasse erreichte, untersuchte mein Freund bereits die Relikte des Gebäudes, das hier einst gestanden hatte. Gerade kauerte er vor den Überresten von etwas, das möglicherweise einmal ein offener Kamin gewesen war.

Unabsichtlich stieß ich an einen vergessenen, rostigen Türknauf, woraufhin Holmes sich zu mir umdrehte und mich mit einem äußerst verärgerten Blick bedachte. Im Gegenzug bot ich ihm ein halbherziges Achselzucken als Entschuldigung an und nahm mir vor, mich nun eine Zeit lang ruhig zu verhalten.

Während Holmes seine Untersuchung fortsetzte, bewegte ich mich in die entgegengesetzte Richtung, um die verschiedenen Überreste in Augenschein zu nehmen. Ich fand staubbedeckte Steine und achtlos weggeworfene Graffitidosen, bunte Glasscherben, die einst zu einem Wappen gehört haben mochten, vermoderte Holzstücke, von denen Farbe abblätterte und zu Staub zerfiel, als ich sie berührte. Nun fühlte ich mich tatsächlich zu respektvollem Schweigen verpflichtet, fast als ob wir uns in einer Kirche befunden hätten. Dieser verlassene und vergessene Zufluchtsort schien von der Aura einer geheimnisvollen Geschichte durchdrungen, die mich auf seltsame Weise anzog. Jedwedes Geräusch hätte sich wie Blasphemie angefühlt. Ein Blick über meine Schulter bestätigte, dass sich mein Freund bei seinen Untersuchungen ebenso still verhielt. Es gab nicht viel zu sehen, daher beschloss ich, mich zu setzen und abzuwarten, bis er seine Arbeit beendet hatte. Ich fand bald ein einigermaßen sauberes Plätzchen dort, wo einst die Eingangshalle des Hauses gewesen war, und setzte mich nahe den drei Stufen, die vermuten ließen, dass hier einst eine stabile Holztreppe gestanden hatte.

„Ich verstehe es nicht."

„Hm?"

Ich war wohl eine Weile eingenickt. Es war einige Zeit vergangen und die Sonne hatte es endlich geschafft, durch die Wolken zu dringen. Ihr sanftes Licht verstärkte die verträumten Farben und verwandelte unseren momentanen Aufenthaltsort in ein wunderschönes, dystopisches Gemälde. Ich blickte auf und sah Holmes auf den Steinstufen inmitten dieser wundersam grünen Landschaft sitzen. Seine dunkle Gestalt mit den leicht hochgezogenen Schultern schien ebenso fehl am Platze wie die verblichenen Backsteine des lang vergessenen Hauses. Ich erhob mich von meinem Platz nahe der ehemaligen Treppe, um zu ihm hinüberzugehen, und betrachtete kurz die besorgte Miene meines Freundes, bevor ich meinen Blick über das malerische Grün streifen ließ, das sich vor uns ausbreitete.

„Ich verstehe tatsächlich nicht, warum das passiert ist. Weshalb genau dieses Haus abgerissen wurde. Es ist ein Rätsel, das ich nicht lösen kann. Es ist einfach geschehen und ich begreife nicht, warum." Ich konnte nur mitfühlend die Schultern hochziehen. Hin und wieder kam dies eben noch vor. Nach all den Jahren als Detektiv konnte der große Sherlock Holmes bisweilen immer noch ratlos sein und im Dunkeln tappen, wenn es um diese etwas komplexeren Dinge ging.

„Ich meine ... haben sich die Leute nicht dafür interessiert? Hat es wirklich niemanden gekümmert?"

Ich sah mich erneut um und versuchte mir vorzustellen, wie dieses Haus vor langer Zeit einmal ausgesehen haben mochte. Der sichere Zufluchtsort, den es seinen Bewohnern einst geboten hatte, die schönen Geschichten und Erinnerungen, die nun genauso verloren waren wie das Haus, welches sie entstehen und gedeihen ließ.

„Ich bin mir sicher, dass es einige schon gekümmert hat", sinnierte ich, „aber manchmal reicht es eben nicht, sich nur Sorgen zu machen. Ohne ausreichende Unterstützung lassen sich die Dinge, die man erreichen will, nicht immer bewerkstelligen."

Wir saßen eine Weile schweigend nebeneinander, während er darüber nachzugrübeln schien. Dann begannen die Worte zu sprudeln und nur nach der Eingangsfrage zögerte er kurz: „Verliert ein Gebäude seine Bedeutung, seinen Stellenwert, sobald seine letzten Bewohner verstorben sind?"

Ich konnte nur dasitzen und zuhören, während mein Freund langsam in eine seiner philosophischeren Stimmungen versank.

„Ich meine, hat denn nie jemand das Potenzial dieses Anwesens bedacht? Es hätten so viele wunderbare Veranstaltungen hier stattfinden können. Es hätte ein Ort sein können, an dem die Zeit still steht. Die ursprüngliche Bauweise hätte als Hommage an die allerersten Eigentümer erhalten werden können. Ein privater Rückzugsort, welcher denen, die Ruhe und Abgeschiedenheit suchen, ebendiese hätte bieten können. Oder es hätte ein Museum werden können oder ein Studienzentrum – und hätte damit der Öffentlichkeit zur Verfügung stehen können. Es hätte sogar als Hotel oder als separate Eigentums-wohnungen genutzt werden können, oder sonst irgendetwas. Aber jetzt ist hier einfach ... nichts. Und niemand interessiert sich noch dafür. Keine Bauunternehmer mit großen Plänen, keine Architekturliebhaber oder Abenteurer, die dieses Haus vor der Zerstörung bewahren – nicht ein einziger. Nur eine dicke Schicht Staub und Stille sind geblieben."

Sein letzter Satz war nur noch ein Flüstern, kaum hörbar und wahrscheinlich noch nicht einmal für meine Ohren bestimmt. Die Worte waren ihm wohl nur versehentlich rausgerutscht, aber ich hörte sie dennoch.

„Dies Haus ist nun genauso tot wie sein Besitzer."

Ich konnte nur zustimmend nicken, da ich mir nichts einfiel, was ich hätte hinzufügen können. Der brillante Kopf neben mir hing nun still weiter seinen Gedanken dazu nach und bot sich selbst dabei einen unzweifelhaft höchst interessanten Diskurs. Ich ließ Holmes einige Minuten Zeit, bevor ich mich mit einem lauten Seufzer erhob.

„Wir sollten uns auf den Rückweg machen", erklärte ich. Er sah zu mir auf, wachgerüttelt und nicht länger in seinen Gedanken versunken, und ich sah, wie sich ein leichtes Lächeln auf seinem Gesicht breitmachte.

„Ja ... ja, Sie haben recht. Ich denke, das sollten wir tun."
Und ohne noch einmal zurückzublicken, liefen wir über die Felder, bis wir beide in den Schutz der Bäume eintauchten und leise wie zwei Geister verschwanden. Es war, als wäre nie jemand da gewesen.

Das Familienerbstück

von Jo Lee

Leeds, Großbritannien

Ich habe viele Abenteuer meines guten Freundes Sherlock Holmes aufgezeichnet und ich bin sicher, Sie werden sich an jene schreckliche Geschichte erinnern, in welcher mein Freund dem Anschein nach im Reichenbachfall ein feuchtes Grab fand. Nach diesen Ereignissen sollten drei Jahre vergehen, ehe ich wieder mit ihm vereint war, und in jener Zeit lernte ich einiges, wenngleich ich auch dies dem Mann verdankte, den ich damals für tot hielt.

Bislang habe ich es vermieden, von Vorfällen aus dieser Zeit meines Lebens zu berichten, was zum einen daran lag, dass meine Frau Sorge hatte, dies könne unangenehme Erinnerungen wachrufen und alte Wunden wieder aufreißen, und zum anderen an einem plötzlichen Gefühl der Befangenheit, das mich stets dann überkam, wenn ich mich anschickte, diese zu Papier zu bringen. Immerhin würden sie beweisen, dass ich doch klüger bin, als ich mir zugutegehalten hatte, und ich fürchtete, es könne mir als Wichtigtuerei oder Großspurigkeit ausgelegt werden, dies schwarz auf weiß festzuhalten. Nichtsdestotrotz glaube ich, aus Gründen der Vollständigkeit den Aufzeichnungen über meine Zeit mit Holmes auch diese Geschichte hinzufügen zu müssen.

In den Monaten nach den Ereignissen, über die ich unter dem Titel *Das letzte Problem* berichtet habe, wäre es mir nach dem Hinscheiden des großen Detektivs und seines größten Widersachers, des Erzschurken Mr. James Moriarty, nie in den Sinn gekommen, dass weiterhin Bedarf an den Diensten meines alten Freundes bestehen könnte. Doch an einem Vormittag gegen Ende Juli kam ein älterer Herr zu mir in die Praxis, nicht als Patient, wie er erklärte, sondern als Klient. Er war ein großer Mann mit beginnender Stirnglatze, einem grauen Bart und ebensolchem Anzug, trug eine große Brille mit dicken Gläsern und stellte sich als Mr. Herbert Morrissey vor. Er sagte, er habe einen Fall, der einer Lösung bedürfe, und fragte mich, ob ich eventuell bereit sei, ihm zu helfen, da Mr. Holmes ja bedauerlicherweise nicht mehr zur Verfügung stehe. Ich hatte nur noch einen Termin, und da dieser sich problemlos auf den nächsten Tag verschieben ließ, erklärte ich mich einverstanden, mir seine Geschichte anzuhören und den „Tatort" zu besichtigen, gab jedoch zu bedenken, dass ich wahrscheinlich wenig ausrichten könne. Der Mann war Buchbinder von Beruf. Er lebte allein, bekam jedoch regelmäßig Besuch von seiner Nichte, an der er sehr hing. Als diese in den diversen Bücherstapeln in seinem Haus nach einem speziellen Werk von Jane Austen gesucht hatte, stieß sie zwischen Dickens' *Eine Weihnachtsgeschichte* und Bram Stokers *Dracula* auf einige Münzen, die sorgfältig in Form eines Quadrats angeordnet waren und zusammen die Summe von fünf Schilling und zwei Pence ergaben.

Sie fragte ihren Onkel, warum er an einem so ungewöhnlichen Ort Geld aufbewahrte, woraufhin ihm klar wurde, dass an eben jener Stelle eine dicke Shakespeare-Gesamtausgabe hätte liegen müssen, die in etwa fünf Schilling und zwei Pence wert war. Bei dem Band handelte es sich zwar um eine äußerst seltene Ausgabe, doch er war in einem beklagenswerten Zustand. Nur vierzehn Fäden aus drei verschiedenen Materialien hielten Einband und Buchrücken noch zusammen. Auf Seite 312 befand sich ein kreisrunder Fleck, der vom Abdruck einer kleinen Teetasse herrührte, und die Seiten 394 bis 427 waren mit einer unbekannten schwarzen Substanz verklebt, die Flecken an den Fingern hinterließ, wenn man sie voneinander zu lösen versuchte.

Mr. Morrissey war sich bewusst, wie trivial sein Problem erscheinen musste, denn das Buch war ja gewissermaßen bezahlt worden und hatte im Vergleich zu Perlen oder Juwelen einen geringen Wert, weshalb er die Polizei nicht damit behelligen wollte. Er hatte sich jedoch an meine Geschichten über Holmes' Abenteuer und sein tragisches Ende erinnert und daher entschieden, mich um Hilfe zu bitten.

Ich überlegte hin und her, welche Antwort ich Mr. Morrissey geben sollte, während er geduldig auf meine Entscheidung wartete und währenddessen höflich an seinem Tee nippte. Ich stellte mir die Frage, was Holmes davon halten würde, wenn ich jemanden abwies, und gelangte schließlich zu der Überzeugung, dass er vermutlich enttäuscht von mir wäre. „Haben Sie denn nichts von meinen Methoden gelernt?!", hätte er mir vorgehalten. Also erklärte ich mich bereit, meinen neuen Klienten zu seinem Haus im Londoner East End zu begleiten.

Auf dem Weg durch London tat ich mein Bestes, mir möglichst viele Dinge in Erinnerung zu rufen, die Holmes mir erklärt hatte, während unsere Droschke schwankend durch die verwinkelten Gassen holperte. Bei unserer ersten gemeinsamen Tatortbesichtigung (die ich in *Eine Studie in Scharlachrot* beschrieben habe) hatte er mir beigebracht, nach Fußabdrücken und anderen Spuren Ausschau zu halten, sobald man sich dem Gelände näherte. Mit diesem Gedanken im Hinterkopf befahl ich dem Kutscher anzuhalten, als wir Mr. Morrisseys Straße erreichten, damit wir zu Fuß weitergehen konnten. Die Straße war gepflastert, ebenso wie der Pfad zu Mr. Morrisseys Haustür, und es hatte länger nicht geregnet. Nichtsdestotrotz bemerkte ich ein geknicktes Büschel Stiefmütterchen unter dem rechten Erdgeschossfenster seines Hauses. Der Rest des Vorgartens war makellos. Die besagten Blumen befanden sich in einiger Entfernung des Pfades, was mich vermuten ließ, kein Mensch oder Tier könne so weit gesprungen sein, ohne an einer weiteren Stelle im Beet Spuren zu hinterlassen. Ich fragte mich kurz, ob die abgeknickten Blumen womöglich nichts mit dem Fall zu tun hatten, aber der tadellose Zustand des übrigen Beets sprach dagegen. Außerdem fielen mir Holmes' Worte ein, dass es selten dienlich war, den auffälligsten Hinweis, den man zur Verfügung hatte, als Zufall abzutun.

„Oh!", rief mein Klient aus, als ich ihn auf die Stiefmütterchen ansprach, „das ist mir noch gar nicht aufgefallen, dabei kümmert sich die arme Miss Jackson, meine Nichte, normalerweise doch so gewissenhaft um den Vorgarten. Dieser sonderbare Vorfall hat sie offenbar mehr mitgenommen, als sie sich anmerken lässt."

Während ich noch über seine letzte Bemerkung nachdachte, eilte er ins Haus, um seine Nichte zu rufen. Etwas gemesseneren Schrittes folgte ich meinem aufgeregten Klienten.

Miss Jackson Mortimer war das zweite Kind von Morrisseys verstorbener älterer Schwester Irene. Sie war klein, von mittlerer Statur und hatte langes, blondes Haar, das ihr geflochten fast bis zur Taille reichte. Sie machte einen freundlichen, liebenswürdigen Eindruck, doch als ich kurz nach dem alten Buchbinder den Raum betrat, zeichnete sich eine Mischung aus Trauer, Verdruss und Schmerz auf ihrem Gesicht ab, während sie sich über ein großes Fotoalbum beugte. Sie schien ganz in den Gegenstand ihres Kummers vertieft, denn sie bemerkte uns erst, als mein Begleiter sie begrüßte.

Erschrocken sprang das Mädchen auf. Sie fasste sich jedoch rasch wieder, und ein verstohlener Blick verriet mir, dass ihr Onkel den

Gesichtsausdruck seiner Nichte entweder nicht bemerkte oder ihn absichtlich ignorierte.

Miss Jackson hielt anscheinend einen Blick in Familienalben für geeignet, sich von den merkwürdigen Ereignissen der jüngsten Zeit abzulenken. Ich beschloss, die Angelegenheit vorerst auf sich beruhen zu lassen.

Mr. Morrissey zeigte mir das Zimmer, aus dem das Buch verschwunden war, und ich bat ihn, mir eine Viertelstunde darin zu geben. Er stimmte bereitwillig zu. Ich verlor keine Zeit und lehnte mich so weit wie möglich aus dem Fenster, um das darunterliegende Beet genauer in Augenschein zu nehmen. Es dauerte nicht lange, bis sich mein Verdacht bestätigte und ich das Buch entdeckte. Es war halb von einem langen Schilfgrasbüschel verdeckt, das möglicherweise eigens zu diesem Zweck gepflanzt worden war. Anderenfalls hätte der Dieb außergewöhnliches Glück gehabt, dass es ausgerechnet an der Stelle wuchs, wo es ihm am meisten nützte. Doch ich verwarf diesen Gedanken schnell wieder. Kein gewöhnlicher Dieb hätte das Buch so vertrauensvoll dort liegenlassen. Mr. Morrissey hatte zuvor erwähnt, dass Miss Jackson sich um den Garten kümmerte, daher erschien es logisch anzunehmen, dass sie imstande war, alles Notwendige für die Vollendung ihres „Verbrechens" zu arrangieren. Das einzige Problem war das fehlende Motiv. Mir blieb allerdings kaum Zeit, darüber nachzugrübeln, denn ich hörte, wie die Tür leise geöffnet wurde, und als ich mich aufrichtete, stand ich Miss Jackson gegenüber, die beklommen das Buch betrachtete, das ich in meiner jetzt klebrigen Hand hielt.

„Ich habe den Eindruck, Sie möchten mir etwas mitteilen?" Ich gab mir Mühe, gelassen zu klingen, denn ich erinnerte mich an den kühlen Ton, den mein Lehrmeister in solchen Fällen anschlug.

„Ich bitte Sie, mir das Buch für 24 Stunden zu überlassen", sagte sie. „Ich erkläre es Ihnen später und ich bin sicher, Sie werden meine missliche Lage verstehen, denn ich habe nichts Unrechtes getan ... ich möchte nur den Frieden wahren." Da fiel mir etwas Glänzendes ins Auge, das die junge Frau um den Hals trug.

„Hätten Sie die Güte, einen Augenblick stillzuhalten?", bat ich, bemüht, gleichgültig zu erscheinen. Miss Jackson nickte schweigend, und ich näherte mich ihr behutsam – nicht ohne zuvor das Buch wieder im Schilfgras zu platzieren, denn ich wusste nicht, wo ich es sonst lassen sollte, da ich mir über meine weitere Vorgehensweise noch nicht im Klaren war.

Während ich mit der rechten Hand mein jetzt mit klebrigen, schwarzen Flecken übersätes Taschentuch zurück in die Hosentasche steckte, hob ich mit der Linken die goldene Kette an, die unter dem Kragen der jungen Dame hervorlugte. Ein kleines, rundes Medaillon kam zum Vorschein.

Ich öffnete es und sah, dass das goldene Schmuckstück die Porträts zweier Frauen enthielt. Die ältere der beiden saß in einem hohen Sessel und hielt offenbar jenes Buch in den Händen, das gegenwärtig draußen im langen Schilfgras verborgen war. Auf dem Bild schien es jedoch in weit besserem Zustand zu sein, denn die Seiten wirkten lediglich ein wenig vergilbt und der Buchrücken leicht geknickt. Die jüngere Frau auf dem Bild daneben hielt schützend ein Stoffbündel – offensichtlich ein Baby – im Arm und seitlich hinter ihr stand ein hochgewachsener junger Mann.

„Sind Sie das?", fragte ich sanft und deutete auf das Bündel auf dem linken Bild. Miss Jackson brachte vor Anspannung kein Wort heraus und nickte stumm.

Bei der Frau handelte es sich offenbar um ihre Mutter, denn die Ähnlichkeit war unverkennbar, und der junge Mann war vermutlich ... ihr Bruder? Er wirkte zu jung, um ihr Vater zu sein, doch zu der Zeit von Miss Jacksons Geburt musste er zwanzig oder vielleicht ein wenig älter gewesen sein; das war schwer abzuschätzen. Weiteres Nachfragen ergab, dass es sich bei der älteren Dame mit dem Buch um Miss Jacksons Großmutter mütterlicherseits handelte.

Somit erklärte sich der Wert des Buches dadurch, dass es sich um ein Familienerbstück handelte, daher gelangte ich zu der Überzeugung, dass Mr. Morrissey und seinen kostbaren Büchern an jenem Tag keine Gefahr mehr drohte. Ich kehrte zum Fenster zurück, holte das Buch erneut aus dem Beet und legte es in die zögerlich ausgestreckte Hand von Miss Jackson. Danach teilte ich Mr. Morrissey mit, dass ich ihn am folgenden Abend über etwaige Fortschritte informieren würde, kehrte nach Hause zurück und tat mein Bestes, vorerst keinen weiteren Gedanken an die Angelegenheit zu verschwenden. Ich wollte keine voreiligen Schlüsse ziehen, die allein auf Mutmaßungen und Spekulationen beruhten. Ich war zuversichtlich, dass der nächste Tag alle relevanten Beweise ans Licht bringen würde.

Und so geschah es. Am folgenden Tag erhielt ich gegen zwei Uhr nachmittags einen Besuch von Miss Jackson. Sie wirkte nervös, aber unversehrt, auch wenn sie anscheinend nicht gut geschlafen hatte. Ich hoffte, dass sie durch meine Ermittlungen nicht zu viele Ängste ausgestanden hatte.

Natürlich hatte ich vorsichtshalber meinen Revolver für den Fall bereit gelegt, dass es Ärger geben sollte – meine Zeit mit Sherlock Holmes hatte mich gelehrt, wie trügerisch der äußere Anschein sein kann –, doch ich hütete mich, dies kundzutun, um meinen Gast nicht noch mehr zu beunruhigen. Die junge Frau begann ohne Umschweife, ihre Geschichte zu erzählen.

„Mein Vater war bei der Marine und starb drei Monate vor meiner Geburt. Mein Onkel und er waren gute Freunde, *sehr* gute Freunde sogar. ‚Mehr Brüder als Schwäger‘, wie meine Großmutter zu sagen pflegte. Wie auch immer, als Vater starb, setzte er meine Mutter als Alleinerbin ein und Onkel M. bekam nicht einmal ein Paar Manschettenknöpfe. Das schien er ihr nicht weiter zu verübeln, zumindest am Anfang nicht."

„Als ich ein junges Mädchen war, geriet er jedoch in finanzielle Schwierigkeiten. Seine Buchbinderei machte Verlust und er war gezwungen, umzuziehen … Er war zu stolz, uns um Geld zu bitten, machte aber wiederholt Andeutungen, dass er ein angebotenes Darlehen keineswegs ausschlagen würde."

„Mutter hat allerdings mit zarten Andeutungen nie viel anfangen können: ‚Sag, was du meinst, und meine, was du sagst‘ … Das war ihr Motto. Ich glaube, sie hat seine Hinweise einfach nicht verstanden. Er dachte hingegen, sie ignoriere ihn absichtlich. Er kam immer seltener zu Besuch und die Familie entfremdete sich."

„Shakespeare war Großmutters Lieblingsautor. Ich habe nie nachvollziehen können, warum, und Onkel M. erging es ähnlich, aber meine Mutter und Tom, mein Bruder, teilten Großmutters Leidenschaft. Als Großmutter starb, hinterließ sie kein schriftliches Testament und so fiel das gesamte Erbe automatisch an Onkel M. Mutter erbat sich einzig das Buch, doch Onkel M. lehnte ab, denn immerhin hatte sie ihm auch nie etwas gegeben."

„Fünf Jahre lang verbot sie uns, seinen Namen oder sein unnachgiebiges Verhalten zu erwähnen, vermisste ihr geliebtes Buch aber bis zu ihrem Tod. Mein Onkel kam zu ihrer Beerdigung und ich sprach ihn an. Er hatte die Sache mit dem Buch ganz vergessen und war nur verstimmt, weil Mutter den Kontakt zu ihm abgebrochen hatte. Es sei nicht seine Art, jemanden zu belästigen oder zu bedrängen, und er habe einfach angenommen, sie habe gute Gründe für ihr Verhalten gehabt und werde sie ihm eines Tages erklären."

„Als ich ihm von dem Buch erzählte, war er sehr erbost, nannte es eine alberne Geschichte und stürmte aus dem Raum. Ich wartete eine Woche, dann ging ich zu ihm. Sobald ich sein Vertrauen gewonnen hatte, sagte Tom, ich sollte versuchen, das Buch zurückzuholen. Der alte Mann schien die Sache erneut vergessen zu haben."

„Es ist nur so … wenn man viel Zeit mit jemandem verbringt, entwickelt man eine gewisse Zuneigung, und ich wusste, dass er das Buch in Wirklichkeit gar nicht vergessen hatte. Meine Mutter fehlte ihm zu sehr. Dennoch beschloss ich, es an mich zu nehmen, aber ich wollte es bezahlen, es ihm abkaufen. Ich hatte alles bis ins Detail ausgetüftelt: Das Versteck im Garten, das Geld. Ich war gerade dabei, die Bücher wieder aufeinanderzustapeln, als er hereinkam. Rasch gab ich vor, auf der Suche nach dem Austen-Band auf die Münzen gestoßen zu sein. Mein Eindruck bestätigte sich: Er hatte das Buch tatsächlich nicht vergessen. Er bemerkte sofort, dass es fehlte. Wie der Blitz war er aus dem Haus und kam kurze Zeit später mit Ihnen zurück."

Unschlüssig, wie ich in der gegenwärtigen Situation verfahren sollte, lehnte ich mich im Sessel zurück.

„Oh! Bitte erzählen Sie meinem Onkel nichts davon, er würde sich schrecklich darüber aufregen! Ich möchte sein Vertrauen um nichts in der Welt verlieren."

Die junge Frau brach in Tränen aus und ich wusste nicht, wie ich sie trösten sollte. Ich erwog, dem alten Mann zu erzählen, dass sein Buch für immer verloren wäre, um es Miss Jackson überlassen zu können, die ja gewissermaßen die rechtmäßige Eigentümerin war, doch das schien mir irgendwie nicht rechtens zu sein.

„Ich glaube, mir bleibt nur eine Wahl", sagte ich so sanft wie möglich. „Wo lebt Ihr Bruder?"

Ich ließ Miss Jackson in Mrs. Hudsons Obhut zurück und machte mich auf dem Weg zu ihrem Bruder. Er war ein großer, noch jugendlich wirkender Mann, obwohl sein Haar sich bereits lichtete. Ich erzählte ihm die ganze Geschichte und fragte ihn, ob er nicht, um des Seelenfriedens seiner Schwester willen, auf das Buch verzichten würde.

Der Mann lehnte rundheraus ab, mit der Begründung, er habe ja bereits für das Buch bezahlt, daher gehöre es rechtmäßig ihm, und er werde es seinem grässlichen Onkel gewiss nicht kampflos überlassen. Ich tat mein Bestes, ihm ins Gewissen zu reden, doch er ließ sich nicht erweichen, sodass ich gezwungen war, zu meinem Klienten zurückzukehren, um ihm alles zu erklären. Doch seine Nichte ersparte mir dieses heikle Unterfangen, indem sie mir zuvorkam. Es stellte sich heraus, dass er nicht nur verärgert war, wie Miss Jackson befürchtet hatte, sondern regelrecht empört. Allerdings weniger über ihr Verhalten, sondern vielmehr über das ihres Bruders. Nachdem sich Mr. Morrissey beruhigt hatte, holte ich das Buch aus dem Blumenbeet. Es war inzwischen völlig aufgeweicht, da es über Nacht geregnet hatte, sodass jetzt alle Seiten zusammenklebten.

Als Miss Jackson sah, in welch beklagenswertem Zustand es sich befand, brach sie erneut in Tränen aus. Mr. Morrissey erkannte mit geschultem Auge, dass das Buch unwiederbringlich zerstört war, und nachdem er mir durch einen Blick sein Einverständnis signalisiert hatte, brachte ich es ins Nebenzimmer und legte es dort auf einen Tisch, um es später zu entsorgen.

Dazu kam es jedoch nicht. Mr. Morrissey dankte mir und begleitete mich zur Tür, ehe ich mein Vorhaben in die Tat umsetzen konnte, und sagte, er habe andere Pläne für den schweren Band. Einige Wochen später erhielt ich einen reizenden Brief von beiden, in dem sie schrieben, sie hätten Mr. Jackson das Originalbuch per Post geschickt und für sich selbst eine neue, lesbare Ausgabe erstanden. Mr. Morrissey sagte mir Unterstützung zu, sollte ich je in literarischen Fragen Hilfe brauchen, und er und seine Nichte wurden gute Freunde von mir.

Wenn ich eingehender darüber nachdenke, glaube ich nicht, dass Holmes den Fall übernommen hätte, denn ihm wäre er wohl zu „langweilig" und „offensichtlich" gewesen. Doch was mich betrifft, so zählt er zu meinen absoluten Lieblingsfällen.

Der Besitzer der grünen Lederhandschuhe
von Michelle Erkers
Mora, Schweden

Es war beinahe zehn Uhr morgens, als Holmes und ich nach unserem Besuch in Dulwich wieder in London eintrafen. Das Wetter war herrlich für einen Aprilmorgen und ein zufriedenes Lächeln lag auf dem Gesicht meines Freundes, der neben mir saß. Trotz der nächtlichen Anstrengung fiel meine Müdigkeit von mir ab, als ich mich von seiner Freude anstecken ließ.

„Bestimmt haben Sie etwas bemerkt, das ich übersehen habe", sagte ich, als der Zug in den Bahnhof einfuhr. Wir nahmen unser Gepäck und stiegen aus dem Zug in den Sonnenschein, der den in der Großstadtluft hängenden Staub zum Glitzern brachte.

„Nun, ja, Watson. Ich habe nichts gesehen, was Sie nicht auch gesehen hätten. Dennoch, ich nehme die Dinge anders wahr, als Sie es tun. Die Handschuhe, Watson!" Er lächelte, als er etwas aus seiner Manteltasche zog. Er wendete sie um und schwenkte zwei Handschuhe aus feinem, grünem Leder mit den aufwendig gestickten Initialen R. M. vor meinen Augen.

„Der Name des Opfers war Gregory Barnes. In seinem Namen kommen die Buchstaben R. M. nicht vor. Der Besitzer dieser Handschuhe trägt diese Initialen. Er muss das Paar in Barnes' Wohnzimmer vergessen haben. Er ist gut situiert, was man an dem feinen Leder und der perfekten Verarbeitung ablesen kann. Ich glaube nicht, dass sie ein Geschenk waren."

„Gut gemacht, ja, ich glaube, Sie haben durchaus Recht. Diese Handschuhe waren kein Geschenk. R. M. hat sie selber vor weniger als einem Jahr gekauft und schätzt sie sehr. Er hat keine Kinder, aber er umwirbt eine Frau – an den Handschuhen haftet der Hauch eines Damenparfüms. Sehen Sie, in den Knöpfen haben sich lange, raue, braune Haare verfangen, wahrscheinlich hält er einen Hund. Watson, ich muss Sie um einen Gefallen bitten. Es ist von höchster Bedeutung."

Holmes drehte sich um und blieb so vor mir stehen, dass er mir den Weg versperrte. In seine Augen war ein durchdringender Blick getreten. Ich wusste sofort, dass er dieser Spur so rasch wie möglich folgen wollte. Ohne zu zögern fragte ich ihn, was ich für ihn tun sollte. „Sie müssen einen Mann für mich verfolgen, während ich anderswo arbeite. Er sollte irgendwo hier sein. Er trägt eine blaue Reitjacke, wirkt eher heruntergekommen, seine langen Haare sind von grauen Strähnen durchsetzt und für einen Mann seines Alters hat er einen schnellen Schritt. Ich habe ihn in Dulwich einige Male gesehen. Es könnte eine Weile dauern, vielleicht sogar den ganzen Tag. Wären Sie so freundlich?", fragte Holmes, den Griff seiner Tasche fest umklammernd.

Ich sah keinen Grund abzulehnen, da ich ohnehin wenig anderes zu tun hatte, und so übernahm ich die Aufgabe. Holmes nickte und sagte mir, dass er längere Zeit weg sein würde. Ohne ein Wort des Abschieds schritt er in die entgegengesetzte Richtung davon, zurück zum Bahnhof.

Die Beschreibung des Mannes noch frisch im Kopf, setzte ich mich auf eine Bank und ließ meinen Blick über die Gesichter der vorbeikommenden Passanten streifen. Es dauerte nicht lange, bis ich einen verwahrlosten Mann in einer blauen Reitjacke auf mich zukommen sah. Er entsprach genau der Beschreibung. Ich tat mein Bestes, unauffällig zu wirken, während ich beobachtete, wie er auf einer etwas entfernten Bank Platz nahm.

Nachdem ich ihm eine Weile dabei zugesehen hatte, wie er die Zeitung las, begann ich mich in der warmen Sonne zu entspannen. Meine Gedanken wanderten zurück zu dem Zimmer, in dem der bedauernswerte Constable Barnes am Vortag vergiftet worden war. Ein Eindringling hatte die Wohnung offenbar durchsucht, aber da hierbei nur wenig durcheinander gebracht worden war, musste er schnell gefunden haben, wonach er gesucht hatte.

Der alte Mann stand unerwartet auf und ich beobachtete, wie er über die verkehrsreiche Straße eilte und im Telegrafenamt verschwand. Ich folgte ihm in einigem Abstand, besorgt, ihn zu verlieren. Zu meiner Erleichterung zeigte er keinerlei Anzeichen, dass er mich gesehen hatte, und bemerkte glücklicherweise nichts von meinen Absichten.

Als ich hinter ihm in das Telegrafenamt schlüpfte, konnte ich Bruchstücke des Gesprächs zwischen dem Mann und dem Angestellten mithören.

„Nochmals danke für Ihre Hilfe. Dies hier muss ihm umgehend zugestellt werden. Danke", sagte der Mann mit lauter, kräftiger Stimme.

Er wartete ungeduldig, bis der Angestellte das Telegramm

abgeschickt hatte, zahlte und ging, mit mir dicht auf den Fersen. Ich beobachtete, wie er in eine Nebenstraße einbog, und wartete eine Weile an einer Ecke, um ihm einen kleinen Vorsprung zu geben. Dieser Mann war nicht leicht zu verfolgen. Er nutzte eine Menge Abbiegungen und Umwege auf seinem Weg durch die City, Westminster und Camden, und ich mich beschlich das Gefühl, dass er sich doch verfolgt glaubte. Genau wie Holmes es beschrieben hatte, hatte er einen eher flotten Schritt für einen alten Mann. An einer Ecke der Acacia Road betrat er eine Arbeitsvermittlung. Es erschien mir am sinnvollsten, ihm nicht übereifrig auch in den zweiten Laden zu folgen, an dem er vorbeikam, und so entschied ich mich, draußen zu warten.

Dort war ein großer brauner Hund an einem Laternenpfahl angebunden. Er beschnüffelte freundlich meine Beine und ich tätschelte ihm den Kopf. Ich sah, dass er ein schickes grünes Halsband trug, und beugte mich zu ihm hinab, um es mir genauer anzusehen. Ich hielt inne, als ich die altbekannten Initialen R. M. erblickte.

Mir ging ein Licht auf. Der Mann, den ich verfolgte, musste R. M. sein, der Besitzer der grünen Handschuhe, die am Tatort in Dulwich gefunden worden waren. An dem Ort, an dem ein Constable von Scotland Yard anscheinend grundlos vergiftet worden war. Endlich verstand ich, warum meine Aufgabe so dringend war.

Die Glocken schlugen zwölf Uhr Mittag und kurz darauf verließ ein junger Mann den Laden. Er band den Hund los und ging die Straße entlang davon. Ich war ein wenig enttäuscht, dass sich meine Theorie als falsch erwiesen hatte. Wenige Sekunden später kam der alte Mann aus dem Büro, streckte sich wie eine Katze, die nach einem Schläfchen in der Sonne erwacht, und ging flott in die gleiche Richtung wie der Kerl zuvor.

Der dritte Ort, den er aufsuchte, war ein ansprechendes italienisches Restaurant an der südlichen Ecke von Primrose Hill. Wieder wartete draußen der Hund auf seinen Besitzer. Inzwischen hatte ich Hunger und beschloss, etwas zu mir zu nehmen, während ich den Mann beobachtete.

Eine Stunde verging, dann noch eine. Plötzlich winkte der alte Mann einem anderen, der allein an einem Nebentisch saß. Ich erkannte den Besitzer des Hundes, der draußen wartete. Der andere kam zu ihm hinüber und beide unterhielten sich eine Zeitlang zurückhaltend, als seien sie sich gerade zum ersten Mal begegnet, bis die Unterhaltung schließlich in ein vertrauteres Gespräch überging. Inzwischen war ich mit meiner Mahlzeit fertig und hatte das Gefühl, es sei besser, ein Bier zu bestellen, um meine Verfolgung weniger auffällig zu gestalten. Allmählich dämmerte mir, dass hier etwas vorging, das ich nicht ganz verstand. Vielleicht gehörte der Hund wirklich dem alten Mann und der Jüngere führte ihn lediglich für ihn aus. Aber warum hätten sie dann während des Essens getrennt sitzen sollen? Noch bevor ich mein Bier ausgetrunken hatte, standen die zwei Männer auf und gingen Arm in Arm davon. Meine Neugier wuchs. Dieser Fall stellte sich als weitaus faszinierender heraus, als ich zunächst erwartet hatte.

Die Männer spazierten in gemütlichem Tempo durch den Regent's Park und sprachen eindringlich miteinander. Ich begann mir komisch vorzukommen und vergrößerte meinen Abstand zu ihnen, da ich fürchtete, in der offenen Landschaft entdeckt zu werden. Der Großteil des Tages war vorüber. Es ging auf vier Uhr nachmittags zu, doch noch immer hatte ich keine wichtigen Informationen gesammelt, die diesen R. M. als Verbrecher hätten entlarven können.

Wir hielten an einem Club an, der sich in einiger Entfernung östlich des Parks befand. Ich hatte nicht mehr viel Geld dabei und konnte den Eintritt gerade so bezahlen. Die beiden Männer saßen sehr nahe an der verzierten Bühne, auf der eine Gruppe bemerkenswerter junger Frauen wild tanzte. Ihre buntgefärbten Kleider flossen anmutig um ihre Körper, während sie zu der Musik eines, offen gesagt, grauenhaften Violinisten tanzten.

Ich sah, dass der Hundebesitzer seinen Spazierstock fest umklammert hielt. Der alte Mann grinste, als er sich herüberlehnte und dem Jüngeren etwas ins Ohr flüsterte. Die Bemerkung ließ beide laut auflachen.

Inzwischen konnte ich nicht umhin, mich zu fragen, was Holmes eigentlich machte und was genau ich für ihn herausfinden sollte, indem ich diesen alten Mann durch London verfolgte. Ich hatte kein gesetzeswidriges Verhalten bemerkt. Eigentlich wirkte er wie ein absolut normaler Gentleman.

Ich schob mich langsam näher heran und es gelang es mir, Teile ihrer Unterhaltung aufzuschnappen, jedoch sagte keiner von ihnen etwas Besonderes. Der alte Mann machte ab und zu eine Bemerkung über die Anmut der Tänzerinnen, wirkte dabei jedoch gefühllos und distanziert, während der andere sehr begeistert klang. Das war an sich nicht sehr ungewöhnlich und interessierte mich nicht weiter.

Es war fast sechs Uhr, als wir schließlich gingen. Ich wurde allmählich müde. Der Schlafmangel und der lebhafte Marsch begannen meinem Bein zuzusetzen und meine Gedanken wanderten zu unserem gemütlichen Wohnzimmer in der Baker Street. Wie schön wäre es, dort ein Glas Brandy zu trinken und ein Nickerchen zu machen.

Ich hievte meine Tasche vom Boden und drehte mich um, um den Männern zu folgen, aber als ich mich umsah, waren sie bereits verschwunden. Ich eilte hinaus und sah mich überall nach ihnen um. Der Besitzer des Hundes ging die verlassene Straße hinunter, aber ich hatte mein Zielobjekt verloren. Holmes würde mir meine Achtlosigkeit nie vergeben!

Gerade begann ich, zur Baker Street zurückzugehen, da erhaschte ich einen Blick auf eine blaue Reitjacke. Ich sprang zurück ins Dunkel hinter einen Stapel Kisten, gerade rechtzeitig, bevor mich der alte Mann entdecken konnte, der nur wenige Meter entfernt an mir vorbeiging.

Er eilte die Straße entlang und ich folgte ihm in kurzem Abstand. Ich wusste, dass er mich gesehen hatte, aber ich war fest entschlossen, ihn nicht erneut zu verlieren. Die kräftige Farbe der Reitjacke bildete einen deutlichen Gegensatz zum düsteren Braun und Grau der Stadt und war für mich in der Abenddämmerung leicht zu erkennen. Zu meinem großen Verdruss jedoch war der Mann sehr flink und behände und führte mich mehrere verlassene Gassen entlang, bis ich nicht mehr wusste, wo ich war.

Ich folgte ihm mit großer Mühe über einen hohen Zaun. Am Boden nahe der Stelle, an der ich gelandet war, fand ich ein kleines Stück Papier. Während ich es aufhob, suchte ich die Gasse ab, doch der alte Mann war verschwunden.

„Gut gemacht, Watson. Sie werden eine Belohnung erhalten, wenn Sie zurückkehren. S.“, stand auf der Notiz, in Sherlock Holmes' vertrauter Handschrift.

Erleichtert, dass die Jagd beendet war, nahm ich meine Tasche und zog mich in eine andere Gasse zurück. Von dort fand ich den Weg zurück in bekanntere Gefilde.

Es dauerte nicht lange und ich schloss die schwarze Tür der Baker Street 221b auf und stieg die Treppen zu unserer Wohnung hinauf. Holmes war noch nicht zurück; sicher verfolgte er noch immer den Mann. Mein Bein schmerzte und ich streckte mich auf dem Sofa aus, ohne mir die Mühe zu machen, meinen staubigen Mantel auszuziehen. Ich nahm meinen Hut ab und fuhr mir mit den Fingern durch mein schmutziges Haar, während ich darüber nachgrübelte, was wohl aus dem alten Mann geworden war, von dem ich nicht länger sicher war, dass es sich bei ihm um R. M. handelte.

Gerade als ich mir ein kleines Glas Brandy eingeschenkt hatte, wurde die Tür aufgestoßen und der abgerissene Mann in dem blauen Jackett stolperte über die Schwelle.

„Sie!", schrie ich, während ich nach meiner Pistole tastete. Der Mann erstarrte und begann, leise zu lachen. Ich machte große Augen, als er erst seinen Hut, dann seine Haare und schließlich seinen Bart entfernte …

„Holmes! Waren das wirklich Sie?", fragte ich und war derart erstaunt, dass ich aufs Sofa sank. „Ich habe den ganzen Tag damit verbracht, Sie zu verfolgen? Aber warum?"

Holmes entledigte sich hastig seiner Verkleidung und ich war froh, anstelle des fremden, alten Mannes meinen Freund zu sehen. „Ich werde Ihnen alles erklären, sobald ich mir das Gesicht gewaschen habe."

Ich half Holmes, Schmutz und Kleister von seinem Gesicht zu spülen, bis sich sein abgekämpftes Selbst zeigte. Kaum hatten wir auf dem Sofa Platz genommen, jeder ein Glas Brandy in der Hand, da begann Holmes auch schon, seine unglaubliche Geschichte zu erzählen.

„Glauben Sie mir, ich habe das nicht in böser Absicht getan. Ich hatte lediglich das Gefühl, Sie bräuchten ein wenig Übung im Beschatten. Ihr Geschick darin hat in letzter Zeit etwas nachgelassen. Während Sie einen alten Mann verfolgt haben, hat der gleiche alte Mann R. M. verfolgt. Dessen Name ist Richard Moss, er ist Buchhalter und hat eine Villa in Camden Town; einen Hund, mit dem Sie sich angefreundet haben; und eine Frau, die seine Zuneigung nicht erwidert, egal, wie sehr er sich bemüht, ihr Herz mit billigem Schmuck und Prunk zu erkaufen."

Er machte eine Pause, in der er die Hälfte seines Brandys herunterschluckte, und ich sah ihn erstaunt an.

„Mr. Moss ist der Mann, den wir suchen. Lestrade verschwendet seine Zeit derweil am anderen Ende der Stadt, er schien zu glauben, dass der Brief von Ms. Dawson einen Hinweis geben könnte. Mr. Moss hat im Zeitraum von zwei Jahren drei Menschen ermordet. Ich erkundigte mich im Telegrafenamt über ihn. Offensichtlich war er vor zwei Jahren mittellos. Und offenbar hatte er – und hat noch immer – eine Neigung zum Trinken und zu kostspieliger Gesellschaft."

Holmes fuhrt fort und berichtete, wie Mr. Moss den armen Constable Barnes überredet hatte, sein Testament zu ändern. Der arme Kerl hatte keine Ahnung, dass durch seinen letzten Willen all seine irdischen Besitztümer seinem Buchhalter, Mr. Moss, zufallen würden.

„Er hat das bereits zweimal so gemacht vor Barnes? Das ist ja schrecklich. Wie konnten Sie das wissen?", entfuhr es mir.

„Erinnern Sie sich an diese arme alte Frau in Hampstead, die vor neun Monaten vergiftet wurde? Sie hatte kurz zuvor ihr Testament geändert, aber es war nicht auffindbar. Genauso war es bei diesem pensionierten Marinekapitän vor beinahe achtzehn Monaten. Auf diese Weise hat er Geld für seinen Lebensunterhalt und seine Villa in Camden verdient. Ich habe Mr. Moss gesagt, er solle wegen seiner Handschuhe heute Abend hierherkommen. Er wird es mit Sicherheit tun …"

Ein einzelnes Klingeln der Türglocke ließ mich zusammenzucken. „Holen Sie die Handschellen, schnell! Da kommt er!" Holmes schritt zum Fenster hinüber und spähte hinaus.

Ich eilte in Holmes' Zimmer und holte die Handschellen. Als ich in das Wohnzimmer zurückkehrte, fand ich Holmes auf dem Sofa sitzend vor, während unser Gast bewusstlos auf dem Boden lag. Es handelte sich unverkennbar um Richard Moss, den Buchhalter.

„Warten Sie hier, während ich Lestrade rufe. Er wird sich sicher heftig zur Wehr setzen – daher sollten Sie ihn wohl besser fesseln", sagte Holmes, zog sich seinen Mantel an und ging.

Das beschädigte Buch

von Pamela R. Bodziock

Monroeville, Pennsylvania, USA

Nie habe ich erlebt, dass mein Freund Sherlock Holmes nachtragend war oder es übel nahm, wenn man ihm Unrecht getan hatte. Als berühmtester beratender Detektiv seiner Zeit befand er sich naturgemäß in einer Position, in der ihm eine stetig wachsende Anzahl von Feinden und Rivalen, die ihm regelmäßig fürchterliche Rache schworen, praktisch garantiert war. Es wäre also nicht verwunderlich, sondern vielleicht sogar verständlich gewesen, wenn selbst ein so rationaler Geist wie der seine gelegentlich einen gewissen Groll gegen einen seiner zahlreichen Gegner gehegt hätte. Und doch schien ihm in all den Jahren, die ich an seiner Seite verbrachte, nichts ferner zu liegen.

Umso erstaunter war ich an jenem Maimorgen, als ich Holmes in ein kleines Dorf in Surrey begleitete, wo wir mit unserem neuesten Klienten verabredet waren. Es war recht ungewöhnlich, dass wir zu einem Klienten außerhalb Londons fuhren, ohne dass dieser uns zuvor in der Baker Street aufgesucht hatte – doch Holmes' missmutiges Schweigen während der Fahrt ließ bereits darauf schließen, dass dieses in vielerlei Hinsicht ein ungewöhnlicher Fall werden würde.

Unser Ziel hieß Undershaw und erwies sich als privates Wohnhaus von atemberaubend schöner und einzigartiger Bauart. In der eindrucksvollen Vorhalle, die zwei Stockwerke einnahm und über einen stattlichen Kamin verfügte, warteten wir auf den Hausherrn. „Holmes", sagte ich schließlich und ignorierte die finstere Miene meines Freundes, welche dieser bereits seit unserem Aufbruch zur Schau trug und mir nun zuwandte, „mit wem sind wir …"

Doch noch bevor ich die Frage zu Ende bringen konnte, betrat unser Klient den Raum. Einen Augenblick lang herrschte Stille, und ich beobachtete mit einiger Verwunderung, wie eine rasche Abfolge von Emotionen über das Gesicht meines Freundes glitt – Wiedererkennen, Zögern, eine Art Verunsicherung –, bevor seine Züge schließlich einen ungewohnten Ausdruck kalter Wut annahmen.

„Schön, Sie zu sehen, Mr. Holmes", sagte der Mann und nickte auch mir zu. „Unsere letzte Begegnung ist schon eine Weile her, nicht wahr?"

„Acht Jahre", sagte Holmes, während ich erstaunt eine Augenbraue hochzog. „Oder drei, je nachdem, wie man es rechnen will."

„Tatsächlich", antwortete der andere, wobei seine Stimme einen eigenartig melancholischen Unterton aufwies. Unser Klient war ein stattlicher Mann, beinahe so groß wie Holmes selbst, doch sein Körperbau und seine Glieder waren ungleich massiger als die meines Freundes. Er trug einen eleganten, maßgeschneiderten Anzug, doch am meisten stach der sorgsam gepflegte, walrossartige Schnauzbart ins Auge, der seinem Gesicht etwas Würdevolles verlieh – oder dies getan hätte, wenn die Miene des Mannes nicht von einer derartigen Verzweiflung überschattet gewesen wäre.

„Ich muss gestehen, dass ich äußerst verwundert war, ausgerechnet von Ihnen um einen Besuch gebeten zu werden – immerhin weiß niemand besser als Sie, wie unmöglich das eigentlich ist", sagte Holmes.

„Und ich muss zugeben, dass ich selbst noch ein wenig darüber verblüfft bin, Sie tatsächlich hergebeten zu haben", erwiderte der Mann leise.

„Holmes, kennen Sie diesen Herrn etwa?", fragte ich, während ich verwirrt vom einen zum anderen schaute.

„‚Kannte' wäre vielleicht der passendere Ausdruck, mein lieber Watson", erwiderte Holmes. Er hielt den Blick unverwandt auf unseren Klienten gerichtet und der eisige Hass in seinen Zügen war etwas völlig Neues für mich. „Unsere Freundschaft ist in den letzten Jahren ein wenig abgekühlt."

„Vielleicht sollte ich mich vorstellen", sagte der Mann an mich gewandt und streckte mir die Hand entgegen. „Mein Name ist …"

„Ich bitte Sie, halten wir uns nicht mit Höflichkeiten auf", entgegnete Holmes kalt. „Sagen Sie uns, weshalb wir hier sind."

Der Hausherr zögerte nur kurz: „Nun gut, Sir. Ich habe Sie hergebeten, weil ich … Ihre Hilfe brauche."

Ein langes Schweigen folgte. „Das kann nicht Ihr Ernst sein", sagte Holmes schließlich.

„Glauben Sie etwa, ich bitte Sie nach all den Jahren her, nur um mir einen Scherz zu erlauben?", erwiderte der andere. „Ich versichere Ihnen, dies ist gewiss kein Spaß für mich." „Dann bedaure ich, Ihnen mitteilen zu müssen, dass mein Kollege und ich zurzeit keine neuen Fälle annehmen." Holmes hatte sich bereits zum Gehen gewandt. „Es war uns ein Vergnügen, Ihr herrliches Haus kennenzulernen ..."

„Mein lieber Holmes." Unser Gastgeber umfasste den Arm meines Freundes, und obwohl dessen Miene keinerlei Regung zeigte, kannte ich ihn gut genug, um das kurze Aufflackern in seinen Augen zu bemerken. „Vielleicht habe ich das Recht verspielt, Sie um Hilfe zu bitten, doch ich weiß einfach nicht, an wen ich mich sonst wenden soll."

„Und ich sagte bereits, dass ich Ihnen nicht helfen kann!", rief Holmes mit einer Heftigkeit, die selbst mich überrascht hätte, wäre mir die wachsende Erregung in seinen Augen zuvor nicht aufgefallen. „Jegliche Verbindung zwischen uns haben Sie eigenhändig gekappt, Doktor, und keine noch so schönen Worte können das wieder gutmachen."

„Holmes, wer *ist* dieser Mann?", fragte ich, da es mir unerträglich war, die Wut meines Freundes mit ansehen zu müssen, ohne sie verstehen zu können. „Woher kennen Sie sich?"

„Woher ich ihn kenne und welche Rolle er einmal in meinem Leben gespielt hat, tut nichts zur Sache", erwiderte Holmes und schüttelte die Hand des Mannes ab. „Es genügt, wenn Sie wissen, wer er für mich geworden ist – der Mann, der sich mit Professor Moriarty verschworen hat, um mich in die Tiefen des Reichenbachfalls zu stürzen!"

Mir blieb der Mund offen stehen angesichts dieser Erklärung meines Freundes. „Dieser Mann war mit Moriarty verbündet?"

„Er war es, der Moriarty ins Zentrum seines kriminellen Spinnennetzes setzte, der ihm die Werkzeuge und Mittel beschaffte, die dieser brauchte, um sein Imperium zu kontrollieren – und er war es, der Moriarty verriet, wo ich zu finden war. Der Mann vor Ihnen, Watson, ist sozusagen das Genie hinter dem Genie. Man könnte mit Fug und Recht behaupten, dass er der Schöpfer eines Wahnsinnigen ist!"

Holmes' finstere Stimmung, die mir zuvor so unerklärlich erschienen war, wurde mit einem Mal verständlich. Es hatte offenbar eine enge Beziehung zwischen den beiden bestanden, sie waren

Bekannte, Kollegen oder vielleicht sogar Freunde gewesen. Unser neuer Klient war also nicht nur ein Verbrecher, sondern obendrein ein Verräter. „Und jetzt bitten ausgerechnet Sie, Sir – der Helfershelfer seines Erzfeindes – meinen Freund Mr. Sherlock Holmes um Hilfe?", fragte ich fassungslos.

„Ich wende mich an ihn, weil ich einfach nicht mehr weiter weiß", sagte der Mann, den mein Freund zuvor mit „Doktor" angesprochen hatte, bevor er sich wieder an Holmes wandte. „Ich will nicht bestreiten, dass wir in der Vergangenheit unsere Differenzen hatten. Aber Sie müssen mir zugutehalten, dass ich versucht habe, etwas wettzumachen. Habe ich Sie nicht immerhin, wenn Sie mir den Ausdruck erlauben, zu neuem Leben erweckt, nachdem ich Sie so kaltblütig in eine Falle gelockt hatte?"

„Zweifelsohne", erwiderte Holmes, doch seine Miene und sein Tonfall blieben frostig. „Ich vermute, Sie erwarten, dass ich mir Ihre Bitte anhöre, weil ich Ihnen mein Dasein und meine Karriere verdanke, auch wenn Sie ebenfalls versucht haben, beides als das ‚letzte Problem' aus der Welt zu schaffen?"

Ich verstand allenfalls Bruchstücke von dem, was Holmes mit diesen Worten meinen mochte, doch unser Gastgeber schien sich daraufhin ein wenig zu entspannen. Kurz darauf saßen wir im Arbeitszimmer des Mannes, einem großen Raum, dem Bücherregale auf allen Seiten dennoch eine gewisse Intimität verliehen.

„Sie wissen vielleicht, dass ich Undershaw vor einigen Jahren in Auftrag gegeben habe", begann der Doktor, wobei er beide Seiten seines Schnauzbartes mit einer geübten Handbewegung glatt strich. „Es ist für meine Familie und mich zu unserem Zuhause geworden, doch von fast noch größerer Bedeutung ist seine Lage hier in Surrey. Das trockene Wetter und das gesunde Klima sind in unserer derzeitigen Situation unabdingbar." Die Enden seines Schnauzbartes schienen bei diesen Worten ein wenig herabzusinken, als hinge er traurigen Gedanken nach, bevor er fortfuhr. „Ich möchte die Sache nicht weiter vertiefen, sondern bloß deutlich machen, dass meine Familie Undershaw unter keinen Umständen verlassen kann."

„Ich versichere Ihnen, ich verstehe Sie. Fahren Sie fort, Doktor", sagte mein Freund, doch sein Tonfall verriet keine Regung.

„Sehr wohl, Mr. Holmes." Unser Klient räusperte sich und verlagerte sein Gewicht unbehaglich im Sessel. „Alles begann vor ein paar Wochen, als ich allein in meinem Arbeitszimmer saß. Ich verließ es kurz, um eine Pfeife zu holen, die ich im Salon liegengelassen hatte. Ich kann unmöglich länger als drei Minuten fort gewesen sein, doch als ich zurückkehrte, lag ein Dutzend dieser Bücher mit aufgerissenen Buchdeckeln und zerrissenen Seiten auf dem Boden verstreut."

„Das allein wäre schon rätselhaft genug gewesen, doch man hätte es vielleicht noch als einen geschmacklosen Witz abtun können. Viel verstörender ist: Es handelte sich schlichtweg um ein Ding der Unmöglichkeit. Ich war wie gesagt nur wenige Minuten abwesend, und außer mir befand sich zu diesem Zeitpunkt niemand im Haus."

Nun war es an Holmes, in seinem Sessel hin und her zu rutschen. Er neigte an sich nicht zur Nervosität und ich wertete dies als Zeichen, dass die ungewöhnlichen Vorgänge trotz seines anfänglichen Widerstrebens sein Interesse geweckt hatten. „Da es sich bei den beschädigten Büchern um Ihre eigenen Werke handelte, gehe ich davon aus, dass Sie diese trotz ihres beklagenswerten Zustandes aufbewahrt haben?"

„Ja, denn ich dachte …" Hier hielt unser Klient inne und zuckte leicht zusammen, bevor er meinen Freund mit einem flüchtigen Lächeln bedachte. „Dabei hatte ich noch gar nicht erwähnt, dass die betroffenen Bücher aus meiner Feder stammten. Doch es sollte mich eigentlich nicht überraschen, dass Sie dies schlussfolgern konnten."

Ich sah unseren Klienten erstaunt an und fragte mich, was es wohl mit dessen Doppelstatus als Arzt und Autor auf sich haben mochte.

„Es war eine grundlegend einfache Schlussfolgerung: Hätte es sich um die Werke eines anderen gehandelt, so hätten Sie ihre Zerstörung sicher als Vandalismus und nicht als bösen Streich bezeichnet", sagte Holmes mit einer Gleichgültigkeit, die ich als zumindest teilweise aufgesetzt erkannte. „Aber Sie sagten, dass die ganze Sache vor einigen Wochen ‚begann'. Ich gehe also davon aus, dass dies nicht der einzige ungewöhnliche Vorfall in der letzten Zeit war?"

„Ganz recht", erwiderte unser Klient düster. „Zwei Tage später hatte jemand allerlei Abfälle in den Kamin gestopft und den Abzug verschlossen, so dass der Rauch nicht abziehen konnte. Der Gestank hing noch tagelang in der Luft. Und das war nicht alles. Die Türen und das große Treppenhaus wurden ebenfalls verschandelt, auch wenn es uns glücklicherweise gelungen ist, die Flecken zu entfernen. Der schlimmste Schaden wurde jedoch im Salon angerichtet – alle Jagd-trophäen wurden zerstört und die dort ausgestellten Walrossstoßzähne zerbrochen. Einige Fenster, auf die meine Familie und ich ganz besonders stolz sind, da unser Familienwappen in sie eingearbeitet ist, wurden eingeschlagen …"

„Haben Sie nachvollziehbare Theorien über Verdächtige oder deren Motive?"

„Es gibt keine Verdächtigen", sagte unser Gastgeber mit ratlos ausgebreiteten Armen. „Als sich diese Vorfälle ereigneten, war das Personal entweder nicht im Haus oder anderweitig beschäftigt, und es gibt keine Anzeichen dafür, dass sich jemand unerlaubten Zutritt zum Haus verschafft hat."

„Sie denken doch nicht etwa – entschuldigen Sie die Frage – an eine übernatürliche Erklärung?", fragte Holmes betont schneidend.

Unser Gastgeber lächelte schwach. „Zurzeit schließe ich gar nichts aus, Sir. Und waren nicht Sie es, der wiederholt bemerkte, wenn man das Unmögliche ausgeschlossen habe, müsse das, was übrig bleibt, die Wahrheit sein, so unwahrscheinlich es auch erscheinen mag?"

Holmes zog eine Augenbraue hoch, blieb aber stumm. Nach einem Moment seufzte unser Klient. „Ich weiß auch nicht, was ich denken soll, Mr. Holmes. Ich kann nur sagen, dass sich der Übeltäter im Haus zu befinden scheint – und doch gibt es hier niemanden, der verdächtig wäre."

Holmes' Augen blitzen auf und zeigten nun einen mir wohl-bekannten Glanz. „Wenn ich mir das Haus etwas näher ansehen dürfte?"

Die Untersuchung begann, wie von Holmes gewünscht, im Salon und wurde dann im Rest des Hauses fortgesetzt. Er nahm alles mit der ihm eigenen Gründlichkeit unter die Lupe, fuhr mit der Hand über die Flecken an den Türen und untersuchte die tiefen Schnitte an den Jagdtrophäen. Er sprach erst wieder, als wir ins Arbeitszimmer zurück-gekehrt waren, und dann auch nur, um darum zu bitten, die beschädigten Bücher genauer in Augenschein nehmen zu dürfen.

Ich war gerade dabei, mir die Zigarre anzustecken, die unser Gastgeber mir angeboten hatte, als Holmes triumphierend aufschrie. Der Hausherr und ich drehten uns um und sahen, dass Holmes vor dem Bücherregal stand und einen Band herausgenommen hatte.

„Ich hatte von Anfang an den Verdacht, aber dies lässt aus der bloßen Vermutung eine Tatsache werden", sagte Holmes. Er hielt uns die Überreste eines Buches hin, auf dessen Buchdeckel ich lediglich das Wort *Rückkehr* ausmachen konnte, bevor er es wieder ins Regal zurückstellte. „Dann sollten wir uns das Untergeschoß vornehmen. Das ist immerhin der letzte Teil des Hauses, den wir uns noch nicht angesehen haben, und ich bin überzeugt, dass die Antwort dort unten auf uns wartet. Wir brauchen sicher eine Kerze – und Watson, halten Sie Ihren Revolver griffbereit."

Wir machten uns auf den Weg in den Keller des Hauses, während Holmes den Finger an die Lippen legte, um uns aufzufordern, dass wir uns möglichst leise verhalten sollten. Wir waren gerade am Ende des engen Treppenhauses angekommen, als wir plötzlich einen dumpfen Schlag hörten. Sogleich wirbelten wir alle herum und sahen eine schattenhafte Gestalt in der Ecke kauern. Bevor der Eindringling sich auch nur rühren konnte, hatte ich bereits meinen Revolver auf ihn gerichtet.

Unsere Jagdbeute kauerte im Halbdunkel und ich forderte ihn mit meinem Revolver auf, sich mit dem Rücken an die Wand zu stellen. Unser Gastgeber hob seine Kerze etwas höher und mein Herz machte einen Sprung, als ich die eiskalten, blauen Augen unter der zerfurchten Stirn bemerkte und das Gesicht eines alten Bekannten sah.

„Ganz wie ich vermutet hatte", sagte Holmes gelassen. „Darf ich vorstellen? Colonel Sebastian Moran, die rechte Hand des von uns gegangenen Professor Moriarty." In Morans Augen blitzte eine wilde Mordlust auf – doch schien sich diese weniger gegen Holmes als vielmehr gegen unseren Klienten zu richten.

„Woher konnten Sie das wissen, Holmes?", fragte unser Gastgeber, den Blick noch immer fassungslos auf den Colonel gerichtet.

„Und wie ist es überhaupt möglich?", fragte ich, während ich Moran weiterhin mit meinem Revolver in Schach hielt. „Der Doktor – bitte entschuldigen Sie meine Wortwahl, Sir – war einst selbst ein Komplize Moriartys. Woher wussten Sie, dass es sich bei dem zerstörungswütigen Eindringling ebenfalls um einen Spießgesellen Moriartys handelte?"

Holmes' durchdringender Blick war unverwandt auf den zähnebleckenden Schurken gerichtet. „Obwohl unser Klient mit Moriarty unter einer Decke gesteckt haben mag, so ging seine wankelmütige Treue zu diesem ganz sicher nicht so weit, dass er sich mit einem Lumpen wie Moran abgegeben hätte."

„Aber es hätte auch jeder andere sein können", sagte unser Klient, dessen Gesichtsausdruck noch immer äußerste Verblüffung zeigte. „Wie kamen Sie ausgerechnet auf ihn?"

„Sie haben es selbst gesagt", entgegnete Holmes über seine Schulter an unseren Gastgeber gewandt, „die Taten konnten nur von jemandem begangen worden sein, der sich innerhalb des Hauses aufhielt. Wenn die Bediensteten tatsächlich unschuldig waren, so blieb nur eine mögliche Quelle für einen solchen ‚Innentäter' – es musste eine von Ihnen erschaffene Figur sein, die den Seiten eben jenes Buches entsprungen war, auf dessen Zerstörung sie so erpicht war."

Ich sah Holmes fragend an, doch unser Gastgeber schien meinem Freund problemlos folgen zu können. „Aber woher wussten Sie, dass es Moran war?", hakte der Doktor nach.

„Ich vermutete es bereits, als ich die Jagdtrophäen im Salon untersuchte", sagte Holmes. „Moran sieht sich selbst zuallererst als Jäger. Jemand, für den die Jagd einen so hohen Stellenwert hat, empfindet die Zerstörung von Trophäen natürlich als die größtmögliche Beleidigung, die man einem Gegner zufügen kann. Letztlich bestätigt wurde meine Theorie, als ich mir die ramponierten Bücher ansah. Alle waren beschädigt worden, doch nur eines von ihnen wurde komplett entzwei gerissen: *Die Rückkehr.* Eben jenes Buch, das Morans' Schicksal besiegelte – und in dem ich wieder Herr über das meine wurde."

„Moriarty hat Ihnen vertraut!", stieß Moran an den Doktor gewandt hervor. „Sie hatten das ideale Komplott erdacht, um die Welt ein für alle Mal von Holmes zu befreien. Und dann machen Sie auf einmal einen Rückzieher! Aber Sie mussten ja unbedingt diesen Dorn im Auge eines jeden Verbrechers wieder auferstehen lassen!"

„Aber warum vergreifen Sie sich an meinem Haus?", fragte unser Gastgeber, der eher perplex schien als wütend oder verängstigt. „Wenn ein Jäger wie Sie mich hätte umbringen wollen, dann hätten Sie doch sicher …"

Moran fiel ihm schäumend vor Wut ins Wort. „Ich hatte nicht vor, Sie zu töten, Dr. Doyle. Mein Ziel war lediglich, Sie zu ruinieren – genau so, wie Sie es mit mir gemacht haben!"

„Sie wollten die Idylle Undershaws zerstören und damit den Seelenfrieden und das perfekte Umfeld für schriftstellerische Inspiration zunichtemachen, die unser Freund Doyle hier gefunden hat", sagte

Holmes und mich durchzuckte der Gedanke, dass Holmes gerade zum ersten Mal den Namen unseres Klienten ausgesprochen hatte.

„Ich hielt es für klug, diese Inspiration zu vernichten, bevor sie noch weitere aufrechte Kriminelle in Tod und Verderben reißt, Mr. Holmes", sagte Moran. „Ich wünschte nur, ich hätte schneller gehandelt."

„Das glaube ich gern. Watson, wären Sie so gut und würden mir helfen, den Colonel nach oben zu bringen, damit wir dort auf die örtliche Polizei warten können?"

Als wir uns später am Abend für die Rückkehr in die Baker Street fertig machten, wandte sich Holmes noch einmal an unseren Gastgeber. „Ich muss Sie noch etwas fragen, Dr. Doyle – waren Sie enttäuscht, als sich herausstellte, dass es sich doch nicht um das Werk eines von uns gegangenen Geistes handelte?" Mir schien, als enthielten seine Worte eine tiefere, unausgesprochene Herausforderung, die sich auch in dem Blick widerspiegelte, den er unserem Gastgeber zuwarf.

„Sie machen sich über meine Überzeugungen lustig, Mr. Holmes", entgegnete unser Klient, doch in seinen Augen schimmerte so etwas wie Zuneigung. „Aber ich denke, Sie urteilen zu hart über mich, denn schließlich findet man sich nur ungern damit ab, dass man ... einen Freund für immer verloren hat."

Holmes sah den Schriftsteller an und ich konnte spüren, wie sich einen Moment lang ein gewisses Verständnis zwischen den beiden einstellte.

„Ich habe mich gefragt, ob Sie und Ihr Kollege eventuell auch für die Lösung weiterer Fälle zur Verfügung stehen?", fuhr Doyle fort und ein Lächeln umspielte seinen Schnurrbart. „Mir ist da eine äußerst ungewöhnliche Geschichte zu Ohren gekommen – einige höchst merkwürdige Ereignisse, die sich in Norwood zugetragen haben ..."

„Es wäre mir eine Freude, den Fall für Sie zu untersuchen, Dr. Doyle."

Kurz darauf machten wir uns auf den Rückweg nach London, doch es freut mich sagen zu können, dass mein Freund Sherlock Holmes und ich fortan dem Haus mit dem Namen Undershaw noch manch weiteren Besuch abstatteten.

Ein Fall von Mord
von Carla Coupe
Silver Spring, Maryland, USA

Sonnenlicht fiel durch die Fenster in unser Zimmer, in dem Holmes und ich zigarettenrauchend nach dem Mittagessen saßen und lasen. Ein heftiges Pochen erklang von der Tür im Erdgeschoss herauf. „Erwarten Sie jemanden?" Ich legte meine Zeitung zur Seite. Holmes blickte auf: „Nein."

Einen Augenblick später führte Mrs. Hudson unsere Besucherin herein, eine Dame mittleren Alters, die intelligent wirkte und kompetent auftrat.

„Mr. Holmes?", fragte sie, als wir aufstanden.

Holmes verbeugte sich: „Dies ist Dr. Watson, mein Freund und Kollege. Bitte nehmen Sie Platz und erzählen Sie uns von der Tragödie, die sich letzte Nacht abgespielt hat."

Sie drückte eine Hand auf ihr Herz, wurde blass und schwankte. „Sie wissen bereits davon?"

Besorgt trat ich neben sie. „Bitte, gnädige Frau, setzen Sie sich. Ich werde Mrs. Hudson bitten, uns einen Tee zu bringen."

„Danke, Doktor." Sie ließ sich mit einem Seufzer auf einen Stuhl nieder.

Holmes nahm wieder Platz und schlug die Beine übereinander: „Ich weiß nur, dass Sie verwitwet sind, vergangene Nacht einem verletzten Mann beigestanden haben und dass Sie heute Morgen mit dem Frühzug nach London gekommen sind."

Sie nickte. „Das ist in jeder Hinsicht korrekt, Mr. Holmes. Ich kenne Ihren Ruf und sollte nicht von Ihrem Scharfsinn überrascht sein. Aber eins nach dem anderen. Mein Name ist Mrs. John Maurice. Ich muss gestehen, dass ich sehr wenig Geld habe, doch ich werde einen Weg finden, Sie zu bezahlen ..."

Während Holmes ihr versicherte, dass er auf jegliche Bezahlung verzichten würde, klingelte ich nach Mrs. Hudson und bat um etwas Tee. Danach kehrte ich zurück, um die Geschichte zu hören.

„Ich bin die Haushälterin von Dr. Henry Undershaw. Er ist ein anständiger Mann und ein engagierter Arzt. Vor einigen Jahren machte

Mr. Dennis Velope, ein alter Freund des Doktors, ihm ein Angebot, sein Haus und Land zu kaufen. Jedoch lehnte der Doktor ab und die beiden gerieten aneinander."

„Bis gestern ließ Mr. Velope nicht locker. Ständig drohte er Dr. Undershaw."

„Wie hat der Doktor reagiert?", fragte Holmes.

„Es bekümmerte ihn sehr, da sie sich einst sehr nahe standen." Mrs. Hudson trat mit einem Tablett ein und Mrs. Maurice nahm ihren Tee mit einem dankbaren Nicken in Empfang. Ich sah, wie wieder Farbe in ihr Gesicht zurückkehrte, und sie deutete an, dass Holmes mit seinen Fragen fortfahren sollte.

„Was ist gestern Abend passiert?", fragte er.

„Der Doktor erhielt eine Nachricht und teilte mir mit, dass Mr. Velope ihn am Abend besuchen würde, um ihr Verhältnis wieder in Ordnung zu bringen."

„War Dr. Undershaw über diese Nachricht überrascht?"

„Geradezu verblüfft, würde ich sagen. Mr. Velope war nicht dafür bekannt, seine Meinung zu ändern. Eigentlich ..." Sie zögerte.

„Ja?", ermutigte ich sie mit einem aufmunternden Lächeln.

„Nun, ehrlich gesagt, ist er ein sturer Mann mit einem rachsüchtigen Charakter."

Holmes sah zufrieden aus. „Meine Ermittlungen wären viel einfacher, wenn alle meine Kunden so wahrheitsliebend wären. Bitte fahren Sie fort."

„Vergangene Nacht traf ich Mr. Velope an der Tür. Ich erkannte ihn kaum wieder, so sehr hatte er sich verändert. Sein Gesicht war blass und eingefallen, seine Augen tief in die Höhlen eingesunken. Ich führte ihn in das Arbeitszimmer und als ich wegging, hörte ich, wie die Tür zugesperrt wurde."

„Was haben Sie dann getan?", fragte Holmes.

„Ich kehrte in mein Zimmer zurück. Es war spät, aber mir war nicht wohl bei dem Gedanken, ins Bett zu gehen. Nicht, solange Mr. Velope noch im Haus war." Sie presste ihre Lippen zusammen. „Das war auch gut so, denn nicht einmal eine Viertelstunde später hörte ich ein schreckliches Klirren und Schläge aus dem Arbeitszimmer des Doktors."

„Ich eilte zur Tür, aber sie war noch immer abgesperrt. Von drinnen hörte ich laute Stimmen, dann einen Schrei. Ich versuchte, mit meinen Schlüsseln die Tür zu öffnen, aber meine Hände zitterten und ich brauchte mehrere Anläufe, um den richtigen Schlüssel ins Schloss zu bringen. Schließlich bekam ich sie auf." Ich beugte mich nach vorne: „Meine Güte! Was war passiert?"

„Im Zimmer herrschte ein heilloses Durcheinander. Der Mahagoni-Lesetisch war umgeworfen, Stühle lagen auf die Seite gekippt, Papiere waren auf dem Teppich verstreut." Sie schauderte: „Ich sah den Doktor, der wie tot vor dem Kamin lag. Mein Herz setzte aus, ich war fassungslos! Dann sah ich Mr. Velope, wie er ausgestreckt und mit dem Gesicht nach unten auf dem Sofa am Fenster lag, ein Messer in seinem Rücken. Überall war Blut." Sie hielt inne, die Hände in ihrem Schoß fest umklammert. „Der Anblick war erschütternd, wirklich erschütternd."

„Das kann ich mir vorstellen", sagte ich. „Es muss schrecklich gewesen sein. Was haben Sie getan?"

„Ich rannte zum Doktor. Ich war so erleichtert, als ich sah, dass er noch atmete!"

Holmes hob seine Hand: „Bitte beschreiben Sie mir, in welchem Zustand die Kleidung des Doktors war."

Sie wirkte verwirrt, antwortete aber: „Sie war zerknittert, aber ansonsten unauffällig."

„Und seine Hände?"

„Ich habe nichts Ungewöhnliches an seinen Händen bemerkt."

„Danke. Bitte fahren sie fort."

„Ich rief die Köchin, die in der Küche Knochen auskochte. Sie weckte den Laufburschen und schickte ihn los, damit er die Polizei alarmierte. Dann prüfte ich Mr. Velopes Puls, aber er war bereits tot." Sie rümpfte ihre Nase.

„Ich habe den Tod schon vorher gesehen, meine Herren, und ich weiß, dass er nicht schön ist, aber was war das für ein Anblick! Sein Gesicht war ganz verzerrt und er roch schrecklich."

„Inwiefern schrecklich?", fragte ich.

„Es war ein süßlicher Geruch, fast kränklich."

Holmes stand auf und ging zum Kamin. „Haben Sie den Geruch bereits bemerkt, als Mr. Velope ankam?"

„Ja, ganz sicher."

„Ich verstehe", nickte er bedächtig. „Wann traf die Polizei ein?"

„Nach nicht einmal einer halben Stunde. Während wir warteten, habe ich den Gärtner gebeten, den Doktor in den Salon zu tragen." Sie sah mich an. „Ich konnte ihn nicht auf dem Boden liegen lassen, Dr. Watson. Nicht, solange Mr. Velopes Leichnam noch dort war."

Ich nickte. „Ich bin mir sicher, dass sie sehr vorsichtig waren. Kam er wieder zu Bewusstsein?"

„Nicht wirklich. Er war verwirrt und murmelte vor sich hin. Als ich ihn ansprach, reagierte er jedoch nicht. Er hatte hier eine Beule", sie zeigte auf ihre rechte Schläfe, „und blaue Flecken im Gesicht."

„Ich saß bei dem Doktor, bis die Polizei ankam. Meine Güte, es war ein solches Hin und Her, Telegramme gingen an diese und jene Personen, es kamen noch mehr Polizisten, die ständig rein und raus liefen."

„Es war schon fast Morgen und der Doktor rührte sich etwas, als ein Klopfen ertönte und ein Mann eintrat. Er sagte, sein Name wäre Athelney Jones und er käme von Scotland Yard." Sie seufzte angeekelt. „Mag sein, dass er von Scotland Yard ist, aber er ist sicher kein Gentleman. Er rauschte an mir vorbei und schüttelte den Doktor an der Schulter. ‚Wachen Sie auf', sagte er, ‚ich habe Fragen an Sie, mein Herr!'"

„Da habe ich ihm gehörig die Leviten gelesen! Ihm müssen die Ohren geklingelt haben, als er den Raum verließ. Eine Unverschämtheit, einen verletzten Gentleman so zu schikanieren, ob man nun von der Polizei ist oder nicht!"

„Ganz richtig, Mrs. Maurice." Holmes' Lippen zuckten, als ob er versuchte, ein Lächeln zu unterdrücken.

„Wir sollten alle das Glück haben, eine solche Beschützerin zu haben", sagte ich.

Ihre Wangen röteten sich. „Natürlich ließ ich nach Mr. Jones rufen, sobald der Doktor wieder zusammenhängend sprechen konnte. Er erlaubte mir nicht, dabei zu bleiben, während er den Doktor befragte, und Dr. Undershaw, die gütige Seele, sagte mir, alles wäre in Ordnung."

Ihre Augen füllten sich mit Tränen und sie zog ein Taschentuch aus ihrem Handtäschchen. „Aber das ist es nicht, Mr. Holmes! Ich war noch nicht einmal fünf Minuten aus dem Raum, als Mr. Jones heraustrat. Er hielt den Doktor am Arm fest. Der Doktor sagte mir, er sei wegen Mordes verhaftet."

„Sein Gesicht war kreidebleich, von den blauen Flecken einmal abgesehen. Er sagte, er könne sich an nichts vom Vorabend erinnern, aber er habe Vertrauen in die Ermittlungen von Scotland Yard. Er bat mich auch, eine Nachricht an seinen Familienanwalt zu senden. Und dann führte Mr. Jones ihn weg. Ich bin mir sicher, dass er noch immer wackelig auf den Beinen war und schreckliche Kopfschmerzen hatte."

„Warum haben Sie sich entschieden, zu mir zu kommen?", fragte Holmes.

„Ich habe von Ihrem Scharfsinn gehört und davon, dass Sie wie kein anderer Zusammenhänge erkennen und die richtigen Schlussfolgerungen ziehen. Ich wies unser Dienstmädchen an, das Arbeitszimmer nicht aufzuräumen, nachdem die Polizei dort fertig war. Und dann habe ich den ersten Zug nach London genommen, um mich von Ihnen beraten zu lassen. Ich bin sicher, wenn jemand die Unschuld des Doktors beweisen kann, dann Sie. Und jetzt", sagte sie mit einem Nicken, „lege ich die ganze Angelegenheit in Ihre Hände, Mr. Holmes."

Wir nahmen zu dritt den Nachmittagszug von Waterloo. Eine Kutsche wartete auf uns, als wir ausstiegen, jedoch war die Fahrt so kurz, dass wir zu Dr. Undershaws Haus auch leicht hätten laufen können. Holmes streifte das georgianische Gebäude und den gepflegten Garten mit einem flüchtigen Blick, bevor er hineineilte. Ich bot Mrs. Maurice meinen Arm an, aber sie deutete mir, dass ich Holmes folgen sollte.

Ich fand ihn im Arbeitszimmer, wo er neben dem Kamin kniete und eine Ecke des Kamingitters untersuchte. Ich sah mich im Raum um, der noch immer in Unordnung war, und ging zum blutbefleckten Sofa am Fenster hinüber. Rostbraune Flecken bedeckten das Kissen und liefen auf dem Boden ineinander. Das Fenster selbst war fest verschlossen und mit schweren Fensterläden besetzt.

Als Mrs. Maurice neben mir erschien, stand Holmes auf. Sein scharfer Blick glitt durch den Raum. Er ging zur Anrichte und beugte sich über zwei Weingläser, in denen noch immer der Bodensatz zu sehen war.

Nachdem er den Ständer der Kristallkaraffe studiert hatte, untersuchte er einige Minuten lang intensiv die Polster und Fensterläden, bevor er mit einem strahlenden Lächeln die Hände zusammenschlug.

„Mrs. Maurice, Sie hatten ganz Recht: Der gute Doktor hat keinen Mord verübt. Und dank der Tatsache, dass Sie mich sofort konsultiert haben, kann ich es beweisen." Er ignorierte ihre Ausrufe der Überraschung und Freude und ergänzte: „Rühren Sie nicht einmal ein Staubkorn in diesem Zimmer an." Dann drehte er sich zu mir um: „Watson, wir müssen den letzten Zug erreichen. Morgen werden wir mit Inspektor Athelney Jones zurückkehren und die Wahrheit ans Licht bringen."

Am Abend weigerte sich Holmes, den Fall auch nur indirekt zu diskutieren, so dass ich meinen Verdruss unterdrückte und stattdessen die herrlichen Getränke und das gute Essen bei Simpsons genoss. Am nächsten Morgen traf ich Holmes und den Inspektor an der Waterloo Station. Ich habe nie erfahren, welchen Anreiz Holmes Athelney Jones gegeben hatte, um ihn davon zu überzeugen, uns zu begleiten, aber es erfüllte seinen Zweck.

Als wir uns in unserem Abteil niedergelassen hatten, blickte Athelney Jones finster hinüber zu Holmes, der selbst wiederum aus dem Fenster sah und ruhig seine Pfeife rauchte. Der Inspektor wandte sich mir zu.

„Kommen Sie schon, Doktor! Der Mann wurde ertappt, während er praktisch das Messer in den Ermordeten trieb. Er ist offensichtlich schuldig. Sicher geben Sie mir einen Hinweis, was Sie beide entdeckt haben. Mr. Holmes besteht darauf, nichts zu sagen, aber ich weiß, dass Sie fair sind und mich nicht im Dunkeln tappen lassen."

Ich lächelte: „Ich fürchte, dass ich Ihnen da nicht helfen kann, Inspektor, denn ich weiß selber nicht mehr als Sie. Sie wissen ja, wie sehr Holmes es liebt zu überraschen."

Trotz des andauernden leisen Grummelns des Inspektors war es eine angenehme Fahrt und ich genoss den Spaziergang vom Bahnhof zum Haus.

Mrs. Maurice empfing uns an der Tür. Holmes lehnte den angebotenen Kaffee ab, obwohl Jones den Eindruck machte, als wäre ihm eine Stärkung willkommen gewesen. Wir wurden in das Arbeitszimmer geführt. Holmes hielt in der Mitte des Raumes inne.

„Nun, Inspektor", sagte er gut gelaunt, „seien Sie so gut und schildern Sie mir die Ereignisse der vergangenen Nacht anhand der Beweise und Ihres Verhörs mit dem Doktor."

„Sie haben mich den ganzen Weg von London hierher geschleppt, um mir zu sagen, was ich schon weiß?" Er schnaubte. „Nun gut, Mr. Holmes. Ich werde Ihnen die Tatsachen beschreiben, auch wenn der Doktor sich angeblich an nichts erinnern kann. Das Opfer kam um zehn und wurde in dieses Zimmer geführt. Wie Mr. Velope in seiner Nachricht angegeben hatte, war er gekommen, um Unstimmigkeiten aus der Welt zu schaffen, und die beiden Männer tranken in aller Freundschaft ein Glas Wein. Beachten Sie die leeren Gläser auf der Anrichte." Er zeigte auf die Weinpokale. „Sie sprachen miteinander, doch der Doktor wollte Mr. Velopes Entschuldigung nicht akzeptieren. Aus ihrem Gespräch wurde ein Streit. Sie schlugen sich und während des Kampfes warfen sie Möbel um und fegten Papiere zu Boden."

„Rasend vor Wut griff der Doktor nach dem Messer, das ihm als Brieföffner dient, und versenkte es in Velopes Rücken. Velopes ausgestreckter Arm traf den Doktor, welcher auf das Kamingitter fiel, wo er sich den Kopf anschlug und das Bewusstsein verlor. Velope starb praktisch auf der Stelle."

Jones nickte mit Nachdruck. „Das, meine Herren, sind die Fakten!"

„Ausgezeichnet, Inspektor! Wirklich, eine bemerkenswerte Wiedergabe der Ereignisse", sagte Holmes.

„Mein Können entspringt der Erfahrung", erwiderte der Inspektor mit einem zufriedenen Lächeln.

„Natürlich sind beinahe alle Ihre Schlussfolgerungen völlig falsch, da Sie sich auf vorgefasste Meinungen und oberflächliche Beobachtungen stützen."

Die empörte Antwort des Inspektors ignorierend, erläuterte Holmes: „In einem Punkt haben Sie Recht: Velope ist um zehn Uhr angekommen. Aber er kam nicht hierher, um etwas wiedergutzumachen, er kam her, um seinen alten Freund in genau die Situation zu bringen, in der sich dieser nun befindet. Denken Sie darüber nach, Inspektor! Mrs. Maurice sagte, dass Mr. Velope sich verändert habe; er sei mager und bleich geworden. Watson, wie würden Sie seinen Zustand erklären?"

Ich beantwortete Holmes' Frage: „Ich habe nicht genug Hinweise, jedoch klingt es, als hätte er an einer chronischen Krankheit gelitten, die ihn schwächte."

„Welche Krankheit genau dies war, ist unwichtig. Es genügt festzuhalten, dass Velope nicht gesund war und unter erheblichen

Schmerzen gelitten haben muss, denn er hatte beschlossen, vor seiner Ankunft eine geringe Menge Opium zu rauchen."

„Opium?" Athelney Jones schüttelte den Kopf. „Sie können nicht wissen, dass er Opium geraucht hat."

„Der Geruch, Inspektor! Er ist unverkennbar. Mrs. Maurice erwähnte den kränklich-süßlichen Geruch, den Velopes verströmte und der tatsächlich noch immer in den Polstern hängt, auf denen sein Leichnam lag. Er hatte nicht genug geraucht, um der Mattigkeit zu verfallen, welche die schwere Opiumsucht kennzeichnet, sondern er nahm genau die Menge, die ihm half, seine Schmerzen zu lindern und seinen Plan auszuführen."

„Und welcher Plan sollte das sein?" Der Inspektor verschränkte seine Arme vor der Brust und starrte Holmes herausfordernd an.

„Zu erreichen, dass Dr. Undershaw fälschlich des Mordes beschuldigt wird."

Athelney Jones' verwirrter Gesichtsausdruck wirkte beinahe komisch, obwohl ich sein Erstaunen teilte.

„Aber Holmes", sagte ich, „hier hat ein Kampf stattgefunden, die Beweise sind eindeutig. Und Sie können doch nicht über die Tatsache hinwegsehen, dass Velope in den Rücken gestochen wurde. Das kann er doch nicht selbst getan haben."

„Allerdings", rief der Inspektor. „Diese Fakten stützen meine Theorie!"

„Ah, aber er *hat* sich selbst in den Rücken gestochen", sagte Holmes. „Dennis Velope war ein kaltblütiger Killer, der wollte, dass Dr. Undershaw für einen Mord gehängt wird, den er nicht begangen hat."

„Aber was ist denn nun wirklich passiert?", fragte ich.

„Die Beweise erzählen die Geschichte ganz deutlich, meine Herren. Velope kommt an und wird von Dr. Undershaw begrüßt. Velope bittet darum, dass sie nicht gestört werden, also verriegelt der Doktor die Tür. Fast sofort betäubt Velope ihn mit einem Schlag auf den Kopf. Der Doktor fällt neben den Kamin und Velope kann ungestört mit seinen Plänen fortfahren."

„Warum hat er Dr. Undershaw nicht umgebracht, als dieser ohnmächtig war?", fragte ich.

„Das hätte viel zu offensichtlich nach Vergeltung ausgesehen. Nein, Velope war ein rachsüchtiger Mann. Ich vermute, er erfuhr, dass er bald an seiner Krankheit sterben würde, und er wollte, dass der Doktor leidet. Also wartete er, bis es ruhig im Haus war und beschäftigte sich, indem er die private Korrespondenz des Doktors las und Wein trank."

„Aber es wurden zwei Gläser benutzt", wandte der Inspektor ein. „Ein Mann kann aus zwei Gläsern trinken", erwiderte Holmes. „Denken sie daran, Inspektor, er wollte, dass die Polizei annahm, sie hätten freundlich miteinander geplaudert. Sobald es im Haus ruhig geworden war, nahm er den Brieföffner und klemmte ihn in die Halterung des Fensterladens, so dass die Klinge in den Raum zeigte – Sie können Kratzer erkennen, wo der Griff auflag – und dann warf er die Möbel um und schrie, als ob ein Kampf ausgebrochen wäre."

„An diesem Punkt zeigte sich seine wahre Natur", fuhr Holmes mit ernster Miene fort. „Denn er stand mit dem Rücken am Fenster, die Spitze des Messers gegen seine Jacke gedrückt, und warf sich nach hinten, direkt in die Klinge. Mit seinem letzten Atemzug hob er sich genug, um den Messergriff aus der Halterung zu befreien, bevor er auf dem Sofa tot zusammenbrach. Wenn sie den Verschluss des Fensters untersuchen, Inspektor, können Sie getrocknete Bluttropfen erkennen, die bei seinem verzweifelten Stoß verspritzt wurden."

Athelney Jones eilte zum Sofa am Fenster. Er betrachtete den Fensterladen, runzelte die Stirn und drehte sich um. „Das ist alles schön und gut, Mr. Holmes, aber ich werde mehr Beweise brauchen, bevor ich mich von der Unschuld des Doktors überzeugen lasse."

„Das ist einfach", sagte Holmes. „Als erstes wird eine gründliche Untersuchung des Elfenbeingriffs am Brieföffner Kratzer offenbaren, die mit dem Beschlag der Fensterläden übereinstimmen."

„Woher wissen Sie, dass der Griff aus Elfenbein ist? Hat Ihnen die Haushälterin das gesagt?"

„Das war nicht nötig", erklärte Holmes. „Es sind Spuren von Elfenbein auf den Eisenteilen der Fensterläden zu erkennen. Er muss den Brieföffner so lange dort justiert haben, bis sich dieser in der für seine Zwecke richtigen Position befand. Und zweitens: Sie haben Dr. Undershaw gestern gesehen. Hatte er Blut an seinen Fingern oder an seiner Kleidung?"

Das Stirnrunzeln des Inspektors vertiefte sich: „Nein."

„Angesichts des Musters, das die Blutspritzer auf dem Fensterladen bilden und der Position des Brieföffners in seinem Rücken ist es unmöglich, dass der Doktor auf Velope hätte einstechen können, ohne dabei selber Spritzer abzubekommen. Velope hat Selbstmord begangen und damit auch seinen ehemaligen Freund zum Tode verurteilt."

„Großer Gott", flüsterte ich, „der Mann war verrückt."

Der Inspektor sah den Fensterplatz lange an und holte dann tief Luft: „Ob er nun verrückt war oder nicht, ihn hat das Schicksal ereilt, das er verdient hat. Ich gebe es ungern zu, aber Sie haben mich überzeugt, Mr. Holmes. Ich werde mit dem nächsten Zug nach London zurückkehren und dafür sorgen, dass die Anklage gegen Dr. Undershaw fallengelassen wird."

„Mr. Holmes, Dr. Watson!" Mrs. Maurice umklammerte meine Hand, als wir an der Tür standen. „Ich kann Ihnen nicht genug für all das danken, was Sie getan haben!" Holmes verbeugte sich und machte sich auf den Weg, die Auffahrt hinunter. „Es war uns ein Vergnügen", antwortete ich und befreite meine Hand, die sie nicht mehr loslassen wollte. „Und ich werde Ihnen immer dafür dankbar sein, dass Sie Holmes die Möglichkeit gegeben haben, Undershaw zu retten."

Die Puppe und ihr Schöpfer
von Patrick Kincaid
Coventry, Großbritannien

So strengt euch an und begreift es endlich.
Die Puppe und ihr Schöpfer sind niemals identisch.
<small>ARTHUR CONAN DOYLE</small>

Als Herbert mir einen Antrag machte, tat ich überrascht, indem ich wie ein Mädchen kreischte, so wie ich es einmal im Theater gehört hatte. Er starrte mich ungläubig an und brach dann in Lachen aus. Ich sah das Silber in seinen Backenzähnen. Von wem, fragte ich mich, hatte er wohl diesen Hang zum Süßen geerbt: vom Vater, dem Mediziner, oder von seiner toten Mutter? Wahrscheinlicher war wohl, dass er es in seiner Jugend von einem Kindermädchen übernommen hatte. Es war ohnehin nicht wichtig, denn das nächste, was er sagte, ließ mein Herz tatsächlich höher schlagen.

„Ganz ruhig, mein Herz", sagte er, „ich werde sicher auch keine Freudensprünge machen, wenn du mich deiner Mutter vorstellst."

„Immerhin ist sie keine berühmte Schriftstellerin."

„Berühmt oder nicht, mein alter Herr ist und bleibt nun mal langweilig. Gerade das macht ihn ja zu dem, der er ist, oder?"

Am nächsten Freitag fuhren wir in der Spätsommersonne in die South Downs. Ich lachte geflissentlich über Herberts Scherze, die er mir über den dröhnenden Motor zurief, und klammerte mich im Sitz fest, während er über die holprigen Landstraßen fegte. Hinter Rotherfield wurden sie besser und eine Zeitlang folgten wir sorgsam angelegten Alleen, bis wir in einen Wald junger Kiefern hineinfuhren. Auf einer Anhöhe erblickten wir den nahezu herrschaftlichen Wohnsitz, der unser Ziel war: ein Inbegriff des Jugendstils in rotem Backstein mit einem Wappen über den eichenen Doppeltüren.

„Das alles hier verdanken wir einem monströsen Hund", meinte Herbert und sprang aus dem Auto. „War für uns am Anfang etwas gewöhnungsbedürftig."

„Du bist hier gar nicht aufgewachsen?"

„Himmel, nein. Ich bin in einem Haus mit Erkern und Giebeln aufgewachsen, nicht in einer verdammten Burg!"

Ein Mann mit sonnengebräuntem Gesicht kam heraus, um uns die Taschen abzunehmen, und Herbert stellte ihn als Billy vor. Ich suchte nach Spuren des unschuldigen Pagen, der er einst gewesen sein musste, fand jedoch nur die Zeichen der Ausschweifungen mittlerer Jahre. Im hohen Eingangsbereich hinter den Doppeltüren wurden wir von einem dreizehnjährigen Jungen in Knickerbockers und T-Shirt begrüßt. „Bertie und seine Freundin sind da", rief er und rannte durch eine weitere Eichentür tiefer in die Festung hinein. Wir folgten ihm in einen modernen Salon, der mit Diwanen ausgestattet war. Der Kamin allein hätte einer Familie aus den Londoner Slums Platz genug zum Wohnen geboten.

„Dieser Lausebengel ist Edward", sagte Herbert und zwirbelte das Ohr des Jungen. Der Junge zuckte zusammen und boxte Herbert in den Bauch. „Was ist denn das da auf deiner Wange, Strolch?"

Der purpurne Abdruck einer flachen Hand war dort zu sehen. „Das war Papa."

„Und was hast du getan, du Rabauke?", Herbert versuchte, das andere Ohr des Jungen zu fassen.

Der Junge duckte sich. „Wir haben vor dem Pfarrhaus im Auto auf Mama gewartet und ich sah, wie aus einem Laden eine Frau kam, die genau wie ein Schwein aussah. Wirklich, Bertie, sie hatte einen Schweinerüssel und alles! Also meinte ich zu Alexa: ,Sieh dir diese hässliche Frau an.' Da hat Papa sich von seinem Sitz umgedreht und mir eine verpasst. ,Keine Frau ist hässlich', hat er gesagt."

„Er ist ein furchtbar altmodischer Viktorianer", erklärte mir Herbert. „Nicht dass du es nicht verdient hättest, Bengel. Übrigens, das ist ..."

„Ich weiß, wer sie ist", stieß der Junge hervor und rannte durch eine andere Tür hinaus.

Herbert schüttelte den Kopf: „Das Temperament seiner Mutter, fürchte ich. So, ich schätze, du willst dich etwas herausputzen, mein Herz. Ich muss telefonieren, aber Billy zeigt dir dein Zimmer. Treffen wir uns hier in einer halben Stunde?"

Mit einem Kuss überließ er mich dem greisen Pagen. Als ich diesem über mit rotem Teppich ausgelegte Stufen und durch einen mit dunklem Holz getäfelten Gang folgte, lauschte ich nach Anzeichen dafür, dass der Herr des Hauses anwesend war. Alles, was ich hörte, war jedoch das Keuchen meines Begleiters.

Er ließ mich in der Tür eines Zimmers stehen, welches so hell und freundlich war wie der Rest des Hauses düster: kein Möbelstück und kein Zentimeter Wand, der nicht mit rosa und weißgelben Blumen bedeckt war. Ich zählte bis zwanzig und trat zurück in den schwach erleuchteten Gang. Dort stand ich mit lauschend zur Seite geneigtem Kopf wie ein Spaniel. Dabei hätte ich es besser wissen müssen: Ich hatte gelesen, dass mein Zielobjekt nach wie vor Feder und Tinte bevorzugte; also war klar, dass mich kein Klappern und Tackern einer Remington-Schreibmaschine zu ihm führen würde. Doch genau in dem Augenblick hörte ich ein leises Räuspern. Ich folgte dem Geräusch dorthin, wo der Gang abbog, und fand eine Tür, die einen Spalt offen stand. Drinnen war noch mehr dunkles, hier mit rotem Leder überzogenes Holz zu sehen, ebenso wie einige sorgfältig sortierte Bücherkisten und ein kunstvoll verzierter Schreibtisch mit einer grünbeschirmten Lampe: Es erinnerte mich an eines der Sprechzimmer in der Harley Street. Der Hausherr saß mit breitem Rücken zu mir gewandt und ich beobachtete ihn, wie er die Feder ins Tintenfass tauchte und ein paar Zeilen unten auf ein Blatt Papier schrieb. Sein Haar war weiß, im Nacken militärisch kurz und oben etwas ausgedünnt. Als er die Feder zur Seite legte und eine Schublade öffnete, nahm ich an, dass er auf der Suche nach weiteren Blättern war – doch stattdessen zog er einen Revolver heraus und richtete diesen gelassen auf mich.

„Meine Kinder lernen von klein auf, mich nicht in meinem Arbeitszimmer zu stören", sagte er, „meine Bediensteten klopfen immer an und meine Frau ist nicht vor fünf Uhr zurück. Öffnen Sie langsam die Tür, junge Dame, und treten Sie ein."

Ich tat wie geheißen und sah, wie mein Schatten über die Wand bis zur rechten Seite seines Schreibtisches wanderte. „Ich wollte nicht stören."

Er erhob sich von seinem Stuhl und die Waffe lag dabei so ruhig in seiner Hand, als wäre sie auf einem Stativ angebracht. „Aber Sie haben es."

„Ich hätte mich vorstellen sollen."

„Ganz im Gegenteil, Sie hätten warten sollen, bis man Sie mir vorstellt."

Er war genauso, wie ich ihn mir ausgemalt hatte: Ein gealtertes Abbild der Zeichnungen, die ich als Mädchen im Strand Magazine betrachtet hatte. Großgewachsen, mit einem altmodischen Schnurrbart und von Kopf bis Fuß in maßgeschneidertem Tweed gekleidet. Obwohl er im Alter etwas zugelegt hatte und seine Augen ein wenig an Glanz verloren hatten, war er auf eine gewisse biedere Art und Weise immer noch attraktiv.

„Die Umgangsformen sind nicht mehr das, was sie mal waren", fuhr er fort, „und übrigens weiß ich, wer Sie sind."

Ich nickte in Richtung der Waffe: „Wenn das so ist, ist dann dieses Museumsstück wirklich notwendig?"

Der Schatten eines Lächelns zuckte um seine Lippen: „Verzeihen Sie. Ich habe Gründe, denen zu misstrauen, die sich von hinten an mich heranschleichen." Er legte den Revolver zurück in die Schreibtischschublade.

„Eine Beaumont-Adams .442", bemerkte ich, „die Medien gehen von einer Webley aus."

„Ist mir zu neumodisch. Aber bitte, setzen wir uns doch."

Ich ließ mich in dem Lehnsessel nieder, auf den er deutete, und er kehrte zu seinem Schreibtischstuhl zurück.

„Wann wollen Sie eigentlich meinem Sohn verraten, dass Ihre Verlobung ein Schwindel war?"

Ich hatte natürlich erwartet, dass er sich im wahren Leben scharfsinniger als in seinen Werken erweisen würde. „Ich dachte, am besten wäre es, einfach zu verschwinden", antwortete ich.

„Jetzt gleich?"

„Morgen früh um sechs. Ein Taxi aus Rotherfield wartet dann am Tor auf mich."

Die glanzlosen Augen musterten mich etwa eine Minute lang: „Geregeltes Einkommen, würde ich denken, wenn auch niedrig."

„Geht es auch etwas genauer?"

Das flüchtige Lächeln huschte wieder über sein Gesicht. „Ihre spatelförmigen Fingerkuppen", erklärte er, „weisen darauf hin, dass Sie Schreibmaschine schreiben, aber die Hornhaut am Mittelfinger Ihrer rechten Hand deutet an, dass Sie ebenso oft zur Feder greifen. Die roten Male auf beiden Nasenflügeln stammen eindeutig von einer Brille und da Sie diese im Moment nicht tragen und auch nicht blinzeln, benötigen Sie sie offensichtlich nur für die Nähe, zum Beispiel beim Lesen und Schreiben. Ihre Blässe verrät mir, dass Sie sogar an sonnigen Tagen wie heute nicht rausgehen. Aus all dem schließe ich, dass Sie studieren und sich dabei über Wasser halten, indem Sie die Arbeiten älterer Studenten abtippen."

Jetzt musste ich ebenfalls ein Lächeln unterdrücken: „Spatelförmige Finger können erblich bedingt sein", antwortete ich, „das Zeichnen mit einem Stift hinterlässt die gleichen Spuren wie das Schreiben mit einer Feder. Meine Augen habe ich mir eventuell bei der Handarbeit verdorben. Und vielleicht leide ich an Blutarmut."

Er zog die Augenbrauen hoch: „Dann lag ich falsch?"

Ich lächelte ihn an: „Nicht im Geringsten. Darf ich den Trick auch bei Ihnen probieren?"

Er zuckte mit den Achseln: „Ich bin zu bekannt."

„Darüber kann man streiten. Aber wenn Sie nichts dagegen haben, beschränke ich mich auf die Dinge, die Sie versucht haben, nicht publik werden zu lassen."

Er nickte ohne die Spur eines Lächelns: „Sie haben meine Erlaubnis."

„Ihr richtiger Name", begann ich, „ist James, nicht John."

Ein weiteres Achselzucken: „Ein versehentlicher Schreibfehler aus meiner Anfangszeit. Aber das haben schon andere vor Ihnen bemerkt. Fahren Sie fort."

„Sie wurden in Afghanistan weder an der Schulter noch am Bein getroffen, sondern an der Leiste."

„Schon besser", meinte er. „Mein Literaturagent riet mir aus Feingefühl zu ersterer Lüge und weil ich diese vergaß, erfand ich die zweite. Noch etwas?"

„Sie wurden römisch-katholisch erzogen."

Das überraschte ihn: „Wurde ich das?"

Ich nickte: „Bei der Suche nach neuen Namen haben Sie oft christliche Namen aus den katholischen Bibelübersetzungen – Elias und Isa – und irisch-katholische Familiennamen – Moran und Moriarty – gewählt."

„Bravo", erwiderte er, „auch wenn der letztgenannte kein erfundener Name war. Noch etwas?"

„Ja", fuhr ich fort, „Ihre erste Ehe war keine glückliche."

Es trat eine lange Stille ein, in der er nur seine Hände betrachtete. Sie waren rheumatisch angeschwollen und wenn er sie, wie jetzt gerade, ineinander faltete, ähnelten sie einer großen tropischen Nuss. Dann stand er auf und ging zur Tür. Ich hatte es vermasselt – das

227

Gespräch war beendet! Doch als er die Tür erreichte, schob er sie nur zu.

„Sie sind unverschämt", sagte er, „aber Sie haben nicht unrecht. Als ich meine erste Frau traf, waren wir beide völlig unbedarft und fanden uns unvermittelt in äußerst romantische Geschehnisse verstrickt."

„Ich habe darüber gelesen", antwortete ich, „so wie Millionen andere."

Seine matten Augen leuchteten kurz auf: „Aber nur Sie haben es richtig gedeutet. Sie und ein anderer."

Diese Andeutung faszinierte mich.

„Herbert hat ihre Antriebslosigkeit geerbt. Zum Glück hat ihn seine körperliche Verfassung vor dem Wehrdienst bewahrt. Er hätte ihn nicht überlebt, selbst bei voller Gesundheit. Offen gesagt frage ich mich, wie er es verkraftet, wenn sein Herz gebrochen wird." Er versuchte abzulenken.

„Warum haben Sie nicht auf meine Briefe reagiert?"

Er starrte auf seine Finger, die er wieder verschränkt hatte. „Warum sollte ich? Ich erhalte im Jahr hunderte Briefe dieser Art."

„Sie wissen, dass meiner anders war."

Er schüttelte den Kopf: „Nichts deutete darauf hin."

„Trotzdem wussten Sie es."

Er richtete sich auf und sah mir direkt in die Augen: „Es ist und bleibt unmöglich, Ihrem Wunsch nachzukommen. Ihre Gefühle diesbezüglich interessieren mich nicht. Ihr …" Er hielt inne und setzte erneut an: „Der Mann, von dem sie schrieben …" Dann brach er ganz ab.

„Mir ist klar", sagte ich, „dass derartige Belastungen für Körper und Geist ihren Tribut gefordert haben müssen. Aber ich weiß auch, dass Sie ihn beschützt haben: dass Sie sein Freund waren, selbst als er niemanden um sich haben wollte. Das konnte ich ebenfalls zwischen den Zeilen lesen. Und ich habe Ihren neuen Artikel über seinen Einsatz bei der aktuellen Auseinandersetzung gelesen …"

Nun war er es, der sich vom Thema nicht abbringen ließ: „Sie verwechseln James mit John. Die Marotten der ersten Zeit wurden im Lauf der Jahre durch andere ersetzt. Man kann heutzutage unmöglich über Laster schreiben, die nicht länger gesetzlich erlaubt sind. Was den von Ihnen erwähnten Artikel angeht, müssen Sie die Absicht dahinter berücksichtigen: Auch wenn es nicht direkt gelogen war, so war ich doch gezwungen, die ungebrochenen Fähigkeiten meines …", er stockte wieder, jedoch nur für einen Moment, „meines Kollegen zu betonen und seine gegenwärtigen Fehler herauszuhalten."

Ich wollte etwas sagen, doch er hob die Hand.

„Oh, ich wünschte, ich hätte ihn so gut beschützen können, wie ich angedeutet habe. Die Wahrheit ist, dass die Realität und meine Aufzeichnungen schon vor Jahren auseinanderliefen. Es ist wohl leider immer so: Die Puppe und ihr Schöpfer sind niemals identisch."

„Das ist er also für Sie?", fragte ich aufbrausend. „Eine Puppe?"

Es war dermaßen ungerecht, dass er verzichtete darauf zu antworten. Stattdessen kehrte er zu seinem Stuhl zurück. Er brachte sogar ein weiteres Lächeln zustande. „Sie ähneln Ihrer Mutter", bemerkte er.

„Sie sagte mir, ich sehe ihm ähnlich."

Er musterte mich erneut von Kopf bis Fuß. „Ihr Haar ist dunkel genug, das ist wahr. Darf ich fragen, wie alt Sie sind?"

„Zweiundzwanzig", antwortete ich.

Er schüttelte den Kopf: „Ich hatte keine Ahnung, dass die Liaison so lange dauerte."

„Sie bestand mal mehr, mal weniger."

Nach einer Weile sagte er: „Ich habe nie aufgehört, die Karriere Ihrer Mutter zu verfolgen. Sie kann offenbar immer noch eine Menge Leute in den Konzertsaal locken, oder zumindest konnte sie es bis zum Kriegsbeginn. Sehen Sie sich oft?"

„So gut wie nie."

Ein weiterer Moment verstrich. „Welchen Familiennamen haben Sie gewählt? Es kann nicht der sein, den Sie in Ihrem Brief an mich nannten. Herbert hätte das erwähnt: als Junge las er meine Werke genauso eifrig wie alle anderen."

„Normalerweise benutze ich den richtigen Namen meiner Mutter", antwortete ich, „aber ich nehme auch oft den Aliasnamen, den Sie ihr gaben. Und manchmal nutze ich den des meines Vaters."

Dieses Mal dauerte die Stille noch länger. Er sah aus dem Fenster und das hereinfallende Sonnenlicht hob die Furchen auf seiner Stirn deutlich hervor. Ich meinte fast, ich könnte sein Alter auf die Sekunde genau bestimmen.

Endlich sagte er: „Ich zweifle nicht daran, dass Sie sein Fleisch und Blut sind. Sie sind intelligent und scharfsinnig und Sie sind härter zu sich selbst, als gut für Sie ist. Außerdem betrachten Sie das Eigentum und die Gefühle von anderen mit Geringschätzung."

Ich lächelte: Bis jetzt war das seine beste Schlussfolgerung gewesen.

„Aber auch ich gehöre zu ihm", fuhr er fort, „ich war einst sein Komplize, als er sich unter einem Decknamen mit einem unschuldigen Hausmädchen zum Schein verlobte. Ich habe ihm mehrmals bei Einbrüchen zur Seite gestanden. Und ich habe gesehen, wie er als Richter und Geschworener in einer Person gehandelt hat und Leute davonkommen ließ, die andernfalls wohl der Galgen erwartet hätte."

„Ich sagte ja, dass sie ihm ein wahrer Freund sind."

Er lächelte darüber und wurde dann sehr ernst: „Inzwischen bin ich für ihn mehr als nur sein Freund. Auch nicht sein Bruder – man könnte mich eher seinen Hüter nennen. Sein Körper hält ihn gefangen und manchmal auch sein Verstand. Oh, er schreibt Abhandlungen über Bienen und äußert hin und wieder kluge Gedanken zu aktuellen Geschehnissen, aber viel zu oft kapselt er sich ab und zieht sich komplett von der Außenwelt zurück. Früher überstand er solche Anfälle unbeschadet, heute jedoch fordern sie einen hohen Tribut. Letztendlich werden wir alle alt." Er musterte mich wieder eindringlich: „Sie halten sich offenbar fit. Fechten Sie?"

Ich nickte: „Meine Mutter hätte es gern gesehen, wenn ich Sängerin geworden wäre, aber ich habe andere Talente geerbt."

„Sie spielen nicht zufällig ein Instrument?"

Ich schüttelte meinen Kopf.

„Nun ja, wenigstens etwas."

Wir waren vom Thema abgekommen, doch ich wollte ihn nicht länger vor den Kopf stoßen. Ohnehin hatte ich die besten Informationen durch Schweigen erhalten. „Ihr Haus ist fantastisch", sagte ich, „aber es liegt sehr einsam."

„Ich habe meine Familie."

„Und Freunde?"

Er überlegte einen Moment. „Mein Literaturagent wohnt ganz in der Nähe. Aber wenn Sie älter werden, werden Sie sehen, dass die Familie immer wichtiger wird …" Er hielt erneut inne und ich versuchte, ein Schmunzeln zu unterdrücken. Und dann gestatte er sich ein kurzes, ungehemmtes Lachen. „Sie haben tatsächlich andere Talente geerbt!", rief er.

„Aber auf diesen Gedanken brachte ich Sie nicht: Das taten Sie selbst und ich weiß, dass Sie es auch glauben."

Seine gesamte Erscheinung hatte sich gewandelt, seine müden Augen waren nun weit geöffnet und klar. „Natürlich tue ich das", erwiderte er. „Familie, Kameradschaft und Höflichkeit: Wir vernachlässigen diese auf eigene Gefahr. Ebenso wie Gastfreundschaft. Sie können gern das Wochenende hier verbringen."

„Sie laden mich ein?"

„Wir können ja nicht zulassen, dass Sie sich im Dämmerlicht davonschleichen. Am Montagmorgen telefoniere ich und wir werden sehen, was sich machen lässt. Sie haben mein Wort, dass ich alles in meiner Macht Stehende tun werde, um Ihnen in der Angelegenheit zu helfen. Meine Versuche, Sie aufzuhalten, erfolgten aus Fürsorge, aber jetzt sehe ich, dass das gar nicht nötig war."

Ich wusste nicht, was ich sagen sollte: ‚Danke' erschien unzureichend. Doch der Klang von Schritten im Korridor und einer Stimme, die meinen Namen rief, halfen mir aus der Verlegenheit. Mein Gastgeber erhob sich und öffnete die Tür: „Komm rein, Herbert." Mein Verlobter erschien in der Tür und blieb wie angewurzelt stehen. Ich sah die Macht eines langjährigen Verbotes und mir wurde bewusst, welche Ehre mir zuteil geworden war. Herbert – er wirkte unscheinbar neben der eindrucksvollen Erscheinung seines Vaters – starrte von einem zum anderen: „Ihr macht euch gerade bekannt?"

„So ist es", antwortete sein Vater und zog ihn am Ellbogen über die Schwelle. „Weißt du, Herbert, ein Freund hat mir einmal seine Überzeugung geschildert, dass das Leben unendlich seltsamer ist als alles, was sich der Verstand eines Menschen ausdenken kann."

„EIN Freund?", Herberts verbitterter Ton war kaum zu überhören. „Du meinst ‚der eine Freund'."

Sein Vater erkannte den Unmut, ging aber nicht darauf ein. Stattdessen legte er seine Hand von Herberts Ellbogen auf dessen Schulter und umarmte ihn. An Herberts Gesicht war abzulesen, wie unerwartet das für ihn war: Verunsicherung und etwas Angst vermischten sich in seiner Miene.

„Herbert, ich muss dir leider sagen, dass ich dieser Ehe nicht zustimmen kann. Ich begründe es später, aber fürs Erste empfehle ich dir, diese junge Dame als Freundin zu betrachten. Als eine Freundin fürs

Leben: Sie hat die Anlagen dazu. Nein, stell jetzt keine Fragen, Herbert. Wir reden nach dem Abendessen."

Herbert sah mich fragend an. Die wachsende Verunsicherung hatte seine Angst verdrängt.

„Ich befürchte, dein Vater hat recht", erklärte ich. „Wir können nicht heiraten. Es gibt ... wie sagt man? Wir sind auf gewisse Art verwandt."

Der Herr des Hauses nickte. „Ja", fügte er hinzu, „das trifft es genau. Diese junge Dame gehört bereits zur Familie. Und nun lasst uns in den Garten gehen, solange die Sonne noch scheint. Sei nicht beleidigt, Herbert. Wir müssen jede verbleibende Minute des Tages nutzen."

Wir verließen zu dritt den Raum – und mindestens zwei von uns waren in Gedanken bei einem Vierten.

Der Geist in der Militärmaschine
von Graham Cookson
Kent, Großbritannien

1. September 2011: US-Verteidigungsministerium, Pentagon, Virginia.
Die Vorbereitungen für den Jahrestag der Terroranschläge des 11. September 2001 waren abgeschlossen. General Patrick Mendoza saß in seinem Büro und beobachtete, wie ein paar der 23.000 Angestellten von einer Seite des sonnigen, fünfeckigen Hofes zur anderen schlenderten; manche fanden sich zu einem Gespräch zusammen, andere blieben in eigenen Gedanken versunken für sich.

General Mendoza wandte sich ab und widmete sich seinem ständig wachsenden Berg von E-Mails.

„Verdammt!", sagte er zu sich selbst, als er eine dieser E-Mails öffnete.

Sie enthielt die Information, dass eine der geplanten Routen des Präsidentenkonvois geändert worden war und er nun sicherstellen musste, dass das davon betroffene Militärpersonal von den Änderungen erfuhr.

„Verdammter Geheimdienst", murmelte er vor sich hin. „Eine kleine Vorwarnung wäre nett gewesen."

Er drückte einen Knopf auf seinem Telefon und bat über die Wechselsprechanlage seine Sekretärin: „Jamie, bitte keine Anrufe durchstellen. Und rufen Sie bitte meine Frau an, ich ...", General Mendoza wurde unterbrochen.

Die Lichter in seinem Büro begannen wild zu blinken und der Bildschirm seines PCs flimmerte, neue Programmfenster öffneten und schlossen sich wahllos und der stille Alarm in der Ecke seines Büros blinkte leuchtend rot.

„Was zum ...?" Der General sah sich um, völlig perplex angesichts des elektronischen Chaos.

„Was ist los?", fragte Jamie vom anderen Ende der Sprechanlage.

General Mendoza beantwortete ihre Frage nicht; er starrte auf ein neues Fenster auf seinem Rechner, das geöffnet blieb – es zeigte einen Countdown.

Fünf, vier ... der General konnte nur zusehen, wie die Nummern auf dem Bildschirm aufleuchteten ... drei, zwei ... eins. Der Zähler erreichte die Null.

Jamie lauschte angestrengt, um zu erfahren, was vor sich ging. Ein lautes Klicken erklang, gefolgt von einem schleifenden Geräusch. „Hallo? Ist da jemand?", hörte Jamie den General rufen. Sie vernahm Bewegungen, vermutlich vom Verrücken eines Stuhles, und Schritte. Dann Stille. Sie wartete eine Minute geduldig. Dann erklang in der Leitung ein lauter Knall und darauf ein Klicken. Jamie eilte ins Büro nebenan. „Herr General?", fragte sie verzagt, während sie sich in dem leeren Raum umsah.

Als Leiter des Sicherheitsdienstes versuchte Major Powell die Situation unter Kontrolle zu bringen. Es musste sich um einen Computervirus handeln. Er wusste zwar nicht wie, aber dieser war an der Firewall vorbeigeschlüpft und stiftete nun Chaos im militärischen Sicherheitssystem des Gebäudes: Türen öffneten und schlossen sich wahllos und überall in dem weitläufigen Gebäude gingen die Alarmanlagen los. Das gesamte Gebäude wurde abgeriegelt, kein Angestellter kam herein oder hinaus, ehe die Situation nicht geklärt war – jeder Anwesende musste erfasst und durchsucht werden, Abteilung für Abteilung.

Um 2 Uhr nachts war der einzige noch immer unauffindbare Mitarbeiter General Patrick Mendoza.

12. September 2011: Baker Street 221b, London.
„Es sieht so aus, als wäre der Jahrestag des 11. September gut über die Bühne gegangen", sagte Watson. Er faltete seine Zeitung zusammen und sah hinüber zu Sherlock, der auf einen ausgestopften Biber auf dem Kaminsims starrte.

Er hatte diesen nicht aus den Augen gelassen, seit Mrs. Hudson ihn in einem Paket auf ihrer Türschwelle gefunden hatte. Es gab keine Nachricht oder Adresse, daher war (wie Sherlock anmerkte) das Paket offensichtlich persönlich abgeliefert worden und es war klar, dass es für einen der Bewohner von 221b bestimmt war.

Der Biber aber war eine Überraschung gewesen – er war so modelliert, dass er auf seinen Hinterbeinen saß, seine rechte Vorderpfote führte eine Pfeife zur Schnauze, ein Monokel zierte sein linkes Auge und ein kleiner, auf den Biber zugeschnittener Deerstalker saß auf dem Kopf. Sherlock war völlig verblüfft, was Watson anfangs sehr erheitert hatte.

„Ich sagte, der Jahrestag des 11. September ist gut verlaufen", wiederholte Watson laut, in der Hoffnung, dem erstarrten Sherlock eine Antwort zu entlocken.

„Hm?", brummte Sherlock.

„Ach, vergiss es." Watson warf die Zeitung zur Seite, wo sie mit der Titelseite nach oben landete, auf der die Schlagzeile „Amerika erinnert sich" zu lesen stand.

Es klingelte an der Tür. Watson wartete kurz ab, ob dies den „großen Detektiv" zu einem Lebenszeichen veranlassen würde.

Ding Dong läutete es wieder.

„Oh, ich geh dann mal, oder wolltest du?", bemerkte Watson sarkastisch.

„Hm?"

Kopfschüttelnd ging Watson zur Haustür.

Erneut ertönte die Klingel. „Ja, ja, ich komm ja schon", sagte Watson ungeduldig.

Er öffnete die Tür und sah sich vier Männern in schwarzen Anzügen, weißen Hemden und schwarzen Krawatten gegenüber.

„Sherlock Holmes?", fragte einer der Männer mit amerikanischem Akzent.

„Lass sie rein, John", erklang Sherlocks Stimme hinter Watson.

Watson trat zur Seite und sah zu, wie die Männer an ihm vorbei ins Wohnzimmer schritten. Sherlock, der immer noch am Kaminsims stand und den geheimnisvollen Biber betrachtete, wandte sich nun den Männern zu. Watson sah, wie Sherlock einen Gast nach dem anderen aufmerksam musterte.

Bevor einer der Männer die Gelegenheit hatte, etwas zu sagen, legte Sherlock los: „Sie kommen von der US-Regierung. FBI? Nein, nein. Ganz offensichtlich auch nicht CIA. Ihr Auftreten, die Kleidung und diese kleinen Abzeichen an ihren Revers deuten auf den Secret Service hin. Aber was könnte der Secret Service in Großbritannien wollen? Der Präsident ist nicht zu Besuch und somit gibt es keinen Anlass für Ihre Anwesenheit."

Sherlocks Blick fiel auf Watsons abgelegte Zeitung. „Ah, vielleicht hat es etwas mit dem 11. September zu tun. Aber was?"

„Sir!", sagte einer der Männer mit Nachdruck. „Die Zeit drängt, unser Flug geht in einer Stunde."

„Oh, natürlich", gab Sherlock zurück. „Ich nehme an, ich soll Sie begleiten?"

„Ja, Ihre Anwesenheit wird gewünscht. Wir können Sie beide während des Fluges über die Einzelheiten in Kenntnis setzen."

Auf dem achtstündigen Flug nach Amerika wurden Sherlock und Watson über einzelne Details der Angelegenheit in Kenntnis gesetzt. Wie Sherlock richtig gefolgert hatte, waren die Männer vom Secret Service. Sie hatten aufgrund eines Falles nationaler Sicherheit einen Spezialauftrag vom Ministerium für Heimatschutz erhalten.

Es war zwar nicht an die Zeitungen durchgesickert, aber in den Tagen kurz vor dem 11. September war das Pentagon einem mutmaßlichen Terroranschlag zum Opfer gefallen. Bei dem Angriff verschwand ein Mitarbeiter und alles deutete auf eine Entführung hin.

Der Agent erläuterte, wie der General zu dem Zeitpunkt mit seiner Sekretärin über die Gegensprechanlage gesprochen hatte. Er berichtete von der Aussage der Sekretärin, dass es für sie klang, als hätte der General ein Gespräch mit einer unbekannten Person begonnen, und dass sie im Anschluss daran seltsame Geräusche hörte, die eventuell von einem Kampf herrührten.

Während des Zwischenfalls hatte jedoch niemand das Büro betreten oder verlassen. Trotzdem war der General verschwunden.

Sherlock und Watson erreichten das Pentagon in einem typisch unauffälligen, schwarzen Sedan. Man eskortierte sie zu einem Eingang und geleitete sie hinein.

Im Eingangsbereich erwartete sie eine Sicherheitskontrolle, ähnlich denen, die man von Flughäfen kennt, auch wenn die Sicherheitsleute hier stärker bewaffnet waren. Angestellte und Besucher mussten einen Metalldetektor passieren, während ihre Taschen von einem Röntgengerät durchleuchtet wurden.

Nach überstandener Prozedur wurden Sherlock und Watson von Major Powell in Empfang genommen und zum Sicherheitskontrollraum gebracht, der in unmittelbarer Nähe der Eingangskontrolle lag. Zwei weitere Offiziere begleiteten sie.

Nach einer kurzen Vorstellungsrunde wurden sie ein zweites Mal unterrichtet, dieses Mal etwas detaillierter als während des Fluges von Großbritannien.

Sherlock war von einem Regierungsmitarbeiter (dessen Name jedoch nicht genannt wurde) ausdrücklich angefordert worden: Man benötigte seine Hilfe, um herauszufinden, wie die Angreifer in das Pentagon eindringen und General Mendoza entführen konnten, ohne dabei von irgendeiner Überwachungskamera aufgezeichnet worden zu sein.

Einer der im Kontrollraum arbeitenden Offiziere erklärte, dass das System sowohl die Alarmanlage als auch die Kameras und die elektromagnetischen Sicherheitstüren überwachte und kontrollierte.

„Was ist während des Anschlags passiert?", fragte Sherlock.

„Nun, wir hatten keine Kontrolle mehr über die Alarmanlage und die Sicherheitstüren", antwortete der Offizier.

„Und die Kameras waren überhaupt nicht betroffen?", hakte Sherlock nach. „Nicht einmal ein kurzer Ausfall? Sie müssen hierbei ganz präzise sein."

„Sämtliches Filmmaterial der Kameras liegt vor – es wurden keine Funktionsstörungen, Ausfälle oder sonstige Anomalitäten festgestellt", antwortete Powell.

„Exzellent", erwiderte Sherlock zur Verwunderung der anwesenden Soldaten. „Und was ist über den Ursprung des Virus bekannt?"

„Wir haben den Drahtzieher des Anschlags gefunden; es stellte sich heraus, dass es ein verärgerter ehemaliger Mitarbeiter war. Er war in der Abteilung für Sicherheitsprogrammierung tätig und kannte unser System. Er wurde festgenommen – aber er weigert sich, uns zu sagen, was mit General Mendoza passiert ist oder für wen er arbeitet", antwortete Major Powell. „Möchten Sie ihn befragen?"

„Nein, das ist nicht nötig", antwortete Sherlock. „Aber ich würde gern das Büro des Generals sehen", fügte er hinzu.

Wieder wurden Watson und Sherlock, eskortiert von zwei Offizieren, von Major Powell durch einige der vielen Gänge des Pentagon geführt.

Jeder Gang und jede Halle schienen nach einem anderen Thema gestaltet zu sein; manche erinnerten an diverse Konflikte, manche an humanitäre Missionen und wieder andere an Regierungseinheiten. Sie liefen einen Gang entlang, dessen Wände fast vollständig von Quilts und Erinnerungsstücken bedeckt waren.

Der Major erklärte ihnen, dass dies einer der Korridore war, die bei den Anschlägen des 11. September getroffen worden waren, und dass all die dort angebrachten Gegenstände von Familien der Opfer sowie von Schulen und Gemeinden gespendet worden waren und hier dauerhaft an den tragischen Tag erinnern sollten.

Sie erreichten schließlich einen Korridor, der unmittelbar an den 9/11-Erinnerungskorridor anschloss. Über diesen kamen sie in ein Vorzimmer, das laut Powell das Büro von Mendozas persönlicher Assistentin war. Ihr Schreibtisch war leer, denn sie war seit dem Vorfall beurlaubt.

Mendozas Zimmer sah genauso aus, wie man sich das Büro eines hochrangigen Militärbeamten vorstellte. Der Raum war mit Eichenholz vertäfelt, ein Bücherregal stand an der Wand gleich rechts neben der Tür. Ein breites Fenster gegenüber gab den Blick auf den malerischen Innenhof frei. Auf der linken Seite stand General Mendozas alter, jedoch robuster Schreibtisch aus Holz und an der Wand dahinter hing ein Foto des Pentagon, aufgenommen aus der Vogelperspektive.

„Nichts wurde seit dem Anschlag verändert. Sogar der Computer wurde angelassen, wie er gefunden wurde", erklärte Powell.

Sherlock schwieg, während er im Geiste die Szene rekonstruierte, so wie er es in solchen Situationen üblicherweise tat. Er lief im Zimmer umher, untersuchte die Bücherregale sowie den Bereich um den Schreibtisch herum und überprüfte, was durch das Fenster zum Hof zu sehen war.

„Sieht recht veraltet aus", sagte Watson in einem Versuch, das Schweigen zu brechen. „Nicht ganz das, was ich beim US-Militär erwartet hätte."

Watson hatte beabsichtigt, seinen Kommentar ein wenig unbeschwert klingen zu lassen, um die Situation ein bisschen aufzulockern.

„Ich kann Ihnen versichern, dass alles Alte in diesem Zimmer sehr bewusst gewählt wurde", erwiderte Powell knapp.

„Das Pentagon wurde zwischen 1998 und 2011 umfangreich renoviert", erklärte Sherlock, der noch immer damit beschäftigt war, den Raum zu inspizieren. „Alles wurde den modernen Standards angepasst; einschließlich der Sicherheitsvorkehrungen, der Ausstattung und sogar

238

der Fenster. Von einem Soldaten wie dir hätte ich erwartet, dass er das weiß, mein lieber Watson."

Sherlock stieß gegen die schweren, doppeltverglasten Fenster. Alle Fenster waren während der Renovierung ausgetauscht und im Sinne der Sicherheit und Energieeffizienz versiegelt worden.

„Sehr schön", kommentierte Sherlock, „nun müsste ich mir noch einmal den Kontrollraum ansehen."

Vor einer der zahlreichen Toiletten blieb Holmes stehen. „Wussten Sie, dass das Pentagon mehr Toiletten hat, als es eigentlich braucht?", rief er. Watson, Powell und die beiden Offiziere sahen Sherlock verblüfft an.

Sherlock fuhr fort: „Ursprünglich hatte der Architekt das Gebäude mit getrennten Waschräumen entworfen, so dass es separate Toiletten für ‚Schwarze' gab. Als Präsident Roosevelt jedoch die Räume vor der Eröffnung inspizierte, verlangte er, dass die Schilder ‚Nur für Weiße' entfernt werden. Das Pentagon war das erste und einzige Gebäude in Virginia, in dem die Rassentrennung damals nicht gestattet war." Sherlock öffnete die Tür zur Herrentoilette. „Watson, begleitest du mich? Das hier ist ein Stück amerikanischer Geschichte", sagte er und verschwand im Waschraum.

Watson blickte zögernd zu den amerikanischen Offizieren neben sich, zuckte dann mit den Achseln und folgte Sherlock auf die Herrentoilette.

„Bei dem Akzent weiß man nie so recht, auf welcher Seite die eigentlich stehen", witzelte einer der Offiziere.

„Sherlock! Bist du verrückt?", fragte Watson aufgebracht. „Was machen wir beide hier auf der Toilette?"

Sherlock antwortete schnell und mit gedämpfter Stimme: „Du musst hierbleiben und dann in General Mendozas Büro zurückgehen. Wenn du dort bist, warte ab, ob irgendetwas Ungewöhnliches passiert."

„Warum?"

„Weil ich vermute, dass ich vielleicht verhaftet werde für das, was ich vorhabe. Und ohne dich in dem Büro kann ich diesen Fall nicht lösen."

„Bei dir geht auch nie etwas einfach, was?", gab Watson verzweifelt nach.

Sherlock verließ den Waschraum in aller Seelenruhe und erklärte, dass Watson noch „beschäftigt" sei.

Während einer der Offiziere stehen blieb, um Watson Geleit zu geben, sobald dieser soweit war, führte der Major Sherlock zum Kontrollraum zurück.

Dort angekommen, wandte Sherlock sich an Major Powell: „Also gut, lassen Sie uns die Ereignisse vom Tag des Vorfalls nachstellen."

„Wie bitte?", fragte Powell ungläubig.

„Sie müssen den Alarm auslösen und die Türen entriegeln", forderte Sherlock.

„Auf keinen Fall!", erwiderte Powell.

„Wollen Sie herausfinden, was passiert ist, oder nicht?"

„Mr. Holmes, meine Geduld ist erschöpft. Entweder Sie erzählen mir jetzt, was hier vor sich geht, oder ich lasse Sie vom Gelände entfernen", entgegnete Powell schneidend.

„Nun es ist mehr als offensichtlich, dass dies keine Entführung war", erwiderte Sherlock ungeduldig.

„Was wollen Sie damit sagen?"

„Weder gab es im Vorfeld Drohungen gegen das Pentagon oder General Mendoza, noch wurden Forderungen gestellt. Ihre Überwachungskameras waren zu keiner Zeit abgeschaltet, die Bürofenster nicht aufgebrochen – niemand hatte die Möglichkeit, das Büro ohne Ihre Kenntnis zu betreten oder zu verlassen", sagte Sherlock, während er beiläufig im Raum herumging, „was bedeutet, dass General Mendoza sich noch immer in seinem Büro befinden muss."

Sherlock beendete den Satz und stürzte sich plötzlich, ohne ein weiteres Wort zu verlieren, auf ein nahes Schaltpult und drückte mehrere Knöpfe, die er bereits während des ersten Aufenthaltes genau studiert hatte.

Watson wartete in einer der Toilettenkabinen, als draußen der Alarm aufheulte. „Los geht's", dachte er bei sich.

Er öffnete die Toilettentür einen Spalt und spähte hinaus. Der Offizier, der vor der Tür gewartet hatte, rannte gerade in Richtung Kontrollraum davon.

Watson fand zu General Mendozas Büro zurück. Es war still im Zimmer, die massive Holztür dämpfte das Heulen des Alarms im Gang. Nichts Ungewöhnliches war zu sehen – es war alles genauso, wie sie es zuvor verlassen hatten.

Watson ging im Büro umher und setzte sich schließlich an den Schreibtisch, um auf Sherlock oder auch auf verärgerte Sicherheitsbeamte zu warten.

Plötzlich erwachte der Computerbildschirm aus dem Ruhezustand. Ein neues Fenster öffnete sich und ein Countdown erschien. Watson starrte darauf, bis der Zähler die Null erreichte. Es gab ein lautes Klicken, gefolgt von einem schleifenden Geräusch.

Watson drehte sich um und sah, wie in der Nähe des Fensters ein Teil der Wand zur Seite glitt. Neugierig ging er auf den zuvor verborgenen Durchgang zu. Unvermittelt strömte ihm ein stechender Geruch entgegen und er musste würgen. Nase und Mund mit seinem Ärmel verdeckend, sah Watson in einen schmalen Nebenraum. Dann trat er über die Schwelle.

Der Raum befand sich auf der Rückseite des Büros hinter der Wand, an der das Foto gehangen hatte. Es schien eine Art Panikraum zu sein. Watson fand einen Lichtschalter und als er ihn betätigte, flackerte das Licht summend an, so als wären die Leuchtstoffröhren lange nicht in Betrieb gewesen.

Nachdem er den Raum nun besser sehen konnte, durchfuhr Watson ein Schreck, als er den Leichnam eines Mannes mittleren Alters entdeckte, der in einer Militäruniform steckte.

Er trat näher und las das Namensschild: *General P. Mendoza* stand darauf. Nach einer raschen, oberflächlichen Untersuchung der Leiche kam er zu dem Schluss, dass der Mann höchstwahrscheinlich erstickt war.

Er wandte sich zurück, um den Raum zu verlassen, doch in diesem Moment glitt die Tür plötzlich mit einem Knall zu.

Watson versuchte die aufsteigende Panik zu unterdrücken und zog sein Handy aus der Tasche. Es gab keinen Empfang; entweder blockierte der Panikraum das Signal oder es hatte etwas mit den Sicherheitsvorkehrungen im Pentagon zu tun. Watson wusste, dass bestimmte, besonders im Fokus der Öffentlichkeit stehende Militärgebäude Signalblocker verwendeten, um unkontrollierte Kommunikation zu verhindern.

„Verdammt!"", entfuhr es ihm.

Er sah sich um und entdeckte schließlich eine kleine Schalttafel mit farbigen Tasten, die sich an der Wand über Mendozas Körper befand. Erleichterung durchströmte Watson und nach und nach betätigte er alle Tasten. Es erfolgte jedoch keine Reaktion; entweder waren die Leitungen gekappt worden oder sie waren so alt, dass sie nicht mehr funktionierten.

„Was?! Komm schon!"", schrie er.

Watson begann, an die Tür zu hämmern. Ein lautes metallisches Geräusch hallte durch den Raum, das hoffentlich jemand hören würde. Aber dann fiel Watsons Blick wieder auf Mendoza. Dieser war erstickt, was bedeuten musste, dass dieser Raum luft- und sehr wahrscheinlich auch schalldicht war.

Die Luft, die aufgrund von Mendozas verwesendem Körper bereits verdorben war, ließ sich immer schwerer atmen. Watson sank auf den Boden. Ihm war bewusst, dass das Ersticken gleich beginnen würde – ihm würde schwindelig werden, danach würde die Ohnmacht folgen. Und er konnte nichts dagegen tun.

Das Atmen fiel ihm immer schwerer und er spürte, wie ihm schwindlig wurde. Er war bereits dabei, das Bewusstsein zu verlieren ...

Da glitt die Tür des Panikraums auf. Die Silhouetten zweier Männer erschienen und schleppten Watson nach draußen.

Watson wachte in General Mendozas Büro auf. Major Powell und vier Offiziere umringten ihn, während Sherlock in Handschellen am Eingang des Panikraumes stand.

„Sie haben Glück, am Leben zu sein"", sagte Powell und half Watson auf.

„Wir wären schneller hier gewesen, wenn Sie mich nicht aufgehalten hätten"", murmelte Sherlock verärgert.

„Treiben Sie es nicht zu weit, Mr. Holmes"", fuhr Powell ihn an. „Sie haben Glück, dass wir Ihnen nur Handschellen angelegt haben. Und nun haben Sie bitte die Güte und erklären uns Ihr Handeln, ansonsten ziehe ich Sie zur Rechenschaft.""

Sherlock seufzte. „Wie Sie sicherlich wissen, wurde das Pentagon während des Zweiten Weltkrieges erbaut. Daher ist es wahrscheinlich, dass in bestimmten Büros für hochrangiges Personal, wie diesem hier zum Beispiel, einige besondere Sicherheitsmaßnahmen eingebaut wurden – zum Beispiel so einen Panikraum", sagte Sherlock und deutete auf das verborgene Zimmer.

„Während des Zwischenfalls Anfang des Monats wurden der Alarm ausgelöst und bestimmte Sicherheitstüren entriegelt – unter anderem bei diesem Panikraum – und während General Mendoza mit seiner Sekretärin sprach, öffnete sich die Tür automatisch. Wie Sie hatte sicher auch der General keine Ahnung davon, dass dieser Raum existierte. Er dachte vermutlich, jemand hätte die Tür von innen geöffnet und ging hinein, um nachzusehen", erklärte Sherlock und sah sich prüfend um, ob jeder seiner Schilderung folgte. „Gemäß Ihren Dienstanweisungen riegelten Sie dann das gesamte Gebäude ab. Ich denke, genau das führte dazu, dass sich die Tür des Panikraums wieder schloss und die Notversorgung mit Luft abbrach, wodurch der General die Tür nicht mehr öffnen konnte und letztlich erstickte."

„Es scheint absurd, dass so etwas übersehen werden konnte", sagte der Major.

„Ach wirklich?", erwiderte Sherlock ironisch. „Es ist vielmehr sehr wahrscheinlich, dass es bei den Renovierungsarbeiten und den Sicherheitssoftware-Updates übersehen wurde. Ich kann mir vorstellen, dass die ursprünglichen Baupläne des Pentagon einige Aussparungen vorsahen. Bedenken Sie, dass es während des schlimmsten Krieges gebaut wurde, den die Welt je sah; die US-Regierung wird nicht gewollt haben, dass exakte Pläne ihres neuesten und größten Militärgebäudes eventuell an die Achsenmächte durchsickern."

„Daher ist der Tod des Generals …?", fragte Powell.

„… ein bedauerlicher Unfall", antwortete Sherlock. „Ihr ehemaliger Angestellter ist schuld an dem Virus, hatte aber keine böswilligen Absichten General Mendoza betreffend. Und ich nehme an, dass er allein gearbeitet hat. Dieser unbekannte Panikraum hätte nicht von der Abriegelung betroffen sein dürfen. Er ist eine Anomalie in Ihrem System; ein Geist in der Maschine, wenn Sie so wollen", schloss Sherlock mit einem kühlen Lächeln.

18. September 2011: Baker Street 221b, London

„Sherlock, mein Lieber, Ihr Bruder ist da." Mrs. Hudsons freundliche Stimme klang aus der Eingangshalle herauf.

Sherlock fluchte, als er ihre Worte hörte. Er nahm den ausgestopften Biber vom Kaminsims, setzte sich in seinen Sessel und gab vor, in dessen Betrachtung vertieft zu sein.

Mycroft Holmes betrat das Wohnzimmer, lächelte und nickte Watson zu, der Zeitung lesend auf dem Sofa saß. Watson nickte höflich zurück.

„Bitte entschuldige die Störung, Sherlock", begann Mycroft, „ich war auf der Heimreise und wurde gebeten, dir eine Nachricht zu überbringen. Die US-Regierung spricht dir ihren Dank für deine Hilfe neulich aus."

Sherlock bewegte sich leicht in seinem Sessel und gab ein kindisches Grummeln von sich, ohne den Blick von dem Biber abzuwenden.

„Nun denn", Mycroft zeigte erneut sein unbeholfenes Lächeln, „ich will euch nicht länger stören." Er wandte sich zum Gehen, hielt jedoch noch einmal inne und sah zu Sherlock zurück: „Oh, es freut mich übrigens, dass dir mein Geschenk gefällt."

Sherlock sah seinen Bruder fragend an.

„Ich war mir sicher, er würde dich faszinieren", Mycroft lächelte wieder, zwinkerte Watson zu und ging.

Sherlock betrachtete den Biber, der ihm so lange Rätsel aufgegeben hatte. „Verfluchter Mist!" rief er und warf ihn mit kindischem Zorn zu Boden.

Der Zweite Mantel
von Jack Foley
Sunderland, Großbritannien

Wenn ich an die mehr als 120 Fälle zurückdenke, die ich während der 23 Jahre Zusammenarbeit mit dem großen Sherlock Holmes dokumentieren durfte, so fällt mir auf, dass keiner solch eine ungewöhnliche Verkettung von Ereignissen aufwies wie *Der Zweite Mantel*. Es sollte Sherlock Holmes' letzter Fall sein, in dem seine ganz eigenen Methoden der Deduktion gegen ihn verwendet wurden.

Es war im Winter des Jahres 1904 und ich lebte mit meiner zweiten Ehefrau Violet draußen auf dem Land. Nachdem ich aus der Baker Street ausgezogen war, verdiente ich mit meiner ländlichen Praxis recht gut. Ich hatte Holmes mehrere Monate lang nicht gesehen und war bei meiner Rückkehr etwas besorgt, in welchem Zustand ich ihn vorfinden würde.

Als ich in unserer ehemals gemeinsamen Wohnung ankam, war jedoch alles wie immer. Holmes saß in seinem Armsessel vor dem Kamin und beschäftigte sich mit einem Stapel Dokumente.

„Ah!", rief er aus, obwohl er kaum von seiner Arbeit aufsah. „Mein lieber Watson … bitte, setzen Sie sich. Ich hoffe, Sie hatten eine gute Reise."

„Holmes, Sie haben sich kein bisschen verändert. Was ist Ihnen denn passiert?", erkundigte ich mich, da ich die Narben auf seinem Gesicht bemerkt hatte, als ich mich niederließ,. Er stieß die Papiere von sich und sah zu mir auf.

Holmes berichtete mir, dass er kurz davor stand, die gefährlichste kriminelle Vereinigung Europas zur Strecke zu bringen, eine Organisation, die für nicht weniger als sieben Morde im letzten Jahr verantwortlich war. An jenem Freitag hatten sie vor, einen wohlhabenden, praktizierenden Arzt und Autor aus Schottland, der in London lebte und arbeitete, umzubringen. Holmes beabsichtigte, sie zu erwarten.

Holmes und ich waren erst seit ein paar Minuten ins Gespräch vertieft, als Mrs. Hudson uns unterbrach und Inspektor Lestrade hereinführte. Meinen Freund schien wie üblich die Ankunft des Inspektors nicht zu interessieren und er fragte diesen in einem unverschämten Ton:

„Auf welche ach so triviale Angelegenheit möchten Sie denn heute meine Aufmerksamkeit lenken, Inspektor?"

„Auf die Ermordung von Lord Ashdown", antwortete dieser und kam zu uns herein.

„Warum müssen Sie mich mit dieser Sache belästigen", tadelte Holmes.

„Es wurde ein Brief bei der Leiche gefunden. Er ist an Sie gerichtet."

„Watson", rief Holmes und sprang von seinem Stuhl auf. Dieser Fall hatte zweifelsohne sein Interesse geweckt. „Hätten Sie vielleicht die Güte, mich bei diesem Fall zu begleiten, da Sie heute ohnehin in London sind?"

Da ich eine ganze Weile nicht mehr in der Baker Street gewesen war, hatte ich mir ohnehin schon gewünscht, Holmes bei einem neuen Fall zu unterstützen. Ich schloss mich also meinem Freund und dem Inspektor an und stieg zu ihnen in die vierrädrige Kutsche, die vor dem Haus auf uns wartete. Auf dem Weg zum Tatort berichtete ich den beiden, dass ich das Opfer erst eine Woche zuvor getroffen hatte: Mr. Charles Harding, mein Freund und ehemaliger befehlshabender Offizier, hatte uns beide zum Dinner eingeladen. Lord Ashdown war ein sehr geselliger Gentleman, der an meiner Person und den Geschichten über meine Zusammenarbeit mit Mr. Holmes großes Interesse zeigte.

Lestrade informierte uns, dass die Leiche inmitten des Raumes gelegen hatte. Blutflecken vom Treffer einer einzigen Kugel waren auf seinem Hemd zu sehen. Das Zimmer war bis auf die Möbel vollkommen leer geräumt worden, was Holmes als einen verzweifelten Versuch der Gruppe bezeichnete, ihre Beweggründe zu verbergen.

Wir kamen schließlich zu dem leeren Haus im Norden Londons und fanden den Körper des Ermordeten genau so vor, wie Lestrade es uns beschrieben hatte. Neben der Leiche lag ein Brief, der an meinen Freund adressiert war. Er überflog ihn kurz und reichte ihn dann an mich weiter.

Mein lieber Mr. Sherlock Holmes,

wir gehen davon aus, dass Sie diesen Brief erhalten. Es war Ihre Verwicklung in unsere Angelegenheiten, die uns dazu gebracht hat, unsere Pläne voranzutreiben. Wir haben in den letzten Monaten viel über Ihre Methoden gelernt und danken Ihnen zutiefst für Ihre Hilfe bei dem Arrangement dieser Sache.

„Was soll das heißen, Holmes?", erkundigte ich mich und legte den Brief auf den Tisch.

„Letzten November erhielt ich im Zuge eines schrecklichen Dreifachmords Kenntnis von einer kriminellen Vereinigung, die in London tätig war: der Zweite Mantel, eine der gefährlichsten Organisationen, der ich im Laufe meiner Karriere begegnet bin. Ich hatte Grund zu der Annahme, dass sie einen der größten Diebstähle dieses Landes planten. Um sie zur Strecke zu bringen, brauchte ich Daten und Fakten und habe mich daher in den letzten Wochen als Obdachloser ohne Arbeit ausgegeben. Ich gewann ihr Vertrauen und führte kleinere Aufträge aus. Langsam wurde ich Teil ihrer Organisation und wir trafen uns regelmäßig in einem unbenutzten Tunnel unter der Themse."

„Sie zogen mich ins Vertrauen", fuhr er fort und kniete neben der Leiche nieder. „Sie erzählten mir, was ich wissen wollte, und informierten mich über ihre Pläne. An diesem Freitag hatten sie vor, Lord Ashdown, einen wohlhabenden Autor aus Schottland, der hier in London lebte, zu ermorden. Darauf hatte ich mich eingestellt. Es scheint jedoch, als hätten sie von meiner Einmischung gewusst und ihre Pläne schneller vorangetrieben. Meine gesamte Arbeit war umsonst. Ich bin hinters Licht geführt worden und kann auf nichts vertrauen, was mir mitgeteilt wurde. Ich habe rein gar nichts erfahren, während sie nun alles Nötige über mich wissen."

„Was beabsichtigen Sie zu tun?", fragte ich und beobachtete, wie Holmes im Zimmer auf und ab ging. Er suchte nach so vielen Hinweisen wie möglich.

„Sie kennen jetzt meine Methoden. Ich kann mich auf keine Beweise verlassen, die sie mir vorgelegt haben. Sie wissen ganz genau, wonach ich Ausschau halte."

Holmes erklärte, dass er aus den wenigen vorhandenen Beweisen auf die Anwesenheit von fünf Personen während der letzten Nacht schließen konnte. Sie kamen und gingen alle auf verschiedenen Wegen und nahmen unterschiedliche Gegenstände mit. Bei der Untersuchung des Raumes hatte er festgestellt, dass um den Kamin herum Wasserflecken zu sehen waren. Das Feuer war hastig gelöscht worden. Dies und die Tatsache, dass Lord Ashdown seinen Mörder nicht hatte sehen können, sowie die Position der Kugel in seinem Körper wiesen darauf hin, dass der Schuss vom Fenster aus gekommen sein musste, während er vor dem Kamin gesessen hatte.

Holmes schrieb meinem Freund Mr. Harding einen kurzen Brief und bat mich, in die Baker Street zurückzukehren, um einige Dokumente zu holen. Diese sollte ich dann zusammen mit dem Brief zu Mr. Harding bringen. Holmes und der Inspektor würden in der Zwischenzeit zu Scotland Yard fahren. Der Inspektor war von Holmes angehalten worden, dafür zu sorgen, dass Polizisten rund um das Haus von Mr. Harding Wache stünden. Holmes gab mir klare Anweisungen, ihn nach dem Überbringen der Nachricht am British Museum zu treffen.

Ich kehrte in die Baker Street zurück, um die Dokumente an mich zu nehmen und brachte sie zusammen mit dem Brief zum Haus von Mr. Harding. Wie Holmes es gefordert hatte, waren Polizisten gut sichtbar rund um das Haus aufgestellt. Ich händigte Mr. Harding den Brief wie besprochen aus.

Es war etwas nach sechs Uhr, als ich am Museum ankam. Holmes wartete im Inneren des Gebäudes auf mich und führte mich zu einem Lagerraum im hinteren Teil. Er erkundigte sich, ob mir jemand gefolgt war. Inspektor Lestrade wartete mit ungefähr einem Dutzend Polizisten in eben diesem Lagerraum. Holmes erteilte uns seine Anweisungen.

„Ich rechne ungefähr um acht Uhr mit ihnen", begann Holmes. „Sie wollen heute Nacht ein riskantes Verbrechen begehen, daher nehme ich nicht an, dass der Anführer mit dabei sein wird. Was jedoch die anderen vier angeht, so kann ich ihre Bewegungen wohl ziemlich genau voraussagen. Zwei von ihnen werden durch verschiedene Fenster im Erdgeschoss auf der westlichen Seite des Gebäudes einsteigen. Ihr Ziel ist es, alle Wachen oder Polizisten auf diese Seite des Gebäudes zu locken. Sie werden nur kurz hier sein und vermutlich nichts stehlen. Lestrade, wenn Sie die Mitglieder der Gruppe festnehmen wollen, müssen Sie sicherstellen, dass Ihre Männer sich so lange verborgen halten, bis die Diebe eingestiegen sind. Wenn es soweit ist, müssen Sie schnell sein."

„Ein weiteres Mitglied wird durch die Tür des Lagerraums hereinkommen, also durch die Tür, die wir gerade ebenfalls benutzt haben. Mein Gefühl sagt mir, dass er hier arbeitet. Er wird durch das Museum zum anderen Lagerraum im zweiten Stockwerk auf der östlichen Seite des Gebäudes gehen. Er beabsichtigt, das Objekt zu finden, hinter dem er her ist, und er wird dann das Fenster öffnen. Das letzte Mitglied dieser Gruppe wird draußen auf das Objekt warten. Es handelt sich um einen jungen, athletischen Mann, der das Objekt in ihr Versteck bringen wird."

„Nun, Inspektor", Holmes blickte Lestrade streng an, „ich empfehle Ihnen, Ihre Männer genau anzuweisen, um diese Verbrecher zu verhaften, bevor sie merken, dass sie in eine Falle tappen. Meinen Sie, dass Sie das hinbekommen?"

„Ich werde zumindest mein Bestes geben, Mr. Holmes", antwortete dieser.

Mein Freund und ich blieben im Lagerraum zurück und als es acht Uhr wurde, kam die Gruppe hereinspaziert. Ganz so, wie Holmes es vorhergesagt hatte. Lestrade konnte sie verhaften und ließ sie zu einer großen Kutsche bringen, die draußen auf sie wartete. Wir wünschten dem Inspektor eine gute Nacht, als er sich auf den Weg zu Scotland Yard machte. Holmes begann daraufhin, mich in die Einzelheiten des Falles einzuweihen.

„Obwohl der Zweite Mantel am ehesten daran interessiert war, mir falsche Informationen zukommen zu lassen und mich so auf eine falsche Spur zu locken, konnte ich den Fall zum größten Teil aus den wenigen Informationen zusammensetzen, die mir zur Verfügung standen. Zuallererst haben Sie, mein lieber Watson, erwähnt, dass Sie erst letzte Woche mit Lord Ashdown und Ihrem Freund Mr. Harding zu Abend gegessen haben. Mir ist bekannt, dass Mr. Harding gerne Ihre Berichte über unsere Arbeit liest und Sie ihm oft unveröffentlichte Manuskripte zukommen lassen, also Dokumente, die meine Methoden und die einzelnen Fälle genau beschreiben. Letzte Woche erst haben Sie ihm verschiedene Berichte mitgebracht, von denen einer unsere Bemühungen beschrieb, ein unschätzbar wertvolles Artefakt aus Ägypten wiederzuerlangen. Sie erinnern sich doch an den Stab, der von einem Museum in Kairo zum British Museum gebracht werden sollte, aber auf dem Weg gestohlen wurde. Uns gelang es, den Stab aufzuspüren und ihn dem British Museum wiederzugeben. Ihr Bericht beschreibt außerdem die Sicherheitsmaßnahmen, denen dieses Artefakt unterliegt."

„Letzte Woche gaben Sie Ihrem Freund diese Berichte. Vermutlich gab er nach Ihrem Fortgang ein paar dieser Dokumente an Lord Ashdown weiter, der laut Ihrer Aussage Gefallen an Ihren Geschichten gefunden hatte. Er nahm sie mit nach Hause, um sie in Ruhe zu lesen. Der Zweite Mantel wusste, dass sich diese Dokumente in seinem Besitz befanden und wollte sie ebenfalls einsehen, um weitere Kenntnisse über meine Arbeitsweise zu erlangen. Die Gruppe hatte meine Methoden bereits eine Zeit lang studiert und versuchte, alle Beweise verschwinden zu lassen, um mich auf eine falsche Fährte zu locken. Wir wissen, dass er aus der Richtung des Fensters erschossen wurde, während er am Kamin saß und anscheinend die Dokumente las. Die Leiche wurde dann auf dem Boden gelegt, um diese Tatsache zu verbergen. Sie nahmen alles aus dem Raum mit, um zu verheimlichen, was sie gestohlen hatten. Die Tatsache, dass sie alles mitnahmen, deutete jedoch darauf hin, dass sie hinter etwas her waren, von dem ich wusste."

„Der Umstand, dass er aus der Richtung des Fensters erschossen wurde, verriet mir auch etwas über die Pläne der Gruppe. Die Person, die Lord Ashdown erschossen hat, ist vermutlich der Kopf der Gruppe und auch damit betraut, die kostbare Fracht, das heißt die Dokumente, zu transportieren. Er hat höchstwahrscheinlich den direkten Weg in Richtung Südwesten zurückgenommen. Das bedeutet, dass ihr Versteck in der Nähe des Tavistock Square lag, in der Nähe dieses Museums. Es war offensichtlich, dass sie die Dokumente haben wollten, um an Details der Sicherheitsvorkehrungen zu kommen, die zum Schutz des Artefakts getroffen waren. Es ist unwahrscheinlich, dass sie solche Risiken eingehen würden, nur um Näheres über meine Methoden zu erfahren, allein schon, weil wir uns ohnehin wöchentlich trafen. Ich war der Meinung, dass ihr nächster Schritt in der Ermordung Mr. Hardings bestehen würde, vermutete aber, dass sie meine Schlussfolgerungen bereits vorausgeahnt hatten. Ich schickte Sie mit mehreren Dokumenten zu Mr. Harding, von denen ich annahm, dass sie die Gruppe interessieren könnten. Ich ließ zudem die vielen Polizisten rund um das Haus aufstellen, um den Anschein zu erwecken, dass ich einen Mordanschlag der Gruppe auf Mr. Harding erwartete. Tatsächlich war ich bereits einen Schritt weiter."

„Ich ging davon aus, dass die Gruppe ihre Pläne vorantreiben würde angesichts des massiven Polizeiaufgebots vor dem Haus Ihres Freundes. Ich sorgte dafür, dass Lestrade, die Polizei und ich selbst das Museum unbemerkt durch eine der Türen zu den Lagerräumen betraten. Ich konnte die Schritte der Gruppe vorausahnen, da Sie in Ihrem Bericht meine Bedenken bezüglich der Sicherheitsmängel bei der Bewachung erwähnt hatten. Durch das Lesen Ihrer Erzählung hatten sie Gelegenheit gehabt, sich zu überlegen, wie man den Stab am besten stehlen könnte."

„Fantastisch, Holmes", rief ich aus. „Jetzt bleibt nur noch eins zu tun – den Anführer dieser Organisation zu finden." Wir beschlossen, zum Lagerraum im zweiten Stock zu gehen, in dem das Artefakt aufbewahrt wurde. Es befand sich in einer kleinen, hölzernen Kiste. Holmes hob den Deckel hoch. Zu unserer Überraschung war der Stab nicht dort. An seiner Stelle befand sich ein Brief. Holmes las ihn einmal durch, warf ihn zu Boden und verließ ohne ein Wort zu sagen das Museum. Ich rief hinter ihm her und hob den Brief auf.

Mein lieber Mr. Sherlock Holmes,

ich muss Ihnen gratulieren. In den letzten Jahren haben Sie sich als ein beeindruckender Gegner erwiesen. Viele Male haben Sie meine Pläne erfolgreich durchkreuzt. Diesmal muss ich Ihnen jedoch leider mitteilen, dass das Artefakt, welches Sie heute Abend hier schützen wollten, schon nicht mehr im Land ist, ebenso wenig wie ich selbst. Letzte Nacht haben die anderen nach der Ermordung Lord Ashdowns lange Umwege zu unserem Versteck in Kauf genommen. Dieses Vorgehen verschaffte mir genügend Zeit – Zeit, in der ich das Artefakt stehlen konnte. Ich wusste, dass die Männer, die heute Nacht hierher kamen, in eine Falle tappen würden.

Ich wollte Sie eigentlich immer schon persönlich treffen. Jetzt bezweifle ich jedoch, ob ich je diese Möglichkeit haben werde. Meine Kommunikation mit Ihnen fand immer in Verkleidung oder durch von mir beauftragte Agenten statt. Vor einigen Jahren haben Sie einen meiner Agenten in der Schweiz getroffen, der sich als meine Person ausgegeben hat. Sie nahmen an, dass ich selbst es wäre, und haben ihn erfolgreich geschlagen: Er stürzte in den Reichenbachfall.

Nach diesem Ereignis und nach der Verhaftung von Colonel Sebastian Moran war ich gezwungen unterzutauchen. Mein kriminelles Imperium zerfiel und ich habe die Jahre seit damals dazu genutzt, mich über Ihre Methoden zu informieren. So konnte ich einen Plan entwickeln, mit dem ich Sie endlich besiegen und Ihre eigenen Methoden gegen Sie verwenden konnte. Ich habe es geschafft, Ihnen zu entkommen. Das Spiel ist aus. Das Artefakt ist in meinem Besitz, ich habe es mit mir außer Landes genommen und werde niemals zurückkehren.

Professor James Moriarty

Nachdem ich schockiert den Brief gelesen hatte, verließ ich das Museum. Es war spät geworden und da Mrs. Hudson keine Zeit gehabt hatte, mein Zimmer vorzubereiten, entschloss ich mich, die Nacht in einem nahe gelegenen Hotel zu verbringen.

Als meine Droschke am nächsten Morgen vor der 221b hielt, war ich um meinen Freund besorgt. Er war geschlagen und übertrumpft worden. Üblicherweise kannte er nur einen Ausweg aus solch einer Situation. Zu meiner großen Überraschung fand ich Holmes jedoch auf dem Boden neben dem Kamin vor, neben sich zwei große Koffer.

„Was in aller Welt tun Sie da, Holmes?", erkundigte ich mich.

„Mein lieber Watson", sagte er und schaute hoch. „Ich habe schon immer befürchtet, dass ich eines Tages nicht mehr in der Lage sein würde, meinen einzigartigen Beruf auszuüben. Der quälende Zweifel nagte an mir, dass ich eines Tages auf ein kriminelles Genie treffen könnte, das meine eigenen Methoden gegen mich richtet. Professor Moriarty hat bewiesen, dass er eben dieses Genie ist. Er hat mich inzwischen mehrmals geschlagen und erwies sich als ein gefährlicher Gegner. Dieser Gedanke bewog mich zu der Entscheidung, mich als einziger beratender Detektiv der Welt zurückzuziehen."

„Seit vielen Jahren besitzt mein Bruder Mycroft ein kleines Landhaus in den Sussex Downs, fünf Meilen von Eastbourne entfernt. Es ist ein gemütliches kleines Häuschen mit Blick auf den Kanal. Heute Morgen hat Mycroft es mir das überschrieben, damit ich mich dort niederlassen kann. Meine Kutsche sollte innerhalb einer Stunde hier sein. Dann verlasse ich London."

Genau eine Stunde später gab uns Mrs. Hudson Bescheid, dass die Kutsche vor dem Haus warte. Holmes löschte das Feuer, erhob sich vom Stuhl und ergriff sein Gepäck. Er ging hinüber zu seinem Schreibtisch und nahm aus der obersten Schublade seinen wertvollsten Besitz – ein einzelnes Foto von Miss Irene Adler. Holmes setzte seinen Deerstalker auf, drehte sich um und verließ die Wohnung.

Ich blieb noch einen Moment lang dort stehen. Vor meinem inneren Auge zogen noch einmal all die Einzelheiten der Fälle vorbei, die in genau diesem Zimmer ihren Anfang genommen hatten, darunter die tanzenden Männchen, das gefleckte Band, die Blutbuchen. Die unterschiedlichsten Menschen hatten Holmes in diesem Zimmer um Hilfe gebeten: Sir Henry Baskerville, Miss Violet Hunter, der König von Böhmen und viele andere. Sherlock Holmes war für die Bewohner von London und weit darüber hinaus jemand gewesen, den man bei unlösbaren Problemen zu Rate ziehen konnte.

Ich ließ einen letzten Blick durch unsere Räumlichkeiten schweifen, sah zu meinem leeren Schreibtisch hinüber, an dem ich oft gesessen und die einzigartigen Fähigkeiten meines Freundes schriftlich festgehalten hatte. Dort hatte ich ungefähr sechzig Berichte meiner Abenteuer mit Mr. Sherlock Holmes niedergeschrieben, schreckliche Geschichten wie die vom *Hund der Baskervilles*. Der Gedanke, dass der Ort, an dem all diese Geschichten aufgezeichnet wurden, nun brach liegen und vermutlich irgendwann verfallen würde, machte mich traurig. Ich folgte meinem Freund hinaus.

Holmes saß in der Kutsche, und obwohl ich mehrmals festgestellt hatte, dass der kalte, distanzierte Geist meines Freundes zu keinerlei Emotionen oder Mitgefühl fähig war, schien er mir nun zutiefst traurig zu sein, die Baker Street endgültig zu verlassen.

„Dies hier würde ich Ihnen gern geben, denn ich habe keinerlei Verwendung mehr dafür", sagte er und überreichte mir die Fotografie von Miss Adler.

„Holmes, das kann ich auf keinen Fall annehmen!", wies ich ihn zurück.

„Ich beabsichtige, mich dauerhaft zur Ruhe zu setzen und benötige keinerlei Erinnerungen an meine Fälle. Mir wäre es eine Freude, wenn Sie es als ein kleines Andenken an unsere gemeinsame Zeit an sich nehmen würden. Auf Wiedersehen, mein lieber Watson."

Holmes fuhr in der Kutsche davon, hinaus in den typischen Nebel eines frühen Londoner Morgens. Er verließ London zum letzten Mal – ein letztes Abenteuer. Und ließ hinter sich die Baker Street 221b, seine Wohnung, das leere Haus.

Links

Save Undershaw   www.saveundershaw.com

Sherlockology   www.sherlockology.com

MX Publishing   www.mxpublishing.com

Dt. Sherlock-Holmes-Ges.   www.Sherlock-Holmes-Gesellschaft.de

Weitere Informationen zu Sir Arthur Conan Doyle und Undershaw finden sich in Alistair Duncans Buch *An Entirely New Country* (das Autorenhonorar geht anteilig an den Undershaw Preservation Trust).

Alistair Duncan ist der Gewinner des Howlett Literary Award 2011 (Sherlock-Holmes-Buch des Jahres) für *The Norwood Author* und ist einer der führenden Conan-Doyle-Experten Großbritanniens.

Die Deutsche Sherlock Holmes Gesellschaft unterstützt den Undershaw Preservation Trust bereits seit mehreren Jahren mit diversen kleineren und größeren Aktionen. Alle Aktionen werden auf unserer Homepage, www.Sherlock-Holmes-Gesellschaft.de, und bei Facebook angekündigt. Schau doch einfach bei uns vorbei!

Danksagung

Ein herzliches Dankeschön geht an Jules, Emma, Leif, David, Jacquelynn, Graham, Alistair und Steve, deren Unterstützung dieses Buch erst möglich gemacht hat.

Übersetzung:

Nadine Alexander: *Unterstützer, Vorwort Mark Gatiss, Eine letzte ungestörte Unterhaltung, Der geisteskranke Oberst, Das beschädigte Buch, Links & Danksagung*

Susanne Bader: *Vorwort Roger Johnson, Vorwort Michael Cox, Eine Ablenkung, Der Vertrauensvorschuss, Zurück auf Anfang, Der Besitzer der grünen Lederhandschuhe*

Carrie Carlson: *Undershaw – Eine kurze Geschichte, Vorwort David Stuart Davies, Vorwort Alistair Duncan, Die blaue Kristallflasche, Wie alles begann*

Simone Jakob: *Der verschwundene Seidenschirm, Der blinde Geiger, Das Familienerbstück*

Anne Kästner: *Es bleibt unser Ruhm, Undershaw, Auf dem Pfad der Zyklizität, Der größte Detektiv, Der Doktor und der Verrückte, Vir Requiēs, Staub im Wind, Der Geist in der Militärmaschine*

Irina Kraft: *Vorwort Nick Briggs, Eine Zugfahrt nach London, Die Mond-Explosion*

Christine Atira Pauly: *Die schwarzen Federn, 221b für Undershaw, Ein Fall von Mord*

Corinna Roßnick: *Vorwort Stephen Fry, Der Ehestifter aus der Furrow Street, Ein Detektiv, jeden Cent wert, Die Puppe und ihr Schöpfer*

Stephanie Schnabel:	*Vorwort Roger Llewelwyn, Die dunkelste Stunde, Der Zweite Mantel*
Claudia Stieble:	*Über dieses Buch, Der Undershaw Preservation Trust, Vorwort Gyles Brandreth, Vorwort Douglas Wilmer, Charlie Milverton, Der spontane Fall*

Endlektorat: Nadine Alexander,
Simone Jakob,
Corinna Roßnick

Koordination: Nadine Alexander

257

www.grayshott.com

Grayshott ist immer einen Besuch wert ...

Grayshott liegt in unmittelbarer Nähe von Sir Arthur Conan Doyles ehemaligem Wohnsitz Undershaw in Hindhead. Hier schrieb er *Der Hund der Baskervilles* und *Die Rückkehr des Sherlock Holmes* und ließ Sherlock Holmes in *Das leere Haus* wiederauferstehen.

George Bernard Shaw, Alfred Lord Tennyson und Flora Thompson waren ebenfalls in Grayshott zuhause.

Das preisgekrönte Dorf Grayshott liegt an der Grenze zu Surrey, eingebettet in die wunderschöne vom National Trust betreute Landschaft des nordöstlichen Hampshire.

Grayshott ist immer einen Besuch wert. Es gibt einen traditionellen Pub, eine Töpferei, eine Vielzahl von Geschäften und Restaurants, kostenlose Parkplätze und viel Interessantes zu sehen und zu erleben.

Wir finden unser Dorf hinreißend! Besuchen Sie uns bald – wir sind sicher, dass Sie ebenso begeistert sein werden. Weitere Informationen erwarten Sie auf unserer Webseite:

www.grayshott.com

Wünschen Sie sich nicht auch manchmal einen Ort voller Kunst, Kaffee, Bücher, Bier, Wein und Livemusik? Das gibt es nicht? Besuchen Sie uns einfach im Zentrum von Pittsboro in North Carolina.

Davenport & Winkleperry – bei Tag ein Café und bei Nacht eine Lounge mit einem Hauch viktorianischer Atmosphäre.

www.davenportandwinkleperry.com

259

**Wir bedanken uns bei allen, die uns über
Kickstarter unterstützt haben:**

Lonna McTaggart	Roland Dept	Emma Grigg
Charlotte Walters	Bonnie MacBird	Fiona-Jane Brown
Carla Coupe	Jenny Holdsworth	Sigita Matulaityte
Khellar	Vaughan Cockell	Thierry Gilibert
Gabriele Caredda	Shizuka Kohmoto	
Cyril Millot, Président du cercle Holmesien de Paris	Candide Kier	Nicola Gail Bushnell
Simms	Andy Crick	Jay Hassob
Kristina Manente	David Robert Parker	Alberto Daniel Salas García
Martina Rurali	Mike Hogan	Samantha Maxson
Sonia E. León Lo Cascio	Katri Leikola	Stephanie Thomas
Malin Rohman	Jami Marpessa Maselli	Claudia Colin
Louise Carter	Marek Ujma	Jess Rogers
Jill Braden	Stacey St. Edmunds	Betsey
Piers Austin	Makani Valur	Victoria Graham
Sorda	Helen Shide	Pamela R. Bodziock
Angelika Muehlhoff	Kate Cassidy	Maggie Krohn
Manfredo Valdés Castro	Deniz Bevan	Lauren Crist England
Leah Guinn	Sandra Hofmann	Mirva Lukkari
Atsuko Tachibana	Deborah Spitaels	Caitlin Wilson
Jim Mooney	Tasha Gray	Claire Weldon
Bernie Shwayder	Aimee Cummings	Sacha Bryn Kiesman
Ryk Langton	Lidia A. Tsvetkova	Melissa Dwyer
Michele Lopez	Kelly A Donovan	Vânia Frazão
Naomi Taylor	Dr. Efrén Comín	Matt J Baines

260

Simone Joseph	Pablo Elías De la Llave Torres	Diane Dunn
Babs Nienhuis	Karl J. Claridge	Peter E Young
Bernie J	Pai Cherng	Juan José Abenza Moreno
Susana Barral	Cristina	Lisbeth Nilsen
Luke Johnson	LuAnn Sgrecci O'Connell	H Lynnea Johnson
Greg Randolph	Ryoko Naito	Suzelle Le Fichant
Hugh Ashton	Juan Carlos Fernandez Aller	Miguel Ojeda
TommyLee Whitlock	Clare Preston	Edith Clifford
Alistair Duncan	Matteo Pietro Bragazzi	

www.ingramcontent.com/pod-product-compliance
Lightning Source LLC
Chambersburg PA
CBHW071133260626
47162CB00003B/772